TEN NOVELS AND THEIR AUTHORS

十部小说及其作者

[英]
威廉·萨默塞特·毛姆
—
著

张乐
—
译

江西人民出版社
Jiangxi People's Publishing House

果麦文化 出品

目录

Chapter 01 | 小说的艺术

I

我想来跟读者讲讲这本书里收录的文章是如何写就的。那时我人在美国，一天，《红书》杂志的编辑问，能否列个心目中世界十佳小说的书单？我照他说的做了，也没再多想什么。这书单自然是武断的。我大可以再列十本毫不逊色只是风格不同的书，并附上十篇周到的推荐理由。就列书单这事来讲，一百个爱好文学、熟读经典的人怕是能举荐二三百部小说。但我想，本书中提及的十部作品应该在大多数人的选择中都占据一席之地。精彩小说不计其数，各人自有喜好也在情理之中。一部小说会对某个人有特定的吸引力，即使是善断之人也会不吝赞美之言，这其中原因有很多。也许是阅读当下适逢感情细腻，易感同身受；也许书中某个主题或场景正中其好，独有深意。我能想象，音乐的狂热爱好者会视亨利·汉德尔·里查德森的《毛里斯·盖斯特》[1]为十佳小说，而五镇当地居民则会着迷于阿诺德·贝尼特对本地风土人情的细致描写，所以把《老妇人的故

---

[1]. 出版于 1908 年，讲述了在世纪之交的莱比锡城里，一位英国年轻的音乐系学生疯狂爱上一个澳大利亚女人的悲剧故事。

事》[1]列到推荐书单里。这两部小说都非常出色，但若说称得上世界十佳恐怕还是欠缺些客观的判断。读者的国籍会使他格外偏向某些作品，夸赞之词也难免言过其实。十八世纪时，英国文学在法国广受欢迎，但再后来直到今日，法国人对其国土范围外的文学作品兴趣寡然。因此我想一个法国人除非格外博闻广识，否则是不会像我一样将《白鲸》奉为十佳小说的，《傲慢与偏见》也是同理。然而，他自然会喜欢拉斐特夫人的《克莱芙王妃》。这部小说的确非常精彩：它堪称感伤主义佳作，也许算是第一部心理小说。故事感人至深，人物刻画丰满；文笔细腻突出，而篇幅不长，这点格外令人欣慰。小说描写了法国学生人人皆知的宫廷生活，读过高乃依和拉辛[2]剧作的人对书中营造的道德氛围不会陌生。它与法国历史最光辉灿烂的一段密切相连，是法国文学黄金时期最熠熠生辉的贡献之一。即便它有这些优点，英国人读来仍会觉得书中人物言谈做作，不近人情，对话也稍欠生动，行为则不可理喻。我并不是说这种看法是对的，只是有这种想法的人，永远不会把这部作品列为十佳小说。

随这份书单还附了一篇写给《红书》杂志的简短评论，我在其中提到：聪明的读者倘若掌握了跳读的艺术，便能充分享受阅读之乐。一个理智的人不会拿阅读小说当成任务，这不过是消遣罢了。在书中人物间自寻乐趣，看他们在特定情境下如何行动，命运几何；忧其所忧，乐其所乐，并设身处地地代入其生活之中。他们的人生观和对人类未来这一伟大主题的思索，不管是通过语言还是行动表现出来，都会在读者心里激起或讶

---

1. 出版于1908年，故事背景发生在"五镇"（Five Towns），讲述了十九世纪六十年代布店老板两位女儿的不同人生。

2. 十七世纪法国古典主义戏剧的代表人物，高乃依的《熙德》和拉辛的《安德洛玛克》并称古典主义悲剧的两座高峰。

异，或喜悦，或愤怒的情绪。但读者本能地知道自己的兴趣在哪儿，一路坚定追随，好似猎犬跟踪着狐狸的足迹。有时，由于作者的失误，他不慎失去线索，但兜兜转转总能再绕回来。这就是跳读。

人人都会跳读，但想在跳读中避免遗失信息却绝非易事。据我所知，这也许是一种天赋之才，或由经验积累所得。约翰逊博士[1]跳读能力之强令人咋舌，鲍斯威尔在他的传记中告诉我们："约翰逊有种特异功能，不消费力把一本书从头读到尾，就能立刻抓住书中有价值的内容。"鲍斯威尔指的必然是信息性或教育性图书，倘若读小说也要费力，那还是干脆别读了。不幸的是，从头到尾能让读者趣味不殆的小说现在已经几乎找不到了，个中原因我稍后还会详解。尽管跳读也许是个坏习惯，却是读书人不得已而用之的。一旦开始跳读，就很难停下来，也难免漏掉不少有益之处。

给《红书》杂志的书单见刊后不久，一位美国出版商向我提议，欲再版这十部小说的缩略本，并由我为每本书附一篇序言。他的意思是除了留下作者想讲的故事外，其他一律删去；凸显与故事相关的主题和书中人物，以方便读者阅读佳作——如果不砍掉"朽木"（这样形容竟颇有几分道理），恐怕人们是不会来读这些书的。删繁就简后，留下的都是精华，读来也给思想添了些乐趣。起初，我因这个想法大吃一惊。但再一想，尽管有些人已经懂得跳读并从中受益，但大部分人却还不行。倘若直接由有经验且会鉴别之人替他们完成跳读的任务，其实不失为一件好事。我极支持为小说写序言的请求，并立刻动笔创作。一些文学专业的学生、教授或

1.塞缪尔·约翰逊，英国文学家、诗人。十八世纪中后期英国文坛执牛耳者，《英文词典》编纂者。

评论家也许会高呼：将名著缩水真是荒唐！读者应该阅读作者笔下原汁原味的版本。可这要看是怎样的名著了。我无法想象迷人的《傲慢与偏见》中有任何一页内容可以舍弃，《包法利夫人》这样结构紧凑的佳作也不容删减。理智的评论家乔治·圣茨伯里曾说，"能像狄更斯的作品一样被压缩概括的小说少之又少"。删节这事不该遭到谴责。或许出于自身利益考量，很少有剧本在搬上舞台前不被大幅删减。很多年前的一天，我和萧伯纳共进午餐，他同我说他的剧本在德国比在英国成功许多，并将此归因于英国人的愚蠢和德国人的明智。然而他错了。在英国，他坚持剧本中的每句台词都要念出来。可我在德国看过他的剧，导演毫不怜惜，大刀阔斧地把任何与表演无关的赘言都砍掉了，因而呈现给观众的是一场纯粹的戏剧享受。可还是不要把这个事实告诉他吧。我想不出任何理由，一部小说不能进行相同的处理。

评论家柯勒律治认为《唐·吉诃德》是一本首次阅读可从头至尾，之后便只需浅阅辄止的书。他的意思也许是书中部分内容过于乏味甚至荒诞，一旦发现这点，再费时间重读就不值当了。《唐·吉诃德》是部伟大的巨著，文学专业的学生自然应该通读一遍（我个人将英文版从头到尾读了两次，西班牙语版读过三次），而我认为以阅读为乐趣的普通读者跳过无聊的部分也绝不会损失什么。他们反而会更喜欢描写英勇骑士和朴实随从的段落，两人的冒险经历和生动对话非常有趣且动人。一位西班牙出版商曾把这些段落合并一册，读来格外轻松愉快。还有一部勉强称得上伟大的作品，塞缪尔·里查德森的《克拉丽莎》。此书篇幅之长，让除了少数最倔强的读者之外的其他人望而兴叹。我自信若不是偶拾了一部缩略版本，便可能永远也不会读它。所幸找到的书删减有当，阅读时感觉并没有丢下什么。

　　我猜想大多数人都会承认，马赛尔·普鲁斯特的《追忆似水年华》是本世纪最伟大的小说。那些疯狂追捧普鲁斯特的人，包括我在内，能津津有味地读下书里的每一个字；我曾一时激动，夸下海口：宁肯读普鲁斯特倒了胃口，也不愿去其他作家那儿找乐子。不过读过三遍之后，我也不得不承认他的书里不是每一部分都有等量的价值。我怀疑未来读者是否仍对普鲁斯特以冗长篇幅写下的散漫无边的追忆反思感兴趣，这种写法在当时是很流行的，但现在看来它不免有些过时和平庸。与现在相比，未来的普鲁斯特将更像是一位幽默作家，他塑造那些新颖独到、多种多样、栩栩如生的角色的能力使其与巴尔扎克、狄更斯和托尔斯泰齐名文坛。说不准将来某天会发行一部缩减版的普鲁斯特巨作，删去了因时代更替而失去价值的内容，保留下意趣不减的小说精魂。缩减后的《追忆似水年华》仍然很长，但将格外出色。我从安德烈·莫洛亚的佳作《追寻普鲁斯特》复杂的描写中勉强读懂，作者本意想将小说以三卷发行，每卷各四百页左右。第二、三卷在印时适逢"一战"爆发，发行就此延误。普鲁斯特身体欠佳不能参军服役，便用充足的闲散时间给第三卷添补了大量内容。"许多补充，"莫洛亚如是写道，"写得都像心理学及哲学论文，智者（我认为此处他指的正是普鲁斯特本人）借此对角色的行为加以评论。"莫洛亚还说："读者能从这些补允的内容中体会出一系列蒙田式散文的风格，主题涵盖了音乐的作用、艺术的新颖性、风格之美、人类类型之少和医学的用途等等。"此言不假，但这些内容是否增加了小说的价值，还要看究竟该如何定义小说文体的主要功能。

　　小说的功能何在，众说纷纭。赫伯特·乔治·威尔斯写过一篇有趣的文章，名为《当代小说》："我发现，想要探讨当代社会发展所引发的大量问题，小说是唯一的媒介。"未来的小说"是社会的斡旋者、思想的传输器、自我反省的工具、道德伦理的陈列、习俗文化的交流、对法律制度的考证和对社会教条的批判"。"我们要以此和政治问题、宗教问题、社会问题打交道。"威尔斯对认为阅读小说只为消遣的观点不屑一顾，更断言自己甚至无法忍受将小说视为一种艺术形式。更奇怪的是，他强烈反对自己的小说被称为某种宣传，"因为'宣传'这个词只能用于形容为有组织的政党、教会或教义而服务"。就现在情况来看，"宣传"已经有了更广的含义，它是一种手段，或口头或书面，通过广告、不断重复等方式使他人信服你对于是非对错、黑白曲直的观点，并以此规范所有人的行为。威尔斯几部主要的小说均旨在传播特定的信条和原则，这确是"宣传"无疑。

所有讨论最终还要落脚到一个问题，即小说究竟是不是一种艺术形式。它的目的是教育还是娱乐？如果小说的目的在于教育，那它便不是一种艺术。因为艺术只是为了娱乐。关于这一点，诗人、画家、哲学家不谋而合。然而，仍有许多人为这一观点感到震惊，因为基督教让人以疑虑之心对待享乐，并将其视为牵绊不朽灵魂的陷阱。其实更合理的做法是正视享乐，但谨记祸常从中起，对某些特定的乐子，敬而远之才是明智的做法。人们普遍倾向于认为所享之乐只由感官而来，这种想法再正常不过，因为感官之乐比头脑愉悦更加鲜活生动；只是有一点错误：头脑和身体有同样的愉悦感，即使来得不那么刺激，却能更加长久。牛津词典中这样定义"艺术"：审美鉴赏领域的技巧应用，如诗歌、音乐、舞蹈、戏剧、演讲、文学写作之类。这种定义毋庸置疑，但下面又有补充：在现代用法中，尤指以追求技艺完美、效果卓绝之目的而进行的自我展示。我想这也许是每位小说家的目标，但据我们所知，迄今还未有人能达成。我们似乎可以断定小说是一种艺术形式，即使未可谓崇高，总归是艺术的一种。不过它的形式在本质上极其不完美。关于这个话题，我在各方演讲中已经提过多次，恐怕现在要写的就是当时所讲的内容，所以我将简要地从中引述。

依我所见，把小说当作一方布道坛或是一个传播平台堪称暴殄天物，读者因此而被误导，还以为能从阅读中轻易学到知识。可事实是，想要获取知识，只能埋头苦学。若是能将有益知识的苦涩药粉包裹以虚构小说的甜蜜果酱，想必会更加适口。然而一旦药粉变得美味，药效就难以得到保障了。由小说家传授的知识本身就有所偏颇，因此不够可靠，与其了解已经有所曲解的知识，不如干脆就不了解为好。没有理由要求一名小说家除了写小说之外还得兼备别的能力。单单是写好小说，这就足够了。凡事他都要知道一点儿，但要求他成为通才其实并无必要，甚至有时会带来祸害。想知道羊肉的味道不用吃光一头羊，一块羊排即可。随后，回味着羊排的味道，借想象和创意之力，他就能绘声绘色地讲出爱尔兰炖肉的美味。但如果此人不能见好就收，反而大谈特谈绵羊养殖、羊毛纺织甚至澳洲的政治大观，听者就不妨对自己听到的东西有所保留。

小说家受自身偏见之影响。他选择的主题、塑造的人物以及对人物的态度都受其偏见左右。他笔下的文字是人格的展现，是天性本能和情感经历的证明，无论怎样尽可能地保持客观，依然是个人习性的奴隶。无论怎样尽可能地保持中立，也依然免不了要有所偏袒。在写作时，作家往往会在心里打起小算盘。他仅仅通过让某个角色率先出场的手段，就能赢得读者的兴趣和同情心。亨利·詹姆斯再三坚持小说家必须足够戏剧化。这个说法可能不太好懂，但确实是句大实话，一名小说家必须以能抓住读者兴趣的方式来陈述事实。因此，为了达到这一目的，有时不得已只好牺牲真实性和可靠性了。大家都知道，科普作品或信息类文章不是如此写成的。小说家的目的不在于教育，而在娱乐。

Ⅱ

小说主要有两种写法。每种写法各有优缺点。其一，以第一人称写作；其二，以全知者的角度写作。在第二种写法中，作者可以将一切帮助你跟随情节发展、读懂人物角色的信息娓娓道来，由内而外地描绘角色的情感和动机。好比一个人在过马路，他可以告诉你为什么要过马路以及这个动作背后的含义。先以一系列人物和情节为中心，随后再把焦点换到另一些人、另一些事上，使读者刚刚开始消减的兴趣再次复苏，通过故事情节的复杂化，展现生活的多种多样和变幻莫测。这样做的危害是故事里的某一群人也许会比其他人有趣得多，举个众所周知的例子，在阅读乔治·艾略特的《米德镇的春天》时，一旦读到自己不关心的人物，读者便感到百无聊赖。用全知者视角写作容易使小说显得笨拙、冗繁、芜杂。最善于使用这个视角的作家莫过于托尔斯泰，但即使是他也难逃这些陷阱。这种写作方式提出了一些要求，但作者往往无法有求必应。他必须钻到每个角色的骨子里，与其心意相通；但局限就在于只有当他与笔下人物有某些相似的时候，他才能做到这点。一旦在人物身上找不到自己的影子，作者便只能从外部观望，所描写的人物也就因此缺乏说服力，无法使读者信任。

我想，大概是因为亨利·詹姆斯——他对于小说结构格外关注——意识到这种写法的问题，所以在写作中使用了一种另类的全知角度。作者仍然是全知者，但他的无所不知只局限在一个人身上。既然人总会犯错，那么作者的无所不知也就并不完全了。作者的全知角度体现在这句话中："他看见她笑了。"而不是"他看到她笑容中的讽刺"。因为"讽刺"是他赋予笑容的含义，也许并没有什么道理。以《奉使记》中主人公斯特雷瑟为例，当书中某个特定角色有至关重要的作用时，亨利·詹姆斯发明的这种写作手法就显得非常实用了，它能保证整个故事的展开和其他角色的发展都以主要人物所见、所听、所感、所想和所猜为依据，也让作者屏蔽了其他无关紧要的内容。因此，小说的结构紧凑得恰到好处，语言也具备一定可信性。当读者顺意将目光集中在一个人物身上，就会不知不觉相信他说的话。读者需要知道的真相随着书中人物对真相的了解而逐渐揭开，因此更有一种发现的乐趣，看着困惑、晦涩及不确定的事实一点点水落石出。这种写法让小说有种侦探故事的神秘感，亨利·詹姆斯迫切想要实现的正是这种戏剧效果。然而，逐渐向读者泄露真相的风险在于，读者可能因为书中人物传达的线索而变得比人物本身更聪明，在作者还没有想揭露真相之前就早早猜出了事情的走向。我认为没有人在阅读《奉使记》时不会对斯特雷瑟的愚钝感到不耐烦。他对明摆在眼前的事实视而不见，就算身边所有人都已经看得清清楚楚。这是个"公开的秘密"，但斯特雷瑟却猜不到。这种写法的缺点因此暴露，强行把读者蒙在鼓里也是有风险的。

大部分小说都以全知者视角写成，就此可以推测小说家通常认为这样写作是解决某些问题的最佳方式；但以第一人称的角度讲述故事也自有其长处。好比亨利·詹姆斯的写法，第一人称叙述的运用增强了可信度，使作者保持切题；因为他告诉你的只能是自己看到、听到或做过的事情。十九世纪伟大的英国作家如果能用到这种方法那就太好了，可惜鉴于当时的出版方式和国民特性的原因，他们的作品都散漫无形，不着边际。第一人称写法的另一个好处是可以使读者与叙述者同情同感。你可以不赞同他，但却不得不关注他，与他同想同感。然而这种方法的一个弊端在于，以《大卫·科波菲尔》为例，当叙述者即主人公时，他便无法自然地说出自己风流倜傥、英俊潇洒的事实；谈到自己的英勇事迹时，也难免显得虚荣，而当所有读者都发现女主人公已经爱上了他，只有他还毫无察觉时，就有愚笨之嫌了。这种写法的更大弊端是所有作者至今都未能完全解决的，即一个身兼叙述者和主人公两个角色的人物，往往比其他人更显苍白，而不够真实。我曾自问为何如此，唯一能想到的解释便是作者从主人公身上找到了自己的影子，所以自内而外地主观观察这个人物，从他口里说出自己看到的东西，将自身感受到的困惑、软弱、犹豫一并赋予他。塑造其他角色时则是身处其外，客观地通过想象和直觉着手。如果他有幸拥有狄更斯一样的卓越天赋，便能在观察其他角色时带有十足的戏剧张力，使之趣味盎然，就连他们的古怪行径也都显得有声有色；这些角色因此鲜活起来，而仿佛作者自画像一般的主人公自然就黯淡苍白了。

有段时期还特别流行另一种体裁的小说。这种小说为书信体，每封信都是第一人称视角，但出自不同人之手。书信体小说具有极强的真实感。读者会轻易相信这些是真实的信件，由书信中的落款人而写，只是因为秘密泄露才不慎流传出来。作者借书信体小说最想达到的无非就是真实感，他想让你相信他所说的都真实发生过，就算像敏豪生男爵[1]的奇遇一样荒诞或像卡夫卡的《城堡》那样恐怖。但这种体裁也有严重缺陷。这是一种迂回、复杂的叙事方式，有时拖沓得令人无法忍受。信件往往太啰嗦，包含太多无关紧要的内容。读者越读越无趣，于是书信体小说的热潮就渐渐退去了。这种体裁的小说中有三部可以称为杰作：《克拉丽莎》《新爱洛依丝》《危险关系》。

在我看来，仍然有不少以第一人称视角写作的小说回避了其写法的缺陷，且充分发挥了优势。这也许是最为方便、最实用的小说写法。这种写法运用的集大成者莫过于赫尔曼·梅尔维尔的小说《白鲸》。在书中，作者既是讲故事的人，却又并非主人公，讲的也并不是自己的故事。他是书中的角色，与故事里的人物保持或多或少的密切关系。他的角色对情节没有决定性影响，反而是书中关键人物的知己密友，负责调解和观察他们。像古希腊悲剧中的歌队一样，他对亲眼目睹的事情进行反思；哀悔也好，劝慰也罢，却无力改变任何事情的走向。他向读者吐露真相，告诉他们自己了解、希望或害怕些什么，但他陷入窘境时也会如实相告。他不必将这个角色设置得愚昧无知，也不需像亨利·詹姆斯的小说《奉使记》中的斯特雷瑟那样，向读者隐瞒那些作者有所保留的事实。恰好相反，他可以是作者笔下一个机灵而清醒的人。作者和读者合为一体，他们对书中的人物、角色、动机和行为抱有同样的兴趣，读者因此对书中的人物产生熟悉感，这与作者在创造人物时所感受的无异。作者通过这种写法所实现的真实感，和作为小说主人公的第一视角写法一样令人信服。他在塑造人物

---

1. 相传敏豪生男爵是十八世纪德国的一位军人，他退伍回来后，曾把自己参军的见闻编成故事讲给别人听。后由德国作家鲁道夫·拉斯伯改写成小说作品《敏豪生奇遇记》。

的同时激发读者同感，即使角色身上带有主角光环，读者也不会像阅读以主人公为第一视角的小说那样感到厌烦。一种能够促进读者与角色之间默契，并且增强真实感的小说写法，自然值得我们推崇。

我在此冒昧地讲讲一部优秀的小说应具备哪些品质。首先，主题应符合大众兴趣，我指的是小说不该只吸引到某个小圈子——不论是评论家、教授、知识分子，还是公交售票员或酒保——而应对普罗大众都具有吸引力；小说应该有恒久的趣味，围绕一时兴起的主题来创作是轻率的行为。等热度一过，这样的小说就变得像上个礼拜的报纸，不堪一读。作者要讲的故事应连贯而使人信服；应有开头，有中段，有结尾，结尾该是开头的自然结局。故事情节应合情合理，除承接发展主题的功能，还应超脱于故事之外。小说中的人物应独具个性，行为举止要从角色身份出发。不能让读者有这样的想法："某某人绝不会做这样的事。"正相反，要让读者感受到："某某人的举动和我预想的一模一样。"角色本身要是充满趣味，那就更好了。福楼拜的《情感教育》在评论家中享有盛名，然而主人公如此呆板无趣、平凡乏味，让人对他的行为和境遇丝毫提不起兴趣；因此，即便这书有千好万好，可读性依然不佳。至于书中人物为何需要充满个性，我想此处不妨说明一下：指望小说家创作一个全新的人物未免是过分的请求，他的素材来自人之天性，即便世上人人不同，论其种类也并非无限，而小说、故事、戏剧、史诗已经写了数百年，想再写出一个全新的角色是极小概率的事情。回想我读过的所有小说，唯一一个堪称绝对原创的人物只有唐·吉诃德。即便如此，将来要是某个博学多识的评论家发现了他的"远亲"，我也不会感到惊讶。作者若能透过自身性格观察其笔下人物，且他本人的个性刚好与众不同，能隐约给人一种书中人物皆出自原创的感觉，那他无疑是个幸运的作家。

　　既然人物的行为举止应从角色身份出发，他的语言谈吐也不该例外。时髦的女人就该说时髦女人的话，站街的妓女就该说站街妓女的话，跑马赛的票贩子或是律师说的话都要符合自己的角色（这是梅瑞狄斯和亨利·詹姆斯的一点不足。他们书中的人物一张嘴就能听出是梅瑞狄斯和亨利·詹姆斯）。对话不宜时断时续，也不应成为作者高谈阔论的工具；应为丰满角色和推进故事发展而服务。叙事部分应生动、切题，除了清楚介绍人物动机和其处境之外不应占用更多篇幅，语言需简洁明晰，具备说服力；文字需简单易懂，保证一般教育程度的读者可以畅读。语言风格符合故事内容，好比剪裁得当的鞋子应妥帖合脚。最后，一部小说应该非常有趣。我虽把这点放在最后说，实际这才是关键核心，没有了趣味，其他品质便黯然失色了。小说的趣味来得越聪明就越好。"趣味"一词有很多含义，其中一条是提供消遣娱乐。然而把娱乐消遣当作趣味的唯一作用是常见误区。阅读《呼啸山庄》或《卡拉马佐夫兄弟》获得的乐趣和阅读《项狄传》及《老实人》没有差别。这些小说吸引人的点有所不同，但都同样正当合理。显然，小说家们依然有权利去思考那些人类永恒的主题——上帝的存在、灵魂的永生和生命的意义。即使他们同时谨记约翰逊博士的忠告：关于这些话题，再出现的言论要么不新，要么不真。当这些主题是故事不可或缺的一部分，或决定了人物的塑造定型并影响其行为时，小说家只好寄希望于读者能对他们就这些主题的阐述产生兴趣——毕竟如果不讨论这些主题，书中的某些情节也就不会发生了。

　　然而，即使一部小说拥有所有我提到的优秀品质——这已经要求得够多了——形式的缺陷仍然会使小说无法企及完美这一目标，所谓白璧微瑕正是如此。这也是为什么世上不存在完美的小说。一个短篇故事是小说的一部分，根据其篇幅长短，阅读时间大概在十分钟到一个钟头，故事围绕一个单独的、定义明确的主题展开，讲述一件或一系列密切相关的精神、物质层面上的完整故事，多一点或少一点都不可能。从这个方面来讲，我相信完美是可以被企及的，搜集一系列已经做到完美的短篇故事也不会是件难事。但是小说是种篇幅不定的叙事类作品，既可以像《战争与和平》那样涵盖诸多事件与角色，也可能如《卡门》一般短小精悍。为了让小说情节更具可信度，作者不得不陈述其他一系列相关的事件，而这些事件本身并不有趣。很多事件的发生通常要求有时间间隔，作者为了平衡作品，需要绞尽脑汁填补这些间隔。这些填补被称作"桥"。大多数作家听之任之，见"桥"就过，尽管多多少少都以技巧应付，但也敌不过这"桥"越过越无趣。小说家也是人，会受时代风气的影响。由于他们的感情与常人相比更加敏感，所以在风气消散后，其文字也就失去了魅力。举个例子，十九世纪之前，小说家不太关注景物描写，只一词一句的简单刻画就足够了；但当以夏多布里昂为代表的浪漫主义学派开始引领文学潮流后，为写景而写景的现象变得越发流行。不过是一个人沿着大街走去杂货店买把牙刷，都非要加上作者对这一路经过的房子及店里卖的其他东西的描写。黄昏日落、墨夜星辰、没有一丝云的天空、积雪覆盖的山峰、黑暗无光的森林——都成了没完没了的写景素材。景致再美，无关主题：直到很久之后，他们才恍然发现，不管景物描写多么如诗如画，如果不是必需，即有助情节发展或阐明读者理应知道的事实之外，也便毫无意义。如果说这样的瑕疵只是偶然出现，那另一些问题却是与生俱来的。小说作品应满足一定的篇幅，作者的创作时间少则几周，通常多达数月，甚至偶尔要花费数年。作者的创造力时强时弱，有时只能依靠不懈的勤奋和一贯的功力才能写下去。在这种情况下还能牢牢抓住读者的兴趣，堪称奇迹。

在过去，阅读之人重量而不重质，他们觉得既然花了钱就要读到足够长的小说。为满足这一要求，作者只好硬着头皮把一些可有可无的东西一并交付印刷商。他们发现了一条捷径：在小说里插入其他最多看似合理甚至完全与主题无关的故事，有些故事的长度甚至可以被称作中篇小说了。关于这点，没有哪位作家比塞万提斯做得更理所应当。添写过多一直以来都被视为《唐·吉诃德》这部不朽之作中的一处污点，现在的读者更没有耐心阅读了。与他同时代的评论家曾因此加以抨击，于是他索性在这本书的第二部中删掉了这些冗余故事，反而让续集比第一部作品更优秀，令人不敢置信。但之后的作家并未从这件事里吸取教训（他们显然没读过那些评论），还是继续滥用添写的方法，以向出版商交出厚厚一本、可以卖得很好的小说。到十九世纪，新的出版方式给小说家们带来新的诱惑。按月发行的期刊给所谓的"通俗文学"腾出了不少篇幅，杂志也因此而大卖。因此，作家可以通过连载的方式发表作品，捞上一笔钱。几乎就在同时，出版商也尝到了把知名作家的小说按月刊登的甜头。作者按照合约每月上交一定篇幅的文字来填满一定篇幅的空白。如此一来，他们的作品变得更加散漫、冗长。从这些作家的坦言中我们得知，即使是个中最优秀的几位，比如狄更斯、萨克雷、特罗洛普等，都把按期按时被迫交稿视作一项沉重的担子。难怪他们总是扩写！难怪他们要加上那么多无关紧要的情节！想想一个作家面前横亘着多少需要解决的困难和需要回避的陷阱吧，我并不奇怪为何最伟大的小说也是不完美的，我只震惊于它们的不完美之处竟然不多。

Ⅲ

我曾为提高写作水平读过不少讨论小说的书。这些书的作者基本上都和赫伯特·乔治·威尔斯一样，反对将小说视作消遣的工具。他们普遍同意的一点是，小说中的故事反而是无关紧要的。他们倾向于认为，故事情节会使读者无法关注他们眼中的核心要素。这些作家似乎并没有意识到，书中的故事和情节才是作者为吸引读者兴趣而抛出的救生索。讲故事在他们眼中仿佛降级成了小说的一种低级形式。我心里很纳闷，其实听故事的欲望早已深深植根于人类本性之中，就像占有欲一样强烈。在历史的开端，人类便凑在篝火旁，聚在市场里听别人讲故事。直到今天，这种欲望都不曾消减，侦探小说的大受欢迎就是最好的证据。然而事实上，如果把一个小说家定义为单纯的讲故事的人，就像是对他的一种侮辱。我认为，这世界上并没有单纯的讲故事的人。在讲故事、塑造角色、表明态度的同时，他已经为读者提供了对生活的某种批判。即使这种观点并非原创或不够深刻，但它确实存在着；因此，即使作者自己都没有察觉，他却在以一种特殊而谦虚的方式成长为一名道德家。道德和数学不同，并不是一门具体的科学。在处理人类行为问题时，道德不容变通；而就我们所知，人类是虚荣、多变、优柔寡断的。

我们生活在一个动乱不安的世界，这无疑是小说家应该处理的话题。以后的日子难以预测。自由岌岌可危。焦虑、恐惧和沮丧攫住我们。长久以来无可争议的价值观如今似乎令人质疑。这些问题仍然严峻，但小说的作者可能意识不到，涉及这些话题的作品在读者眼中也许是晦涩难懂的。避孕用品的发明使人们对贞洁的崇拜不复存在。小说家很快就注意到了书中性关系的妙用，因此每次到了需要吸引读者逐渐削弱的兴趣的时候，他们就会让书里的人物来一段翻云覆雨的情节。此举是否明智，我并不确定。关于性爱，切斯菲尔德伯爵曾经说过，高潮是短暂的，过程是尴尬的，代价是可怕的。如果他能活到今天，读过当代小说的话，恐怕还要再加一句：对这种单调行为不厌其烦的描写是乏味的。

现在的小说越来越重视人物刻画而不注重故事情节，诚然，人物的刻画至关重要；只有和书中的角色有了默契，才能与他们感同身受，否则发生在他们身上的事，对你来说什么都不是。重人物而不重情节只是写小说的其中一种方式。单纯描述情节，而人物描写敷衍了事、平淡无奇的小说也像其他作品，同样拥有存在的权利。实际上，有不少小说都是这种类型，比如《吉尔·布拉斯》《基督山伯爵》等。《一千零一夜》里的谢赫拉莎德要是把每个故事的重点从精彩的冒险经历转移到对人物特点的刻画斟酌，恐怕她的脑袋早就保不住了。

在接下来的章节里，我会在讨论每本书时介绍一下作者的生活和性格特点。这样做一部分是因为自己觉得有趣，另一部分也是为了读者考虑，了解作者其人想必能加强对其作品的理解和赏识。认识福楼拜之后，就不难理解《包法利夫人》里那些原本让人莫名其妙的情节；知道了关于艾米莉·勃朗特那点儿为数不多的背景，想必更能从她精彩又古怪的作品中读出几分辛辣味。

作为一名小说家，我从自己的角度出发来写这几篇文章，风险在于：一个小说家喜欢的小说很可能是与他自己作品相近的类型，他会根据与自己作品的相似程度来评论一部小说。为了评价那些无法使他产生共鸣的作品时能保持公正客观，他需要为人正直、感情淡漠、心胸开阔。情绪容易冲动的人很少能做到这点。从另一方面来讲，假若评论家本身不写小说，就很难透彻了解小说的写作技巧，这样写出的评论要么充满了无足轻重的个人感悟（除非他们能像戴西蒙·麦卡锡一样，不仅精于文学，还通晓世故），要么只能根据那些不可变通的苛刻规则妄加批评。想要得到这种评论家的欣赏只能乖乖遵守规则，这就好像鞋匠做鞋，只有两个码子，走运的话尺码刚好合适，否则就只能打赤脚，反正鞋匠也不在乎。

　　这本书写作的初衷是为了吸引读者阅读他们感兴趣的小说，但为了保持他们的好奇心，我不得不避免过分透露剧情。这样一来，就很难透彻地分析一本书。再次改写文章时，干脆放开了写，只当读者已经知道了这几本书的情节，有些作者刻意隐瞒到结尾的事实，我提前剧透也就无伤大雅了。不足之处直言不讳，好的地方也不做保留。对一般读者来说，没有什么比对某些所谓经典名著的不加区分的赞美更无益处了。当他捧起书来，却发现某个事件的起因无法让人信服，某个角色毫无真实性可言，某个章节与主题无关且文字读来味同嚼蜡。假设这读者性急口快，怕是要痛批那些个将本书称为杰作的评论家都是一群傻蛋；但如果这读者性格谦虚，也许就暗恨自己不够灵通，高攀了一部本不属于自己这流人物的杰作；又若他天性勤励固执，哪怕内心叫苦连天，恐怕也要把此书读上一遍又一遍。但小说的阅读在于乐趣，如果读者没有乐趣，那起码在他看来，这本书就是没有价值的。从这个角度来看，每个读者都是自己最好的评论家，仅仅凭着自己的感觉，就知道哪本书是真正有趣味的了。然而，有些小说家也许认为自己有权对读者提出要求，如果你不同意这点，那你对他的看法就不算公正。他有权要求读者专心致志地读完这三四百页的内容。他有权要求读者发挥想象，并以此对其笔下的众生万物、人间百态、刺激冒险充满兴趣。如果读者自己拿不出点本事来，就别想把一本小说读懂读透。做不到这些要求，干脆还是别读这本书了。可阅读小说，又何来义务可言？

Chapter 02 | 亨利·菲尔丁与《汤姆·琼斯》

I

想写关于亨利·菲尔丁的事可不容易，难就难在我们对他的生平所知甚少。1762年，亚瑟·墨菲在菲尔丁去世八年后，为他写了一部简短的传记作为其文集的前册。墨菲似乎认识菲尔丁，但恐怕这交往也始于后者生前的最后几年。他手中材料寥寥，无处下笔，大概要填满书中八十页的篇幅只能靠连篇累牍地扯些题外话了。书中讲到的事实本来就不多，后续研究中又被发现其中不乏疏漏。上一位详细描写过菲尔丁生平的作家是剑桥大学彭布鲁克学院的院长霍姆斯·杜登博士，他所著的两部厚厚的菲尔丁传记是其辛勤写作的不朽成果。通过对当时政治局势和1745年"幼僭王"[1]那场悲剧栩栩如生的描绘，他为书中主人公波折起伏的经历更添几分色彩、深度和传奇。我相信想了解亨利·菲尔丁，只需阅读彭布鲁克院长所著的传记便足够了。

---

1. 查尔斯·爱德华·斯图亚特（1720—1788），英国王詹姆斯二世之孙，曾企图恢复英国的斯图亚特王朝，领导了著名的苏格兰战役。

菲尔丁是绅士出身。他的父亲是索尔兹伯里[1]教士约翰·菲尔丁的第三个儿子，而约翰是戴斯蒙德伯爵的第五个儿子。戴斯蒙德家族是登比家族中比较年轻的一系，后者宣称自己是哈布斯堡王室之后代。《罗马帝国衰亡史》的作者爱德华·吉本在自传中写道：查理五世[2]的后裔们可能不承认这门在英格兰的远房亲戚，但《汤姆·琼斯》中对人性百态的精细刻画，注定会超越埃斯科里亚城堡和奥地利王室的皇家鹰徽，长留于世。这段话引起众人共鸣，而同时登比家族所谓与王室同源的言论也始终没有根据支撑。至于说到家族的姓氏"菲尔丁"，这里还有个众所周知的故事，即一次伯爵问亨利·菲尔丁其姓氏的来源，亨利回答说："我猜想这是因为在大人您的家族学会写字之前，我的家族就已经会了吧。"

菲尔丁的父亲从军服役，在马尔伯勒将军的带领下效力战场，"为勇气和尊严而战"。后来他娶了国王法庭的律师亨利·古尔德的女儿。1707年，在古尔德位于格拉斯顿堡附近沙伯姆园的乡间宅子里，我们的作家诞生了。两三年后，再添两女的菲尔丁夫妇搬去了多塞郡的东斯托尔，住进律师给女儿置办的一套房产中，在那里他们又生养了三个女儿和一个儿子。菲尔丁夫人于1718年去世，第二年亨利·菲尔丁进入伊顿公学。他在学校结识了不少益友，如果随后没有退学的话，那么如亚瑟·墨菲所说，"对希腊文学的精通异于常人，并掌握了基本的拉丁经典作品"的菲尔丁一定会着迷于研究经典文学。后来，在他贫疾交加的那段日子里，他从阅读西塞罗的《自我安慰》中找到了慰藉；在生命弥留之际，他乘上一艘开

---

1. 英格兰南部的一座城市。
2. 神圣罗马帝国皇帝。

往里斯本的船，随身带着的是一本柏拉图的著作。

　　离开伊顿公学后，菲尔丁没有直接升入大学，而是同祖母古尔德夫人在索尔兹伯里小住了一段日子，那时古尔德先生已经逝世了。据杜登博士所言，他用这段时间读了一些关于法律和其他各种类型的书籍。青年时期的菲尔丁可谓一表人才，足有六英尺[1]的高个子，强壮而活泼，眼窝深深陷下去，鼻梁高挺，上唇极薄，轻蔑地微微翘着，下颌的线条坚毅而突出。他生着一头褐色鬈发，牙齿洁白齐整。十八岁的他已经能看出未来的样子。他当时正住在莱姆里杰斯，陪同的还有一位值得信任的仆人，愿意为了主人"两肋插刀，赴汤蹈火"。在那里，他爱上一位莎拉·安德鲁小姐，其丰厚的身家财产让她的魅力更添几分。菲尔丁密谋要带莎拉私奔，娶她为妻，宁肯不惜一切代价。但他的计划被识破了，年轻的小姐慌乱逃走，安安稳稳地嫁给了另一位更合适的追求者。据我们所知，之后的两三年里菲尔丁搬去伦敦生活，靠着祖母给的钱，把一个出身体面、相貌俊俏、风度翩翩的年轻人能在城里享受到的一切乐子都玩了个遍。1728年，受到表亲玛丽·沃特利－蒙塔古女士[2]的影响，又承惠于充满魅力却品行不端的女演员安妮·奥德菲尔德，菲尔丁的戏剧登上了德鲁里街的剧院舞台，由考利·西伯饰演主角。随后不久，他进入莱登大学学习，每年从父亲那里拿到二百英镑的生活费。但是后来父亲再娶，拿不出或者说不愿再拿出生活费给他。所以一年后，亨利被迫回到了英格兰。尽管当时处境如此尴尬，但他心态依旧乐观，自嘲只能

---

1. 六英尺约为 1.8 米。
2. 英国著名女作家。

做个马车夫或者穷酸地靠笔杆子维生。

奥斯汀·多布森曾为《英国文学家》丛书写过一部菲尔丁传记，他说："热情和机遇让他的作品登上了舞台。"菲尔丁具备热情、幽默和对现世的敏锐观察力；这正是一名剧作家所需要的；此外，他似乎别具巧思，擅长娓娓道来。奥斯汀·多布森所说的"热情"很可能指的是剧作家特有的表现欲，以及菲尔丁本人把写剧本当成挣快钱的法子。所谓"机遇"，应该是婉转地表明他英俊阳刚的外表和他得到著名女演员爱慕的事实。赢获当红女演员的芳心大概是年轻剧作家把自己作品搬上舞台最稳妥的方式。1729年到1737年之间，菲尔丁创作、改编了二十六出戏剧，至少有三出大受欢迎；还有一出让斯威夫特大笑不止，这位主教日后回忆道，他的人生只有过两次这样的经历。菲尔丁专注于喜剧创作后却发现效果不佳；他最成功的创作是一种自创（我是这样认为的）模式，包括唱跳歌舞、时事评论和对社会名流的模仿与影射。这与我们现在流行的针砭时弊的滑稽剧其实没什么区别。据亚瑟·墨菲书中所写，菲尔丁的滑稽剧"通常用两三个上午就写出来了，笔头功夫可见一斑"。杜登博士认为这是墨菲的夸张之辞，我却不能苟同。他的作品有些非常简短，我听说很多浅显的喜剧都能在一个周末写就，水平也不亚于菲尔丁出品。菲尔丁的最后两部戏剧抨击了当时的政治腐败，言语辛辣到令当时的内阁通过了一项法案，要求剧场经理在戏剧上演前必须先拿到宫务大臣的许可。直到现在这条法案还在实施，专为折磨英国的戏剧创作者。这次风波之后，菲尔丁便很少给剧院创作了，只有在手头实在拮据时才偶尔为之。

我不想假装自己曾读过他的戏剧，但我的确翻过几页，大致浏览了几幕场景，他剧本中的人物对话似乎非常自然、活泼。我读到的最有趣的一句是他在《悲剧的悲剧》中对角色的描述，这种描写在当时很流行："一个几乎完美无缺的女人，除了平时爱喝点小酒。"人们一般认为菲尔丁的剧作无足轻重，倘若他不是写出《汤姆·琼斯》的那个人，恐怕没人会关心他的戏剧。这些作品缺乏鲜明的文学特色（康格里夫的戏剧则做得很好），而两百年后坐在自家书房里阅读这些作品的评论家却偏偏想要看到这点。但剧本是用来演的，不是用来读的；有文学特色固然好，但往往（通常）为追求文学性牺牲了其可表演性。现在来看，菲尔丁的剧本已经失去了曾经的可圈可点之处，因为戏剧需扎根于现实，所以也注定其几乎像报纸那样短命；菲尔丁的剧本，就像我曾说过的，其成就应归功于对时事的敏感；但它内容浅显，因此必须文有所长；如果观众不喜欢的话，单凭一个年轻人热衷创作戏剧的愿望或一个当红女演员所施加的压力，都不足以使剧场经理同意一遍又一遍地上演这出戏。在这件事里，观众才是最后说了算的人。只有能捕捉到观众的口味，剧场经理才不会以破产而告终。菲尔丁的戏剧至少有把观众吸引到剧院观赏的优点。《悲剧的悲剧》连续"上演了四十个晚上"，《巴斯昆》演了六十场，这几乎和《乞丐歌剧》[1]的上演时间一样长了。

菲尔丁对自己的剧本价值并不抱幻想，他自己也说，在正该开始创作戏剧的时候却选择了停笔。他写剧本只是为了钱，并不费心去理解观众的喜好。"很多菲尔丁目前还在世的朋友都知道，"墨菲这样写道，"每当他签好合同准备创作一部话剧或滑稽戏时，都要三更半夜才从酒馆里离开，第二天早上再把写在烟卷包装纸上的一幕交给演员，并以此为乐。"

---

1. 由剧作家约翰·盖伊创作，于 1728 年初首次在伦敦上演，在英国大受欢迎，是当时最成功的戏剧之一。

在喜剧《大婚之日》的彩排中，一个名叫加里克的演员对剧中一幕很不满意，要求菲尔丁删去这部分。"没门儿，去他妈的！"菲尔丁说，"要是真不够好，就让观众自己挑刺吧。"这出戏最终上演了，台下嘘声四起，加里克回到演员休息室却发现我们的大作家正得意洋洋地喝着香槟享乐。他这会儿已经喝了不少了，斜眼看着加里克，嘴边还挂着几根烟丝，"出什么事了，加里克？"他说，"那些人在嘘什么？"

"什么事？还不是我先前让你删掉的那幕戏！我早知道这样不行，观众的反应吓坏我了，害我一整个晚上都魂不守舍。"

"去他妈的，"我们的大作家说道，"让他们看出来了？"

这是亚瑟·墨菲讲过的一则故事，我相当怀疑其真实性。我认识不少像加里克一样兼任剧团监制的演员，也和他们打过交道，如果他们觉得某一幕戏可能毁掉整场演出，势必不会同意将其搬上舞台。但这则轶事未必是空穴来风，多少有些可信度，至少能说明在朋友眼中菲尔丁竟是这样一副形象。

我可能在菲尔丁"剧作家"这一角色上着以太多笔墨，其实这至多是他职业中的一部分，但我想他的作家生涯也深受其影响。不少小说家曾尝试过剧本写作，但要论个中颇有成就者一时还真无法列举。写小说和写剧本需要的技巧天差地别，懂得如何写作小说对剧本创作并没有什么帮助。小说家有的是时间慢慢展开主题，极其详尽地描绘笔下角色，让读者通过人物的动机来自行理解他们的行为；若是小说家颇有技巧，也许还能化荒诞为真实；若是小说家富有讲故事的天才，那在故事开始之初不妨长做铺垫，让高潮的到来更加引人入胜（一则杰出的范例是克拉丽莎的信，她在信中揭露了自己被诱奸的事实）；小说家不必展示某一行为，只做叙述便够；他可以通过对话——随便他写多长——让书中角色自我辨明。但戏剧的发展必须依赖于行为，此处指的不是某种剧烈动作，比如从悬崖坠落或被公交车活活碾过去。在剧中，仅仅是水杯的一递一接，也足以表现出最强烈的戏剧张力。观众的精力很有限，只有此起彼伏的情节发展才能使他们保持注意力；每时每刻都要有新鲜事物发生；主题应开门见山，故事的线索务必清晰明确，不能偏题，更不能离题；对话要简洁扼要，使读者不必停顿思考就能领会含义；人物应保持一致，方便观察和理解，即便角色再复杂也得设计得有理有据。一出戏里不该有悬而未决的情节；剧本的基础与结构可轻巧，但万万不可松散或无所依据。

当一名剧作家掌握了我认为写剧本所必需的才能技巧，并写出令观众津津有味全情投入的戏剧时，他便获得了几分创作小说的独特优势。他知道如何言简意赅；明白即刻发生的事件往往更有冲击力；避免拖拖拉拉，更能稳准切题；以人物的对话和动作而不是过多描述来诠释角色。这样一来，等他铺展开更大的画布开始写小说的时候，就不单能得益于小说这一文学体裁所富有的特点，过去剧本创作的经验还能使他的小说节奏更快，更生动曲折。以上这些绝妙的品质，不少在其他方面大有建树的杰出小说家都并不具备。我不认为菲尔丁写剧本的那些年是在浪费时间；相反，这段经历在未来他开始小说创作后，更显得弥足珍贵。

1734年，菲尔丁与夏洛特·克莱道克成婚。新娘是索尔兹伯里一位寡妇的两个女儿之一，关于她的背景我们所知甚少，仅听说她貌美如仙、魅力四射。克莱道克夫人世俗而执拗，似乎对菲尔丁的提亲非常不满，但这也不能怪她，菲尔丁没有稳定的生计，和剧场的那点合作关系也很难让新娘谨慎精明的母亲放得下心。总之，这对恋人私奔了，就算克莱道克夫人紧追不舍也"没赶得及拦下这对年轻人的婚事"。夏洛特是《汤姆·琼斯》中苏菲娅和《阿米莉亚》中阿米莉亚的原型，读过这两本书的人应该能把菲尔丁眼中的妻子形象推测得八九不离十。一年后，克莱道克夫人离世，留给夏洛特一千五百镑的财产。这笔钱正解燃眉之急，因为年初菲尔丁的一部戏反响惨淡，手头格外紧张。他过去习惯了时不时去母亲留下的老房子里小住，现在还会带着自己年轻的妻子一同过去。菲尔丁在那儿待了九个月，大手大脚地宴请朋友，享尽了乡村生活的一切乐趣。再回伦敦时，他用花剩下的夏洛特的钱——想想也知道——租下草市街的小剧场，并在此上演了他最出色的一出戏剧——《巴斯昆：时代的讽刺剧》。

等批准戏剧上演的规定正式成为一项法律后，菲尔丁的戏剧生涯也就到此为止了。彼时，他已有一妻两子，手头财富寥寥仅够营生。他必须再找到一个生财门道。于是三十一岁的菲尔丁开始进入中殿律师学院学习，虽然据亚瑟·墨菲所述，"早年寻欢作乐的习惯，现在偶尔也会复发；他精神亢奋，精力旺盛，总是忍不住跑去城里找乐子"，但大多时候他学习刻苦，并顺利考取律师资格。他已经准备好苦干一番，却无奈接不到多少案子；也许是因为其他律师对一个靠写轻喜剧和政治讽刺剧出名的人有所偏见吧。除此之外，他做了三年律师后，痛风的毛病开始频繁发作，不能按时出庭了。为了挣钱，他不得已给报纸做写手，同时挤出时间完成了第一部小说《约瑟·安德鲁》。两年后，妻子夏洛特过世。她的早逝让他痛不欲生。路易莎·斯图尔特夫人曾写道："他热烈地爱着她，她也同样爱他；而他们的生活却不够幸福，几乎一直赤贫，偶尔才能有片刻的平静与安稳。全世界都知道他为人不够谨慎；一旦手头有些闲钱，没有什么能阻止他挥霍殆尽，也没有什么能让他做长远考虑。有时他们生活在体面的居所里，日子相对舒适；

有时他们沦落到住破阁楼，食不果腹；更别说时常会在欠债人拘留所里发现菲尔丁的身影了。他的个性随遇而安，一路也就这么走过来了；但与此同时，烦忧和焦虑正慢慢折磨着妻子那更为敏感脆弱的心，拖垮了她的身体。她一日不如一日，最后发起高烧，死在了丈夫怀中。"这一段记述非常可信，菲尔丁《阿米莉亚》中的情节也成为佐证之一。我们知道小说家在写作时往往不会放过自己的任何一段经历，菲尔丁构思比利·布斯这个人物时，不仅参考了自己和作为阿米莉亚原型的妻子，还以他们的婚姻生活作为素材。妻子死后四年，他娶了自己的女仆玛丽·丹尼尔。玛丽那时已有三个月身孕。这次婚姻让他的朋友大吃一惊，而自夏洛特去世后一直和他同住的妹妹也因此搬离了房子。他的表姐玛丽·沃特利-蒙塔古夫人对他嗤之以鼻，因为他"甚至对给自己烧饭的女仆都有兴趣"。玛丽·丹尼尔也许缺乏个人魅力，但她的确是个好女人，菲尔丁每次提起她时语气里都充满爱恋和尊敬。她言行得体，把他照顾得很好，是位贤惠的妻子和慈爱的母亲。她给菲尔丁生了两个儿子、一个女儿。

当年还靠写剧本勉强糊口的菲尔丁曾向叱咤风云的罗伯特·沃波尔伯爵示好；但尽管他献尽美言，送上自己的剧本《摩登丈夫》，这位大臣却并不领情，什么忙都不愿给他帮。菲尔丁随即决定投靠沃波尔的对立党派，给其中的一位领袖切斯菲尔德伯爵谏言示意。杜登博士这样形容他："他的意图再明显不过了，只要人家愿用他，他就乐意以智慧和幽默为之效劳。"最终，这支对立政党表示同意，任命菲尔丁为《胜利者》报纸的编辑，这份报纸专门用来攻击、戏谑罗伯特伯爵和他的内阁。沃波尔于1742年下台，经过短暂插曲后，亨利·佩勒姆顺利继任。菲尔丁所效力的党派当政，之后几年的时间里他编写的文章都以支持和维护政府为主题。

自然而然地，他希望自己的工作得到报偿。那些在伊顿认识并一直保持来往的朋友中有一位叫作乔治·利特尔顿，他出身于显赫的政治世家（直到现在依然位高权重），为支持文学事业慷慨资助。利特尔顿后来成为亨利·佩勒姆政府中的财政大臣，1784年助力菲尔丁出任威斯敏斯特的治安法官。很快，他的管辖范围就扩大到米德尔塞克斯，为工作之便带着全家人在博尔街的官员住所安顿下来。他很适合这份工作，因为早前曾做过律师并且通达人情事理，颇有天赋。菲尔丁说，在自己就职前，这个职位一年能挣到五百镑的"黑钱"，而他干干净净挣到的收入不过三百英镑而已。在贝德福德公爵的帮助下，他从公务资金中拿到一笔津贴，每年能有一百或二百英镑。1749年，《汤姆·琼斯》出版，他在写这部小说时还兼职代表政府编写报纸。林林总总加起来，能挣到七百英镑，当时的钱价值是现在的五六倍，也就是大概相当于现在的四千英镑差不多。这放在今天是一部小说很可观的收入了。

菲尔丁的身体状况堪忧。痛风频发，不得不经常去巴斯疗养，或去伦敦周边一间村舍休息。但他没有停止写作，包括一些与职务相关的宣传册。据说其中的一份《对近期劫匪猖獗现象的原因调查》还令名噪一时的《金酒法令》[1]顺利通过。他还写了《阿米莉亚》。他的勤奋工作令人赞叹。《阿米莉亚》出版于1751年，同年，他还着手负责编辑另一家报纸《科芬园日报》。他的身体越来越糟糕，显然已不能胜任治安法官的职务，于是1754年在打击解散了一群已经成为伦敦恐怖分子的"恶棍和杀人犯"后，他辞去工作并将职位传给同父异母的弟弟约翰·菲尔丁。此时，想要继续活下去，似

1.英国议会于 1751 年颁布的一项法令，以管理酒类产品的贩卖来减少社会犯罪。

乎只能搬去气候比英格兰温和许多的地方生活，所以1754年6月，他乘坐理查·维尔掌舵的"西班牙女王号"船离开故乡，前往里斯本。同年八月到达目的地，又过了两个月后他与世长辞，时年四十七岁。

II

我匆匆浏览了一些并不充分的资料，思考起其中讲述的菲尔丁的一生，心中忽然腾起某种特殊的感觉。他是这样一个真实的人。阅读他的小说时会发现，极少有小说家能像他这样把自己的生活融入到作品中，这种亲切的感觉仿佛是与多年至交才会有的感情。他的身上独有一种现代感，这即使在今天的英国人身上也并不常见。你也许能在伦敦和他打个照面，也许在纽马克特，在狩猎季节的莱斯特郡，或八月份的考兹、隆冬时节的戛纳或蒙特卡洛。他是位绅士，风度翩翩。长相英俊，性格和善，很好相处。他并非极有教养，却很尊重那些有教养的人。他喜好女色，经常被当成奸夫惹上官司。他不是一个本分的劳动者，也的确没有必要成为这样的角色。尽管终日无所事事，却绝非游手好闲。他挣的钱足够花销，为人也足够慷慨。倘若战争爆发，他一定义勇参军，这点无须质疑。他没有一丝一毫的攻击性，人人都喜欢他。等年岁增长，韶华逝去后，他的日子开始难过，生活也不再如往常顺心。不能继续驰骋猎场了，但打起高尔夫球仍是一把好手，在俱乐部的棋牌室也能看到他的身影。他与某个阔绰的寡妇旧情复燃，成了婚，在人到中年的时候安定下来，变成了一名模范丈夫。今天的世界已经容不下他这种人，再过几年，他们就要灭绝了。这个活生生的人，我想，就是菲尔丁本人吧。只是恰好他天赋异禀成为一名作家，只要他想，便能辛勤创作。他沉迷于酒色。人们在说到美德的时候，脑子里无非是两性那档子事，而贞操不过是美德的一部分，甚至还不是首要的那部分。菲尔丁有强烈的欲望，并毅然决然地听从欲望驱使。他自是知道如何温柔地爱人。而爱情不是感情，这两者差得很远；爱情植根于性，性的欲望有时却可以脱离爱而存在。否认性欲只是虚伪或无知的表现。性欲是动物的本能，和饥饿口渴一样没什么好羞愧的，也没有理由不去满足它。如果说菲尔丁享受性爱带来的快感，即使他有些放荡，但也并不比大多数男人糟糕到哪去。像我们一样，他也会为罪行忏悔，而一旦再有机会，又一错再错。他脾气急躁，但心地善良慷慨，在最容易堕落的年纪还能保持真诚；他是个好丈夫、好父亲；充满勇气，值得信赖；对朋友仗义，一直到他去世，这些朋友还对他忠心耿耿。尽管他懂得宽容别人的过错，但痛恨心狠手辣、两面三刀的行径。成功没有使他膨胀，只要有一对松鸡、一瓶葡萄酒在手，再大的困境也能顽强渡过。他以高涨的精神和十足的幽默感充分享受着人生。实际上，他正如自己笔下的汤姆·琼斯，和另一个人物比利·布斯也不可谓不相似。他实在是个很好的人。

　　然而，我必须承认我所描绘的亨利·菲尔丁与彭布鲁克学院院长在菲尔丁传记中所形容的有所出入，从那本不朽的作品中我获得了大量有用的信息。"直到如今，"院长这样写道，"菲尔丁在大众眼中的形象才变成一个杰出的天才，有一副我们所谓的'好心肠'和其他招人喜欢的品质；过去的他似乎沉迷酒色，不负责任，做尽蠢事，甚至犯下一些更为严重的恶行。"院长极力想让读者相信，菲尔丁曾被世人恶意中伤。

　　但杜登博士试图反驳这一观点，即使菲尔丁仍在世时，人们普遍相信了这种说法。那些熟悉菲尔丁的人都是这样认为的。在当时那个年代，他被在政坛和文坛树下的敌人剧烈抨击，而一些控诉很可能被过分夸大了；控诉想要生效就必须可信。比如已逝的斯塔夫·克里普斯爵士有很多死敌，他们迫不及待想要搞臭他，说他是个叛徒，背叛了自己的阶层；但绝对不会说他是好色之徒或是酒鬼，因为克里普斯爵士向来以道德崇高、生活检点为人所知。这样造谣只能让造谣者滑天下之大稽。同样地，名人身边的八卦轶事也许并不属实，但至少它们听上去像真的，否则也不会被人相信。

亚瑟·墨菲提到过一件关于菲尔丁的事，有次他为了交税提前给出版商结了稿酬，谁想揣着钱回家的路上撞见一个情况比他还困窘的朋友，他把钱给了朋友，等税收员上门的时候，他留下这么一句话：我的友谊已经早一步把钱收走了，请税收员下次再来吧。杜登博士则认为这个故事并不真实；但如果有人编造出这样的故事，也是因为它的确可信。菲尔丁一直被诟病挥霍无度，他也许真是如此；另外，他对凡事都满不在乎，有着高涨的情绪、爱交朋友的特点、快活开朗的性格以及金钱意识的严重欠缺。他经常惹上一身债务，时不时要和"讨债者和法警"周旋；毫无疑问，在他实在挣钱无门时，如果向朋友求助，朋友一定会慷慨解囊。其中就包括思想高尚的埃德蒙·伯克。作为剧作家，菲尔丁在戏剧圈子里生活了好些年头；而不管是过去还是现在，不管在哪个国家或地区，都不会有人把剧场当作是教育年轻人严于律己的地方。安妮·奥德菲尔德——正是在她的影响下菲尔丁的第一部小说才得以出版——葬于威斯敏斯特教堂；但由于她曾被两位男士包养，还生了两个私生子，所以人们不准树碑纪念她。这样一个女人如果不被当时年轻英俊的菲尔丁吸引才是怪事呢。他那时身无分文，自然而然地接受了安妮从"赞助者"那儿拿来的钱。也许让他妥协的是贫穷而不是意志吧。如果他年轻的时候和别的女人有染，这种行为也不过和当时（以及现在）很多有脸蛋儿、有门道的小伙子一样。他"很多个晚上在酒吧喝到酩酊"。不管哲学理论如何断言，我们始终认为年轻人的道德观和上了年纪的人不太一样，社会地位不同，道德观也不尽相同。大家不能原谅一个学院的院长醉酒，但某个还没毕业的大学生喝醉了就是意料之中。

　　菲尔丁的敌人谴责他甘受政治摆布。的确如此。他愿意以自己的天资才华为罗伯特·沃波尔伯爵卖力，等发现他们不需要自己的时候，又转而投奔到沃波尔对立政党的旗下。这并不要求什么原则上的牺牲，因为在当时执政党与对立党的唯一真正区别是执政党享有俸禄，而对立党没有。腐败是普遍现象，当关系到柴油米面的时候，大贵族们和菲尔丁一样都愿意为能给自己带来好处的一方转变立场。然而值得称颂的是，在沃波尔发现他是号危险人物后，便愿意给他相应的职位，前提是要他叛离对立党，却被他拒绝了。这是个聪明的决定，因为没过多久沃波尔就下台了！菲尔丁有许多居于社会高位的朋友，还有一些是艺术领域的大家，但从他的作品中可以看出，他乐于同身份低下甚至声名狼藉的人交往。这让他饱受谴责，不过在我看来，假如他没有真正融入所谓的低级群体或未曾乐在其中的话，是描绘不出那种生动景象的。在那个时代，有一种普遍的观点认为菲尔丁生活放荡、不检点。而其背后的依据也非常可信，不容忽视。如果他真像彭布鲁克院长想让我们相信的那样可敬、忠贞、简朴，那就不太可能写出《汤姆·琼斯》这样的作品。我想杜登博士之所以出于好意想要洗白菲尔丁，大概是因为他从未想过某些自相矛盾甚至互相排斥的品质可以同时存在于一个人身上，而且还莫名其妙地构成了一种和谐的关系。这种疏忽对一个一直生活在象牙塔里，以做学问为生的人来说再正常不过了。鉴于菲尔丁慷慨、善良、积极、和善、活泼和诚实的品质，院长似乎无法想象他还会因为挥霍无度不得不向富有的朋友讨饭吃、讨钱花；因为流连酒馆，饮酒过度毁了自己的身体；甚至逮住机会就拈花惹草。杜登博士曾说，在第一任妻子在世时，菲尔丁对她保持绝对的忠诚。但他又是从哪知道的呢？当然，菲尔丁很爱妻子，对她的爱充满了激情，不过只要条件合适，他绝不会是第一个在外处处留情，在家体贴温柔的丈夫。很可能在结束了一次风流韵事后，他会像布斯上尉[1]那样悔恨一番，但等下次一有机会还是忍不住要犯戒。

在玛丽·沃特利-蒙塔古夫人的一封信中，有这样一段话：我为亨利·菲尔丁的去世感到遗憾，不仅因为以后再读不到他的作品了，还因为我相信他失去的比其他人更多；没有人比他更会享受生活，尽管那些人更应该去享受。菲尔丁最大的爱好是在最下流的场所行最大的恶，相比起来，担任夜间婚礼[2]的组织者可能还是一份高尚且没那么令人厌恶的工作呢。他乐观的性格（即使在后来好不容易自己毁掉了一半）让他只要有一碟野味、一瓶香槟就能忘记一切；我相信世上任何王子都没有像他那样享乐过。

1.菲尔丁小说《阿米莉亚》中的男主人公，虽然心地善良，但意志力薄弱。

2.根据《哈德威克法案》（又称为"婚礼法案"），英国所有合法婚礼都只能在上午八点至十二点举行。

Ⅲ

有一些人不能读《汤姆·琼斯》。我想到的不是那些只阅读报纸、周末画报或者侦探小说的人；而是乐于被人们当作知识分子的一员，兴致勃勃地把《傲慢与偏见》一读再读，从《米德尔马契》中自我满足，对《金碗》衷心敬畏。也许这些人从来没动过翻开《汤姆·琼斯》的想法；也许有时候他们尽力去读了，但实在读不下去。这本书让他们提不起兴趣。也不必说他们应该喜欢这本书。读书这件事，没什么应该不应该的。我需要再重复一遍，你阅读一部小说作为娱乐，可如果它不能给你带来乐子就毫无可取之处了。没有人会因为你觉得一本书无趣而责备你，这和别人不能因为你不爱吃生蚝而谴责你是一个道理。但我不禁自问，是什么让读者拒绝了这样一本书：它曾被吉本评价为精致描绘人性百态，被沃尔特·斯考特誉为其本身便是真理和人性，被狄更斯喜爱甚至从中受益，被萨克雷形容作："《汤姆·琼斯》这部小说太精妙了；结构完美堪称奇迹；穿插其中的智慧、卓绝的观察力、恰如其分的起承转合和这部幽默小说中的各色人等，都能让读者由衷欣喜，好奇不断。"难道是人们对两百年前的生活方式、风俗习惯、人物角色不感兴趣了？难道是因为文体风格的原因？但《汤姆·琼斯》的语言非常轻松自然。据说——我忘记是谁说的了，大概是菲尔丁的朋友切斯菲尔德伯爵吧——出色的文体正像一位有教养的人说的话。这正是菲尔丁的语言风格。他向我们讲述汤姆·琼斯的故事，就像在一场配了葡萄酒的晚宴餐桌上向朋友徐徐道来一样。他的语言毫不造作。连美丽贤惠的苏菲娅都显然习惯了"娼妓""混账""妓女"这样的说法，只是不知为何，菲尔丁把这些都称作"婊子"。事实上，苏菲娅的父亲斯夸尔·韦斯顿有时都会这样称呼自己的女儿。

　　小说中出现的对话是作者向读者吐露秘密的方式，从中可以窥探作者对笔下人物或故事情景的真实想法，但这种方式也有风险。作者一直在你跟前，妨碍了你与角色的直接沟通。他讲大道理的时候常会激怒你，一旦偏题就又显得无聊。你不想听那么多关于道德和社会的论点，你只想让他接着把故事讲下去。菲尔丁如果偏题，也往往显得聪明而有趣；首先篇幅不会太长，其次他还会彬彬有礼地为此道歉。他的个人魅力因此展现无遗。萨克雷曾东施效颦，结果只表现得一本正经、虚头巴脑，让人看了实在忍不住怀疑他是否真诚。

　　菲尔丁将《汤姆·琼斯》分成好几卷，每卷前面都配有序言。一些评论家对此大加赞赏，认为这些序言让小说更添精彩。但我认为他们只是对原本的小说不那么感兴趣罢了。一位随笔作家在写作时先选定一个主题，然后展开。如果这个主题对你而言非常新颖，你会从中学到很多之前不知道的知识，但新颖的主题难找，所以通常情况下他只能用自己的态度和看待事物的独特方式来吸引读者。也就是说，他希望读者能对他本人产生兴趣。但阅读小说可不是这样。我们不关心作者是谁；他只是个讲故事的人，向你引荐书中的一众人物罢了。小说的读者总想知道某个角色接下来发生了什么事，正是作者让我们对这个人物产生了好奇心，如果他连这点都没做到，我们还读小说做什么？一部小说总不宜多读，它终究不能被视作教育或启迪之媒介，而是一种放松头脑的方式。菲尔丁在序言随笔里提到《汤姆·琼斯》完书后他写的其他几部作品。可这序言本身和他介绍的作品无关；他自己也承认这些序言给他带来不少麻烦，大家都搞不懂他的目的是什么。他不会意识不到有很多人诟病他的小说低级败坏，甚至下流不堪，也许正是想借此来提高一下作品的档次吧。这几篇随笔充满智慧，某些地方写得极为高明；如果你熟知小说，阅读随笔时一定能乐在其中；但第一次阅读《汤姆·琼斯》的读者最好还是跳过这些吧。《汤姆·琼斯》中的情节一直大受赞赏。我从杜登博士那儿得知，柯勒律治曾说过："菲尔丁真是集文章之大成者！"斯考特和萨克雷也一样为其痴迷。杜登博士引用了下面一段话："道德或不道德，只要把它当成纯粹的艺术作品来评价，它就是一部令人惊叹的人类智慧的杰作。没有哪个情节是无关紧要的，它们都推动了故事主线，由之前的情节发展而来并和主题紧密相关。这种文学技巧的高深——如果可以这样总结的话——在其他小说中并不具备。你能把《唐·吉诃德》砍掉一半，或增加、调序、改写沃尔特·斯考特的任何一部小说，这都不会有什么损失。罗德里克·蓝登以及其他小说主人公的故事都经历一番曲折，最终真相大白，角色喜结连理。但《汤姆·琼斯》却首尾呼应，想想作者下笔之前在头脑里构思、完成了这样完美的结构，实在堪称奇迹。"

此言有夸大之嫌。《汤姆·琼斯》的风格来源于西班牙流浪汉小说，还可见《吉尔·布拉斯》的影子，其简洁的构造是该题材小说的特性：主人公因为某些原因离开家庭，在旅途中遇到诸多奇遇，集合了人生可能经历的各种处境，命运起伏不定但最后依然赢得财富，抱得美人归。菲尔丁在照这一模式发展的同时，又添加了很多其他不相关的故事。作者之所以采用这种不招人喜欢的手段不仅是因为我在本书第一章中提到的原因——增加故事长度好跟书商交差，还有部分原因是一长串的经历容易让人生厌，不时讲个故事才能刺激读者的兴趣，以及，即便他们想创作短篇小说，也难有办法保证其出版面世。评论界对此种手段严加责备，可它依然难以匿迹。就我们所知，狄更斯在《匹克威克外传》中也这样做了。所以，阅读《汤姆·琼斯》的时候可以跳过"山中人"一章和菲兹赫伯特夫人的自白，不会有什么损失。萨克雷说的"书中所有情节都推动故事主线并由之前情节发展而来"也不够准确。汤姆·琼斯和流浪汉的偶遇就没有下文；对亨特夫人的介绍，以及她向汤姆求婚的情节也毫无必要。关于百元英镑钞票的故事来得莫名其妙且异常失真。萨克雷惊讶于菲尔丁在动笔前就先构思好了所有结构。但我不信他此举有任何超越萨克雷本身的地方，尤其在萨克雷创作《名利场》的过程中。我想也许更可信的是，他提前想好了小说的主线，其他情节只是一边写一边构造出来。大部分情节都写得很好。

菲尔丁和之前的其他流浪汉小说家如出一辙，都不太在乎故事的真实性；最不可思议的事情发生了，最难以置信的巧合让人们聚到一起。但他让你匆匆忙忙地读下来，热情高涨，乃至没有时间或不情愿对此表示抗议。他只用最简单的色彩草草几下描绘出人物角色，但就算人物缺乏细节，那股活灵活现的劲儿也足够弥补。他们的性格鲜明犀利，如果显得有些夸张，其实是当时流行这样的写法，况且这夸张程度并不超过一般喜剧的范畴。书中奥尔沃西先生太完美了，不够真实，我恐怕这是菲尔丁的一处败笔，在他之后的每个小说家都犯了一个试图塑造出百分百老好人的错误。经验告诉我们，想让一个好人显得完全不愚蠢是不可能的。读者对一个逆来顺受的好人形象很不耐烦。据说奥尔沃西先生的原型是普里奥庄园的拉夫·艾伦[1]。如果当真如此，而书中的描写又无误的话，只能说明直接

1.英国著名实业家、慈善家，曾买下一处土地建造了普里奥庄园。与亨利·菲尔丁私交甚好。

从现实生活中提取出的人物形象放到小说里是难以让人信服的。

另一方面，布力菲这个角色则太过邪恶，也不真实。菲尔丁痛恨欺骗和伪善，他对布力菲恨得咬牙切齿，所以关于他的描写可能过于激烈；但布力菲这个狡猾刻薄、自私冷血的动物却并非罕见类型。如果不是害怕被人识破，他早就是一个彻头彻尾的恶棍了。我认为，假如布力菲的形象不是如此让人一目了然的话，也许还更可信一些。他太讨厌了。但他的形象又不像莱亚·希普[1]那样鲜活。我曾自问，菲尔丁是否有意弱写这个人物，因为他本能地认为如果把他写得更生动，或更强调他的角色，那他的地位就会超越主人公，令人恨之入骨。

从表面看，《汤姆·琼斯》一经上市就受到大众欢迎，但它在评论界的处境却非常严峻。其中一些反对的声音听起来很滑稽：比如卢森堡夫人抱怨说书中人物实在太像"我们在现实世界里遇到的人"了。然而，这本书的伤风败俗是普遍被攻击的一个点。

汉娜·摩尔在回忆录里说，她从未见过约翰逊博士对她发那么大脾气，直到那次在他面前提到《汤姆·琼斯》中诙谐有趣的几段。"你竟然引用了那本邪恶的小说，我太吃惊了，"他说道，"你承认自己读过那本书，可任何一个端庄的女人都不该说出这种话。我很痛心，我认为再没有其他小说比它还堕落下流！"如今，我要说，任何一个端庄的女人都该在结婚前读读这本书。它能告诉你所有一个女人需要知道的人生真相，能在你进入那方险境之前就明白男人究竟是怎样的动物。人人皆知约翰逊博士的观点有失偏颇。他不承认菲尔丁有任何文学建树，有次还称呼他为傻

---

1. 狄更斯小说《大卫·科波菲尔》中的反面角色，善于伪装，同时又诡计多端。

子。鲍斯威尔[1]向他提出异议时，他说："我指的傻子，是说他像个头脑空空的地痞流氓。""先生，您难道不觉得他把人们的生活刻画得非常自然吗？"鲍斯威尔如此反问。"我为什么要如此觉得，先生？他写的只是下层人民的生活。理查森过去说过，要是不知道菲尔丁的来头，还以为他只是个旅馆里的马夫呢。"我们现在已经习惯小说中描写下层人民的生活了，而《汤姆·琼斯》里提到的全部内容，在今天小说家的作品里也屡见不鲜。约翰逊博士可能还记得，菲尔丁笔下的苏菲娅·韦斯顿如此温柔迷人、活泼年轻，是令读者心神荡漾的年轻女人。她内心单纯却不愚蠢，善良而不高傲；她性格鲜明，做事果决，充满勇气；她有爱人之心，又有美丽容貌。

玛丽·沃特利 - 蒙塔古夫人原本就认为《汤姆·琼斯》是菲尔丁的杰作，但她感到遗憾的是，菲尔丁竟无意识地把主人公写成了一个混账东西。我猜她指的正是琼斯先生生涯中最为人不齿的那件事吧。贝拉斯通女士倾心于他，并发现他并非不愿意满足自己的欲望，因为他认为"殷勤"接受一位女士的风流请求也是良好教养的一部分。他当时身无分文，甚至连坐车去她住处的一先令都掏不出来，但贝拉斯通女士可是个富婆。一般女人花起别人的钱来大手大脚，可一到自己身上就捂紧口袋，贝拉斯通却不这样，她向他慷慨解囊。但，男人花女人的钱总不是什么好事；这桩生意也不算理想，因为往往这种情况下女人总想得到比付出的钱财价值更多的东西；只是从道德层面看来，这和女人花男人的钱没有不同，如此看待只是世俗观点的愚蠢罢了。我们这代人出于必要，发明了一个新词"小白

1.英国作家、评论家，与萨缪尔·约翰逊博士熟识

脸",形容的就是把自己的个人魅力作为利益来源的男人;所以尽管汤姆的行为不够体面,让人憎恶,但很难说有何特别之处。我非常确定在乔治二世统治时期,"小白脸"的猖獗程度不会比乔治五世时收敛多少。就在贝拉斯通女士花五十英镑让汤姆·琼斯陪她的那个晚上,琼斯被房主太太所讲的发生在自己亲戚身上的悲惨故事深深打动,主动递上钱包并告诉她只要能帮上忙,拿多少钱都可以。这太像他能做出的事了,也确实值得人称赞。尽管汤姆·琼斯真心真意地深爱苏菲娅,但他觉得和其他漂亮肤浅的女人寻欢作乐也只是无伤大雅的事。在几段关于他风流韵事的章节里,他也依然深爱着苏菲娅。

菲尔丁很聪明,所以没有让他的主人公比其他角色更会自我克制。他知道如果大家到了晚上都还像白天那样深思熟虑,那人人都会变成圣人啊。同样,苏菲娅得知这些风流事后也没有多么怒不可遏。她展现出了女性并不常有的通情达理,而这也是她最大的特点之一。奥斯汀·多布森这样形容菲尔丁:"对刻画一个完美的形象丝毫不感兴趣,反而乐于描写普通的人性,宁肯粗制滥造也不精雕细琢,宁可追求本真也不人为美化,他想要的就是这种真实,并不是弱化或掩盖缺陷与不足。"世世代代的现实主义作家都渴望实现这点,他们却因此被或轻或重地一再攻击。究其原因我认为主要有两个:有很多人,尤其是上了年纪的人、富有的人和享特权的人都认为:"我们知道这世上有很多的罪与恶,贫穷与不幸,但我们并不想读到这些东西。为什么要让自己心里不舒服呢?又不是我们能做些什么。毕竟,世上总要有贫富之分嘛。"另一类人有另一种谴责现实主义作家的原因。他们也承认世上存在着罪与恶,残忍与苦闷;但他们质疑:这些内容真该被写进小说吗?年轻人应该阅读老一辈熟知但谴责的东西吗?

这些猥琐或近乎猥琐的文字不会把他们带坏吗？无疑，小说最好能展示出世上的真善美、奉献、慷慨和英雄主义。但现实主义作家的兴趣所在是揭露事实，因为他看到、接触到的世界就是这番样子。他不相信人性只是纯粹的善；他认为人人都是善恶的混合体；他宽恕那些被常规道德观谴责的癖好，认为这是人之本能，是自然现象，因此应该被宽恕。他希望能真实地描绘出角色的阴暗面，就像描绘其美德一样真实；如果读者对邪恶的部分更感兴趣，那也不是他的过错。这种特点是人类动物的天性，不该让他为此负责。然而如果他足够诚实，不妨承认自己对罪恶的描写过于浓墨重彩，而美德却暗淡了很多。如果你问他带坏了年轻人怎么办，他可能会说叫年轻人早点知道世界的真实面目是对他们好啊。期待太高，后果就是毁灭性的。如果现实主义作家能教育他们不要过分要求别人，或从一开始就认识到每个人最主要的兴趣都在于他自己；如果让他们明白想得到就必须付出，比如房子、财产、尊严、爱情和地位；以及所谓智慧，就是付出的代价永远不超过某件事物的价值，那现实主义作家简直比世上任何一位老师和布道者都更有贡献，他让人们学会了如何处理生存这门艰难的学问。当然了，他也许会补充道：我不是老师或布道者，我希望自己是，一名艺术家。

Chapter 03 | 简·奥斯汀与《傲慢与偏见》

I

　　简·奥斯汀的生平往事，不消几句话就能讲完。奥斯汀家族历史悠久，像英国很多名门望族一样，依靠过去的支柱产业羊毛生意赚下第一桶金，随后发家置地，一来二去便跻身乡绅阶级。尽管家业庞大，但简·奥斯汀一家继承到的财富却不如其他家族成员多。当时已经家道中落。简的父亲乔治·奥斯汀，是威廉·奥斯汀的儿子。威廉·奥斯汀是汤布里奇的一名外科医生。十八世纪初期，外科医生这个职业享有的社会地位并不比律师高许多，而我们从简·奥斯汀的小说《劝导》中得知，即使到了她所生活的那个年代，律师都只是社会上的无名小卒。《劝导》里有这样一个情节："骑士的遗孀"拉塞尔夫人在得知男爵的女儿艾略特小姐和律师的女儿克莱夫人有交往后，大吃一惊，因为在她看来克莱夫人只不过是"出于礼节，客套应付的人"。外科医生威廉·奥斯汀英年早逝，他的兄弟弗朗西斯·奥斯汀把其遗孤送到汤布里奇学校上学，之后又送去牛津的圣约翰学院读大学。以上事迹都是我从罗伯特·威廉·查普曼博士的克拉克演讲中了解到的。查普曼博士随后以《简·奥斯汀的真相和疑问》为题目，将讲稿整理出版。我在本章中提到的内容都受惠于这本杰出的书。

乔治·奥斯汀成了大学的研究员，上任不久后，住在高德玛煞的亲戚托马斯·奈特又介绍他去汉普郡史蒂文顿做了牧师。两年后，乔治·奥斯汀的叔叔为他就近买下了迪恩镇的牧师职位。我们对于这个慷慨的男人所知甚少，但可以猜测他应该和《傲慢与偏见》里的加德纳先生一样，都是做生意的人。

乔治·奥斯汀牧师娶了托马斯·利亚的女儿卡珊德拉·利亚，托马斯是万灵会成员之一，时任亨利镇附近哈普斯顿的牧师。卡珊德拉就像我年轻时遇到的那些人，家里和乡绅、贵族都有直接联系，平日里来往皆权贵，比如赫斯特蒙苏的黑尔家族。攀上这门亲事对一个外科医生的儿子来说，可谓一步登天。夫妻俩共养育了八个孩子：两个女儿，卡珊德拉和简，以及六个儿子。为了多挣些钱，这位史蒂文顿的牧师私下还招些学生，顺带教育自己的儿子。后来，两个儿子去了牛津的圣约翰学院，因为他们的母亲是学院创始人的亲戚。另外一个叫乔治的儿子没有什么资料记载，查普曼博士认为他可能是个聋哑人；还有两个儿子成了海军，事业有成；而最幸运的要数爱德华，他过继到托马斯·奈特家里，继承了他在肯特郡和汉普郡的土地。

简是奥斯汀夫人的小女儿，出生于1775年。在她二十六岁那年，父亲将牧师的职位传给大儿子，自己搬去了巴斯。他于1805年逝世，几个月后遗孀和两个女儿在南安普顿市定居。某天简和母亲串门回来后给姐姐卡珊德拉写了这样一封信：

我们去的时候只有兰斯夫人在家，她之前还吹嘘家里人丁兴旺，可其实除了一架大钢琴什么都没有……她家看上去很上档次很豪华，她似乎很有钱。我们把咱家说得比看上去阔绰多了，但估计她很快就会发现我们是不值得交往的一家人。

奥斯汀先生去世后，家里经济捉襟见肘，但后来儿子们贴补的钱足够奥斯汀夫人过得舒适有余。爱德华在结束学业旅行后娶了古德内斯通布鲁克·布里奇斯男爵的女儿伊丽莎白。三年后，1794年，托马斯·奈特去世，他的遗孀将高德玛然和查顿的房产都给了爱德华，自己带着养老金搬去了坎特伯雷。很多年之后，爱德华让母亲从查顿和高德玛然两处房产挑一栋住，母亲选了查顿。自此以后，除了偶尔几周出门走亲访友之外，简就一直住在这房子里，直到身患重疾不得不去温彻斯特找更好的医生治疗。1817年，简在温彻斯特告别人世。她的遗体被埋葬在大教堂。

Ⅱ

据传简·奥斯汀本人非常漂亮："身材纤长匀称，步履轻盈稳健，整个人看上去相当健康活泼。她肤色略黑，脸庞圆润，鼻子和嘴都生得小巧精致，浅褐色的眼珠儿很是明亮，棕色的头发在脸旁自然地打着卷儿。"在我见过的唯一一张简的肖像中，她只是一个脸肥嘟嘟、五官毫无特色的年轻女子。眼睛又大又圆，向外凸着；但也许这是画师有失公允吧。

简和姐姐的关系非常要好。两人从小到大一直形影不离，住在同一间卧室，直到简离开人世。卡珊德拉去学校读书时，简随她一起去，尽管当时年纪太小，不能完全听懂学校给年轻女孩准备的课程，但她几乎不能离开姐姐一步。"就是卡珊德拉被押去砍头，"她们的母亲说道，"简也一准要跟着。"卡珊德拉比简长得更俊，气质清冷淡泊，性格比较内向，少了些活泼气息；她善于控制情绪，但简的幸运就在于不需要控制自己的情绪。现存的简的书信中大多都是两姐妹分开时她写给卡珊德拉的。在很多简最为狂热的崇拜者眼里，这些信毫无价值，不但显得她不近人情，而且净关心些家长里短的琐事。我对这些看法难以苟同，反倒惊讶于信件的自然真实。简·奥斯汀从来没想过，除了卡珊德拉之外还会有人读到这些信，因此她写的东西只是姐妹间会感兴趣的内容罢了。她告诉姐姐谁又穿了什么衣服，自己在新买的印花棉布上花了多少银子；认识了哪些人，见到哪些老朋友，以及，又听到了什么风言风语。

近几年，一些著名作家的精选书信集出版了。我读到这些书的时候，总不时会猜测当年他们在写信的时候有没有想过将来这些信会出版成集。后来得知他们一直保存着书信的复制品时，这个猜测就有了答案。安德烈·纪德想把他和克洛岱尔的来往通信印刷出版，但后者也许是不想将其公之于众，托辞信已经被销毁了。纪德回复说，没关系，我还留着复件呢。安德烈·纪德曾坦露，当得知妻子把当年他写给她的情书都烧掉时，难过地哭了整整一个礼拜。因为他视那些情书为自己文学生涯的巅峰之作，将来想让子孙敬仰自己靠的就是这些信呢！每逢长期旅行，狄更斯必与好友通长信，信中必将旅途所见风光细致描绘一番。据狄更斯的第一个传记作家约翰·福斯特客观评价，这些信几乎可以一字不改就拿去出版成书。那个年代的人比现在的人更有耐心；但比起一封来自朋友的，满是描写山峦古迹的信，他们应该更想读到对方这一路认识了哪些有趣的人，参加了什么聚会，是否记得把之前他们嘱咐过的书、领带、手帕买回来。

在一封给卡珊德拉的信中，简写道："我已经掌握了书信的真正艺术，就像人们常说的，把嘴上说的话原封不动地落到纸笔。我给你写信的速度同与你说话的速度几乎一样快了。"简自然是对的，这就是书信的艺术。她没费什么功夫就掌握了。据她所言，自己写信和平时聊天一模一样，而她的书信诙谐幽默、言辞辛辣，充满了尖利刻薄的挖苦，因此我们基本可以确定她平时说话也是这般爽利风格。读她的信总令人哑然失笑，我在这里选些例子让读者们也开心一下。

"单身女子总是不可救药地越活越穷，这就成了催婚的一大借口。"

"霍德夫人竟然已经去世了！可怜的女人啊，这是她做过的唯一一件能让别人不再数落她的事。"

"舍伯恩的黑尔夫人昨天因为惊吓过度小产了，生下一个死婴。我猜是因为不小心看了她家男人一眼，被吓着了吧。"

"我们去参加了W.K.夫人的葬礼。不知道她生前和谁关系要好，所以看出席葬礼的人也没什么感觉。不过现在我觉得她丈夫应该把夏普小姐娶回来。"

"我羡慕查姆柏林太太，因为她的发型总是一丝不苟，除此之外我对她也没别的好感了。兰利小姐和其他矮个子姑娘一样都长着大鼻子大嘴，穿衣时髦，胸口开得很低。斯坦诺普上将是个绅士，可惜腿太短，礼服拖得老长。"

"伊莱扎和克雷文勋爵在巴顿见过一次，这次两人可能在肯特伯雷约会，他这周估计会在那儿待一天。她觉得他彬彬有礼，唯一让人不喜欢的估计就是在阿什敦庄园跟他同居的那个情妇了。"

"W.先生大约二十五六岁，长得倒不赖，但性格不太好。他应该是这里的人。有种冷静、绅士的风度，非常安静。他们说他叫亨利，你看，上天有多么不公啊。我认识许多叫约翰和托马斯的人，明显更讨人喜欢些。"

"理查·哈维先生要结婚了，这可是个了不起的秘密，只有一半的邻居知道。你可千万别提起。"

"黑尔医生最近披麻戴孝的，估计不是他母亲或老婆，就是他自己去世了。"

奥斯汀小姐喜欢跳舞，在给卡珊德拉的信里提到了不少自己去过的舞会：

"（这场舞会）只有12支舞，我跳了9支，剩下几支没跳是因为找不到舞伴。"

"有一个从柴郡来的绅士，一个长相英俊的小伙子，听说他很想认识我；但只有愿望没有行动，一直到最后我俩都没说上话。"

"来的没几个美人，数得着的那些人，长得也不算特别漂亮。艾尔芒格小姐看上去病恹恹的，勃朗特夫人是唯一一个打扮讨喜的了。她穿的那身和九月份参加舞会时的衣服一模一样，脸盘子还是那么宽，戴着那条镶钻的发带，穿白鞋，身边还是那个脸蛋红彤彤的丈夫，脖子上一圈肥肉。"

"查尔斯·波利特先生在周四的舞会上跳了一支舞，他的邻居们都要气死了。毕竟你懂的，他们最大的兴趣就是研究波利特家到底有多少钱，而且眼巴巴地盼着他快点破产。至于说他老婆，倒是遂了邻里们的心意：又蠢又暴躁，花钱大手大脚。"

奥斯汀家的一个亲戚曼特博士，曾经染上一些闲言碎语。因为他的原因，老婆搬回娘家住了，简在信里写道：曼特博士是个牧师，不管他的行为多么出格，也让人感觉无伤大雅。

奥斯汀小姐有一张厉害的嘴巴和惊人的幽默感。她喜欢大笑，也喜欢逗别人大笑。让一个幽默的人把想到的"包袱"憋在心里，这要求难免有些过分了。天知道要做到幽默而不恶毒是件多难的事。人性的善良中鲜见辛辣与趣味。简对人们的荒唐造作、风流韵事和虚情假意别有兴趣，而值得称赞的是，这些在她眼里只是滑稽却并非可恶。她心肠太软，不好当面说些伤害别人的话，但在与卡珊德拉的通信中，便无所顾忌地以调侃他人为乐。即便是她最犀利的言辞也没有让我感受到其天性的恶毒，她的幽默感，或者说幽默感本身正是建立在她敏锐的观察和天生的机智之上。在特殊场合下，奥斯汀小姐是懂得如何严肃的。尽管爱德华·奥斯汀继承了托马斯·奈特在肯特郡和汉普郡的房产，他大多数时间还住在坎特伯雷附近的高德玛煞。卡珊德拉和简轮流到这儿小住，有时一住就是三个月之久。爱德华的大女儿范妮，是简最喜欢的侄女。范妮最后嫁给了爱德华·纳齐布尔爵士，他们的儿子成了贵族，并加封为布雷伯恩勋爵。正是他第一个出版了简·奥斯汀的书信。其中有两封是简写给范妮的，彼时正值这位年轻的姑娘在纠结如何应对向她求爱的男人。这两封信写得极好，文笔既冷静又不失温情。

几年后，简·奥斯汀的崇拜者们惊讶地发现彼得·昆内尔先生在《康希尔》杂志中刊登了一封多年前范妮（当时已成为纳齐布尔夫人）给妹妹莱斯夫人写的信，信中提到了这个大名鼎鼎的姑姑。这封信的内容令人震惊，充满了那个时代的特色。在得到布雷伯恩勋爵的允许后，我将此信转载于下。作者在信中画线强调的部分以斜体打印。因为爱德华·奥斯汀在1812年也更名为奈特，此处特别说明信中纳齐布尔夫人提到的奈特夫人是托马斯·奈特的遗孀。从信的开头就能看出，莱斯夫人最近听到一些关于简姑姑修养问题的言论，并因此感到惴惴不安，所以写信询问坊间言论是否是谣传。纳齐布尔夫人的回信如下：

是的，亲爱的，从某些角度来看，简姑姑的行为确实与她的才华出身不符。如果她能多活五十年，可能就会在很多情况下更符合如今所谓的"优雅"标准。姑姑一家并非出身富庶，频繁接触的人出身也非上等，比一般大众好不到哪儿去。虽然她们比较聪明，也有教养，但在举止文雅这方面和一般人没什么差别——不过我想她们后来在和奈特夫人（她很喜欢姑姑一家，对她们极好）的交往中进步了一些。简姑姑为人机灵，改掉了所有让自己显得"平凡无奇"（不知这种说法是否得体）的行为。至少在和一般人的交往中，她学会了如何举止优雅。卡珊德拉和简姑姑成长的环境几乎和外界隔绝，对世界的规则（比如穿衣打扮等等）没什么见识。如果不是得益于我们父亲的婚姻，她们也来不了肯特郡；如果不是奈特夫人心肠好，愿意让她们两姐妹轮流陪在自己身边，她们即便还是一样聪明、招人喜欢，但却会比上流社会的行为标准差上许多。如果这些话让你反感，我很抱歉，但这些话就在笔尖，不吐不快。差不多到了要更衣的时间了……

你最亲爱的姐姐

范妮·C.纳齐布尔

这封信让简的崇拜者们怒从中来，他们觉得纳齐布尔夫人写信时一定年事已高，头脑不清。可信里并没有证据能证明这点，况且如果莱斯夫人知道姐姐糊涂了，也不会专门写信来问询。在崇拜者们看来，范妮实在忘恩负义，简如此宠爱她，她却对她出言不逊。虽然说来可惜，但事实上，父母或其他亲戚长辈对孩子的感情总要多过孩子们对他们的感情。长辈总期待他们的付出能有平等的回应，这是非常不明智的。我们都知道简终生未嫁，她对范妮的感情中有种类似于母爱的成分，如果她结婚了，这份爱是应该给予自己亲生骨肉的。她喜欢孩子，孩子也喜欢她；他们喜欢她活泼有趣的性格，和她讲得绘声绘色的长篇故事。范妮和她是很好的朋友。很多跟自己父亲都不会谈的事，反而会说给她听。范妮的父亲忙着乡绅事业，母亲则不停生育。但孩子们看待问题的眼光也很犀利，判断事情的方式不乏冷静残酷。爱德华·奥斯汀继承了高德玛煞和查顿两处房产后，逐渐声名鹊起，他的婚姻使他成为郡县中最显赫的家族之一。卡珊德拉和简是怎么看待他的夫人的，我们不得而知。查普曼博士曾略带遗憾地暗示，当初爱德华的妻子让丈夫觉得他应该多为母亲和姐姐做点事，并让他母亲选了一处地产，这是她的损失。爱德华拥有这两块地已经十二年了。我想他的妻子认为不时请他家人来做做客已经算是仁至义尽，她并不希望他们永远住在自家的房子里；直到爱德华妻子去世，他才能够完全自由地分配手里的财产。如果这件事是真的，那注定逃不过简敏锐的眼睛。《理智与情感》中描写约翰·达什伍德对待岳母和女儿的那一段也许就暗示了这件事。简和卡珊德拉是家里的穷亲戚。每当阔绰的哥哥嫂子、坎特伯雷的奈特夫人、住在古德内斯通的伊丽莎白·奈特的母亲布里奇斯夫人邀请她们去做客时，也许连主人都意识不到这实际是一种恩惠。很少有人能施人以恩惠却不居功。每逢简来探望，奈特夫人总会在她离开前给她一点零用钱，简也欣然接受；她有次给卡珊德拉写信说，爱德华送给她和范妮一个价值五英镑的礼物。这种礼物送给女儿，足够讨人欢喜；送给家庭女教师，算是慷慨大方；唯独送给妹妹，只有高人一等的施舍意味了。

我确信奈特夫人、布里奇斯夫人、爱德华和他的妻子都是真心喜欢简，愿意对她好（怎么可能不喜欢呢？），但认为他们嫌弃简和卡珊德拉两姐妹不够档次也并非无理的猜测。她们是乡下人。在十八世纪的英国，住在伦敦或至少每年有一段时间住在伦敦的人和从没离开过村子的乡巴佬还是有很大区别的。这种区别给了喜剧作家取之不尽的笑料。《傲慢与偏见》中，宾利的妹妹因为贝尼特姐妹不够时髦而嘲笑她们；伊丽莎白·贝尼特则对宾利一家的矫揉造作忍无可忍。贝尼特姐妹的社会地位比奥斯汀姐妹还高上一截，因为贝尼特先生是个地主，尽管不算有钱；但乔治·奥斯汀却不过是个一穷二白的乡村牧师罢了。

鉴于简的出身，她举止欠缺优雅风度也并非多么奇怪，只是肯特郡的夫人们非常看重这些。即使逃过了范妮犀利的眼睛，她的母亲也必然对此加以评议。简是个心直口快的姑娘，我敢说很多缺乏幽默感的夫人、小姐对她口无遮拦的玩笑都无法欣赏。她曾经在给卡珊德拉的信里写道，自己能一眼看出哪个女人是荡妇，我们可以想象，倘若她把这些说给小姐、太太们听，她们该有多尴尬。

简生于1775年，就在《汤姆·琼斯》出版的二十五年后，相信这段时间里整个国家的社会风貌并不会有太大改变。就像五十年后已经成为纳齐布尔夫人的范妮所说，简一家人确实可能"低于上流社会的标准"。而且据她说，简去坎特伯雷探望奈特夫人时，这位老妇人可能对简的行为举止稍做了些提点，让她变得更"优雅"。也许这就是为什么简的小说会如此强调良好教养的作用。现在的作家如果像她一样描写上流阶级，是不会在这点上大施笔墨的。就我看来，纳齐布尔夫人写的这封信里没有需要谴责的内容。毕竟，她的话"就在笔尖，不吐不快"。然而，即使简说话操着一口汉普郡口音，举止欠缺修养礼数，身上穿着的是自家缝制的毫无品味可言的粗布衣服，又有何妨？我们从卡洛琳·奥斯汀的《回忆录》里了解到，奥斯汀家族的人一致认为简两姐妹虽然对穿着打扮很有兴趣，但穿衣品味实在不算高超，不过究竟是穿得邋里邋遢还是仅仅不合时宜，书中并未涉及。奥斯汀家族的成员写到简·奥斯汀时都尽力强调一种虚高的不切实际的社会影响力。这样写实在毫无必要。奥斯汀家族为人和善、正直、值得尊敬，他们勉强跻身于社会中上阶级，即使身边的人并不把他们当回事，他们却把自己的身份地位看得很重。根据纳齐布尔夫人的观察，简和卡珊德拉两姐妹与身边的人相处非常自在，在她看来，这些人也并非出身高贵。当她们遇到更高阶级的人时，好比《傲慢与偏见》里打扮入时的宾利小姐，就容易摆出一副吹毛求疵的样子来自我保护。

关于乔治·奥斯汀牧师的妻子，我们了解太少。他的妻子似乎是个好人，但也愚蠢至极，不时害个头疼脑热的小病，女儿们悉心照顾的同时也不忘揶揄一番。她一直活到将近九十岁。家里的男孩子在闯荡社会之前，都沉迷于当时流行的各种运动，等他们能借到马匹了，就骑着去猎场打猎。

奥斯汀·利是简的第一位传记作者。在他的书中有这样一段描写，我们可以借助想象，大概设想出简在汉普郡度过的那段漫长而安静的岁月。

"大家基本断定，"利写道，"仆人很少管事，大部分家事都由家里的老爷、夫人亲自处理。我认为不难猜测，这家的女主人凡事亲力亲为，不管是正式宴请时准备菜肴，调配酿制自家的葡萄酒还是提取草药制药……

就连家里亚麻布用的织线，她们都乐意亲自来纺。个别几位女士吃完早茶后还喜欢亲手刷洗精致的瓷器。"根据这段文字，我们可以推测奥斯汀家有时甚至没有一个仆人，其他时候则找个不懂家事的女孩胡乱凑合。卡珊德拉负责做饭，倒不是因为"仆人很少管事"，而是因为这个家里根本就没有仆人。奥斯汀家不贫不富。夫人和女儿大部分的衣服都是自己做的，女孩们负责给哥哥弟弟缝衣服。他们自己在家酿酒。奥斯汀夫人还会腌火腿。平素的生活鲜少乐趣，最令人兴奋的莫过于富有的邻人举办一场舞会。他们生活在英国，过去很长很长一段时间里，数以百计的家庭都过着这样安静、单调又体面的生活：其中某个家庭竟然莫名其妙地出了一位文采卓绝的小说家，这难道还不够奇怪吗？

III

简的生活充满了烟火气。年轻时，她热爱跳舞、看戏、社交。她喜欢相貌英俊的小伙子，喜欢精美的礼服、帽子、围巾。她精于女红，"简单或精致的样式"都不在话下，这门手艺在她翻新一件旧礼服或把不用的裙子改成便帽时都很受用。简的哥哥亨利在《回忆录》中说："只要是动用手指的事，简·奥斯汀什么都会。"没有人能像她一样把挑棒扔出一个完美的圆形，而且挑起一根的时候手丝毫不会发抖。她玩接杯球也是一绝。在乔顿镇常玩的那根还算简单，据说可以连续一百次用木杯顶接住小球，直到手臂都酸了。每当她长时间读书写作，眼睛酸疼坚持不下去时，就在这种简单的游戏中稍事休息。

多有意思的画面啊！

简·奥斯汀绝不是一个书呆子，相反她对这种人全无好感。不过显然她也不是一个没有学识的女人。实际上，她接受的教育和同时代、同身份的任何女人一样多。研究简·奥斯汀小说的权威学者查普曼博士把所有已知的她曾经读过的书列成书单，这张单子着实令人印象深刻。她自然读过很多小说，一些来自范妮·伯尼、埃奇沃思小姐和拉德克里夫夫人（她的《奥多芙的神秘》）；还有一些翻译自法语、德语的作品（其中包括歌德的《少年维特之烦恼》）；还有其他从巴斯或南安普顿流动书库借来的书。但她的兴趣不只在小说。她熟读莎士比亚诗集，也喜欢现代诗人斯考特和拜伦，但最中意的诗人也许是柯珀。他冷静、优雅而敏感的诗篇对她无疑是一种吸引。简还读约翰逊和鲍斯威尔，饱读历史，及其他各式各样的文学作品。她喜欢朗读，据说声音也悦耳好听。

她常诵读布道，尤其中意十七世纪神学家夏洛克的道词。这倒不算奇怪。我年轻的时候住在郊区一位牧师家里，书房有几个书架上排满了装订精美的布道选集。这些书之所以出版，是因为有市场；而之所以有市场，是因为人们愿意去读。简·奥斯汀不迷信教规教义，却非常虔诚。她每个礼拜日去教堂，参加圣餐仪式；不论在史蒂文顿还是高德玛煞，一早一晚都要诵念家庭祷告。然而据查普曼博士说："那段时间显然不是宗教的狂热期。"就像每天洗澡，或早晚刷牙一样，我们这样做只是因为感到自在；所以也许奥斯汀小姐和大多其他同时代的人只是乐于履行宗教义务，并不关心其中的宗教含义。每日、每周的活动之后，宗教意识就像一件用完了的衣服被随手搁下，然后剩下的时间都心无旁骛地投入到世俗之中。

"福音传道士却不是如此。"一位绅士的小儿子若是能担任神职，继承圣俸，日子就不愁不富裕了。他不需要从事什么职业，但若想住上宽敞的房子，拿到丰厚的薪水最好还是有份工作。一旦担任神职，履行宗教义务就成了理所当然的责任。简·奥斯汀相信身为牧师应该"生活在教民之中，时时关怀朋友和祝福者以证明自己的虔诚"。她的哥哥亨利正是这么做的；他天性机智活泼，是简的胞兄中最聪明的一个；起先他从商赚了一大笔钱，随后又破产了，最终担任起神职，成为一名称职的教区牧师。

简·奥斯汀对当时社会的看法与别人并无不同，从她的小说和信件里可以发现，她对那个时代通行的社会现象甘心愿足。她丝毫不去质疑社会上的等级划分，认为贫富区别自有道理。年轻的男人本来应该借助权势关系为国王效力，逐步晋升。女人的任务就是嫁人，当然是嫁给情投意合的人，不过出身背景也得令人满意。这是万物的"秩序"，奥斯汀小姐也并未对其中任何一点有所微言。她在一封给卡珊德拉的信中写道："卡洛和夫人在朴茨茅斯的生活要多穷酸有多穷酸，甚至连个佣人都没请。嫁给这样的人，她可真是功德无量了。"范妮·普莱斯母亲的草率婚姻给这一家带来的丑闻[1]，正说明了年轻姑娘应该谨慎才是。

IV

简·奥斯汀的小说读起来乐趣颇多。假如你肯相信娱乐读者是小说的首要功能，你就必须把奥斯汀单独归为一类。比她的小说更伟大的作品有

---

1. 简·奥斯汀小说《曼斯菲尔德庄园》中的一段情节，因为范妮的母亲不顾家人反对，嫁给了海军军官，结果丈夫退役后无力抚养众多的孩子，只能将范妮寄养在有钱的姨母家。

很多，例如《战争与和平》和《卡拉马佐夫兄弟》，想从这些书中受益，非得打起精神，认真阅读才行。可就算你筋疲力尽或垂头丧气，都总想拿简·奥斯汀的小说来一读。

在她那个年代里，人们认为写作不是女人应该从事的职业。"修道士"刘易斯曾说："我厌恶、同情、鄙视所有胡写乱划的女性。她们手里拿的不该是钢笔而是缝衣针，那才是她们唯一应该熟练使用的工具。"小说在当时极不受重视，当奥斯汀小姐发现身为诗人的沃尔特·斯考特竟然也写小说时，着实吃了一惊。她"小心翼翼地生怕自己的职业被家里的佣人、前来拜访的朋友或任何家人以外的人发现。她在小纸片上写作，这样可以随时藏起来或用吸墨纸盖住。书房和前门之间有扇嘎吱作响的双开门，她迟迟没有去修，因为这样一来只要有人进门就能听到动静"。她的长兄詹姆斯从没告诉学校里的儿子，他读得津津有味的书竟是简姑姑写的；亨利在《回忆录》里说："如果简尚在人世，便是再大的声名也不能使她在作品中署名。"她的第一部小说《理智与情感》出版了，首页上仅仅印着"一位女士所作"。

这不是她完成的第一部作品。在此之前还有一本叫《第一印象》的书。她的父亲写信给书商请求出版，哪怕由作者自费都可以，"一部小说的草稿，总共三卷，长度和伯尼小姐的《伊芙丽娜》差不多。"然而这个请求被一信回绝了。《第一印象》开始创作于1796年冬天，结稿于1797年8月；本书的内容普遍被认为与十六年后问世的《傲慢与偏见》大致相同。《第一印象》完稿后不久，她又连续创作了《理智与情感》《诺桑觉寺》，但可惜都未能出版，直到五年后一位理查·克洛斯比先生以十英镑的价格买下后者，并将其改名为《苏珊》。他从未出版此书，最终又原价卖出了书稿：因为奥斯汀小姐的小说都是匿名出版，他全然不知这部仅仅以十英镑购得的书稿竟来自大名鼎鼎的《傲慢与偏见》的作者。自1798年完成《诺桑觉寺》到1809年之间，奥斯汀除了《沃森一家》的零星片段外再无其他写作。对于一位如此充满创作力的作家而言，这段休业期堪称漫长，而原因据说是因她陷入爱河，无心旁念。故事是这样的：她和母亲、姐姐在德文郡海边小住时认识了一位先生，他的个性、思想、风度魅力十足，卡珊德拉很看好他，觉得他可以赢得妹妹的芳心。两人分别时，他表达了希望尽快重逢的愿望；卡珊德拉对这话背后的意图了然于胸。但他们却再也没有重逢。没过多久，她们得知他忽然去世的消息。这是一场短暂的邂逅，而《回忆录》的作者认为并不能因此断定"她对他的感情是否足以影响到自己的幸福"。就我个人而言，答案是否定的。我不相信奥斯汀小姐会深陷爱河之中。如她当真是这样的女人，就必定会把笔下的女主角写得更多愁善感一些，可事实却并非如此。她笔下的人物之间不存在激情的爱火。他们的情意平淡温和，行为小心谨慎，深受人情常理的支配。相反，真正的爱情毫无理性可循。看看《劝导》里的情节，简声称安妮·艾略特和温特沃斯彼此深爱。但我想她这不仅是欺骗自己还试图欺骗她的读者。温特沃斯的爱无疑是司汤达所称的"激情之爱"，而安妮的仅仅是"欲望之爱"罢了。他们定了婚约。但安妮听信爱管闲事又虚荣的罗素夫人的话，觉得嫁给一个一穷二白，甚至会在战争里丢了小命的海军军官是个极不负责任的决定。倘若她深爱温特沃斯，就会甘愿承担这样的风险。其实风险并不算大：在这桩婚姻里，她将继承母亲留给自己的那份财产，总计三千多英镑，相当于现在的一万二千英镑，再怎么说也不至于落得一文不名的下场。她大可以遵守婚约，就像贝里克上将和哈格里夫斯小姐一样，在温特沃斯获准结婚后嫁给他。但她听从罗素夫人的意见毁了婚约，认为将来能找到更如意的郎君；直到再没有其他条件满意的求婚者出现时，她才发现自己原来对温特沃斯爱得那么深。我们完全可以相信在简·奥斯汀眼里，安妮的所作所为再自然、合理不过。

对于简这段漫长的休业期最可信的解释是她找不到一家愿意合作的出版商。身边亲近的人都听她读过自己的作品并为之着迷，但她在谦虚的同时也足够聪明，知道这些小说只能吸引那些喜欢她本人或了解书中人物原型的读者。《回忆录》的作者特别强调简小说中的人物并没有现实原型，查普曼博士也同意这个观点。他们认为简·奥斯汀所具有的那种创造能力，实际上无法令人信服。所有伟大的作家，司汤达或巴尔扎克，托尔斯泰或屠格涅夫，狄更斯或萨克雷书中的角色都能找到现实原型的对应。简的确说过："我为自己写下的男性角色而骄傲，我不愿意承认他们仅仅是某某先生或某某上校。"这句话中的关键词在于"仅仅"。和其他作家无异，当她在描写某个角色或相关的人物时，这个人物当然可以被称作是她的创作，但同时也不能否认其原型来自某某先生或某某上校。

尽管前期种种不顺，1809年，简和母亲、姐姐定居安静的乔顿镇后，还是重新拾起了以前的手稿；1811年，《理智与情感》终于面世了。彼时，写作对于女人来说已经不再是出格的行为。教授斯珀吉翁在皇家文学会一期关于简·奥斯汀的讲座上引用了伊莱扎·费伊女士《来自印度的信》一书的前言。伊莱扎本打算在1792年出版此书，但由于当时的公众舆论权力反对"女性作家"而只好作罢。但她在1816年写道："从那时开始，社会情绪的逐渐变化、发展已经相当可观；时至今日，我们不仅拥有同过去一样多的，足以为女性作家正名的优秀作家，还有一些朴素真实的女性，她们不畏恶意评论一路随行，不惧将一叶扁舟驶入大海，坚持将兴趣和知识普及大众。"

1813年，《傲慢与偏见》出版了。简·奥斯汀以一百一十英镑的价格售出该书版权。

除了已经提到的三本小说，她还写了其他三本：《曼斯菲尔德庄园》《爱玛》《劝导》。就凭这寥寥几本书，她的名气已经被奠定。即使出版一本书要等上很长时间，但作品一经问世，她那令人着迷的天赋就立刻得到认可。所有赫赫有名的大人物都对她不吝赞美。我在这里只借用沃尔特·斯考特爵士说过的话，他的观点还是一贯慷慨大度："这位年轻的女士擅长描写平日生活中的人事百态，其精彩程度我未从其他作品中有所领略。大事谁都会写；但能把小事写得有趣，叙述和抒情都淋漓尽致，这就是我力所不能及的了。"

奇怪的是，沃尔特爵士竟然没提到这位年轻女士最珍贵的天赋：她的观察能力固然透彻，观点也颇具启发性，但正是其自身的幽默感赋予观察以入微，赋予观点以鲜明。她笔下的内容并非涉猎广泛。几乎所有作品都在讲同一个类型的故事。人物类别屈指可数，基本如出一辙，不过是以某些不同角度来写罢了。她有着极高的判断能力，没有人比她更了解她自己的局限。她对生活的体悟仅仅限制在乡村生活的小圈子内，而这也正是她得心应手的写作素材。她只写自己知道的东西。如查普曼博士率先指出，她的小说里从没出现过男人之间的直接对话，因为她肯定从未亲耳听过。

此外，即便在她生活的时期里，世界动荡不安，激动人心的事件频发：法国大革命、恐怖统治、拿破仑的兴衰等等，她却从未在小说中提及一笔，因此倒被人指责消极出世。但需要记住的是，那个时代的女性讨论政治是非常失礼的，政治只是属于男人的话题；甚至没有几位女士会阅读报纸；只因她的写作没有涉及政治而推测她未受其影响，这毫无道理。她热爱家庭，家中两位兄弟都在海军服役，常常置身危险之中，从她的信件中便能读出她对他们的惦念关切。再者说，难道对政治问题的回避不正能说明她判断高明吗？生性过于谦虚的她，恐怕不敢推测未来仍有后人会阅读自己的作品；但假设她当真如此考虑过，那么避开这些从文学角度来看注定会失去吸引力的话题，实在是不胜明智的选择。那些围绕第二次世界大战而写的小说早就乏味如死灰。他们就像每日印刷的报纸一样记录着流水账，寿命何其短暂。

多数小说家的事业都有起有伏。奥斯汀小姐是唯一的例外，她让我相信只有平庸之辈才会保持不变的水准，即平庸的水准；而她的小说却一直维持在最佳状态。即使《理智与情感》和《诺桑觉寺》这种不乏败笔的作品也颇有可圈可点之处。每本书都有痴迷甚至于狂热的推崇者。麦考利认为《曼斯菲尔德庄园》是最佳杰作；其他大名鼎鼎的读者则更喜欢《爱玛》；迪斯累利把《傲慢与偏见》反复读过十七次；到今天，很多人将《劝导》视作她最完美的作品。我相信有无数普通读者认为《傲慢与偏见》是她的代表作，我们不妨接受这些人的判断。经典之所以成为经典，不仅因为能得到评论家的赏识及教授与学院的研究，更在于一代又一代人能从阅读中汲取养分和乐趣。

我个人认为《傲慢与偏见》是所有小说中最令人满意的一部。开篇第一句话就令人哑然失笑："有一条真理可谓众所周知：一个家财万贯的单身汉是必定想找位太太的。"这句话奠定了全书的基调，愉悦的阅读体验相伴始终，直到翻完整本书的最后一页才顿觉怅然若失。

我认为奥斯汀小姐的小说中唯一冗长的是《爱玛》一册，我实在是对弗兰克·丘吉尔和简·费尔法克斯的爱恋提不起兴趣；尽管贝茨小姐非常招人喜爱，但花费在她身上的笔墨是否有点过多了？女主角是个势利小人，她在社会地位不如自己的人面前那副趾高气扬的样子无比讨厌。但这不是奥斯汀小姐的过错：要知道，同样一本书在现在的阅读群体和当时可不一样。社会态度和风俗的变迁改变了我们的视野；从某种程度来说我们比前辈的眼光更加狭隘，而从另一些角度则更加开明；哪怕区区一百年前依然盛行的观点放到现在都会招致不满。先入为主的观点和主观行为标准影响了我们对一本书的判断。这不公平，却不可避免。

　　《曼斯菲尔德庄园》的男女主人公埃德蒙和范妮都架着一副假正经的面孔，而我的兴趣却被无所忌惮又活泼迷人的亨利和玛丽·克劳馥吸引去了。我不明白当托马斯·伯特伦爵士从国外回到家后，发现家里人兴致勃勃地观赏民间戏剧为何会勃然大怒。鉴于简本人对民间戏剧的热爱，就更不明白她为何能理解这股怒气了。

　　《劝导》这本书有一种独特的魅力，即使我们希望安妮这个角色能少一点平淡寻常，多一点正直冲动——说白了，少一点老姑娘的做派（发生在柯布的"莱姆事件"[1]是个例外）——我仍然不得不承认《劝导》是六本小说中最完美的一部。简·奥斯汀确实不擅长编写寻常情节以外的故事，"莱姆事件"在我眼里就显得过于刻意和笨拙了。路易莎·穆斯格雷夫跑上几级陡峭的台阶，在她的爱慕者温特沃斯上校的保护下跳了下来。可他没接住她，她头朝下摔在地上昏了过去。如果温特沃斯伸出手来接她（我

---

1. 小说中的一个情节，安妮在莱姆里吉斯照顾受伤的路易莎时，把性格中冷静沉着、忍耐大度的一面展现得淋漓尽致。

们从前文得知他们两人已经习惯了这样游戏），即使当时柯布的堤坝是现在的两倍高，她离地面也不会超过六英尺，更不可能在跳下来的时候头先着地。她最多撞到温特沃斯上校壮实的胸膛上吓得慌神发抖，也绝不会伤到自己。总之，她陷入昏迷，而随后导致的混乱更没什么说服力了。温特沃斯上校，一个上过战场，凭借捕获战船的奖金立身发家的男人竟然当场吓得手足无措。这次事件中所有人的表现都愚蠢之至，我简直不敢相信奥斯汀小姐这样一个能冷静应对亲友生离死别的人竟发现不了这种情节毫无道理可言。

　　加洛德教授，一位具备学识和智慧的评论家，曾批评简·奥斯汀不会编故事。他解释说这里"故事"指的是或浪漫或离奇的一系列情节。简的天赋的确不在于此，而她试图创作的也并非一个精妙曲折的故事。她极其敏感聪明，加上那不循章法的幽默感，使她写不出太浪漫的情节；况且她的兴趣不在于离奇的事件，反倒在日常平淡的生活里。她敏锐的洞察力、犀利的讽刺和机智的文字让平凡之事变得不平凡。我们通常说一个故事要有开头、过程和结尾。《傲慢与偏见》开始得刚刚好：小镇上有两个年轻男人初来乍到；他们分别爱上了伊丽莎白·贝内特和她的妹妹简，为小说提供了恰当的情节；而有情人终成眷属则正好是整个故事的谢幕。这是传统意义上的美满结局。这种结局往往会招来久经世故者的轻蔑，因为实际上很多婚姻，或者说大部分婚姻都是不美满的；再往远了说，婚姻从来不是结局，只是更多经历的开始。因此很多作者以婚姻为开端，写的正是由它引发的后续故事。这是他们的权利。一般人把婚姻视为小说的美满结局也有他们自己的道理。因为他们本能地认为，婚姻意味着男女双方的"生理功能"已经实现：从好感自然而生，逐渐到达巅峰；爱情开始萌芽，遭遇挫折、误解，直到彼此宣誓——这一切终于修成正果，他们生儿育女，并最终被下一代所继位。在整个自然体系中，每对夫妇都像链条的一个环扣，而他们唯一的意义便是创造出下一对环扣。这是作者为美满结局的辩词。在《傲慢与偏见》中，读者在读到新郎收入颇丰，准备在一栋有花园、家具昂贵精致的大房子里迎娶新娘时，内心才得到大大的满足。

《傲慢与偏见》是部结构严谨的作品。情节首尾相连，衔接自然得当。也许有一点奇怪：伊丽莎白和简的母亲及三个妹妹像纳齐布尔夫人说的"较上层社会的行为标准差上许多"，但她们姐妹俩却很有教养，行为得体，这一点恰好是整个故事的关键。我不由纳闷，奥斯汀小姐大可以把伊丽莎白和简写成贝内特先生前妻所出，而剩下三个女儿则是继母生养的，如此一来就能避开这块"绊脚石"了。在她所有小说的女主人公里，她唯独最爱伊丽莎白。"我必须坦白，"她写道，"我觉得她是所有文学作品里最让人喜欢的一个角色。"如果按一些人所说，简其实正是伊丽莎白的原型。她把自己的快乐、精神、勇气、智慧、机敏、见识和情感统统给了这个人物；我们不妨设想她在创作文静、善良又美丽的简时，脑子里想的是姐姐卡珊德拉。达西先生一般被认为是傲慢无礼之辈。他第一次行为冒失是在朋友陪同下参加舞会，却拒绝和那些他不认识也懒得认识的姑娘跳舞。这算不上什么大错。但不巧的是伊丽莎白刚好听见他向宾利说起贬低自己的话，而他并不知道这话被她给听了去，即使他这样说只是因为朋友一直逼他去做他不想做的事。达西向伊丽莎白求婚的时候的确带着一股子高高在上的傲慢劲儿，但这种傲慢来自出身和背景，是主导他性格的关键因素，没有这傲慢也就没有这一整个故事了。他求婚时的态度成就了简·奥斯汀这本书里最具戏剧性的一幕；可以想象，等简的写作经验更丰富后，如果回过头来再写这一幕，她可以让达西的情感更自然、更合理地表达，既能足够激怒伊丽莎白，又不会说出那些让读者都为之震惊的台词。书中对凯瑟琳夫人和柯林斯先生的描写也略显夸张，但我觉得不妨将此理解为适当的喜剧效果。以喜剧角度看人生，更有火花也更加冷静；此时多些夸张的闹剧并无伤大雅。一点点的喧嚣无礼就像草莓上撒的一星星白糖，让喜剧更可口宜人。至于凯瑟琳夫人，我们必须记得在奥斯汀小姐生活的那个年代里，拥有社会地位的人会在身份较低之辈面前拥有巨大的优越感；他们不仅渴望绝对的顺从，而且最终也总能如愿。我年轻的时候认识几位贵妇人，尽管她们表现得没有凯瑟琳夫人明显，但那种高高在上的样子也和她没差许多了。至于柯林斯先生，即使时至今日，谁敢说没见过个把像他那样集溜须拍马与自大浮夸于一身的人？他们学会以温和的言行来掩盖内心，却只变作更可憎可恨。

简·奥斯汀没有鲜明的风格，但她的文字朴素又冷静。我想她的行句结构应该是受到了约翰逊博士的影响。她偏好拉丁源的词汇，不爱用日常的英语词。因此语句稍有正式感，但不至于让人不喜欢；相反，这种语言为巧词妙句平添了些深度，为轻言薄语增加了些端庄。她书里的人物对话就像当时生活中的对话一样自然。我们读来可能会觉得刻板。简·贝内特谈起恋人的妹妹时，这样说道："她们显然不乐意他同我交好，对此我并不讶异，因为他本可以找到各方面均强于我之人。"这有可能真的是从简嘴里说出的原话，但我是不太信的。现代作家一定不会写出这样一番对话。把说出的话原原本本搬到纸上实在无趣，做些调整和改变显然非常必要。相比来说直到最近几年，小说家为了使对话更可信，才又改用口语形式写作对话。我想，过去的传统可能要求一个受过教育的人说话沉着镇定、毫无语法差错，即使一般来说，这是很难实现的，而读者对此也已经司空见惯了。

　　谅及奥斯汀小姐书中的对话过于正式，我们必须承认她笔下每个角色说的话都符合自己的性格。我只发现她书中的一处纰漏："安妮微微一笑，说道：'我理想的伴侣，艾略特先生，是聪明、通达的人，能与人侃侃而谈，这才是我理想的伴侣。''你错了，'他温柔地说，'这不是理想的伴侣，而是完美的伴侣。'"

　　艾略特先生的性格有些瑕疵，但倘若他能对安妮的话做出如此精彩的回复，那么他一定拥有某些创作者不想让读者知道的优秀品质。对我来说，这句回复实在太妙，所以我更想看到安妮嫁给他而不是那个庸俗的温特沃斯上校。可最后艾略特先生却为了钱娶了一个"身份低微"的女人，又对人家不理不睬；更何况他对待史密斯夫人的态度也不够慷慨。我们毕竟只能从女士的角度对他有所了解，如果能听听他的看法，也许会发现这些行为情有可原吧。

　　这是奥斯汀小姐的又一优点，我差点就忘了提及。她的小说非常好读——甚至超过一些更伟大、更著名的小说家。正如沃尔特·斯考特所言，她擅长描写平凡之事，即"平日生活中的人事百态"；她的书里没写什么大事，但当你读到每一页的最后一行时，都会迫不及待地想翻过来看看接下来会发生什么。其实接下来发生的事也没什么大不了，但你还是等不及一页一页翻下去。能做到这一点的小说家，简直是拥有了一个小说家能拥有的最高天资。

Chapter 04 | 司汤达与《红与黑》

I

1826年，一个善良正直、爱好文学的英国青年前往意大利，途中经过巴黎时给一些人送去了他随身携带的介绍信，希望能结识更多朋友。其中有一位带他去参加了著名剧作家的太太——安瑟罗女士——每周二晚上举办的招待朋友的宴会。他四处打量，很快就注意到一位又矮又胖的男士正和几个客人聊得眉飞色舞。这个男人长了一脸的络腮胡，头上戴着假发；一条紧身的紫罗兰色长裤显得身材更加臃肿，他还穿了深绿色的燕尾礼服、淡紫色的马甲，里面是褶边儿的衬衫搭配一条大领巾。这副打扮实在太奇怪了，年轻人忍不住打听此人是谁。同伴报了个名字。他对这个名字一无所知。

"这人把我们都弄得紧张兮兮，"法国同伴说，"明明是个共和党人，却效力于波拿巴。看现在的情况，他这样口无遮拦地说话真是太危险了。他有那么一段时间地位很高，跟着拿破仑军队参加了俄罗斯战役。估计他现在说的就是那时候发生的事呢。他有一肚子故事，逮着人就要讲。要是你感兴趣，我找机会把你介绍给他吧。"

机会很快就来了。这个矮胖男人热情地和陌生小伙打了招呼，几轮对话后，小伙问他是否曾去过英国。

"去过两次。"

他说起当时和两个朋友住在塔维斯托克酒店，然后窃笑几声，问英国小伙想不想听自己经历的一段奇遇。当时他在伦敦待得无聊透顶，跟男仆抱怨说在这实在找不出什么合意的人可以陪着自己；男仆以为他是想找个女人，便打听到一个在威斯敏斯特路的地址，保证第二天晚上他和他的朋友能尽兴而归。等他们发现威斯敏斯特路原来在一个又穷又破的街区，稍不小心就会被抢劫甚至谋杀的时候，其中一个朋友打起了退堂鼓；而他和另外一人带上手枪和匕首，坐着马车就去了。马车停在一座小屋前，三个肤色苍白的年轻妓女迎上来把他们带进屋。小坐片刻，喝了点茶后，他们在这儿过了一夜。脱衣服前，他还郑重其事地把手枪放在柜子上，把妓女吓了一跳。滑稽的矮胖子生动详细地讲述那一夜的经历，年轻的英国小伙一边听，一边感到万分尴尬。回座后，他告诉同伴，明明是第一次见面，就非要给自己讲这些事，弄得他浑身不自在。

"一个字都别信，"他的朋友大笑着说，"谁都知道他根本就硬不起来。"

年轻人一下脸红了，为了转移话题，说到矮胖男人曾经给《英国评论》写稿。

"这倒是真的，他写过不少糟糕透顶的文章，还自费出了一两本书，但根本没人读。"

"你说他的名字是什么来着？"

"贝尔。亨利·贝尔。他算不上什么人物，又没有天赋。"

我必须坦白，以上这段情节是我编的，但极有可能真的发生过。它准确地反映出同时代的人是如何看待亨利·贝尔——或者用一个我们现在熟知的名字——司汤达。那年他四十三岁，正在创作自己的第一部小说。生活的起伏让他阅尽人生百态，这是令很多小说家求之不得的财富。他置身于巨变发生的时代，与形形色色、各行各业的人一同奔命，因此得以在有限的条件里最大程度地了解人性。与他出身相似的人中，即使性格再敏锐，眼界再犀利，也不过只能从自身的角度观察，这样看到的人性并不真实，而是一副被扭曲了的面目。

1783年，亨利·贝尔出生于法国格勒诺布尔市，父亲是一名律师，在城里颇有财富和地位；母亲是一位名医的女儿，从小富有修养，但她在贝尔七岁时就去世了。我在本文中只能对司汤达的人生简单总结，因为若想详细描述，还得介绍当时的社会、政治历史，非要一本书的篇幅不可。况且这本书已经存在了，如果读过《红与黑》后，对作者很感兴趣，又不满足于我的简单总结，那不妨去拜读一下马修·约瑟夫先生在传记《司汤达：对幸福的追求》中生动翔实的记述。

Ⅱ

司汤达曾详细描写过自己的童年和少年生活，而有趣的是，我们发现他从很早开始就心怀偏见，一直持续到去世。用他自己的话说，他对母亲有一种"恋人般的深爱"，母亲死后他被托给父亲和姨妈照顾。司汤达的父亲是一个严肃而谨慎的男人，姨妈则严厉又虔诚。他恨这两个人。他的家族属于中产阶级，但他接受的是贵族教育；1789年法国大革命后，家里的情况急转直下。

司汤达曾说自己的童年非常悲惨，但从他的记录中却并看不出有什么值得抱怨的。他头脑灵活，能言善辩，是个很不好对付的孩子。当大革命的影响蔓延到格勒诺布尔时，他的父亲贝尔先生不幸被当成了反动分子的一员，他怀疑是一个名叫阿玛尔的律师从中捣鬼，为了夺走他手里的案子。"阿玛尔说你不热爱共和党，但你的确不热爱啊。"机灵的小男孩这样说道。此话倒是不假，但绝不是一个快要丢了脑袋的中产阶级男人想从自己儿子嘴里听到的。司汤达说父亲太过吝啬，可每次他需要用钱的时候总能从父亲那骗到一些。家里人不让读的书，他总能逮住机会偷偷读完，这和从第一本书出版时，世界上成千上万的孩子的做法并无两样。他最大的不满是不能随心所欲地和其他孩子混在一起，但他的生活绝对不像他自己说的那么孤单。因为他有两个姐姐，还和其他小男孩一起上课，他们的老师是耶稣会教士。实际上，他的童年和当时家境优渥的中产阶级孩子一样。只是所有孩子都会把日常约束当作暴政专制；每次被逼着做功课或不能按自己想法做事的时候，都觉得遭到了非人的虐待。

这样看来他的确和大部分孩子很像，但其他小孩长大后就把过去的委屈抛到脑后了。司汤达则不然，甚至在五十三岁那年还抱着过去的仇恨不放。他痛恨自己的耶稣会老师，以至于成了一名坚决的反教权者，直到去世还不相信世上有虔诚的教徒；他的父亲和姨妈是保皇党派，他便热烈拥护共和党。"简而言之，我当时的想法和现在一样，"他写道，"我热爱人民，痛恨他们的压迫者，但让我和这些人住在一起将是永久的折磨……我过去和现在都拥有同样的贵族品位。即使我愿意为人民付出一切，但要我和小商小贩住在一起，我宁可每个月都去监狱待两周。"

司汤达小时候很聪明，数学成绩优异，十六岁时便说服父亲让他去巴黎综合理工大学读书，为将来参军做准备。但这只是他离开家的一个借口罢了。等到参加入学考试的那天，他人却不见了。父亲把他介绍给一位远亲，人称达鲁先生，这位先生的两个儿子都在陆军部工作。年龄稍大的那个是皮埃尔，在陆军部身担重职，没过多久便应父亲的请求，雇用这个无所事事、急需一份工作的年轻人做自己众多秘书中的一个。当时正逢拿破仑第二次征战意大利，达鲁两兄弟随他出征，很快，司汤达也在米兰加入大军。做了几个月文书工作后，司汤达被皮埃尔·达鲁调去了骑兵团，可他还沉迷在米兰时的自由快活，无心入团。他趁皮埃尔不在的时候，哄着一位叫米肖的将军封自己为副官。皮埃尔回来后，命令司汤达必须加入骑兵团。他用各种各样的借口推托了整整六个月，最终还是无奈就职了，随后又以生病为借口离开军队回到格勒诺布尔，并在那儿决定退役。

在家住了三个月后，司汤达拿着父亲给的一笔金额不多，但足够开销的生活费去了巴黎。他有两个目标，其一是成为这个时代最伟大的戏剧诗人。为实现这个目标，他钻研了一本戏剧写作手册，并天天往剧院里扎。可他似乎没有什么创作力；后来从其日记里，我们不止一次地发现，他自吹可以把刚刚看过的一出戏改编成自己的剧本；但他显然不是一个诗人。目标之二，是谈一场轰轰烈烈的恋爱，无奈先天条件却堪忧。他个子比一般人矮小，看上去只是个相貌丑陋、臃肿肥胖的年轻人，身子长，腿儿短，一颗大脑袋上长着乱蓬蓬的黑色鬈发；他的嘴唇很薄，鼻子又大又突出，棕色的眼睛色迷迷的，手脚都小，皮肤像女人一样细嫩，他还曾骄傲地说自己的手被剑柄磨得全是水泡。然而，司汤达在本质上仍然是个害羞、笨拙的人。

他的表兄，皮埃尔的弟弟，马歇尔·达鲁曾说，司汤达经常参加一些沙龙，举办这些活动的都是些贵妇人，她们的丈夫靠着大革命发了横财。司汤达在人群中显得笨嘴笨舌，他想到不少机灵话儿，却不好意思说出口。他不知道该把手往哪里放，于是随身带着根手杖，时不时把玩一下，好给两只手找点事干。他知道自己说话带了些乡村口音，后来去戏剧学校学习，也许正是为把口音纠正过来。他在那认识了一个比自己大两三岁的女配角梅拉妮·吉尔贝，再三犹豫后，决定向她求爱。他的犹豫一部分是因为不确定梅拉妮是否和自己一样灵魂高尚，另一部分则是怀疑她有性病。等消除了这两点疑惑，他才肯跟她一起去马赛。梅拉妮在此有演出，他就在杂货店干了几个月。最后，他得出结论，不管从精神层面还是智力层面上看，梅拉妮都不是他想要的那种女人。等演出的合约结束，身无分文的梅拉妮只能返回巴黎时，他也正好全身而退，松了口气。

司汤达有强烈的性欲，但关于他的风流韵事却并不多。直到几封言语露骨、来自他之后包养的情妇的信件曝光，大家才开始怀疑他有阳痿的毛病。在他的第一部小说《阿尔芒斯》中，主人公也是如此。这部小说不算优秀，却得到安德烈·纪德的极力推崇。我认为其中原因并不难猜：它与安德烈所坚持的观点颇为相似，即没有性欲也可以相爱。但爱情和相爱是不同的。爱情可以脱离欲望而存在，性欲却是相爱的两个人必不可少的东西。有证据证明司汤达并不是阳痿。他在《论爱情》一书，《关于惨败》一章中解释过自己的情况。坦白说来，他总是担心自己无法满足对方，也正因此表现得不够满意，而那些让他蒙羞的流言便渐渐产生了。他的激情是一种来自大脑的想象，拥有一个女人则更多是为了满足虚荣，让他对自己的男子气概更有信心。除去满嘴的花言巧语，他似乎并不是个温柔体贴的爱人。他坦诚自己的恋情大多以失败告终，原因也显而易见：他太胆小了。在意大利的时候，他曾请教一位军官如何才能赢得女人的"青睐"，还郑重地把听来的建议一笔一画地记在纸上，循规蹈矩地向女人展开追求，就像写剧本一样；等发现女人们把他当小丑，一眼就看出他的虚伪面目时，他先是震惊，随后恼羞成怒。聪明如他，却从没想过一个女人能理解的语言往往来自内心，要跟女人讲道理，只能害得她们心寒意冷。原本要靠真情实意才能打动的人心，他却指望靠计谋和诡辩来说服。

和梅拉妮分手几个月后，司汤达重回巴黎。这一年是1806年，皮埃尔·达鲁已经封爵，比过去更位高权重。司汤达当年在意大利的所作所为让皮埃尔对这个表弟有些不满，只因为妻子一再求情，才决定再给他一次机会。皮埃尔的弟弟马歇尔在耶拿战役后，被指派到不伦瑞克，司汤达作为军需部副指挥与他一同前往。这一次，他表现得尽职尽责；当马歇尔被派往别地时，他便顶替了他的位置。司汤达此时已放弃成为伟大剧作家的念头，决定在政坛大展拳脚。他把自己看成是帝国的贵族、荣誉军团的骑士和享有丰厚赏金的部门长官。作为坚定的共和党分子，他视拿破仑为剥夺法国自由的暴君。他给父亲写信，请求他为自己买个头衔。他还在名字里加了前缀，自称"亨利·德·贝尔"。即使愚蠢滑稽至此，他依然算是个有能力、有智慧的官员；在一场法国军官和德国人的暴乱中（一名军官拔剑刺死了一个德国人），他表现出的勇气也令人钦佩。1810年，司汤达喜获晋升，在巴黎荣军院的豪华套房里有了一间自己的办公室，另加一笔可观的薪水。他买下带篷马车和两匹高头大马，雇了一个马夫、一个男仆。他和歌舞团里的女演员同居，但还觉得不够，想包养一个能为他再添声望的情妇。他很快就看准了亚历桑德琳·达鲁，皮埃尔的妻子。亚历桑德琳是个美人，比自己地位显赫的丈夫年轻许多，给他生了四个孩子。似乎没有任何迹象表明司汤达曾念达鲁伯爵的旧情，甚至他似乎都没有意识到，自己今天的成就应该归功于伯爵的施恩，因此勾引其妻子的念头是极不道德也不体面的。在司汤达身上，完全看不到知恩图报这一美德。

他开始了一连串的示爱，但那倒霉的胆怯性格总让他不能得逞。他时而兴奋时而沮丧，时而轻佻时而沉默，时而热情时而冷酷，总之使尽一切花招，却连伯爵夫人是否对自己有意思都看不出。深感屈辱的同时，他不禁猜疑：也许自己这副畏首畏尾的样子，还招她暗暗嘲笑呢。最后，他跟一个老朋友抱怨自己处境尴尬，进退两难，请教下一步该怎么做。他们商量了很久，朋友问了一些相关的问题，又把他的回答仔细记了下来。根据马修·约瑟夫的总结，以下是其中一个提问："勾引德·B女士有什么好处？"（他们私下管达鲁伯爵的夫人叫德·B女士）回答为：自身的性格使然；在社会上将非常有益；得以继续研究人性中的激情，荣誉感和骄傲感。此处司汤达还做了脚注："最佳战略：保持进攻！进攻！进攻！"这确实是条不错的建议，但对一个天生的无可救药的胆小鬼来说，却并不好执行。几周以后，司汤达被邀请去达鲁家位于贝群威尔的乡下房子做客。经过一夜辗转反侧后，第二天一早，他穿上了自己最好的一条条纹长裤，准备采取行动。达鲁伯爵夫人称赞了他的裤子。两人在花园散步的时候，夫人的一个朋友带着母亲与孩子就跟在他们身后约二十米的距离。他们走来走去，司汤达则浑身颤抖，心意已决，把前面不远处定为执行计划的B点。他刚才经过某个A点的时候就暗暗发誓，如果走到B点还不敢开口，就干脆一死了之。B点到了，他一边示爱一边拉过她的手想吻上去；他说自己暗恋她已经整整十八个月了，也曾试图隐瞒这份感情甚至躲着不见她，但他再也无法忍受这种痛苦了。伯爵夫人的回应不算残忍，但她只把他当个朋友，完全没有背叛丈夫的心。她把后面的人叫过来一起走。司汤达在这场他命名为"贝群威尔的战役"中，输得一败涂地。我猜与其说他的感情受伤，倒不如说是他的虚荣心惨遭打击。

两个月后，因为这场打击而垂头丧气的司汤达休假去了米兰，他第一次来到意大利时就深深迷上了这里。十年前，他在这爱上了一位军官兄弟的情妇，吉娜·佩特拉鲁；但他当时没有钱，只是个副官，她根本没把他放在眼里。此次去米兰，他很快就找到了她。她的父亲开了一爿小店，她早早就出嫁了，丈夫是个小职员；她已经三十四岁了，有个十六岁大的儿子。再见到她时，司汤达发现"她身材高挑，相貌出众；眼睛、神态、眉毛和鼻子还保留着当年的魅力；甚至比过去更机灵了点，多了几分端庄，少了一些媚态"。她显然混得不错，虽然丈夫只有一份薄薪，但她却在米兰有一套公寓，乡下还有一套房子、佣人、马车和斯卡拉剧院的包厢。

司汤达总觉得自己身上有种寒酸劲儿，所以特别挑些贵气、时髦的衣服来穿。他一直很胖，但现在生活富裕了，肥胖就变成了魁梧。总之，兜里有了钱，也披上了好衣裳，仗着这些有利条件，他一定觉得自己比当年那个身无分文的骑兵更能赢得"贵妇人"的欢心，所以决定趁着在米兰的日子和吉娜逍遥一番。但她竟然不像他所期待的那样容易得手。她请他跳了支舞，之后也没有什么亲密举动。直到他动身去罗马的前夕，才答应让他早晨来自己家做做客。早晨可不是一个求爱的好时机，但那天结束后，司汤达在日记里写道："九月二十一日，上午十一点半整，我终于迎来了期待已久的胜利。"他还把这个日子写在了自己的背带上。这天，他穿了向达鲁伯爵夫人告白时穿着的那条条纹长裤。

假期告终，司汤达返回巴黎。他感到几分沮丧，因为达鲁伯爵知道了他对自己的妻子怀有非分之想，除了厌恶之外，对他的态度也变得极其冷淡。在拿破仑那场灾难性的战役刚刚打响时，司汤达费尽口舌才从安逸的荣军院调遣到现役军需部工作。他随大军远征莫斯科，在大撤退中再次表现出前所未有的冷静、主见和胆魄。战况最为糟糕的某天早上，他忽然出现在由达鲁伯爵负责的总部待命；他的脸刮得干干净净，身上穿着的唯一一套军装也齐齐整整。在别列津纳河战役中，他救下达鲁伯爵一命，还方寸不乱地把一位负伤军官救上自己的马车。最后当他抵达哥尼斯堡时已经饿得半死，手稿和其他东西都弄丢了，只剩身上穿的一套衣服。"我的意志救了我一命，"他写下这样一句话，"因为我看到身边所有放弃希望的人都死了。"一个月后，他回到了巴黎。

Ⅲ

1814年，拿破仑退位，司汤达的政治生涯也走到了尽头。他声称已经拒绝了好几个送上门来的重要职位，宁肯被流放也不愿为波旁王朝效力；但事实并非如他所说。他向国王宣誓效忠，企图拿回公职，被拒绝后才无奈跑回了米兰。他依然坐拥足够的财富，可以住在舒适的公寓，想看歌剧时就能去看；但他的地位、声望和手头的现金都大不如从前了。吉娜对此表现得非常冷酷。她说丈夫一听说司汤达又来米兰，立刻醋意大发，其他爱慕自己的人也开始疑神疑鬼。尽管他心里清楚吉娜对自己已经没有追求价值了，但她的冷漠却让他激情重燃。最后他终于找到唯一一个能让她再爱上自己的方法：从家里要了三千法郎给她。他们一起去威尼斯度假，同行的还有她的母亲、儿子和一个中年银行职员。为了不被人看出破绽，她坚持让司汤达住在别的旅馆；最让司汤达厌恶的是，他们一起吃晚餐的时候那个银行职员也在场。司汤达的日记里用英语写着："和我一起去威尼斯，她假装做了很大牺牲。我真是愚蠢透顶才花三千法郎来这儿旅行。"十天后，日记里又写："我和她上床了……但她一直在跟我说花钱的事。一觉醒来，脑子里一片空白。这些事害我一点欲望都没了，显然血液已经从下半身流回了脑袋。"

尽管发生了这些不愉快的事，但1815年6月18日，拿破仑遭遇滑铁卢的这一天，司汤达却在"尊贵的"吉娜的怀中度过。

秋天，他们回到米兰。为了自己的名声着想，吉娜非要让司汤达在偏僻的郊区租房子。每次收到她发来的通知，他就摸黑乔装前往，中途要换好几辆马车才能甩掉跟踪他的人，到了之后再由女仆接待进入房间。也许是因为女仆和夫人大吵了一架，又或许女仆只是被贝尔的钱收买了，她忽然说出一个令人震惊的真相：吉娜的丈夫其实一点都不吃醋；之所以这样神神秘秘是害怕贝尔先生撞见其他情敌（或者说是"情敌们"，因为数量可不止一个），女仆还主动提出可以拿出证据。第二天，她把他藏在吉娜卧室旁的一个小衣橱里，他透过一个小孔亲眼看见就在三英尺之外，吉娜背叛了自己。日后他和梅里美说起这件事："你是不是以为我当时从衣橱冲出来给了他们两刀？可不是那样……我悄悄藏进那个衣橱，又悄悄走出来，只当它是一次荒唐的冒险。我一个人哈哈大笑，对那个女人充满了鄙视；但我很开心，因为我终于自由了。"

这件事深深地羞辱了他。据他说，之后的十八个月里他什么也不想写，不想说话，不想思考。吉娜试图和他重归于好。某天，她在布雷拉美术馆里等着埋伏他，还跪在地上乞求原谅。"我可笑的自尊心让我狠狠拒绝了她，"他之后和梅里美说，"我似乎还能看见她追着我跑，拽着我的外套，跪在美术馆的地上爬了那么远。我竟然没有原谅她，真是个傻瓜。毕竟她从没有像那天一样那么爱过我。"

然而，1818年，司汤达又对美丽的戴博洛斯基伯爵夫人一见钟情。他当时已三十六岁，伯爵夫人比他年轻十岁。这是他爱过的第一个地位显要的女人。伯爵夫人是意大利人，十几岁时嫁给了一个波兰的将军，几年后带着两个孩子离开将军，去了瑞士。当时正逢诗人乌戈·福斯克洛被流放波兰，大家误会她是为了和诗人私奔才离开了自己的丈夫。等她回到米兰后一直遭人猜疑，原因并非她另有情人（这在当时的社会风俗下并不值得被人指责），而是因为她离开丈夫，一个人住在了国外。

司汤达迷恋了她整整五个月，才鼓足勇气告白。可她却立刻下了逐客令。他低三下四地写信道歉，直到最后她才心软，同意让他每两周来找自己一次。她的态度非常明确：司汤达的追求令人厌恶。但他还在坚持。他身上有一点非常奇怪，即一边提心吊胆，唯恐被人当成傻子，一边却又做尽傻事。一次，伯爵夫人去沃尔泰拉看望在那儿上学的两个儿子，司汤达追着她一起去了；但他知道这样会激怒她，所以乔装打扮，戴了一副绿色的眼镜。某天晚上他摘了眼镜散步，却意外撞见了伯爵夫人。她假装没看见他，第二天送去一张便条责骂他尾随自己来了沃尔泰拉，还跑到她每天散步的公园里闲逛，让她丢了颜面。他回信哀求她的原谅，一两天后再次登门拜访，而她态度冷漠地把他打发走了。他回到佛罗伦萨，一封接一封地给她写信。她连拆都不拆，再原样寄回来，并附："先生，我不想再收到您的来信了，也不会再回信。我非常尊重您，望您好自为之……"

司汤达垂头丧气地折回米兰，却听闻父亲已经去世。他再次动身前往格勒诺布尔，没想到到了才发现，这位老律师临走前留了一堆烂摊子，不仅没剩下什么遗产，还欠了一屁股债。他急匆匆地跑回米兰，不知怎的（我们谁都不知道发生了什么）又说服伯爵夫人每隔一段时间和他见一面。但这只是他的虚荣心作祟，他不相信她对自己一点意思都没有，后来他写道："这样的亲密关系维持了三年，我还是离开了那个我深爱，又深爱我的女人，她一次也没有把自己交给过我。"

1821年，由于和某几位意大利爱国主义者交往过密，司汤达被奥地利警局命令离开米兰。他来到巴黎，之后九年的时间几乎定居在这里，并频繁参加"以智慧为上"的巴黎文学沙龙。他此时已不再口舌笨拙，变得幽默、犀利而健谈，最多能跟八到十个他喜欢的人同时交谈。但像很多会聊天的人一样，他开始习惯不让别人说话，喜欢发号施令，毫不掩饰对那些持有异议之人的轻蔑。他总想语惊四座，所以说起猥琐下流的话来简直无遮无拦。一些挑剔的评论家认为他为了逗人发笑或惹人生气，经常强装幽默。他无法忍受无聊的事物，觉得除了自己，其他人都是些流氓无赖。

在这段时间里，司汤达只有过一段恋爱，似乎是两情相悦的那种。对方是德·库里尔伯爵夫人（原名克莱门汀·布热），当时已经和对她不忠、暴躁又容易吃醋的丈夫分居了。她三十六岁，是个端庄优雅的女人；司汤达已经年过四十，依旧又矮又胖，长了个红彤彤的大鼻子，大腹便便，虎背熊腰。他戴着红棕色的假发，浓密的络腮胡也染成同样的颜色。他用微薄的收入，最大程度地把自己装扮华丽。司汤达的智慧和幽默吸引了克莱门汀·德·库里尔，过了一阵子等时机合适，他便发起"进攻"，而她也做出和自己的年龄、身份相匹配的回应，接受了他的求爱。他们在一起的两年里，她给他写了二百一十五封信。这正是司汤达梦寐以求的浪漫。他害怕她的丈夫暴怒，所以偷偷与她约会。我在这引用马修·约瑟夫的话："司汤达乔装打扮，趁黑从巴黎坐车出发，一路快马扬鞭，到她家时已经过了午夜。德·库里尔夫人和司汤达小说中的女主角一样胆大。某次，正好有不速之客上门（也许是她的丈夫），打扰了他们的私会，她急忙把他送下地窖，搬走梯子，关上地窖的门。司汤达就在这个黑灯瞎火又莫名浪漫的地洞里关了整整三天，这里简直像个坟墓。痴情的克莱门汀给他做好饭，搭着梯子爬上爬下，偷偷和他见面；甚至给他送来便盆解手，然后再亲自清洗干净。"司汤达日后写道："她每天夜里下到地窖来的时候，都显得特别伟大。"但很快这对爱人之间产生了争吵，最终克莱门汀女士甩了司汤达，转投别人的怀抱，也许那是个更随和也更有趣的对象吧。

1830年，革命开始了。查尔斯十世流亡国外，路易·菲利普继承王位。司汤达已经花光了父亲破产时保住的一点钱，他重燃旧梦，想成为一位大作家，但他写的东西既挣不着钱，也没给他带来什么声望。《论爱情》出版于1822年，之后的十一年里只卖出了十七本。《阿尔芒斯》出版于1827年，评论家和读者都不看好它。我之前也说过，他曾试图担任公职，却无功而返；随着政权更替，他被指派到德里雅斯特领事馆，但由于他对自由主义的同情心，奥地利拒绝接受他入职，他只好又调去了教皇国的奇维塔韦基亚。

司汤达并不把公职当回事儿，只要有机会就不知疲倦地往外跑，到处旅行，在罗马结交了几位知己。然而在这些经历之外，他依然百无聊赖，倍感孤独；五十一岁那年，他向一个年轻女孩求婚，这个女孩是他的洗衣妇和领事馆一个小职员的女儿。但求婚却被拒绝了，原因并非我们以为的他年纪太大或脾气太差，而是因为他信仰自由主义。1836年，司汤达说服部长给了他一些简单的任命，并允许他回巴黎工作三年，临时找人顶替他现有的职务。此时的他比以前更胖了些，还有中风的危险，但依然不改穿着时髦的习惯。他觉得所有对他外套剪裁和裤子样式看不上眼的人，都是在冒犯他。他一如往常地广撒情网，但收获甚微，只好劝说自己这是因为他还深爱克莱门汀·德·库里尔，惦记着与她旧情复燃。他们分手十年之后，克莱门汀曾理智地回应说死灰是无法复燃的，作为她的第一个，也是最好的朋友，他应该就此满足了。梅里美曾记述，这次打击让司汤达心碎不已："他提起她的名字时，声音都会变……我只见他哭过那么一次。"然而一两个月后他似乎就从阴影里走出来了，向一位高缇耶女士求爱又惨遭拒绝。最后他不得已回到奇维塔韦基亚，两年后在那里第一次中风发作。为恢复健康，他请假去日内瓦拜访当地一位著名医生。从日内瓦回来后又去了巴黎，继续像以前那样混日子，参加宴会，滔滔不绝地大侃特侃。

1842年3月的某一天，他出席一场外交部的官方晚宴，当晚在沿着大街散步时第二次中风发作了。他被送回家，第二天便离开了人世。司汤达一生追求幸福，却从来没能发现，幸福总是在你停止追求时，才悄悄降临；总是在你失之交臂时，方能被感知。也许没有人可以自信地说"我现在很幸福"；我们只能说"我过去曾经幸福过"。幸福不是健康，不是满足，不是内心平静，不是欢愉享乐——即使这些能带来幸福感，但它们绝不是幸福。

IV

司汤达是个怪人。他的性格比大部分人更矛盾，人们惊讶地发现竟有那么多互相冲突的特点在同一个人身上共存，而这些特点之间丝毫没有协调的可能。他有杰出的美德，也有深刻的缺陷。他敏感、多情、羞怯、富有才华和创意，是一个贴心的朋友，在工作面前勤奋肯干，在危险面前冷静勇敢。他的偏见可笑，目标荒唐。他疑神疑鬼（还容易受骗）、心胸狭隘、毫不容情，做起事来全当儿戏，虚荣到愚蠢，贪欲到恶俗，纵情到放肆。但我们之所以知道他的这些缺陷，也是因为这是他亲自坦白的。司汤达并非专职写作，他几乎算不上一个文人，但他从没搁下笔，写的几乎都是有关自己的东西。他常年有记日记的习惯，其中很多都保留至今。虽然他当时并没有出版日记的念头，但他在五十岁出头时，写下了长达五百页的自传，从出生一直记叙到他十七岁。这部自传到他去世前都没有修订，但显然一开始是想出版于世的。他在传记里，把自己写得比事实上更重要，并吹嘘自己做了很多并没有做过的事，但整体而言这部传记还是真实的。他并没有偷工减料，即使这书并不好读，个别地方写得枯燥、重复，但我想但凡读过的人应该都会扪心自问：如果我们已经愚笨到如此坦白地自我暴露，是否有望能创作一部比这本书更好的作品呢？

司汤达去世时，只有包括梅里美在内的三个人参加了他的葬礼，只有两家巴黎当地报纸有所报道。他似乎已经被完全遗忘了。确实，如果不是他的两个挚友成功说服了一家颇具影响力的出版公司出版他的代表作，他可能真的会被人抛诸脑后。作品出版了，除著名评论家圣佩韦写了两篇文章对其大加赞赏，公众仍不买账。这并不意外，因为圣佩韦的第一篇文章是围绕司汤达的早期作品，与他同时代的人都对这些书视而不见，更何况后来的人。第二篇文章中，他依然保留对司汤达的旅记《罗马漫步》和《旅人札记》的褒奖，但却没从小说作品中发现可圈可点之处。他说司汤达笔下的角色就像木偶，结构完美，只是一举一动无不透露出机械感。他还批评了故事的情节没有可信度。司汤达还在世时，巴尔扎克就曾写文赞美他的《巴尔马修道院》；圣佩韦则认为："显然，我不能体会巴尔扎克先生的那股崇拜之情。事实上，他之所以把贝尔先生写成这样的一位小说家，是因为他也希望别人能把他写成这样。"没过多久，圣佩韦又颇为恶毒地说，在司汤达死后的遗稿里发现一张他给巴尔扎克三千法郎的借据（对巴尔扎克来说，借钱就是送钱），想必是收买他给自己写颂词的。对此，圣佩韦引用了这样一句话："荣誉中掺杂着不合时宜的收获。"或许他不必如此苛刻吧，他那两篇评论司汤达的文章不也是收了出版商的钱，而他关于司汤达的表兄皮埃尔·达鲁的两篇评论，也是受其家人委托而写，可达鲁作为"作家"仅有的贡献不过是翻译了贺拉斯的作品，以及写了一套九册的威尼斯史而已。

司汤达从未怀疑其作品能否流传下来，但他以为要等到1880年甚至1900年才能获得迟来的认可。很多在世时不得志的作家都借此安慰自己，自信他们的作品一定会得到后人赏识。但这种情况其实很少发生。我们的后人多么忙碌而疏忽，如果真要关注过去的文学作品，也一定会从那些已经成名的书里挑。一位生前默默无闻的作家在去世后反而得到认可和重视，这种机会未免也太渺茫了。而司汤达的故事则要从一名教授说起，他在巴黎高等师范学院上课时激动地称赞了司汤达的书。碰巧课堂上有几个非常聪明的年轻人（后来都有所成就），他们读了这些书，发现其中的观点和当时年轻人推崇的理念不谋而合，因此开始热烈地崇拜司汤达。这些人中最有才华的一位叫依波利特·泰纳，多年后成为极具影响力的著名文学家。他写了一篇长文，引起了大家对其作品中心理透视的关注。顺便说一句，我发现当文学评论家提到小说家的心理时，用的往往不是心理学家使用的同一概念。所以在我看来，评论家所谓的心理，是指比起角色的行为，小说家更多地把关注点放在角色的动机、想法和情感上。这种偏向会让小说家更多揭露人性的阴暗面，诸如嫉妒、恶意、自私和卑鄙——即人性中更为基本的一面；这种写法让人感到真实，因为除非我们是傻子，否则都很清楚自己内心有多少可憎的东西。"幸好有上帝保佑，不然上刑场的就是约翰·布莱德福了。"[1]自泰纳那篇文章之后，围绕司汤达的评论越来越多，大家普遍认为他是十九世纪法国最伟大的三位作家之一。

司汤达绝对是个特例。伟大的作家大多著作等身，关于这点没有人能比得过巴尔扎克和狄更斯。几乎可以确定，如果他们长寿，还会一部接着一部地写下去。我们认为对一个小说家来说，旺盛的创造力是最重要的才华。而司汤达几乎完全欠缺这种能力。但他也许是小说家中最聪明的那个。他年轻时曾梦想成为一名剧作家，结果根本没有写剧本的创意；后来开始写小说，似乎也不能用自己的脑袋构思出一个完整的情节。我说过他的第一部小说是《阿尔芒斯》。在这之前，德·杜拉斯伯爵夫人曾经写过两本小说，因为内容露骨引起了不小的轰动。还有一个颇为著名的作家亨利·德·拉杜什也匿名出版了一本小说，希望大家认为这是出自伯爵

---

1. 十六世纪时，英国新教徒约翰·布莱德福看见几名押解刑场的死囚，感叹道："幸好有上帝恩宠，不然上刑场的就是约翰·布莱德福了。"这句话后来被引申为一句谚语，用来表示"若不是好运气，现在倒霉的人就是我了"的意思。

夫人之笔。这本小说的主人公有阳痿的毛病，我没有读过，只能写点道听途说的事。我因此怀疑司汤达的《阿尔芒斯》不仅抄袭了拉杜什小说的主题，还包括某些情节。他甚至厚颜无耻地照搬原作中主人公的名字，后来才把名字从"奥利维亚"改成了"奥克塔夫"。他借助所谓的"心理现实主义"渲染了主题，但小说本身仍然糟糕：其中发生的事非常难以置信，至少我认为一个有着特殊残疾的男人（也正是本书的中心人物）是不会深深迷恋上一个年轻女孩的。《红与黑》中，司汤达细致地描述了一个年轻人的故事，而这个故事则来自当时一场轰动的审判。《巴尔马修道院》里唯一受到圣佩韦赞赏的是一处对滑铁卢战役的描写，可这段描写其实来自于一个参加过维特多利亚战役的英国士兵的回忆录。这本书的其他部分则是根据意大利编年史和备忘录写成的。诚然，小说家编故事的灵感有时来源于生活，即他在某个地方亲身经历、目睹或听说；但有时也来自对某个角色的详细描写，这激发了作者十足的想象力。除司汤达以外，我再也想不到有哪个第一流的作家能直接从他读过的东西中找寻灵感。我并不对这件事持轻蔑的态度，只把它当作一个令人好奇的事实。司汤达并不擅长编造故事，但谁能想到这个不起眼的傻子偏偏具有这样的天赋：他敏锐的观察力能一眼洞察人心中的错综复杂、奇思怪想和光怪陆离。他看不上身边的人，却对他们很感兴趣。《旅人札记》中有一段讲到他旅行时曾途经法国，刚开始搭了一辆送邮件的驿马车想在闲暇时看看风景，但没过多久就觉得百无聊赖，为了和别人聊天换乘了另一辆公共马车，坐在公用的桌子旁听他们讲故事。

　　尽管司汤达的旅记生动有趣，非常好读，但你只能从其中看到作者的个人性格罢了；他的名气主要还是来自两部小说和《论爱情》中的几个段落。其中一段并非原创：1817年的博洛尼亚，他参加了一场由盖拉尔迪女士举办的晚宴，这个"美目之城——布雷西亚最美丽的女人"对他说：

爱分为四个类型：

（1）肉体之爱，是野兽、粗鲁之人及堕落的欧洲人的爱。

（2）激情之爱，是爱洛伊丝对阿伯拉尔[1]、朱莉·埃唐什对圣普罗[2]的爱。

（3）L'Amour Goût，这是十八世纪的法国人最为赞扬的爱，是马里沃、克里必伦、杜克洛和德毕内夫人都曾以优雅的语句歌颂过的爱。（我直接用了法语中的L'Amour Goût，因为不确定该怎样翻译它。它指的是你对一个很感兴趣的人的爱意，如果牛津词典上有这个词，我想应该被叫作"爱欲"而不是"爱"。）

（4）虚荣之爱，就像……

司汤达补充道："认为所爱之人的一切都是完美的，这种愚蠢行为在盖拉尔迪女士的圈子里就是爱情，是一种'结晶'。"他自然会借这个主题继续发挥，直到几个月后，在某个他称为"天才之日"的时刻，那个经典的比喻才最终诞生："把一根光秃秃的树枝扔进萨尔斯堡荒凉的盐矿；两三个月后再拿出来，你会发现上面满是晶莹的结晶：如此细小的枝丫，

1.爱洛伊丝是法国中世纪著名的哲学思想家，她爱上了自己的老师阿伯拉尔，主张爱情应该是无私无求、不顾一切的。

2.朱莉·埃唐什和圣普罗是梭罗《新爱洛伊丝》中的角色，他们两人的故事就是参照爱洛伊丝和阿伯拉尔所写的。

还没有山雀的爪子粗，却覆满无尽闪烁的'钻石'，几乎让人认不出是原来的那根树枝了。所谓'爱情'，所谓'结晶'，就是我们想尽一切办法，从身边的一切发现中，证明所爱之人是完美无缺的。"

所有正在恋爱或曾经爱过的人，都应该懂得这个比喻有多么巧妙。

V

在司汤达最著名的两部小说中，《巴尔马修道院》更好读一点。我想圣佩韦说得没错，他书中的角色的确像是没有生命的木偶。男主人公法布里斯和女主人公科莱丽娅的形象都很模糊，在书中的作用也有些被动；但莫斯卡伯爵和圣塞韦里诺伯爵夫人反而写得丰满鲜活。泼辣而放荡的伯爵夫人的形象堪称人物描写中的杰作。《红与黑》则是更突出、更新颖、更重要的一部作品。正是因为它，司汤达被左拉誉为自然主义学派之父，布尔热和安德烈·纪德也认为他是心理小说的开创者。

和大多数作家不同，不管批评来得多么恶毒，司汤达都能欣然接受；更了不起的是，当他把书稿寄给朋友求教后，经常能收到大量修改的意见，他则毫不犹豫地照单全收。梅里美曾说他总是不停地重写，却从来不改写。我不确定事实是否真是这样。在我见过的他的一篇手稿中，好多不太满意的用词被打了小小的叉号，显然是为了在校订时能替换这些词。他痛恨夏多布里昂带起的一股辞藻华丽的文风，引来很多小作家孜孜不倦地效仿。司汤达的目标是尽可能真白而准确地表达出他不得不说的东西，没有装饰，没有修辞，没有冗余。他说（也许只是吹嘘）开始写作前，特意读一页《拿破仑法典》以精练自己的语言。他的作品里并没有当时所流行的风景描写和大量隐喻。那种冷静、清晰、节制的写作风格让《红与黑》中的故事更加深沉冷峻，也另添了一份阴森森的趣味。

泰纳最著名的那篇评论正是关于《红与黑》的；但作为历史学家和哲学家，他的兴趣主要还是放在司汤达对人物敏锐的心理描写、精准的动机分析和新颖独到的观点。他颇为公正地指出司汤达关注的不是行为本身，而是导致行为发生的人物情感、性格特点及情绪的起伏变化。因此，司汤达刻意避免以一种戏剧化的方式描写戏剧化的事件。泰纳引用了司汤达描写主人公行刑的一段文字为例，大多数作家一定会在此大做文章，但司汤达却是这样处理的：

"牢房的空气恶劣，于连渐渐无法忍受；所幸在他们宣布行刑的那天，一轮可爱的太阳唤醒万物，于连感到勇气十足。走进外面新鲜的空气里，对他来说是种幸福的感觉，好比远航已久的水手再次踏上了大陆。是的，一切都很好，他这样告诉自己，我有的是勇气。这颗要掉了的脑袋显得比以往任何时候都更有一种诗意。过去种种发生在维吉树林里的美好回忆，此刻一齐奔涌上心头。一切都简单、体面，他也没有表现出丝毫造作。"

然而，泰纳对这部小说的艺术性显然不怎么感兴趣。他试图使读者重新认识这个被忽视了的作家，他的文章与其说是评论研究，反而更像一篇颂词。因为泰纳的文章而了解《红与黑》的读者也许会有些失望。因为从文学艺术来看，这本小说并不完美。

司汤达对自己的兴趣超过他对其他任何人。他是自己小说的主人公：《阿尔芒斯》里的奥克塔夫，《巴尔马修道院》里的法布里斯以及未完成的小说《路西安·勒文》里的同名主人公。《红与黑》中的主角于连·索雷尔也是司汤达本人想要成为的那种人。他把于连写成一个万人迷，轻易就能获得女人的青睐，这是他梦寐以求却从未实现的目标。于连向她们求爱所用的手段，也是司汤达多次尝试但一再失败的。另外，于连和他一样是能说会道的人，但他很聪明，从不举例证明于连的机智，只是断言这一事实，因为一旦小说家告诉读者某个角色很机智，然后给出例子，往往是达不到读者的预期的。他把他过目不忘的记忆力、他的勇气、怯懦、野心、敏感、虚荣、深谋远虑、疑神疑鬼、忘恩负义和易怒的性格、放肆的品性统统都给了于连。其中最有趣的一个特点，也是他在自己身上发现的特点，是于连在无私和善良面前总会轻易掉泪：这似乎暗示了如果他能有一个不同的人生，也就不会变得像现在这样卑鄙。

如我所说，司汤达本人并没有编故事的天赋，《红与黑》的情节来自于当时报纸报道的一场轰动的审判。安托万·贝尔德，一名年轻的神学院学生，先后在米修先生和德·科登先生两家担任家庭教师；他试图勾引，并成功勾引了第一家的妻子和第二家的女儿。他被解雇了。原本想再回神学院学习，但由于之前的丑闻而被学校拒绝。他开始觉得米修一家应该对自己负责，为了报复，他在教堂开枪打死了米修夫人，随后又给了自己一枪。但这一枪不足以致命，因此他受到了审判。他试图以那个不幸的女人为代价拯救自己，但最后仍然被判了死刑。

这个阴暗扭曲的故事吸引了司汤达。他把贝尔德的罪行看作一种对社会规则的强烈反抗、挣脱虚伪社会的成规桎梏、一种人性的自然表达。他蔑视同时代的法国人，因为他们已经丧失了中世纪先辈的美好品质，堕落为安分守己、道貌岸然、平庸乏味、缺乏激情的人。也许他觉得经历了恐怖时代的统治和拿破仑战败的灾难后，人们自然而然地渴望和平与宁静。但他认为人身上最重要的就是那一股劲儿。如果说他喜欢意大利，宁可跑到意大利也不愿留在自己的国家，就是因为那里是一片"爱与恨的热土"。那里的人爱得痴狂，愿意为爱而死。那里的男男女女愿为激情屈服，不计后果。那里的人会因暴怒失控，杀人或被杀，但始终忠于自己。这才是纯粹的浪漫主义，看来司汤达所说的那股劲儿，就是其他人眼中的暴力，应该谴责的暴力。

　　"如今，有些人身上还是有用不完的劲儿，"他写道，"但这绝不包括上层阶级的人。"写《红与黑》的时候，他把于连塑造成一个工人阶级的角色，比起新闻里那个倒霉的原型，于连有着更聪明的头脑、更强大的意志和勇气。司汤达以高超技巧赋予这个角色以永恒的魅力：他饱尝对出身特权之人的嫉妒与仇恨，代表了各个时代都会出现的一类典型人物，在社会等级消灭之前，他将一直是这样的一个代表。如果真有那么一天，社会没有了分级，人性无疑会发生巨变。即使那些更有才智、能力和勇气的人享受了其他人求之不得的优势，所谓的"弱势群体"也并不会因此而怨恨。于连第一次出场时，司汤达是这样形容他的："一个十八九岁的年轻男子，长相平平，五官不太周正，鹰钩鼻。一双又大又黑的眼睛平静时仿佛显露着思考的热情，但此时却正燃烧起最强烈的仇恨火焰。他深栗色的头发低低地压下来，显得额头很小，愤怒的一刻看上去似乎很邪恶……修长匀称的身材虽不算有活力，但很有精神。"这幅肖像并不迷人，却非常精彩，因为它不会使读者因此而偏爱于连。我之前说过，小说中的主人公往往会引起读者的同情，但司汤达既然选了一个恶人做主角，就不宜让读者从一开始就过分怜爱他。然而另一方面，司汤达需要引起读者对他的兴趣，所以不能把他说成一个可憎的人；通过反复强调他好看的眼睛、潇洒的身姿和纤细的双手来美化对他的描述。某些时候，司汤达把他形容得非常英俊；同时更记得要时不时提醒读者他给身边的人带来麻烦，以及所有人（除了那些本身就有理由提防他的人外）对他的猜疑。

雷纳尔夫人，于连所教的孩子的母亲，是个非常出彩的角色，也很难写好。她是个好女人。相当一段时间里，很多小说家都想写一个好女人，但最后只写成了一只"蠢鹅"。我想这是因为好人的"好"只有一种方式，但坏人的"坏"则有千千万万，显然给了作家们更大的发挥余地。雷纳尔夫人很有魅力，善良而真诚；她渐渐爱上了于连，她的内心充满恐惧和犹豫，直到最后演变为热烈的激情，整个过程的描写极其巧妙。她是小说里最动人的人物之一。某天晚上，于连默默发誓如果不牵她的手就干脆自杀，好像这是他的任务一样；就像多年前的司汤达，穿着他最好的那条裤子，定了一个特殊的点，发誓如果不在那儿向达鲁伯爵夫人告白，就朝自己的脑袋开一枪。于连顺利勾引了雷纳尔夫人，不是因为爱她，而是因为一方面，他想报复她所在的那个阶级，另一方面，他要满足自己的自尊心。然而，不久之后他还是爱上了她，起初邪恶的念头都抛到了脑后。这是他这辈子第一次那么幸福，也让人开始不禁同情他。雷纳尔夫人的鲁莽还是招来了风言风语，于连被安排回神学院继续学习。

我觉得于连和雷纳尔一家的生活以及他在神学院的生活这两处写得实在太好了；没有任何值得怀疑的理由，好像司汤达写了什么，事实就是什么。但等故事背景转移到巴黎后，我就不敢轻易相信了。于连完成了在神学院的进修，院长为他找了个工作：给德·拉莫尔侯爵当秘书，跻身国都最上等的贵族圈子。司汤达所描绘的上流阶级的画面并不可信。他从来没进过上流社会，没遇到过真正的贵族名流；最熟悉的不过是在革命和帝国时代跻身上流的资产阶级；他并不知道出身贵族的人是怎样的。司汤达是一个发自内心的现实主义者，但也逃不过社会潜移默化的精神风潮——当时正是浪漫主义盛行的年代。即便司汤达保有十八世纪特有的对理智的赞扬和彬彬有礼的气质，也难免深受其影响。如我之前所说，他痴迷于文艺复兴时期意大利人的残忍作风，他们毫无顾虑，不知悔恨；为实现野心，满足贪欲，或完成报复，干坏事连眼都不眨一眨。司汤达称颂他们的勇气、不计后果的决绝，以及对社会纲常的轻蔑和自由的灵魂。正是由于对浪漫主义的偏好，《红与黑》的后半部分令人不太满意。你要被迫接受无法容忍的荒诞情节，还不得不对毫无意义的章节产生兴趣。

德·拉莫尔先生有个女儿，名叫玛婷达。她相貌出众，可性格傲慢、任性；她很清楚自己的体面出身，并以自己的祖先为骄傲：他们不惧牺牲自我，争名夺利，其中一个在查尔斯九世时被处决，另一个则牺牲在路易十三时期。自然而然地，她也很看重司汤达所谓的那股"劲儿"，对追求自己的平庸贵族青年嗤之以鼻。埃米尔·法盖在一篇有趣的文章中指出，司汤达对爱情的分类唯独漏掉了"头脑之爱"。这是开始、发展并成熟于想象中的爱情，通常在最高潮时因为性欲而凋零。德·拉莫尔小姐对父亲的秘书日渐产生的便是这种爱情，它的每个阶段都被司汤达描写得细致精妙。她既被于连吸引，又对于连抵抗。她坠入爱河，是因为他不像追求她的那些贵族青年；因为他和她一样对那些人嗤之以鼻；因为他卑微的出身；因为他们共有的骄傲；因为她从他身上感受到了野心、不羁、放肆和堕落；还因为她怕他。

最终玛婷达给于连送去一张便条，吩咐他等其他人都睡了，再爬梯子来自己的房间。我们从后文得知，他原本可以蹑手蹑脚地走楼梯上去，但她偏偏让他爬梯子，想一测他的胆气。克莱门汀·德·库里尔就曾经爬着梯子，和藏身于地窖的司汤达密会，这段经历显然激发了司汤达的想象；于是他笔下的于连在赶往巴黎的半途中，经过了雷纳尔夫人所在的弗里勒斯镇，找到一把梯子，深更半夜悄悄爬上了她的卧室。也许司汤达也觉得让主人公再次用这种方式爬进女人的闺房有些尴尬，所以于连一收到玛婷达的便条，就自嘲道："看来我命中注定离不开这把梯子了。"即便如此自嘲也掩饰不了司汤达枯竭的想象力。好在这场勾引之后的情节写得还不错。两个自私自利、脾气暴躁、情绪无常的人，不知道他们是爱得热烈，还是爱得疯狂。他们都想束缚对方，都想狠狠激怒、伤害或羞辱对方。最后，于连通过一系列老套的手段让女孩束手就擒：她发现自己有了身孕，只好告诉父亲她想嫁给她的爱人。拉莫尔先生不得不点头同意。于连连哄带骗，手段用尽，眼看就要实现全部的野心了，却在此犯下愚蠢的错误。小说从这里开始，逐渐分崩离析。

我们知道于连是个聪明人，甚至十足狡猾；为讨好未来的岳父，他特意请雷纳尔夫人写信以证明自己人品高尚。他知道她后悔犯下了通奸的罪恶，像世上其他女人一样，也将自己的软弱怪罪在男人身上。他还知道，她仍深爱着他，但他竟然想不到自己要和另一个女人结婚的事会让她无法接受。在忏悔牧师的指引下，雷纳尔夫人写信告知侯爵于连的阴谋：他狡猾地潜入一个家庭，随之打破其稳定和安宁；他最大的、唯一的目的是通过佯装无私，渐渐掌控住家里的主人和财产。然而这封信的问题在于，雷纳尔夫人完全不该做出这样的控诉。她说于连是个伪君子、阴谋家。但司汤达似乎没有注意到的是，虽然于连的内心活动无时无刻不暴露在读者眼中，可雷纳尔夫人却并不知情啊。她看到的只是于连尽职尽责地教孩子学习，赢得孩子们的喜爱；只是他如此深爱她，最后一次见面时宁可冒着丢掉饭碗，甚至丢了性命的危险也要和她片刻温存。雷纳尔夫人为人小心谨慎，不管忏悔牧师施加了怎样的压力，都很难相信她会写下这些自己都无从相信的事。总之德·拉莫尔先生收到来信，大吃一惊，坚决反悔女儿和于连的婚事。为什么于连不能撒谎说这只是来自一个醋意大发的女人的满纸谎言呢？相反，他竟然承认了自己是雷纳尔夫人的情人。但考虑到她已经三十岁了，他只有十九岁：难道说她勾引了他，不是反而更可信些吗？尽管我们知道事实并非如此，可这确实更可信啊。德·拉莫尔先生是个见过大风大浪的人，这样的人往往更能把人往坏处想，几句微词就能让他相信无风而不起浪，但与此同时，他又能轻易宽容人性中的丑陋。在德·拉莫尔先生看来，自己的秘书和一个没什么社会地位的乡绅家的妻子私通，这件事与其说让他震惊，还不如说是招他发笑。

于连此刻胜券在握。德·拉莫尔先生给他在精锐部队找了份工作，还给他一套房产吃租。玛婷达不愿意打掉孩子，热恋中的她打定主意要和于连同居，不管结不结婚。于连只用把现实情况一一说明，侯爵先生就不得不顺着他的意思来。我们从小说一开始就知道，于连的长处正在于他可以自控。他心里的激情、妒忌、仇恨、骄傲等情绪从未能占上风；而他的色欲，也正是司汤达所有情感中最强烈的一种，也不过是同虚荣心一样急迫的欲望罢了。在本书中的危急关头，于连的所作所为却是小说里最致命的缺陷：他的行为和其性格相悖。读过雷纳尔夫人的来信后，他拿上手枪，驱车赶到弗里勒斯，朝她开了一枪——虽不致死，但弄伤了她。

于连这一莫名其妙的行为让评论界感到困惑，他们试图找到合理的解释。其中之一是，当时那个年代，小说习惯以夸张事件为结尾，尤其是悲剧的死亡；但如果这真是当时的流行写法，那决定反抗常规的司汤达恰恰应该避免这样写才对。还有人猜想，也许原因正在于他对暴力的崇拜。我觉得这种说法也不太可信。就算司汤达真把贝尔德的荒唐行径看作"完美的犯罪"，但他难道看不出于连和那个卑鄙的勒索者不是同类人吗？弗里勒斯镇距巴黎约四百公里，即使每过驿站都换匹马，即使日夜不停地赶路，路上也要花费差不多两天，这么长的时间足够让他平息怒火，恢复理智了。到那时，司汤达苦心塑造的主人公便会掉头回家，冷静地在德·拉莫尔先生面前摆出铁一样的事实（玛婷达已有孕在身），逼着他把女儿嫁给自己。

又是什么使司汤达莫名其妙地犯下错误，让这部伟大的小说不再完美呢？显然，他不肯让于连得逞。尽管于连已经实现目的，赢得了玛婷达和德·拉莫尔先生的信任，但却赢不来地位、权力和财富。如果结局圆满了，那会变成另一部小说，就像巴尔扎克笔下拉斯蒂涅的故事那样。于连不得不死。巴尔扎克写过那么多小说，他也许能给《红与黑》找到一个让读者信服的结局。但我不认为司汤达能写出比现有结局更好的情节。也许他获知的真相有种催眠的魔力，让他无从逃脱；只能紧紧追随安托万·贝尔德的经历，不管可信与否都无法停笔，直到最终以悲剧而收尾。但上帝也好，命运也罢，那左右人生的神秘力量是个不善于讲故事的人，小说家的使命与权利才是纠正残酷事实里所有不可信的因素。司汤达做不到这一点，实在很遗憾。如我所言，没有小说是完美的，一部分是由于这种体裁的天然缺陷，另一部分则是来源于写小说的人的不足。虽然有如此重大之缺陷，《红与黑》仍是一部伟大的小说，给读者带来了绝无仅有的阅读体验。

Chapter 05 | 巴尔扎克与《高老头》

I ─────────

在所有为丰富精神世界财富而创作的杰出作家中，巴尔扎克是我认为最伟大的那一位。他是唯一一个我可以毫不犹豫地称之为天才的人。如今，"天才"一词的使用已非常宽泛。很多被称为天才的人，其实按照更清醒的判断，不过是颇有才华罢了。天才和才华是完全不同的两个概念。有才华者不在少数，并不罕见；但天才绝无仅有。才华是熟能生巧，可通过培养获得；天才是与生俱来，而奇怪的是，它通常和一些严重的缺陷有所联系。到底什么是天才？牛津词典告诉我们，天才是"天生的高超智力水平，例如在艺术、观察或实践领域内杰出人士所具有的特点；（一种）本能而超常的想象力、创造力、发明力和发现力"。是的，本能而超常的想象力和创造力正是巴尔扎克所具备的。他不是一位现实主义作家——如司汤达在部分作品，以及福楼拜在《包法利夫人》中所表现的那样——他是一个浪漫主义者；他眼中的世界并非真实面貌，而是色彩更丰富，且通常像其他同时代作家一样风格华丽。

有些作家因为一两本书而成名；有时是因为他写下的大量文字中只

有一部分被证实有长久的价值——好比普雷沃神父的《曼侬·雷斯戈》；有时是因为他们的写作灵感仅仅来自于某些特殊经历或性格，所以产出有限。他们把能说的全说了出来，如果再写些什么，也只是自我重复或一些无关紧要的东西了。然而，巴尔扎克的高产则让人震惊。当然他的水平也绝非稳定。鉴于他的作品卷数之多，想一直保持最佳状态几乎是不可能的。文学评论界对作家的高产持怀疑态度。我觉得他们错了。马修·阿诺德反而把这看作是天才的特点之一。他提起华兹华斯时曾说，之所以对他肃然起敬，并视他为伟大诗人，是因为在清理掉那些平庸之作后，他依然留下了诸多伟大杰作。阿诺德说："如果单独拿一首诗来比较，或三四首，我想华兹华斯并不比格雷、彭斯、柯勒律治或济慈出众……他的卓越之处正在于其丰富而精彩的创作。"巴尔扎克从未写过《战争与和平》这样庄严的史诗，其著作也不像《卡拉马佐夫兄弟》那样，拥有震撼人心的力量，抑或像《傲慢与偏见》般别具一格，独具魅力。他的伟大不在于一部作品，而在其创作的浩瀚书卷中。

巴尔扎克的作品涉及的领域包含了那个时代的全部生活，写作范围遍及全国。他对人的认识（不管从何而来）极其透彻，尽管有些方面欠缺精准；他描写的社会中层，诸如医生、律师、职员、记者、店主、乡镇牧师等，比上流阶层、城市工人或农民更可信。和其他小说家一样，他塑造起恶人来，比好人更成功。他的想象力惊人，创造力非凡，仿佛拥有一股自然神力。像涌上河岸的狂潮，席卷眼前的一切；又像咆哮如雷的飓风，横扫宁静的乡村野地和热闹的城市街道。

作为世间百态的描绘者，独特的天赋让他不仅可以从交往关系中设想一个人——所有小说家，哪怕是只写冒险故事的，都能做到这点——还能根据他们与世界的联系来发挥想象。大多数小说家选定一组人物，有时不会多于两三个，像摆弄玻璃罩里的玩具一样对待他们。这通常能产生一种强烈的戏剧效果，但同时不幸烙下人为刻意的痕迹。人绝非孤立地生活，他们同样活在别人的生活中：在自己的生活里是主角，可在别人那儿的角色，偶尔举足轻重，时常无关紧要。去理发店剪个头发，这事可能对你没什么意义，但可能几句无心之言会成为理发师一辈子的转折点。

我们必须记得巴尔扎克是个浪漫主义者。正如前面所知，浪漫主义是对古典主义的反抗，如今却与现实主义形成对比。现实主义者是决定论者，他们试图在叙述中达到逻辑上的逼真效果。他们的观察也属于自然主义。浪漫主义者则从日复一日的乏味中发现生活之真谛，企图脱离现实生活，进入想象的幻地。他们追求奇遇和冒险，渴望震惊世人，哪怕实现此目的必须要以牺牲真实性为代价，他们也在所不辞。浪漫主义者创造的角色激烈而极端。他们的欲望不受拘束，他们厌恶自我控制，并视其为资产阶级无聊的美德。他们无比推崇帕斯卡的思想：Le coeur a ses raisons que la raison ne connaît point.（内心自有理由，而理智却不得知。）对这个会毫不犹豫牺牲一切来实现财富和权力的男人，他们万分崇拜。浪漫主义的人生态度与巴尔扎克旺盛的精力不谋而合；如果浪漫主义不曾存在的话，那么即使说巴尔扎克创造了浪漫主义，也并不过分。他的观察细致入微，为其天马行空的想象夯实基础。他的天性刚好体现了那句说法：每个人都有一项主要的兴趣。这种兴趣吸引着小说家，使其笔下的角色富有戏剧张力，形象突出而生动，读者不必深究，便可轻而易举地识别他们是什么货色：守财奴或好色鬼、泼妇或圣人。如今，小说家总试图以角色的心理特性吸引读者，而读毕这些作品，我们不再相信人都是一个样子。人的身上充满了矛盾，似乎各个元素之间无法协调共存；而我们所感兴趣的，正是这些矛盾与冲突，因为它存在于我们自身，激发了我们的同理心。巴尔扎克在创造其笔下最伟大的角色时，参照了过去老一辈的作家，而他们塑造的人物都是以自己性情为依据的。他们陶醉于生命中"最主要的兴趣"，无暇顾及其他。他们的性格独一无二，具有不可思议的力量、强度和特性，即使你并不相信，却一定念念不忘。

II

三十岁出头的巴尔扎克已经事业有成，假如你此时见到他，会发现他个子矮墩墩，肩膀结实有力，胸膛厚实宽大；你并不会觉得他是个小矮个，反而只注意到他像公牛一样粗壮的脖颈，在红红的面膛的映衬下显得格外发白；两片微笑着的嘴唇鲜红得引人注目。他长着一口黑黄的烂牙，鼻子方方正正，鼻孔很大，大卫·当热为他雕塑半身像时，他曾说："小心我的鼻子！我的鼻子就是一整个世界！"他的眉毛又粗又浓，头发戊密黝黑，朝后梳着，就像只狮子。褐色的眼珠闪着金光，似乎拥有着生命力，迷人心魄；这双眼睛甚至让人注意不到他那平平无奇的五官、庸俗寻常的相貌。他看上去欢快活泼、诚实友好。拉马丁说："他的友善绝非疏离冷淡或漠不关心，这是一种深情迷人，充满智慧的善良，让人心怀感恩，不爱他都不行。"他似有用不完的精力，只是在他身边就能感觉到一股雀跃的气息。如果你瞥到他那双手，一定会惊讶于它们的优美。这双手纤巧白皙，丰满不露骨，连指甲都是红润的颜色。这让他很得意，主教的双手也不过如此。倘若你白天遇见他，会看见他穿着一件破破烂烂的旧外套，裤子沾满泥巴，鞋子脏兮兮，还戴着一顶破帽子。但一入夜，他就换上镶着金扣的蓝外套、黑裤子、白色马甲、黑色丝绸镂空短袜、漆皮鞋、上等的亚麻布衣裳和黄色手套，仪表堂堂地出现在聚会上。他的衣服从未合身过，拉马丁说他看上去就像一年里蹿高一大截的男学生，快把所有衣服都撑破了。

同时代的人都认为巴尔扎克在那时头脑灵巧，富有孩子气，为人善良和蔼。乔治·桑评论他：十足真诚以至谦虚，满口大话几近狂妄，自信而豪爽，善良而疯狂，甚至可以饮水自醉；他发疯一样地工作，对于其他热情则冷静克制，既现实又爱幻想，既轻信他人又谨慎好疑，既神神秘秘又固执倔强。他不算健谈的人。反应不够快，没有能言善辩的天赋；和别人说话时既不会暗指也不加反讽；但他自言自语时的热情却令人难以抗拒。话还没说出口，先是一阵大笑，惹得所有人都和他一起捧腹。他们听他说话会笑，看他的样子也会笑；安德烈·比利曾经说，"放声大笑"这个词，可能就是专门为他发明的。

关于巴尔扎克的最好传记是由安德烈·比利所写的，而我现在想要告诉读者的事，都是从这本出色作品里读到的。这位小说家原来的姓氏是巴尔萨，其祖上皆为农民及纺织工，但他的父亲最早在一位律师手下做事，法国大革命后发迹，并把姓氏改成巴尔扎克。五十一岁时，他娶了一个布商的女儿，这个布商先前靠着政府合同捞了一笔钱。他后来去了图尔管理一家医院，能得到这份工作也许是因为巴尔扎克夫人的父亲，那个前任布商，不知怎的成了巴黎几所医院的总院长。他们的第一个孩子奥诺雷于1799年在此诞生。长子奥诺雷在学校虚度光阴，惹是生非。1814年年底，他的父亲开始负责给巴黎一个师的军队提供伙食，因此举家搬迁。家里人早就决定让奥诺雷去当律师，于是在通过了几项必要的考试后，他进入古耶内律师的事务所工作。至于他在那表现如何，从一封某天早上首席事务员寄给他的通知就能看出："由于今日事务所工作繁忙，请巴尔扎克先生不要再来了。"1819年，奥诺雷的父亲退休，拿到一笔养老金，决定搬去乡下住。他在去往莫城路上的威勒帕里斯镇安顿下来。奥诺雷则留在巴黎，因为等工作几年，能独当一面之后，家里的一位律师朋友就会把业务交手给他。

但奥诺雷没有遵守家里的安排。他想当个作家。他坚持要成为作家。家里因此闹得很凶，尽管最后母亲（他从未喜欢过这个严肃又现实的女人）依然反对，父亲终于做出了让步，答应给他一次机会，看看两年的时间，他能做出什么成绩。他把自己关在一间一年六十法郎租金的阁楼里，只有一张桌子、两把凳子、一张床、一个衣橱和一个用来放蜡烛的空瓶。这一年，奥诺雷二十岁。他自由了。

他开始做的第一件事就是创作一出悲剧。等姐姐准备结婚时，他才回到家里，随身带着这出剧本。他在全家和两个朋友面前朗读。所有人都觉得这剧本毫无价值。他又把剧本给一位教授寄去，教授的评价是，这位作者想干什么就去干吧，只要别再写作就行。巴尔扎克气恼又气馁，重新返回巴黎。他决定既然做不了悲剧诗人，那就做个小说家，随即在沃尔特·斯考特、安妮·拉德克利夫和马图林作品的启发下，写了两三部小说。然而，他的父母早早就认定这是一次失败的尝试，写信勒令他乘第一辆马车赶回威勒帕里斯。就在这时，巴尔扎克在拉丁区认识的一个靠稿费维生的穷作家上门拜访，提议他们可以合写一部小说。于是，一系列粗制滥造的小说就此诞生，巴尔扎克换了很多笔名，时而一人写作，时而由两人合写。谁也不知道他在1821年到1825年之间写过几本书。一些权威认为有五十部之多。除了乔治·圣茨伯里，我再没听说其他人曾大量阅读这些作品，而圣茨伯里也承认，读完这些书需要花大功夫。它们大多是历史小说，因为当时沃尔特·斯考特正处在鼎盛时代，巴尔扎克企图一借风头，捞笔好处。这些小说非常糟糕，但好处是巴尔扎克从中学到了教训：干脆利落的行动可以吸引读者的注意力；尽量讨论人们视为重中之重的话题——爱情、财富、荣誉和生活。也许是这些书，或是源于自身性格的暗示让他明白：要想别人读你的作品，首先自己要充满热情。热情也许是一切的基石，即使烦琐或局促，但只要足够强烈，便不可不说有一种庄严气质。

忙于写作的巴尔扎克深居在家。他结识了一位邻居，伯尼夫人，其父亲是德国音乐家，曾效力于玛丽·安东尼特及她的一个女仆。伯尼夫人四十五岁。丈夫身体不好，脾气很差。她给他生了六个孩子，还和情夫有一个私生子。她先是成为巴尔扎克的朋友，之后又变成他的情妇，对他一往情深，直到十四年后她去世。这段恋情非常扭曲。巴尔扎克如情人一般爱她，但又把他从未感受过的对母亲的爱转移到她身上。她不仅是他的情妇，还是心腹，毫无保留地为他献上忠言、鼓励和无私的爱。这场婚外恋成了镇上的一桩丑闻，不难想象，巴尔扎克夫人强烈反对自己的儿子和一个老到可以做他母亲的女人勾搭在一起。另外，他写的书也没挣来几个钱，巴尔扎克夫人很担心他的前途。一个朋友提议让他去做生意，他似乎也对此蠢蠢欲动。伯尼夫人掏了四万五千法郎，再加上几个合伙人，巴尔扎克由此成了一名出版商，兼职印刷工和铸字工。他实在做不了生意人，尤其奢侈浪费。他把自己的消费归到公司账上，比如在珠宝商、裁缝、书商甚至洗衣工那花的钱。三年后，公司破产，还得让母亲花上五万法郎来还债。

鉴于金钱是巴尔扎克生活中极为重要的一部分，所以我们有必要计算一下这笔钱到底价值多少。五万法郎当时相当于两千英镑，但过去的两千英镑可比现在值钱太多了，虽然很难说清到底多多少。最好的办法是说明一下当时这些法郎能用来做些什么。拉斯蒂涅[1]出身贵族，家里有六口人，住在巴黎之外，生活节俭，一年花费三千法郎就算足够体面了。他们把长子尤金送到巴黎学习法律，他在伏盖太太的公寓租了一间房，每月的食宿费是四十五法郎。几个年轻人在外租房子，回公寓吃饭（因为这里的伙食很好），这样每个月只用花三十法郎。如今，在像伏盖太太那样等级的公寓里食宿，一个月至少要三万五千法郎了。这样看来，巴尔扎克的母亲拿出的那笔保证他免于破产的五万法郎，相当于今天一笔非常可观的数目。

这段经历尽管损失惨重，却让他有了些特殊见识，对做生意的事也略学得一二，在日后的小说创作中很有用处。

公司破产后，巴尔扎克去布列塔尼的朋友那儿待了一阵，找到了小说的新素材，并完成自己的第一部严肃作品，也是第一部署以真名的小说，《朱安党人》。他三十岁了。从这时开始，直到二十一年后与世长辞，他一直勤勤恳恳地写作，笔耕不辍。他的作品数量惊人。每年都有一两本长篇小说问世，以及十几篇中短篇小说。除此之外，他还写了不少剧本，有些从未搬上舞台，而搬上舞台的那些也都以失败告终（只有一个例外）。

1.《高老头》中的一个人物。

他至少办过一次报纸，没维持多长时间，里面的文章大部分都是他自己写的。工作时，他的生活朴素而规律。晚餐后不久就入寝休息，深夜一点钟由仆人叫醒。起床后，他穿上一尘不染的白色睡袍，因为他觉得写作之人穿的衣服一点污渍都不能有；他借着烛光，一杯接一杯地喝黑咖啡提神，写字用的羽毛笔来自乌鸦的翅膀。他写到早晨七点为止，一般会洗个澡，然后再躺下休息。八九点钟，出版商来送校对稿，或者从他这拿走一份手稿；然后他继续工作一直到中午，午饭吃煮鸡蛋，喝水和更多的咖啡。他工作到六点钟，吃些简单的晚餐，喝点沃莱白葡萄酒把饭送下去。有时一两个朋友前来拜访，但聊上几句他就要上床休息了。

他一个人时吃得很少，但和别人在一起的时候，总是狼吞虎咽，暴饮暴食。巴尔扎克的一个出版商曾说，有次吃饭看见他吞了一百只生蚝、十二块炸肉排、一只鸭子、一对松鸡、一条鳎目鱼、一打梨子和很多糖。难怪没过多久，他就变得又肥又胖，腆着大肚子。加瓦尔尼说他吃东西的样子像只肥猪。他的吃相显然不佳：他不用叉子只用刀子吃饭，但我觉得这没什么大碍——路易十四肯定也这么吃；但巴尔扎克喜欢用餐巾擤鼻涕的习惯可让我有点受不了了。

巴尔扎克极擅长做笔记。不管去哪儿，都要带着笔记本，一旦遇到什么可能有用的东西，灵光一现，或者被别人的想法所吸引时，他都要立刻记下来。只要有可能，他就要去小说里的场景地看看，赶好远的路去看他想描绘的一条街或一座房子。他小心翼翼地给小说角色挑选名字，因为他觉得一个人的名字应与其个性和相貌息息相关。大家普遍认同他的文笔很糟。乔治·圣茨伯里认为这是因为他那十年里为了生活而潦草写下的大量小说。而我并不这样想。巴尔扎克是个俗人（但他的粗俗难道不正是天才的一部分？），他的散文不堪一读。篇幅冗长，矫揉造作，还时常不够准确。当时一位颇为重要的评论家埃米尔·法盖，曾在书里用整整一章抨击巴尔扎克在品位、风格、语法和语言上犯的错误；有些错误太过明显，不用多么精深的法语水平也能看出。巴尔扎克对自己母语的优雅气息毫无意识。他从来也不知道散文应像诗句一般言清语秀，优雅别致。然而抛去这些不看，当他那股长篇大论的热情不再旺盛时，也能写出很多言简意赅的警句恒言，散布在小说各处。不管在内容还是形式上，都能和拉罗什富科[1]的箴言媲美。

巴尔扎克并非从一开始就知道自己想写些什么。他要先粗粗地打一遍草稿，上面重写和改动的地方太多，以至于最后送到印刷工那儿，已经几乎无法辨读了。他收到校样后，只当它是一部作品的大致梗概。他不仅往上添词，还补充句子；不仅补充句子，还另加段落；不仅另加段落，甚至要多塞上几章。等校样再次排版时，他已经做了各种改动，定稿后的稿子发回后，又要再做更多修改。只有这样，他才同意将书出版，但条件是之后的版本必须允许他继续修订。如此一来，成本大大增加，而他和出版商也因此吵个不停。

巴尔扎克和编辑的故事说来话长，未免让人乏味，我只简单介绍几句。巴尔扎克很无耻。他总是先拿走一本书的预付稿酬，承诺在某个日期前一定完成；随后为了挣点快钱，又中断手头的工作，拿匆匆完成的小说来应付其他编辑或出版商。他因为违反合同惹来官司，赔偿的诉讼费和损失费让原本就沉重的债务越积越多。只要成功签下新书的合同（有时并不如意），他就立刻搬进宽敞的公寓，花大价钱精心置办家具，买带篷马车

1.法国古典主义作家，著有《道德箴言录》。

和两匹高马。他雇了一名马夫、一个厨子和一个男仆，给自己购置服装，给马夫准备制服，还买了大量金属片来装饰一枚不属于自己的盾徽。这盾徽来自一个名叫巴尔扎克·昂特拉格的古老家族，而他为了让别人相信自己出身名流，在自己的名字里加了"de"[1]。为给自己的光鲜亮丽买单，他向姐姐、朋友、出版商借了一圈钱，签下的账单不断续期。他欠的钱越来越多，但还在继续消费——珠宝、瓷器、陈列柜、镶嵌家具、绘画、雕塑；他的书用摩洛哥皮革包得严严实实，众多手杖之中还有一根镶着绿宝石。他为了一场晚宴，把餐厅的家具全换掉了，重新装修了一遍。有时，债主催得比平常更紧，他就把很多东西拿去典当；偶尔还有当铺老板上门来，拿走几件家具公开拍卖。他已经无药可救了。在世的最后几年里，他依旧大手大脚地奢侈消费。他厚颜无耻地朝别人借钱，所幸天赋异禀，竟然未曾耗尽朋友的慷慨。通常情况下，女人总不情愿借钱给别人，但巴尔扎克却发现她们容易上当。他脸皮很厚，从不觉得向女人借钱是件难为情的事。

要记得，巴尔扎克的母亲曾经自掏腰包让他免于破产；准备两个女儿的嫁妆本来又让她手头更加拮据，直到最后唯一的财产只剩在巴黎的一套房子了。她发现自己急需用钱，于是给儿子去了封信，安德烈·比利在《巴尔扎克的生活》第一版中有所引用，我在此翻译如下：

我最后一次收到你的来信是1834年11月。你在信中答应我，从1835年4月1日起，每个季度给我二百法郎付房租，再帮

1.de 在法国人名字里常代表贵族，过去法国人名字中的 de 常接以封地名。

我请个女仆。你知道我不能过这样的日子；你现在如此有名气，生活如此奢侈，而我们的处境差别实在大得惊人。我想，你答应我做的这些事算是一种回报吧。现在是1837年4月，你已经欠了我两年的钱，一共是1600法郎，去年12月给了我500，就像打发一个叫花子。奥诺雷，这两年我的生活像一场噩梦。你借口没有能力帮我，但我靠抵押房子借来的钱已经贬值了，现在再也凑不出更多钱来，值钱的东西都拿去典当了；终于到了我不得不说这话的时候：'给我点吃的吧，儿子。'这几周我一直靠孝顺的女婿给我的食物糊口，但奥诺雷，事情不能再这样下去了：你似乎有钱去各种地方奢侈地游玩，既花钱又损名声——因为你不能履行合同，所以每次旅行回来都要收拾烂摊子——我一想到这些，心都要碎了！我的儿子啊，既然你有钱……找情妇，买镶宝石的手杖、戒指、银器、家具，你的母亲请你履行承诺就不算轻率吧。她不到最后一刻是不会这样做的，但可惜，现在就是这最后一刻……

巴尔扎克的回信如下：我想你最好来巴黎，咱们聊上一个钟头。

他的传记作家说，鉴于天才享有其特权，所以巴尔扎克的行为就不能以寻常标准来评价。恕我无法苟同这种观点。在我看来，不妨承认巴尔扎克就是一个自私自利、寡廉鲜耻、虚伪做作的人。对于他在金钱方面的狡猾，最好的借口是他一直以来都过分轻浮乐观，坚信自己能靠写作挣到大笔财富（他确实有段时间挣了不少），他靠投机买卖赚到过巨款，便接二连三地想再次下手。但后来每次参与，结果只是欠下更多的债。如果他能清醒一点，实际一点，节约一点，是绝不会沦落到这步田地的。他喜欢炫耀，崇尚奢侈，控制不住地大把花钱。为了还债，他像狗一样拼命工作，可不幸的是，逼到家门的旧债还没还完，新债就已经欠下了。有一个奇怪的事实值得一提，即只有在欠债的压力之下，他才能强迫自己写作。他写到脸色苍白，精疲力竭，就是在这种情况下完成了一些他最出色的作品。但有时候"奇迹"出现，债主不上门打扰，编辑和出版商也不打官司了，一身轻松的他反而写不出东西，沉不下心来创作。他在临终时声称是母亲毁了自己；这话简直令人震惊，因为他才是毁掉他母亲的那个人。

Ⅲ

像其他形式的成功一样，巴尔扎克在文学上的成就给他带来了很多新朋友；他活力十足，性格温和，魅力四射，成为几乎所有高档沙龙里最受欢迎的客人。他的声望吸引了一位贵妇人，德·卡斯特里女侯爵，她是德·马伊勒侯爵的女儿，詹姆斯二世的直系后代菲兹·詹姆斯侯爵的侄女。她以假名给巴尔扎克写信，他回了信后，她又写来一封，透露了自己的真实身份。他于是去拜访她，很是喜欢，随后天天都要见她。她皮肤苍白，金色头发，像朵娇滴滴的花儿。他陷入爱河，可尽管她允许他一吻自己高贵的手，却不准更进一步的亲密举动。他特意喷上香水，每天都换上一副新的黄色手套，却依然无济于事。他开始烦躁起来，怀疑她只是在玩弄自己。事实显而易见，她想要的是崇拜者，而不是情人。能有一个名气颇大又头脑聪明的年轻男人拜倒在自己裙下，这无疑是件值得骄傲的事，但她可从没打算做他的情妇。她和巴尔扎克在其叔叔菲兹·詹姆斯的陪同下一起前往意大利，途中在日内瓦小住。没有人知道发生了什么。巴尔扎克和女侯爵出门散步，回来时却满脸泪水。也许他向她发起了终极请求，却惨遭拒绝，被狠狠羞辱了一番。他又痛苦又愤怒，感觉自己被可耻地利用了，愤愤地回了巴黎。可别忘了巴尔扎克是个小说家，他所经历的每件事，不管多么屈辱，都能物尽其用；这位卡斯特里女士因此将成为上流社会中轻浮放荡的女人原型。

巴尔扎克向女侯爵苦苦求爱时，曾收到一封从敖德萨寄来，署名为"外国人"的崇拜者来信。两人分手后，又收到第二封相同署名的信。他在俄国发行的唯一一份法语报纸上刊登了寻人启事："德·B先生收到了寄给他的通信；直到今日才得以通过这份报纸表达谢意，却不知该回复何处，深感遗憾。"写信的人叫伊芙琳·汉斯卡，一个出身显赫、家财万贯的波兰女人。她三十二岁，已婚，但丈夫已经五十多了。他们育有五个孩子，只有一个女孩活了下来。她看到巴尔扎克的启事，于是让他把信转交给敖德萨的书商，这样她就能收到回信了。两人便这样通起信来。

巴尔扎克常说的，他一生中最炽热的感情便由此开始了。

他们的通信很快就越来越亲密。在当时浮夸之风的盛行下，巴尔扎克为激起她的怜悯和同情，把自己的内心赤裸裸地袒露出来。她生性浪漫，生活在乌克兰五万英亩乡下野地的豪华别墅里，早就对日复一日的单调生活心生厌倦。她崇拜他的作品，爱慕他的人。这样通了几年信后，汉斯卡夫人和她年迈体弱的丈夫、她的女儿、家庭女教师及一些仆人搬到了瑞士纽沙特尔；巴尔扎克也应邀前往。关于两人的第一次碰面，有这样一种浪漫却不怎么现实的说法。说是巴尔扎克在公园里散步，忽然看见一个女人坐在长凳上读书。女人的手帕掉在地上，他礼貌地上前拾起来，竟无意发现她正在读的是他的书。他开口搭讪。原来这个女人就是他要来拜访的人。这是个美人，出落得非常标致；虽然只是匆匆一瞥，也不难发现她美目迷人，秀发如瀑，娇唇欲滴。她第一眼看到这个矮矮胖胖、面色潮红的男人时，似乎有点惊讶，就像看见一个屠夫，可正是他给她写了那些如诗如歌、饱含激情的信件啊；然而，就算是被吓了一跳，他那闪着光的亮晶晶的眼睛、旺盛的活泼精力和善良的心肠，都让她很快平复过来。在纽沙特尔的五天里，他成了她的情人。他不得已返回巴黎，但两人分开时就约好初冬在日内瓦再见。他来日内瓦过圣诞，在那儿待了六个礼拜，这段时间除了偶尔继续和汉斯卡夫人谈情说爱之外，还写了《朗热公爵夫人》，在书中狠狠报复了卡斯特里女士对他的侮辱。他离开日内瓦的时候，汉斯卡夫人答应等自己体弱多病的丈夫去世后就嫁给他。然而回到巴黎不久，巴尔扎克遇见了圭多伯尼·威斯康提伯爵夫人，对她一见钟情。她是个英国女人，长着一头淡金色的头发，尽管来自英国但作风放浪；因为对她善良随和的意大利丈夫不忠而臭名远扬。没过多久，她就成了巴尔扎克的情妇。两人的奸情闹得尽人皆知，很快就传到已经搬去维也纳的伊芙琳·汉斯卡的耳朵里。她写信痛斥巴尔扎克，说自己马上就回乌克兰。这件事打击太大了。巴尔扎克一直盼着她丈夫去世（他以为不用等多久），娶了她，继承她的大把财产。他借了两千法郎，赶去维也纳赔礼道歉。这一路用的都是巴尔扎克侯爵之名，行李里装着那枚不属于他的盾徽，还随身带了一个男仆；旅途的成本因此大大增加，因为作为一个有爵位的男人，总不好意思跟客栈老板讨价还价，给的小费也要和自己的地位匹配才行。他赶到维也纳时已身无分文。好在伊芙琳慷慨大度，但她仍然忍不住痛骂他，他只有谎话连篇才慢慢打消了她的疑虑。三个礼拜后，她动身返回乌克兰。之后的八年里两人都没再见过面。

巴尔扎克回到巴黎，与圭多伯尼夫人再续旧情。因为她的要求，他比过去更挥霍浪费。他因为欠债被捕，圭多伯尼交上一部分钱使他免去牢狱之灾。从此之后，当他因为经济问题焦头烂额时，她就时不时帮上一把。1836年，他的第一个情人伯尼夫人去世了，这让他心痛如绞；他说她是自己唯一爱过的女人，而其他人则说她是唯一爱过他的女人。同年，一头金发的英国女人说她怀了巴尔扎克的孩子。孩子出生时，她的丈夫，一个非常宽容的人，这样说道："好吧，我知道夫人想要个深色头发的孩子，现在她得到了。"关于巴尔扎克的其他情事，我只想再说说他和寡妇伊莲·德·瓦莱特，因为这段恋情和德·卡斯特里夫人及伊芙琳·汉斯卡一样，都是从崇拜者的来信开始的。巴尔扎克一生最重要的五段爱情中，竟有三段以书信开始，这实在太古怪了。也许这就是恋情不够圆满的原因吧。当一个女人被男人的名气所吸引，她最关心的不过是这段韵事能否为自己脸上添光，而忽略了那种发自真爱的无私感情。她只是个受了挫又爱显摆的女人，只想抓住机会自我满足。和伊莲·德·瓦莱特的恋情维持了四五年。奇怪的是，巴尔扎克之所以和她分手，是因为发现她在上流阶级并没有像她所吹嘘的那般吃香。他问她借了一大笔钱，等他去世后，她找到他的遗孀也没能把债要回来。

和伊莲在一起的同时，巴尔扎克仍然保持与伊芙琳通信。他一开始写的几封信毫无疑问地暴露了他们之间的关系，有两封不小心被伊芙琳夹在书里，让她的丈夫看见了。巴尔扎克得知丑事败露，写信给汉斯卡先生，说那两封信只是在开玩笑；伊芙琳曾经挪揄他不会写情书，于是他就写了两封以证明自己写得很好。这种解释实在太蹩脚，但汉斯卡先生显然相信了。从那之后，巴尔扎克的信变得非常谨慎，拐弯抹角；他希望伊芙琳能从字里行间读出他对她的爱激情不减，渴望有一天他们能永远在一起。这个愿望只是花言巧语，他对伊芙琳·汉斯卡的感情也远远没有那么深，因为在两人分别的八年里，他除了拈花惹草之外，还和圭多伯尼夫人和伊莲·德·瓦莱特正式交往过。巴尔扎克是个小说家，他在写情书的时候难免会把自己当成痴心一片的情种；就像他试图说明吕西安·德·吕邦波莱的文学天赋时，代入了一个富有才华的年轻记者的角色，写出一篇绝妙的文章。我不怎么怀疑他在给伊芙琳写信时，自己也确实感受到了那种热烈的感情。她说好丈夫死后就嫁给他，而他的未来安稳与否都取决于她是否遵守承诺。也难怪他有些操之过急。因为漫长的八年时间里，汉斯卡先生的身体一直不好不坏。他走得很突然。巴尔扎克苦苦等待的时刻终于来到，他的美梦就要成真了。他最后总算变成了富翁，起码摆脱了那些零零碎碎的债务。

但是紧随伊芙琳告知丈夫死讯的信后，还有另一封来信，在其中说明了她并不会嫁他。她对他的不忠、挥霍和那一屁股的债务耿耿于怀。巴尔扎克因此陷入绝望。她在维也纳时曾说，只要他的心一直不变，并不指望肉体能一样忠诚。可她要求的都得到了啊。他被她的出尔反尔激怒了。他觉得只有见了面才能让她回心转意，于是通了很多信后，便不顾她的犹豫，硬是踏上了去圣彼得堡的行程。她当时正在那里处理丈夫的后事。他的小算盘没打错：尽管这两人都已体形肥胖，步入中年——他四十三，她四十二——可当他们身在一起时，他那活力十足、才华横溢的魅力就再也难以拒绝了。他们又一次成为恋人，她又一次答应要嫁给他。而直到七年后，诺言才最终兑现。传记学家都搞不懂她为何犹豫这么久，但原因一定不难找。她是个身份显赫的贵妇人，像《战争与和平》中的安德鲁王子一样骄傲于自己的出身，她极有可能发现做一个享有盛名的作家的情妇和成为一个粗俗暴发户的妻子还是有很大区别的。她的家族想尽一切办法阻止她和这样一个不合适的人订婚。她有一个适婚年龄的女儿，让女儿嫁进门当户对的人家本就是她的责任；巴尔扎克因为挥霍无度而臭名远扬，她应该提防自己的钱被打了水漂。他一直巴望着她的钱呢。甚至不单是从她的钱包里掏，简直是两只手都要伸进去了。她很有钱，过得也很奢侈，而自己挥霍自己的钱找乐子是一回事，别人花这钱就是另一回事了。

真正奇怪的不是伊芙琳·汉斯卡等了这么久才嫁给巴尔扎克，而是她最后竟然真的嫁给了他。他们不时见一面，某次见面的后果是伊芙琳有了身孕。这可把巴尔扎克给乐坏了。他觉得自己终于得到了她，再次向她求婚；但她不愿意为人所迫，说等孩子生下来后先回乌克兰，这样能省点钱，然后再和他结婚。孩子生下来是个死胎。这大概发生在1845年或1846年。她于1850年嫁给巴尔扎克。他整个冬天都待在乌克兰，婚礼也在那儿举办。伊芙琳最后为何同意下嫁呢？她并不想嫁给他。从未想过。她信仰虔诚，一度认真考虑过进入修道院；也许是告解神父劝她尽快处理这段不合常规的感情吧。巴尔扎克整个冬天都在奋笔疾书，喝了大量浓咖啡，导致他旺盛的精力一去不返，身子也跟着垮了。他的心脏和肺都受到影响，显然活不长了。也许伊芙琳心有所动，开始同情这个将死之人，毕竟他虽然不忠诚，但对她的心一直也没变过。她的哥哥亚当·泽伍斯基专程写信求她不要嫁给巴尔扎克，她的回信被皮埃尔·迪斯卡维斯摘录在《巴尔扎克先生的一百天》中："不，不，不……这个男人因为我受尽了折磨，我曾是他的灵感和快乐，所以这是我欠他的。他病了；他的日子不多了！……他曾经多次遭遇背叛；现在无论如何我都要忠于他，忠诚地做他心目中那个理想的女人，如果就像大夫说的，他的日子不剩几天了，也让我最后握着他的手吧，让他最后脑子里想的是我的样子，让他最后一眼看到的是我——他如此深爱的女人，全心全意爱着他的女人。"这封信写得感人至深，我想并没有理由去质疑它是否真诚。

伊芙琳已经不再是当初那个富婆了。她把大把财富都花在女儿身上，自己只留下一份年俸。如果巴尔扎克因此感到失望，至少他没有如此表现出来。他们去了巴黎，用伊芙琳的钱在那买了一栋大房子，装饰得非常豪华。

说来可悲，巴尔扎克痴痴地等了这么久，最后终于梦想成真娶了伊芙琳，但这桩婚姻却并不幸福。他们在乌克兰住了一阵子，似乎两人已经对彼此很熟悉了，对方的缺点和性格都已了然于胸，原本很快就能变成亲密无间的夫妇。但可能同样的态度和把戏，放在情人身上，伊芙琳可以放任不管，而放在丈夫身上就不行。巴尔扎克这么多年一直处在追求者的位置：也许结婚之后，他变得说一不二，蛮横霸道。伊芙琳也是个高傲、苛刻、性急的人。她决定下嫁已经是做了很大牺牲，而发现他竟然不够感恩戴德，这让她又恨又气。她一直说要等他还清了债再结婚，而他向她保证已经处理完毕；但搬到巴黎后，她发现这房子竟然被抵押了，除此之外他还欠下很多债。伊芙琳早就习惯在大房子里做女主人，雇上二十个杂役随时听命；她用不惯法国佣人，更讨厌巴尔扎克的家里人掺和自己的家务事。她不喜欢那些人，觉得他们平庸又虚伪。这对夫妻的争吵剧烈又频繁，以至于所有朋友都有所耳闻。

巴尔扎克是带着病回的巴黎。病情越来越重，最后只能卧床。并发症一个接着一个，他于1850年8月17日与世长辞。

伊芙琳·汉斯卡和凯特·狄更斯、托尔斯泰伯爵夫人一样，都给后人留下了不好的印象。她比巴尔扎克多活了三十二年，替他还清了债，每年给他母亲三千法郎直到她去世，这是巴尔扎克答应过却从未实现过的许诺。她重新出版了巴尔扎克的全部作品。一个名叫尚弗勒里的年轻人因为出版工作的缘故，在巴尔扎克去世后的几个月里经常上门拜访她；尚弗勒里本来就会讨女人欢心，他向她求爱，她也没有拒绝。两人的关系持续了三个月。随后一个叫让·齐古的画家顶替尚弗勒里，成了她的情人。这段恋情一直维系到伊芙琳八十二岁时去世，根据时间长度推测，恋情到了后期可能变成了柏拉图式的爱情。也许后人更想让伊芙琳在巴尔扎克死后一直保持忠贞，情伤难愈吧。

IV

乔治·桑有句话说得很对，即巴尔扎克的每本书里都有一页属于伟大的作品，假如他删去这页，这本书就不再完美了。1833年，他忽然想到一个主意，把所有作品汇集一册，命名为《人间喜剧》。他刚刚一有这念头，就跑去姐姐那大声宣布："向我致敬吧，我绝对（*tout simplement*）会成为一个天才。"他这样介绍自己脑海里的构思："法兰西的社会百态好比一个历史学家，我只是他的秘书罢了。在列举所有善恶之行，展现情欲的真实模样，刻画人物，挑选代表现实生活的事迹，及结合几种同类人物之特点等方面，也许我能涉及很多被历史学家忘记了的事实，那些关于风俗人情的历史。"这是一个颇有野心的计划。他在世时并未全部完成。

而他留下作品中的某几部分，即使必不可少，也不如其他部分来得那么有趣。不过撰写如此巨著，这也是在所难免的事。几乎所有巴尔扎克的小说里都有那么一两个因为受到单纯而原始的激情摆布，显得格外突出的角色。巴尔扎克尤其擅长描写这样的人物。当写到稍微复杂一些的人时，就没有这么得心应手了。他的小说里几乎都有充满张力的情景，某几部中的故事还非常引人入胜。

如果一个从未读过巴尔扎克小说的人让我推荐一部最具代表性、最能让读者领会其内涵的作品，我一定不加犹豫地向他推荐《高老头》。这个故事从头到尾，妙趣横生。巴尔扎克在一些小说里，时常中断叙述，谈论一些其他毫不相关的事，或者长篇大论地描写某个你完全提不起兴趣的角色；但《高老头》却完全没有这些毛病。他让角色本身以语言和行为进行自我解释，读起来浑然天成。这本小说的结构尤其出众；故事的两条线索——老头对不知感恩的女儿的无私之爱，和野心勃勃的拉斯蒂涅初到混乱而堕落的巴黎——交织而行，相辅相成。它阐明了巴尔扎克在《人间喜剧》里表达的主题：人的本性非恶亦非善，生来便带着本能和天资；人并非像卢梭说的被社会所摧毁，反而因其完美，因其成长；只是个人的私利大大增加了自身的邪恶。

据我所知，巴尔扎克正是从《高老头》开始，有了把相同的角色写进后续不同作品的想法。这样做的难度在于，一开始创作的人物必须足够有趣，才会让你想知道后面发生了什么。巴尔扎克做得很成功，就我自己而言，那些让人迫不及待想知道主人公（比如拉斯蒂涅）日后如何的小说，读起来总是越来越有趣味。巴尔扎克本人对他描写的人物也非常着迷。他曾经的一个秘书叫于勒·桑杜，是个作家，以乔治·桑众多情人之一的身份为文学界所知；他因为姐姐要去世的原因回家探望；姐姐去世后，由他下葬。等他回来，巴尔扎克表示了哀悼，并问候了他的家人，随即便说道："行了，此事到此为止，咱们来干点正经事吧。说说欧也妮·葛朗台。"巴尔扎克采用的写法（顺便提一句，圣伯夫一度把这种写法痛批得体无完肤）非常奏效，这是一种经济而简便的写作创意；但是我相信以巴尔扎克的高产而言，他这样写一定是另出有因。也许他觉得这能使故事更加真实，因为一般情况下，我们在生活里遇到的来来回回总是那一群人；但除此之外，我认为他的主要目的是把全部作品编织成一个完整的集合。就像他自己说的，他想实现的不是描绘一个群体、一个系列、一个阶级甚至一个世界，而是描绘一个时代和一种文明。他曾有过幻想，即不管有怎样的灾难降临法国，它都会是宇宙的中心，这种想法在他的同胞身上并不罕见；但也许正是出于这个原因，他才有了创造一个多姿多色的世界的自信，和给予其生命脉动的能力。

　　巴尔扎克的小说开端进展缓慢，通常以对某一场景的细致描述作为开场。他的描写多于必要，只是本人还乐在其中，从来也学不会什么该说，什么不该说。他告诉你他的角色长什么样，性格如何，出身何方，连习惯、想法、缺点也一一道来，只有这些都说完了，才开始讲故事。他透过自己精力充沛的个性审视这些人物，所以他们的现实情况总和现实世界不太符合；他们被绘上了原始、灿烂甚至时常过于鲜艳的颜色，比一般人更有趣；但他们也生活，也呼吸，你相信他们，也许是因为巴尔扎克对他们深信不疑，以至于在他濒死之际还大声呼喊："叫比昂尚来。比昂尚能救我。"这是一个出现在他众多小说里的聪明又诚实的医生，是《人间喜剧》中少见的无私的角色之一。

我相信巴尔扎克是最早以寄宿公寓作为小说背景的作者。他这样用了很多次，因为这是一种能把境遇不同的各色人等混在一起的方法，但是我想再也没有其他书能像《高老头》一样使用得如此炉火纯青。我们在《高老头》中结识了巴尔扎克写过的最激动人心的角色——伏脱冷。这一类型的角色日后重现了许多次，却都没有他这样惊人而生动的力量，或栩栩如生的真实。伏脱冷有着聪明的头脑、强大的意志和无穷的活力。这些特点吸引了巴尔扎克，即使他是个无恶不作的罪人，却能让写作他的人为之着迷。读者不妨注意一下，作者从头到尾都在暗示他的邪恶本性，却想方设法保守着那个秘密直到最后一刻，这是何等的巧妙！伏脱冷天性活泼，为人慷慨和善；他身体强壮而矫健，既聪明又冷静；你禁不住要崇拜他，与之感同身受，但又觉得他不知哪里让人毛骨悚然。当出身没落贵族的年轻的拉斯蒂涅初涉巴黎，野心勃勃地期望能混出一片天地时，伏脱冷出现了，迷住了他，就像迷住了正在读这个故事的你。而当你和这个罪犯身处一室时，也会感受到拉斯蒂涅所感受到的那种不自在。伏脱冷实在是个伟大的创造。

伏脱冷和尤金·德·拉斯蒂涅的关系写得很好。前者似乎能看进这个年轻男人的心里去，并一点点地毁掉他的道德观；没错，当尤金刚发现伏脱冷为娶一位女继承人竟杀害了一个男人的时候，他大为吃惊，极力反抗；可邪恶的种子却已经埋下了。

《高老头》以老头的死为结尾。拉斯蒂涅参加了他的葬礼。葬礼结束后他一个人留在墓地，静静俯瞰塞纳河两岸的巴黎城。目光停留在城市一角，那个他梦想进入的上流阶级所生活的世界。"让我们走着瞧吧"，他高声喊道。也许一些读者没打算读完所有包含拉斯蒂涅这个人物的小说，但他们多多少少会感到好奇，好奇伏脱冷到底留给他怎样的影响。高老头的女儿、银行家纽沁根男爵的夫人纽沁根太太爱上了拉斯蒂涅，为他备好一间装饰奢华的公寓，自掏腰包让他过上绅士般的生活。因为她的丈夫管钱管得紧，巴尔扎克并没有说明她从哪里弄来了这么多钱；也许他觉得当一个陷入爱河的女人需要给情人花钱的时候，她无论如何也能弄到这些钱的。男爵对此事睁一只眼闭一只眼，还在1826年利用拉斯蒂涅完成了一笔金融交易（拉斯蒂涅的很多朋友都毁于这次交易），而拉斯蒂涅还从纽沁根那拿到了四十万法郎分赃。他把一部分钱拿来给两个妹妹做嫁妆，让她们能嫁个好人家，剩下的钱每年还有两万法郎的利息，"这是安稳过日子的花销"，他这样跟朋友比昂尚说道。

他不用再靠纽沁根夫人资助，也意识到这段关系持续时间太长，优势尽失，反而滋生了类似婚姻的种种弊病，于是干脆下定决心离她而去，成为德斯帕公爵夫人的情人。他并不爱她，只是因为她有钱有势，地位显赫。"也许有朝一日我会娶她，"他补充说，"她起码能让我把债都还清。"这一年是1828年。虽不知德斯帕夫人是否被他的甜言蜜语打动，但就算她真的动心了，两人的关系也没有持续太久，他又回到了纽沁根夫人身边。再之后，到了1831年，他想娶一个来自阿尔萨斯的女孩，却发现她没有自己想的那么有钱，只好悻悻作罢。1832年，借着纽沁根夫人前任情夫、路易·菲利普任国王时担任部长的亨利·德·马赛的影响，拉斯蒂涅成了副部长，在任职期间大赚了一笔。他和纽沁根夫人的关系保持到1835年，似乎在两人都同意的情况下和平分手；三年后，他娶了她的女儿奥古斯塔。拉斯蒂涅这一步走得很对，因为她是一个大富之人的独生女。1839年，他被封为伯爵，再次进入政府。1845年，他成为法国贵族世卿，每年收入达到三十万法郎（相当于一万二千英镑），在当时可是一笔巨额财富。

　　巴尔扎克对拉斯蒂涅心存偏爱。他赋予他上流出身、英俊相貌、迷人气质和智慧，让他深讨女人的欢心。也许拉斯蒂涅是他愿意放弃一切（除了名气）都想要变成的那个人。巴尔扎克醉心于功成名就的感觉。即使拉斯蒂涅是个恶棍，但他确实成功了。没错，他的财富积累在别人的损失之上，但这些人该有多蠢才会信任他，巴尔扎克本来就对愚蠢之人毫无同情。他笔下的另一个冒险家，吕西安·德·吕邦波莱，因为软弱而失败；但拉斯蒂涅却凭着他的勇气、决心和努力，实现了成功。从他在拉雪兹神父公墓向巴黎发起挑战的那天起，再没有什么能阻挡他的道路。他决意征服巴黎，他成功了。我猜巴尔扎克无法谴责拉斯蒂涅的罪行。毕竟，他算是一个好人；即使触及利益的时候，他心狠手辣，不择手段，但直到最后也愿意向年轻时认识的穷朋友伸出援手。从一开始，他的目标就是过上奢华的生活，拥有华丽的房子和一群仆人，买下许多套马车，包养无数情妇，再娶一房有钱的太太。他实现了这个梦想；只是或许巴尔扎克从未意识到，这个梦想竟如此俗不可耐。

Chapter 06 ｜ 查尔斯·狄更斯与《大卫·科波菲尔》

I

查尔斯·狄更斯，身材远算不上高挑，但气质典雅，相貌可亲。麦克里斯在狄更斯27岁时给他画过一幅肖像，现陈列在英国国家肖像馆。他坐在一把华丽的椅子上，身前是写作的桌案，一只小巧精致的手轻轻搁在草稿本上。他穿着隆重，搭配了一条宽大的缎子领巾。褐色的头发微微卷曲，垂在两侧的耳朵下方。双眼有神，仿佛在思考些什么，这正是那些对他持仰慕之情的人最想从一位年纪轻轻便事业有成的作家脸上看到的神色。然而这幅肖像并没有展示出他的活泼生气，精神焕发，以及看似镇静外表下丰富的内心活动，所有与他接触过的人都能感受到。他一向爱打扮自己，年轻时候喜欢穿天鹅绒外套、色彩鲜艳的马甲，搭配五颜六色的领巾和白色帽子；但他精心的打扮从未得到大家赏识——人们往往看到他的样子就惊呆了，还说他邋里邋遢、恶俗浮夸。

他的祖父威廉·狄更斯一开始是个仆人，后来娶了一个侍女，又到切斯特议员约翰·克鲁府上当了管家。威廉·狄更斯育有两个儿子，威廉和约翰；但在这里我们仅需提及后者，原因之一，他是英格兰最伟大的小说家的父亲，之二则是因为他是狄更斯笔下最伟大的角色米考伯先生的原型。威廉·狄更斯去世后，他的遗孀继续留在克鲁府做管家。又过了三十五年，她带着养老金退休了，也许是想和儿子住得近些，所以搬去了伦敦。克鲁一家给她失去了父亲的孩子上课，还承担他们的花销，还在海军出纳室给约翰找了份差事。约翰在那儿认识了一个出纳员，没过多久就迎娶了他的妹妹伊丽莎白·巴罗。他从刚结婚开始就陷入经济拮据的窘境，一再向那些傻乎乎、愿意借钱给他的人伸手求助。但他心地善良，为人大方，头脑机灵，工作勤奋，尽管这种勤奋只是间歇性的。有证据证明他对美酒也独有兴趣：第二次因欠债被捕时，欠的正是一个酒贩子的钱。约翰在临死前留给大家的印象是一个纨绔子弟，老爱用手指拨弄怀表上系着的一大串印章。

查尔斯是约翰·狄更斯和伊丽莎白·狄更斯的第二个孩子，也是长子。1812年，查尔斯·狄更斯出生于波特西。两年后，他的父亲调到伦敦工作，三年后又搬到了查塔姆。就在这里，这个小男孩开始上学读书。他的父亲找来一些书，有《汤姆·琼斯》《威克菲牧师传》《吉尔·布拉斯》《堂·吉诃德》《兰登传》和《佩雷格林·皮克尔传》等。查尔斯把这些书读了又读。从他日后的小说里就能看出这些作品对他有着多么深远的影响。

到1822年时，约翰·狄更斯已经有了五个孩子，再度被调回伦敦。查尔斯留在查塔姆继续念书，单独生活了几个月。狄更斯一家搬到了伦敦市郊的坎登镇，当时所住的房子成为日后米考伯先生住所的原型。约翰·狄更斯一年的收入有三百多英镑，放到今天至少有四倍的价值，但还是入不敷出，几乎供不起小查尔斯继续上学了。于是查尔斯不得不在家照顾弟弟妹妹，干点儿擦鞋、洗衣服的零活或者给狄更斯夫人从查塔姆带回来的那个女仆打下手。这让他格外生厌。偶尔休息的时候，他在坎登镇上闲逛，这是"一片被农地、水沟包围着的荒凉地"，有时还会去萨默斯镇和肯特镇，或跑得更远一点，到索霍和莱姆豪斯看上一看。

狄更斯夫人决定给父母在印度的英国孩子开办一所学校。据说她从自己婆婆那里借来钱，印了很多学校的传单，让孩子们塞到附近的信箱里。想也知道，没有孩子愿意来这个学校。而与此同时事情越来越糟，狄更斯一家的债务也越积越多。查尔斯奉命把家里能当的东西都拿到当铺换了钱；家里那些珍贵的书也都被变卖了。狄更斯夫人的远方姻亲詹姆斯·拉莫特给查尔斯找了份工作，在他合伙经营的涂料厂里当工人，一周挣六先令。狄更斯夫妇对此感恩戴德。但小查尔斯一想到父母竟巴不得把自己打发出去，心里就隐隐作痛。他当时只有十二岁。没过多久，约翰·狄更斯因欠债被抓进了马歇尔希监狱；他的妻子把家里仅剩的一点财产也卖光之后，便拖家带口去投奔他了。监狱里面肮脏、拥挤不堪，因为这里关押的不仅是犯人，还有跟着犯人一起自愿入狱的家属。他们这样做到底是想帮忙调剂狱中生活，还是因为这群可怜人儿除了监狱没有别的地方可去，我们就不得而知了。如果一个欠债者身上还有钱，失去自由就将是他需要忍受的最大不便，但这种不便在某些情况下可以得到缓解：如果一个犯人愿意遵守特定条件就可以获准离开监狱的高墙。在过去，狱吏往往会放肆地勒索犯人财产，甚至残忍地虐待他们；但在约翰·狄更斯入狱那会儿，这种暴行已经得到制止，所以他在里面日子还算舒服。狄更斯一家忠诚的小女仆住在监狱外面，每天都来帮忙带孩子，准备饭菜。约翰那时还有每周六英镑的薪水，但丝毫没打算用它来偿还债务；我们可以猜想，他被关在牢里正好避开了所有债主，也许并不是很想被放出去呢。他很快就恢复了惯有的精神。其他欠债的人奉他为管理监狱内部经济的"委员会主席"，没过多久他就把监狱里上上下下所有人都打点得服服帖帖。传记作家曾疑惑为何约翰·狄更斯在狱里仍能拿到薪水。唯一的解释似乎是政府职员都是由权贵推举而任命的，因为欠债被关押牢中也许并不是一件需要被停薪的大事。

父亲刚入狱的时候，查尔斯还住在坎登镇；但因为住处离位于查令十字街亨格福德的涂料厂太远，约翰·狄更斯便给他在南岸区的兰特街单独找了一个房间，离马歇尔希很近。这样一来他就能同家人一起用早餐和晚餐了。他的工作并不难，包括清洗瓶子、贴上标签以及把瓶子捆起来。1824年4月，克鲁家的老管家威廉·狄更斯夫人去世了，给两个儿子留下一笔遗产。约翰·狄更斯的债务终于还清了（还是他哥哥替他还的），恢复了自由。他又一次地把家安顿在坎登镇，然后重回海军出纳室工作。查尔斯继续在工厂里洗瓶子，但根据他日后自述，由于约翰·狄更斯和詹姆斯·拉莫特"以书信的方式大吵一架"，"我从父亲那拿到信转交给他，'战争'很快就引爆了"，詹姆斯·拉莫特告诉查尔斯，父亲狠狠羞辱了他，所以他不能让查尔斯继续在这待下去了。"我心里既轻松又沉重，带着这样一种奇怪的感觉回了家。"查尔斯的母亲试图出面缓和，希望他可以保住这份工作和相应的薪水（已经变成了每周七先令），毕竟她非常需要这份钱。查尔斯因此无法原谅她。"我从未忘记，也永远不会忘记、不能忘记我的母亲曾迫切想把我送回去做童工。"他这样写道。然而约翰·狄更斯并不听妻子那套，执意把儿子送去念书，选的学校有一个相当隆重的名字——威灵顿豪斯学院，位于汉普斯特德大街。查尔斯在那儿待了两年半。

很难计算出这个男孩当初在涂料工厂做了多久的工：他二月初进厂，

六月又与家人复合，所以在工厂的时间加起来应该不到四个月。但这段经历却在他身上留下了深刻的烙印，每每回忆起在工厂的日子时，他总是羞耻万分甚至难以开口。他最亲密的朋友、第一本传记的作者约翰·福斯特曾向他打听起这件事，狄更斯说他触碰了自己最痛苦的回忆，"即使在当下"，即使在二十五年后，"他仍然历历在目，片刻难忘"。

我们听过太多政坛伟人、工业大亨大谈自己年轻时洗盘子或卖报纸的心酸奋斗，于是很奇怪为何查尔斯·狄更斯把父母送他去涂料厂工作的事看作是莫大的伤害，以及一段不可言说的羞耻秘密。他曾是个快活、调皮、机灵的小男孩儿，但已经见识过太多生活的丑陋。父亲的挥霍让家境败落，而他小小的年纪就要负责收拾起这一烂摊子。他们一家很穷，过的也是穷困人家的日子。在坎登镇，他负责扫地擦桌；还被打发去当掉外套换来全家的一顿晚餐；像其他男孩一样，他小时候的玩伴也是和他同样出身的孩子。在穷人家的孩子需要做工挣钱的年纪，他也被送进了工厂，还拿到相对不错的酬劳。一周六先令，很快就升到七先令，这相当于现在的二十五到三十先令了。有段时间他要自己掏钱吃饭，但这种情况也没持续多久，搬到马歇尔希附近后他就和家里人一起吃早餐和晚餐了，只用自己负责一顿午餐就好。和他一起工作的男孩都很友好，所以不知道为什么他把同他们一起工作看成是莫大的耻辱。他有时能跟着家人一起去牛津街看望祖母，脑子里想的却是祖母这一辈子干的都是伺候人的活。也许是约翰·狄更斯透露了一些轻蔑态度，或者摆出一副毫无理由的造作面孔，但一个十二岁的小男孩是不会把人分成三六九等的。如果查尔斯比同龄人更老成，觉得自己在工厂里高人一筹，他也势必足够聪明，明白自己的薪水对这一家人有多重要。也许这种"养家糊口"的责任感正是他骄傲的来源之一吧。

根据福斯特的传记，可以推测狄更斯曾撰写过部分自传内容，并将其送给福斯特，我们因此得知了他生活中这段经历的细节。我猜想，过去的记忆加之以想象力，让他对当年的那个小男孩深感同情；如今已然功成名就、受人爱戴的他赋予过去经历以痛苦、厌恶和羞耻的感情。往昔历历在目，他以纸笔回忆着那个可怜的孩子遭到最信任的人背叛，孤独而苦痛；他柔软的心在流血，泪水渐渐溢满眼眶。我认为他并非有意夸大，只是无法自控：他的才华或者说天赋，正是在于将事实做夸大的处理。好比通过突出米考伯先生性格里的喜剧因素让读者忍俊不禁；通过强调小内尔越发病重的悲剧效果使读者潸然泪下。如果他没有把在涂料厂工作的那四个月发掘到情感的极致，也注定不会成为现在这样伟大的作者；大家都知道，他在《大卫·科波菲尔》中就借此经历让故事情节更添悲凉。至少我并不认为这段经历当真如他成为受人尊重的社会公众人物后所强调的那么痛苦；我甚至对很多传记作家和评论家的观点持怀疑态度，他们认为这段经历对狄更斯的人生和事业起到了决定性作用。

　　约翰·狄更斯还被关押在马歇尔希监狱的时候，曾担心因为无力偿还债务而被海军出纳室开除职位。部门主管看在他身体欠佳的份上，同意他申请一份养老金；最后，考虑到他为海军效力了整整二十年，家里还养着六个孩子，上头批给他一份"同情抚恤金"，每年有一百四十镑。对于约翰·狄更斯这样的人来说，一百四十英镑远远不够用来养家，还得找些其他挣钱的门道才行。不知他从哪学了点速记的本领，借着一位与新闻行业有关系的姻兄的帮助，成了一名议会记者。

　　查尔斯·狄更斯在学校里一直待到十五岁，然后去了一家律师事务所打杂。他似乎不觉得这份工作有损尊严，毕竟放到今天也算是"白领"

阶层。过了几个礼拜，父亲想办法给他找到在另一间律所当职员的工作，一周能挣十先令，过了一阵子又涨到了十五先令。他觉得这种生活没劲透了，便抱着提高自我的想法也开始学习速记——十八个月后，他的能力就足够胜任主教常设法院的记者。等到了二十岁，他就有资格报道英国下议院的议案，很快成为"旁听席里速记最快、最准确的记者"。

与此同时，他与一个小银行家的女儿，漂亮的玛丽·彼得奈陷入爱河。第一次见到她时，狄更斯只有十七岁。玛丽是个举止轻浮的年轻女孩，似乎总在引诱他向自己调情。这两人据说还曾秘密订婚。她喜欢身边有个情人缠着自己，这让她觉得骄傲又快活，但查尔斯是个穷光蛋，她可不想嫁给一个穷小子。两年后这段恋情无疾而终，他们把互送的礼物和情书都还给了对方，这是真正罗曼蒂克的做法。查尔斯当时心都要碎了。很多年后两人才又一次见面。玛丽·彼得奈已结婚多年，与大名鼎鼎的查尔斯·狄更斯及其夫人一同用餐；她又肥又胖，气质平庸，言行愚蠢。狄更斯后来把她写成了《小杜丽》里的芙罗拉·芬奇。她本来可是《大卫·科波菲尔》中朵拉的原型。[1]

为了能离所就职的报社近一些，狄更斯把家安在斯特兰德外一条阴暗的小巷里，但因为住得不满意，不久便租下弗尼瓦尔旅馆里一间没有家具的单间。他还没来得及置办家具，父亲就再次因为欠债被关押，他只好把钱都拿来支付了父亲在拘留所里的开销。"我们只能推测，约翰·狄更斯又要有好一阵没法和家里人一起吃住了。"查尔斯给家人找了个便宜的住处，自己带着弟弟弗雷德里克住在弗尼瓦尔旅馆"四楼背面的房间"。

1.朵拉：《大卫·科波菲尔》中善良、单纯的女孩，是大卫的初恋。上文中的芙罗拉·芬奇则是《小杜丽》中男主人公的前女友，是一个唠叨、庸俗的女人角色。

"他既心胸开阔，又为人慷慨，"乌娜·蒲博－轩尼诗在她颇具可读性的查尔斯·狄更斯传记里如是写道，"处理起这样的家庭问题，他似乎早已驾轻就熟，后来包括妻子一家在内的所有人都指望家里的顶梁柱能给那些无所事事的成员找份差事，让他们挣点钱。"

Ⅱ

狄更斯在下议院的记者旁听席里工作了约一年。他开始创作一系列的伦敦生活随笔；第一篇作品刊登于《月刊杂志》，之后的几篇都登在《晨报》上。他写这些文章拿不到一点报酬，却引起了一个名叫马克隆的出版商的兴趣。在狄更斯二十四岁生日那天，这些文章出版为两册选集，由克鲁克山客绘制插画，书名为《博兹特写集》。第一版次的稿酬一共是一百五十英镑。这本书上市后评价大好，很快就给他带来更多的合作机会。当时社会上流行一种轶事小说，其中人物诙谐有趣，还要配以幽默的插图，每月出版一段，售价一先令，即我们现在连载幽默故事的前身，在当时同样受到热烈的追捧。一天，查普曼与霍尔出版社[1]的合伙人之一前来拜访狄更斯，邀请他创作一部关于业余运动员俱乐部的故事，目的是搭配某个知名画家的插画一起出版。这个故事被分成二十个月，每月的稿酬是十四英镑，相当于今天的连载版权费，后续出版成书时再另付稿酬。狄更斯坦言自己完全不了解运动知识，担心自己达不到出版社的要求，但"报酬实在令人难以拒绝"。无

1.查普曼与霍尔出版社成立于十九世纪前期，是英国最大的出版公司之一，曾出版过查尔斯·狄更斯、威廉·萨克雷、伊丽莎白·布朗宁等人的作品。

须我多言，大家应该都知道这本书就是日后的《匹克威克外传》。前五期出版时反响不算热烈，但萨姆·维勒一经出场，销量就立刻冲了上去。到这部作品出版成书的时候，狄更斯已经是个著名作家了。尽管评论对此有所保留，但他的地位已然确立。《评论季刊》在提到他的时候这样写道："我们不需要什么预言能力就能猜到他日后的命运——像火箭一样飞速成名，又像一根木棍似的颓然坠落。"回溯狄更斯的整个写作生涯，其作品广受大众热爱，但评论界却总颇有微词。

1836年，在《匹克威克外传》第一期面市前的几天，狄更斯与凯特·霍加斯完婚。凯特是他在《晨报》认识的一位同事乔治·霍加斯的长女。乔治·霍加斯有六个儿子、八个女儿。他的女儿们身材都矮小丰满，皮肤红润，眼珠儿碧蓝。凯特是唯一一个到了结婚年纪的女孩。这也许就是为什么狄更斯娶了她，而不是其他的女儿。短暂的蜜月结束后，他们定居在弗尼瓦尔旅馆，并把凯特十六岁的漂亮妹妹玛丽·霍加斯请来同住。狄更斯签了另一部小说《雾都孤儿》的合同，开始动笔的时候，《匹克威克外传》还尚未完成。新作也将逐月出版，他用两周的时间完成一部，剩下两周写作另一部。大部分小说家都会被当前所写的角色所吸引，不知不觉地就忽视了头脑里其他的创作灵感。而狄更斯则显然能在不同的故事之间轻松跳跃，这绝对是一项令人惊叹的功力。

他很喜欢玛丽·霍加斯，当凯特有了身孕不方便陪他出行的时候，玛丽就成了他的陪伴。凯特的孩子降生了，家里人可能想让她再生几个，所以他们干脆从弗尼瓦尔旅馆搬到了道堤街的一所大房子。这段时间里，玛丽越发出落得俊俏活泼。五月份的一天晚上，狄更斯带凯特和玛丽去看剧；他们玩得开心，回到家时也都兴致勃勃。但玛丽却很快病倒了。医生来后又过了几个小时，她竟不幸去世了。狄更斯从她手指上取下一枚戒指，戴在了自己手上，一直到死都佩戴着。他对玛丽的去世悲伤不已，他的日记里写着："如果她现在还在身边，她还会是我们迷人、快活、可亲的好伙伴，她比我过去或未来认识的所有人都更能与我感同身受，我别无所求，只希望这种幸福可以延续。但她离开了，我向上帝祈求将来有一天能与她重逢。"这段话可谓非常隆重，向我们传达出很多信息。他希望自己死后能埋葬在玛丽身边。我认为有一点是毫无疑问的：他已经深深爱上了她；只是他自己是否意识到了这点，就不得而知了。

玛丽去世的时候凯特正有孕在身，受到惊吓后不慎小产。等她身子恢复过来了，查尔斯便带她出国小游，好让两个人都能恢复精神。等到了夏天，精神抖擞的查尔斯却和埃莉诺·P一头扎进了爱河。

III

随着《雾都孤儿》《尼古拉斯·尼克贝尔》和《老古玩店》的接连出版，狄更斯的写作事业开始顺风顺水。他笔耕不辍，有那么几年的时间，往往都是上一本书还远没到结尾，下一本书就已经开始写了。他愿意取悦大众，并时刻关注着读者对月刊上他发表的作品的反应。有趣的是，他一开始并没有想过把马丁·朱舒尔维特送去美国，直到发现月刊销量有所下滑为吸引读者眼球才有意为之。他才不是那类视流行为耻的作家。他的写作事业取得了巨大的成功。一个已经功成名就的作家，其生活通常都欠缺波澜，随之而来的是一成不变的生活模式。他的职业要求他每天拿出固定时间用于写作。他开始和当时文坛、艺界及政坛的上流人士打交道，受到贵妇淑女的青睐。他流连于各种宴会，自己也偶尔举办。到处旅行，在公众场合抛头露面。这，大概就是狄更斯的生活模式了。他所享受到的成功滋味，确实没有几个作家有幸体验过。他的精力似乎用之不竭，不仅能以很快的速度连续创作长篇小说，创办、主编了一本杂志，甚至曾短期任职某家日报的编辑；他偶尔写些文章，做演讲，在宴会上致辞讲话，后来还公开朗读自己的作品。他喜欢骑马，每天徒步三十二公里对他来说也是小菜一碟；他跳舞，兴致勃勃地戏弄身边的傻子，在小孩子跟前耍把戏，时不时还要过一把业余演员的戏瘾。他一直痴迷于戏剧艺术，曾经认真计划要上台表演；那一阵子，他跟着某位演员学习戏剧朗诵，熟背台词，还对着镜子练习如何进场、落座和鞠躬谢幕。鉴于他在文坛的辉煌成就，人们一定以为他进入时尚界是件顺理成章的事吧。然而，挑剔的时尚圈人士却觉得他的打扮有些艳俗，穿着风格过于卖弄。在英国，讲话的口音往往能"定位"一个人的等级地位，狄更斯几乎一辈子都生活在伦敦，虽然他生活的圈子非常高尚，却仍然免不了带一些伦敦腔[1]。但所幸他长相英俊，眼睛熠熠生光，浑身洋溢着活泼爽朗的气息，笑起来也极具感染力。也许他时常沉醉在别人对自己的谄媚之中，但却从未因此被冲昏头脑。他始终保持着迷人的谦虚气质，是个友好可亲、让人喜欢的男人。他就是那种一踏进房间就能给所有人带来欢声笑语的万人迷。

可奇怪的是，尽管狄更斯拥有超强的观察力，并且和身居高位的人

1.当时的英国口音主要分为两派，一派是牛津剑桥地区的"牛津腔"（Received Pronunciation），字正腔圆，发音优雅标准；另一派是伦敦东区的"伦敦腔"（cockney），因为该口音主要被工人阶级使用，所以较为不规范。

越来越熟络，可他的小说里对这类人物的描写却从未成功过，对其所在行业的描写也未曾具备可信度。在他去世之前，大家对他最常见的批评便是他无法真正刻画一名绅士的形象。他笔下的律师和律师助理（他曾经与这种人共事过）拥有一种医生或牧师所没有的鲜明特征；在描写书中某些底层人民（他的童年正是和这些人生活在一起的）的角色时，也不难看出这正是他最得心应手的地方。似乎一位小说家最亲密熟悉的是他在小时候接触到的人，而只有这些人才能成为他笔下丰满鲜活的典型人物。小孩子的一年比成年人的一年漫长多了，他会把所有的时间都用来揣摩身边各色人等的性格癖好。"也许英国作家普遍写不好上流人物的一个原因是，"亨利·菲尔丁曾写道，"他们在现实生活中并不认识这些人……上流阶级不是想见就能见到的一群人，不像在大街上、店铺里和咖啡厅随处可见的闲人。由于很多其他原因，这些人也很少抛头露面。总之，想见到他们就必须满足至少一项：头衔、财富或可以与以上两者相提并论的——赌场上的赫赫战绩。然而不幸的是，拥有如此资历的人往往不屑于写作，毕竟这只是属于穷人和下层阶级的行当，不需要什么资本就可以提笔创作了。"

等条件刚一好转，狄更斯夫妇就搬进了新家。这是一处位于新潮社区的房子，他们还专门从著名的家具公司购置了全套的客厅、卧室家具。地板上铺设了厚厚的毯子，窗户上挂着坠有花穗的窗帘。家里请了一位好厨子、三个女仆和一个男仆；买了一驾四轮马车。夫妇二人办了很多场宴会，名流贵族纷纷前来捧场。连简·卡莱尔[1]都吃惊于宴会的阔气铺张，杰弗雷勋爵在给朋友科伯恩勋爵的信里提到了自己去新房子赴宴的事，"对

---

1. 苏格兰作家托马斯·卡莱尔的夫人，从小家境富裕。

于一个有一大家子人要养活，且刚刚富裕起来的男人来说，这种宴会未免也太奢华了些"。狄更斯的性格本就慷慨，喜欢扎在人堆之中，再考虑到他贫寒的出身，现在想靠奢侈一把来取乐也是很正常的。但奢侈就意味着要花钱。他的父亲、他父亲一家和妻子的娘家人都不停地向他伸手要钱。而之所以创立第一本文学杂志《汉弗莱老爷的钟》，也有一部分原因是为了填上巨大的家庭开支，为了给这本杂志开个好头，他在其中开始连载自己的小说《老古玩店》。

1842年，狄更斯把四个孩子托付给凯特的妹妹乔治娅·霍加斯照顾，自己带着凯特去了美国。他此行享受到的尊贵待遇在其他作家身上可谓从未有过，以后也不会再有。但美国之行却并不顺利。一百年前的美国人虽说已准备好向欧洲人开炮，却对针对自己的批评异常敏感。一百年前的美国报纸侵犯起那些可以被当作"新闻"的可怜人来，丝毫不留情面。一百年前的美国社会不放过任何舆论狂欢的机会，但凡有外国名人不愿意被当成动物园里的猴子对待，他们就视之为天赐的机会，在聚光灯前大肆宣扬这些人傲慢无礼、狂妄自大。一百年前的美国是一片言论自由的大陆，但前提是这些言论不会侵犯他人脆弱的感情和利益；人人都有权发表自己的观点，但前提是这些观点必须与别人的相同。查尔斯·狄更斯对这一切并不知情，因此犯下了大错。国际版权法的缺失不仅让英国作家在美国市场赚不到一分钱，还令美国的本土作家也苦不堪言，因为这种情况下出版商更倾向于出版英国作家的书，他们不需要支付任何版税就能出书。可即便如此，狄更斯在接风宴上关于此话题的演讲还是欠缺考虑了。当时现场的反应十分剧烈，美国报纸形容他"一点都不像个绅士，反而是个追求蝇头小利的无赖"。尽管他的崇拜者们把会场围得水泄不通，且前往费城的时候他和想见自己一面的人们握手握了整整两个钟头，但同时他的戒指和钻石胸针、花哨的马甲都引来了如潮恶评，一些人说从他的行为举止中丝毫看不出良好教养。不过他为人自然而不做作，以至于到最后大家都纷纷被其年轻又清秀的外表和生动活泼的性格吸引了。他结交下几名好友，一直到去世前都保持着亲密的关系。

在多事而疲乏的四个月后，狄更斯夫妇终于回到了英国。孩子们此时已经离不开他们的乔治娅小姨了，这对精疲力竭的夫妇于是再请她与他们一家同住。乔治娅那年十六岁，正是玛丽搬去弗尼瓦尔旅馆和当时新婚不久的夫妇同住的年纪，她们姐妹俩长得很像，从远处看甚至会把她认成玛丽。两个人实在太像了，狄更斯曾写道："我跟凯特和她坐在一起的时候，隐隐觉得此情此景似乎是一场刚刚清醒的忧郁的梦。"乔治娅长得也很漂亮迷人，行事作风谦虚低调。她颇有几分模仿天赋，经常逗得狄更斯捧腹大笑，一来二去，狄更斯对她的依赖越来越深。他们经常一起散步，他还会和她讨论自己的写作灵感。她渐渐成为他最得力、可靠的写作助理。狄更斯的生活方式支出太大，很快他就债台高筑，苦不堪言。于是他决定举家搬迁到意大利（当然带上了乔治娅），那里的生活便宜一些，方便控制开销。他们在意大利待了一年，主要生活在热那亚。虽然他走遍意大利，到处游览，可因为性格保守、文化不通，所以并未在旅行中收获精神上的感悟，他还是那个典型的英国游客。在尝到旅居国外的甜头后（不仅快活，还能省钱），狄更斯开始长期留在欧洲大陆生活。乔治娅作为家庭成员之一也跟着他们一起。有次他们计划在巴黎多待一阵，乔治娅就和查尔斯先行前往，等找到合适的公寓，打点好一切后才把留在英国的凯特接过来。

凯特的性格温和恬静，略带忧郁气质。她适应能力不强，不喜欢跟着查尔斯东奔西跑，也不喜欢陪他出席那些宴会或由她自己担任女主人的宴会。她笨拙莽撞，神色黯淡，言行愚蠢，这些都是显而易见的；那些一心想和我们伟大的作家攀谈一番的大人物们都不得不忍受他愚蠢而无趣的妻子。最让她受不了的是有些人总是不把她当回事。做知名人士的贤内助可不简单，除非有圆滑的技巧和十足的幽默感，否则是不太可能做好的。如果缺少以上品质，那就必须非常非常爱自己的丈夫，并且发自内心地崇拜他，直到觉得所有人对他比对自己更感兴趣是再自然不过的事。还要足够聪明，确信他一直爱着自己并借以自慰，相信他在外面不管如何拈花惹草，最终都会为了舒适和安稳的生活而重回自己的怀抱。凯特似乎从未爱过狄更斯。两人订婚后，狄更斯曾在一封书信里痛斥她的冷漠无情。她嫁给他，也许是因为在当时婚姻是女人的唯一事业，又或许作为八个女儿中的大姐，迫于父母压力才不得已接受一桩能够保障其未来生活的婚事。她是个善良温柔的小人儿，但完全无力履行一个身份显赫的丈夫所强加于她的责任。十五年的婚姻生活，十个孩子，四次流产。她有孕在身时，就由妹妹乔治娅陪同丈夫一起旅行，参加宴会，并渐渐取代她的地位在家里招待客人。也许凯特对此痛恨在心吧，只是我们谁也不知道她心里到底是怎么想的。

IV

时间飞逝。1857年，查尔斯·狄更斯四十五岁。他九个孩子（原本有十个，其中一个不幸夭折）里最大的那个已经成人，最小的刚刚五岁。他已经是举世闻名的大文豪，整个英国最受欢迎的作家，影响力一时无两。他生活在公众视线中，倒是很好地满足了自己做作的本性。几年前，他结识了威尔基·柯林斯，两人很快从泛泛之交变成亲密挚友。柯林斯比狄更斯小十二岁。埃德加·约翰逊先生这样形容他："他热爱珍馐美食、美酒香槟和音乐厅华丽的高墙；他经常同一时间和几个女人纠缠不清；他风趣幽默、玩世不恭、性格友好，偶尔表现得毫无节制，几乎粗俗。"对狄更斯来说，威尔基·柯林斯代表着——再套用约翰逊先生的话——"快乐和自由"。他们一起周游英格兰，又到巴黎纵情玩乐。显然，像任何一个身处同等地位的男人会做的那样，狄更斯只是借此机会和身边轻浮的年轻人放纵一把。凯特没能给他想要的一切，过去很长一段时间里他对她的不满之情日渐加深。"她亲切友善，百依百顺，但无论如何也不能使她理解我。"狄更斯这样写道。从新婚燕尔，她就开始猜疑吃醋。我想他一开始也许更能容忍她的吵闹，因为清者自清，他知道自己什么都没做；但后来当她的猜疑有了根据时，他反而觉得她在无理取闹了。他让自己相信凯特从未是个般配的妻子。他在前进，而她从一开始就原地不动。狄更斯深信自己不该受到谴责。他一直是个尽职的父亲，尽一切可能关照孩子。事实上，虽然他对养活那么多孩子非常不满（他认为这全是凯特的责任），但起码在孩子还小的时候，他是真心喜欢他们的。只是随着孩子慢慢长大，他对他们逐渐失去了兴趣；年龄一到他就收拾好行李，把儿子们远远地打发开。不过，这群孩子也的确没什么出息。

除非有某些难以预见的情况发生，否则狄更斯和妻子之间的关系怕是无法缓和了。如很多貌合神离的夫妻一样，他们也许渐行渐远，但仍以一对和睦伴侣的形象示众。狄更斯再次陷入爱河。就像我之前所说，他对舞台有一种痴迷，曾出于慈善目的不止一次地在多部戏剧中担当业余演员。有一次（具体时间我还在研究）他被邀请去曼彻斯特出演戏剧，剧名为《冰冷深渊》，是威尔基·柯林斯在他的帮助下完成的剧本，曾在德文郡戏院为英国女王、女王的丈夫和比利时国王专门上演过。他此次同意在曼彻斯特再演一遍。他的女儿也在戏里出演了一个角色，可担心她的声音太小，在大剧院里听不清楚，所以决定选择一位专业演员来做替代。其中有一个年轻女子名叫艾伦·特南，芳龄十八，身材小巧匀称，眼眸碧蓝动人。他们在狄更斯的住处排练，由狄更斯本人做导演。艾伦对他崇拜至极，那副急于讨好的样子更是楚楚动人，搅得他神魂颠倒。彩排还没结束，他已经爱上了她。他给她买了一只手镯，却鬼使神差地送到了妻子那里，免不了又是一顿吵闹。查尔斯摆出一副被冤枉了的委屈态度，佯装无辜怕是处理这类尴尬最方便的解决途径了。戏剧开演了，他是其中的主要角色——一个敢于牺牲自我的南极探险家，悲壮而英勇，让全场观众无不潸然泪下。他为了这个角色还特意留了胡子。

狄更斯和妻子的关系越发紧张。他这样一个总是好脾气，容易相处的人如今也变得情绪无常，焦虑难安，不管冲谁都能大动肝火——除了乔治娅。他感到非常不幸，最后得出一个结论：不能再和凯特住在一起了。但鉴于自己的社会地位，他又担心公开的分居会引来流言蜚语。这种考虑不是没有原因的。他的《圣诞故事集》获得了巨大成功，从没有人能像他这样把圣诞节打造成一个以家庭美德和家人团聚为主题的标志性节日。这么多年来，他一直试图说服读者，家是世界上最温馨幸福的港湾。所以现在，他自己的家事处境就非常微妙了。他想出几个解决问题的可能。其中之一是凯特分居一个套房，但举办宴会时仍然以女主人的身份出现并陪他出席公众场合。另一个是狄更斯去盖茨山庄（他刚从肯特镇买的一套新房子）小住时，凯特继续留在伦敦，等狄更斯回伦敦了，她再去盖茨山庄。第三个办法是直接把她送出国。这些想法凯特统统都拒绝了，最后两个人还是决定彻底分开。凯特被安置在坎登镇边上的一所小房子里，每年有六百英镑收入。没过多久，狄更斯的长子查尔斯过去陪她住了一阵子。

这个安排让人吃惊。大家忍不住纳闷：尽管凯特性情温和，甚至可能有点糊涂，但怎么能忍受被人从自己家里赶出来，还同意和孩子们分居？她知道查尔斯和艾伦·特南的私情，按理说有这张"王牌"在手，她想提什么条件都可以。在狄更斯的一封信里，他提到了凯特的"软肋"；而在另一封不幸被曝光的信里，他则暗示凯特曾精神失常，"这让她认为，离开才是更好的选择"。现在基本可以确定，这些隐晦的说法都指向了一个事实：凯特是个酒鬼。她的妒忌、失败感和被丈夫冷落的羞耻使她开始从酒瓶里寻求慰藉，这也不是什么奇怪的事。如果她真的成了个瘾君子，就能解释为什么日后乔治娅开始代替她打理家务、照顾孩子，为什么孩子不跟着母亲一起搬走，以及为什么乔治娅会提到"可怜的凯特已经不能照顾孩子了，这对大家都不再是秘密"。也许她的长子搬去和她同住是为了不让她喝得太多。

以狄更斯的名气来说，他的婚外情不可能不招来流言蜚语。闲话传得很广。他甚至听说霍加斯一家——凯特和乔治娅的母亲、妹妹都在议论艾伦·特南是他的情妇。他大发怒火，以要把凯特赶出家门而且一个子儿都不再给她为威胁，逼着她们签下一份声明，宣布自己和那个年轻演员之间没有发生任何需要被谴责的行为。霍加斯一家考虑了两周才签字。他

138

们一定知道如果狄更斯继续威胁他们，凯特一定会拿出铁一样的事实告上法庭；但他们不敢这样做，原因只可能是凯特这边也有过错，不好暴露。另外，关于乔治娅坊间也有不少流言。毕竟她是整件事里一个谜一般的人物。我很好奇竟然没有人把她写成某出大戏里的"女主角"。我在前面提过玛丽去世后，狄更斯在日记里对她的怀念有重要的意义。我认为他不仅已经爱上了玛丽，而且还在那时就对凯特非常不满了。乔治娅与他们同住后，他曾因乔治娅与玛丽惊人的相像而被她迷住。那他是否也爱上了乔治娅呢？乔治娅又是否爱他？答案无从可知。她嫉妒凯特；查尔斯去世后，她在编辑其生前书信的时候，把所有赞扬凯特的语句都删光了。但当时教会和国家对男人迎娶自己亡妻妹妹的行为极不宽容，赋予此事乱伦的性质。也许她从没想过自己能和这个共处十五年的男人发生点什么事，他们之间的关系只是一个小妹妹对亲姐夫的喜爱罢了。能成为一位大名鼎鼎的男人的心腹并完全支配他，这对她而言已经足够了。但最奇怪的是，在查尔斯被艾伦·特南迷得神魂颠倒的时候，乔治娅甚至和她交了朋友，并欢迎她来盖茨山庄。不管她心里在想些什么，嘴上却什么也不说。

查尔斯·狄更斯和艾伦·特南的一段情只有个别人士知道，具体细节语焉不详。似乎一开始她没有接受他的追求，但最后还是向他的坚持妥协了。据说他以查尔斯·特林厄姆之名给她在佩卡姆买了套房子，她一直住在那里直到去世。查尔斯的女儿凯蒂曾说，她给他生了个儿子；但关于这个儿子再没有其他消息得知，估计是幼年便夭折了。艾伦的妥协似乎没有让查尔斯品尝到幸福的滋味；他比她大二十五岁，他不得不承认她并不爱自己。很少有痛苦更甚于单方面的爱恋。他在遗嘱里留给艾伦一千英镑，而她随后又嫁了别人。她曾向一位名叫本纳姆的牧师朋友吐苦水，"憎恨狄更斯强加于她的这段亲密关系"。和其他女性一样，艾伦似乎乐于接受身为女人的福利，却不懂为何还要付出相应的代价。

　　就在和妻子分开的时候，狄更斯开始公开朗读他的作品，并因此走遍不列颠群岛并再次前往美国。他的表演天赋再次发挥作用，朗读大获成功。但这段时间耗费的精力、跋涉的路途让他精疲力竭。人们发现虽然他只有四十几岁，可看起来已经像个老头子了。朗读作品不是他唯一的活动：从与妻子分开到他去世前的十二年里，他写了三部长篇小说，创办了一本名为《一年到头》的大受欢迎的杂志。也难怪他的身体一天不如一天了。他开始小病缠身，很显然，四处演讲耗尽他的力气。有人建议他别再到处跑了，可他不听；他喜欢做个公众人物，享受抛头露面的快感、近在眼前的掌声和足以鼓舞人心的权力感。也许他认为，当艾伦看到有成百上千的拥簇者对演讲台上的他敬仰谄媚时，可能会更喜欢他一点儿？他计划最后一次巡讲，但因病得太重，只好半途而废。他返回盖茨山庄，动笔写作《艾德温·德鲁德之谜》。然而为了弥补中途叫停演讲给经纪人带来的损失，他又在伦敦另外安排了十二场。这是1870年1月，"圣詹姆斯礼堂挤满了观众，有时当他入场和离场时，全体观众起立欢呼"。回到盖茨山庄，他继续完成小说。6月的一天，他和乔治娅单独吃饭时，忽然一病不起。她去通知了医生和他在伦敦的两个女儿，第二天，小女儿凯蒂被聪明能干的姨妈喊走，让她去通知她的母亲，狄更斯就要去世了。凯蒂和艾伦·特南一起回到盖茨山庄。第二天，1870年6月9日，狄更斯与世长辞，葬于威斯敏斯特教堂。

V

马修·阿诺德在其著名的文章中坚称，诗歌若想真正达到卓越的标准就必须极其严肃，而这个特点在乔叟的作品中有所欠缺，所以即使他对乔叟不吝赞美，却拒绝将他列入伟大的诗人之列。阿诺德非常严厉，以至于对待幽默总是带着些许担忧，我想他永远也不会承认，拉伯雷的大笑和弥尔顿欲向人类证明上帝杰作之心一样严肃。但我明白他的意思，其实不只诗歌是这样的。也许狄更斯的小说正是缺乏这种高度严肃性，所以尽管还有很多其他优点，却也总是不能让人满意。然而如今读起这些作品，脑子里想的都是那些法国、俄国的伟大著作，那么不仅这些小说，甚至于乔治·艾略特的小说，都显得如此幼稚，令人震惊。相比于它们，狄更斯的小说几乎不像给成年人读的。但我们必须记得，他的作品已经没什么人读了。我们变了，它们也随之变了。我们再不可能重新感受到那个时代的人第一次读到这些小说时的心情。在这一点上，我想借用乌娜·蒲博-轩尼诗书中的观点："亨利·西登斯夫人是杰弗雷爵士的友邻，她向杰弗雷的书房窥视，看到他正趴在桌子上。他抬起头，眼里噙满泪水。西登斯夫人请他原谅：'我不知道你听到了什么坏消息或经历了什么痛苦，否则我绝不会来打扰你。是谁去世了吗？''是的，'杰弗雷爵士回答道，'我真不该说出去，但我忍不住。听到这个消息你也会难过吧，是小内丽，伯兹的小内丽死了。'"杰弗雷是一名苏格兰法官，是《爱丁堡评论报》的创始人，一位严肃苛刻的评论家。

就我本人而言，狄更斯的作品仍然能给我带来巨大的乐趣，可他的悲伤我却难以领会。我倾向于认为他有强烈的情感，但没有心。或说得更准确些，他有一颗宽容慷慨的心，能体恤贫穷及受压迫之人，并且据我们所知，长期关注并热心于社会改革。但这是一颗演员的心，他像一个扮演悲剧角色的演员那样，以试图理解剧本情绪的方式感受悲恸。"他是赫库芭什么人？赫库芭又是他的什么人？"[1]关于这点，我想到多年前萨拉·贝恩哈特剧团的一位女演员告诉我的事。这位伟大的艺术家正在演出《菲德尔》，当她充满悲伤，正说着一段最为感人的台词时，忽然听见舞台边厢有人大声说话；她朝他们走去，背对着观众，假装伤心地低下头，悄悄用法语说："别他妈吵了，混蛋。"随后转身回头，摆出一副伤心欲绝的样子，继续自己慷慨的演说，直到这幕结束。观众什么也没发觉。很难想象如果没有亲身经历和感受，她能如此壮烈而悲痛地说出这些台词；但她的感情只是专业的体现，如此肤浅，发自于神经而并非内心，她的内心毫无波澜。我相信狄更斯是真诚的，而这也是为什么尽管他一层层地叠加痛苦，我们仍然不为所动，无法相信这是真的。

　　谁都无权要求一个作家献上他所不具备的东西，如果说狄更斯不像马修·阿诺德所期望的伟大诗人那般严肃，他自有其他别的优点。狄更斯是位非常伟大的小说家，可谓天赋异禀。他认为《大卫·科波菲尔》是自己最好的一部小说。虽说作者往往不是自己作品的好裁判，但我认为在这一点上，狄更斯的判断是准确的。我想大家都知道《大卫·科波菲尔》是一部伟大的半自传体小说；但狄更斯写的的确是小说，并非自传；即便一些情节取材自他的生活，也算用之合理。其他部分则全部来源于他的想象。他从未热爱阅读，关于文学方面的交流也让他提不起兴趣，他在人生后期

---

1. 引自于戏剧《哈姆雷特》，全文为：骗子只会骗别人，而一个演员往往连自己都骗，宁可为了一个素昧平生的赫库芭（Hecuba）悲泣动容。

领悟到的文学知识，完全无法取代小时候在查塔姆读的书给他的影响。我想斯莫莱特的小说是对他影响最大的。斯莫莱特塑造的人物并不神圣伟大，却足够丰满鲜活。比起人物本身，他们反而更像是一种"情绪"。

对人物的洞察力非常符合狄更斯的性格特点。米考伯先生的原型是狄更斯的父亲。约翰·狄更斯喜欢夸夸其谈，在金钱方面非常狡猾，但他绝不是个无能的傻子；他勤奋、善良又慈爱。我们都知道在狄更斯笔下，他是个什么样子。如果说福斯塔夫[1]是文学史上最伟大的喜剧人物，那米考伯先生则紧随其后。他在小说结局成为澳大利亚一名受人尊敬的法官，而狄更斯因此遭到诟病（虽然我觉得这有失偏颇），一些评论认为米考伯自始至终都该是个冒冒失失、目光短浅的人。澳大利亚是个地广人稀的国家。而米考伯先生风度翩翩，颇有学识，谈吐不凡；为何在那样的环境中，他这样的人不能混到个一官半职呢？然而，狄更斯最拿手的只有对喜剧人物的塑造。斯提福兹那个百依百顺的仆人写得极好；他阴险神秘的气质让人后背发凉。尤赖亚·希普虽缺少一些通俗情节剧的韵味，但他塑造有力，形象骇人，是最能凸显写作技巧的一个角色。《大卫·科波菲尔》中，人物类型之繁多，形象之鲜活，情节之新颖，让人不敢相信。再没有哪个义学角色能像米考伯一家、派高提和巴克斯、特拉德、贝斯提·特罗特伍德、迪克先生、尤赖亚·希普和他的母亲一样：他们都是狄更斯想象力的完美结晶；如此活力充沛，如此完美连贯，在命运的巨浪中坚毅不屈，你甚至不得不相信他们是真实的。就算他们不是真的存在，也是真的活过了。

1.莎士比亚作品《亨利四世》中的人物。

狄更斯塑造人物的一般方法是夸大其原型的特点、癖好和缺点，通过他们说的话来让读者对每个人留下深刻印象。他从不展示角色的发展，他们一开始是什么样最后还是什么样。（狄更斯的小说中有一两个例外，但其性格的改变实在不能令人信服；只是为了让结局更圆满。）这样塑造人物的风险是会影响其真实程度，最后沦为讽刺漫画中的脸谱。如果是喜剧人物变成漫画还好，比如米考伯先生，可你绝对不能和这样的人感同身受。狄更斯一向不擅于描写女性角色，除非是像米考伯夫人这样"永远不会背弃丈夫"，或贝斯提·特罗特伍德这种被脸谱化了的形象。朵拉的原型是狄更斯的初恋玛丽·彼得奈，她过于愚蠢和幼稚；阿格尼丝取材于玛丽·霍加斯和乔治娅·霍加斯，则过于善良和理智：她们都是无聊到让人害怕的角色。我觉得小艾米莉也是个败笔。狄更斯想让我们为她惋惜，只可惜她是咎由自取。她渴望成为一个大家闺秀，并满心希望斯提福兹能娶她，便与他私奔了。她似乎是个最不像情人的情人，哭丧着脸，动不动就哭，十足地顾影自怜；难怪斯提福兹会受够了她。《大卫·科波菲尔》中最令人困惑的女性角色当属罗莎·德多。我猜狄更斯原本是想着重描写她的，但他之所以没这样做，是害怕惹怒读者。也许斯提福兹是她的情人，她因为被他抛弃而怀恨在心，但依然苦涩、饥渴、报复似的爱着他。狄更斯着笔写的这个人物，恐怕更适合由巴尔扎克来完成。在《大卫·科波菲尔》的主人公里，斯提福兹是唯一一个被"直接"描写的，此处借用演员常用的词"直接角色"。斯提福兹充满魅力、风度不凡，为人亲切友好，能和各种各样的人打成一片，甚至连他的轻率和冷漠都很招读者的喜欢。狄更斯在这里描绘的是一个大多数人都熟悉的形象，他走到哪儿都能带去欢笑，也留下一堆烂摊子。狄更斯给了他一个悲剧的结局。我想如果是菲尔丁的话，也许会更心软一些；就像奥纳夫人提起汤姆·琼斯时这样说："女孩子太上赶着的话，就不能全把罪过怪到男孩子头上；他们那也只是自然的反应嘛。"如今，小说家写的情节不仅是可能发生的，还得要必然发生。狄更斯当时却并没有这样的要求。斯提福兹小别几年，从葡萄牙乘船归来的路上，却在接近雅茅斯的地方失事，溺水身亡；而大卫·科波菲尔竟刚好去那儿探望几个朋友，天下哪有这么巧的事？如果斯提福兹的死是为了满足维多利亚时期对"恶人自有恶报"的道德要求，那狄更斯也应该想出一种更可信的死法才行。

VI

英国文学两大悲哀：济慈早逝，华兹华斯长寿。另外的不幸是，在那个伟大文豪文思泉涌的时代里，却盛行一种鼓励语言冗杂、漫无边际的写法，而英国小说家大多原本就喜欢这么写。这无疑影响了他们的创作。维多利亚时期的小说家是靠写作维生的工人。他们不得不接受规定文章长度的合同——需要满足发行十八期、二十期或二十四期杂志——每期结尾时也非要精心安排，以保证读者还想继续读下一篇。毫无疑问，他们脑子里已经想好了故事的主线，但发行前写好两三篇就足够了，随后再应需创作，自信其创造力能提供足够素材，爬满格子好交差。他们自己也承认，实在编不出故事，没什么好写的时候，也只好硬着头皮写下去。有时想讲的故事已经结束了，可杂志还得继续出，只能绞尽脑汁让结局来得迟一点。因此，他们的小说自然形式散乱，多余冗长；他们也是被迫的。

狄更斯的《大卫·科波菲尔》以第一人称叙述。他擅长使用这种直接的方式，因为他的情节通常比较复杂，读者容易因为一些与故事不相关的人物、事件分散注意力。《大卫·科波菲尔》中只有一处严重的偏题，是关于斯特朗和他妻子、母亲以及他妻子表妹的；此事与大卫毫无关系，而且本身就很无聊。我想狄更斯也是别无他法了，只能用这一节填补两件事之间的时间隔断：大卫在坎特伯雷上学的头一年和他对朵拉失望直到发现她去世的那段时间。

狄更斯没有躲过半自传体小说作者的一个陷阱，即他正是书中的主人公。大卫·科波菲尔十岁时被严厉的继父送去打工，这正是查尔斯·狄更斯与父亲的亲身经历；他因为身边同伴的社会地位低于自己而倍感"屈辱"，这正是狄更斯在给福斯特的那一部分自传中提到的感受。狄更斯想尽一切办法让主人公赢得读者的同情，在大卫那场前往多佛的出逃中，他一路不择手段，只求投奔素未谋面的贝西·特洛伍德姨母（此人活泼开朗，是个招人喜欢的角色）。无数读者都认为这段离家出走的描写曲折悲惨、精彩非常。我就挑剔一些了。我惊讶于这个小男孩怎么如此愚蠢，甚至能让一路遇见的所有人都抢劫他，欺骗他？毕竟他也在工厂待了几个月，早出晚归在伦敦城里闲逛。虽然工厂里其他男孩社会等级没他高，但也该帮他长些见识吧。他在米考伯家里生活过，帮他们典当过东西，还去马歇尔希监狱探望过他们，如果他真如所说是个聪明的孩子，即使年纪小也该对世界有所了解，甚至机灵得足够自我保护。然而大卫·科波菲尔可悲的无能不只体现在童年。他无法处理难题。和朵拉在一起时的窝囊，和面对普通家庭问题时的手足无措，都超过了我们可以忍受的范围；他甚至迟钝到看不出阿格尼丝已经爱上了他。我说服自己他在最后成了书中所说的伟大作家。但倘若他真的写了小说，想必更像是亨利·伍德夫人出品，而并非查尔斯·狄更斯。

大卫这个角色的创作者竟然没有给他自己的那份力量、生动和活泼。大卫身材匀称，长相英俊；他富有魅力，不然也不会赢得几乎所有人的青睐；他诚实、善良、谨慎，可实在有点不够灵光。最能体现他无趣、软弱、面对窘境无能为力的一幕，要属苏荷区的小阁楼里小艾米莉和罗莎·德多的可怕对峙了，大卫目睹了这一切，可因为某个最蹩脚的借口，并未试图阻止。这是一个很好的例子，说明使用第一人称写作会令叙述者显得不够真实，不配其主人公的地位，惹得读者不满。如果用第三人称，一个全知者的角度来讲，这一幕即使依然荒唐，但至少勉强可信。当然，阅读《大卫·科波菲尔》的乐趣并非来自这样一个想法，即狄更斯描写的生活是真实的。这样说并非是对他的贬损。小说，如空中之国，有楼宇无数，作者只请你进入其中几间。任何楼宇都有存在的理由，但你要接受的，只是那个你被引入的环境。就像阅读《金碗》和《蒙帕纳斯的布蒲》时，要戴上不同的眼镜。《大卫·科波菲尔》是基于生活的幻想之作，其中的欢快与忧伤，都来自于一个具有生动想象和柔软情感的作者的回忆与希冀。你必须以阅读《皆大欢喜》的精神阅读本书，它给人带来的乐趣绝不逊色。

Chapter 07 | 福楼拜与《包法利夫人》

I

如果像我所相信的那样，一位作家能写出什么样的书取决于他是个什么样的人，那么我们最好在阅读前先了解一些作者的个人经历，对阅读福楼拜而言尤其如此。福楼拜是个不同寻常的人。再没有一个作家能像他一样以无比的热忱和勤奋，义无反顾地投身于文学艺术。写作于他，并不像对大多数作家那样，只是一项极为重要的活动，福楼拜把写作看成是一切活动的基础，可以使大脑平静，使身体清醒，或丰富生活的经验。对他而言，生命的目的不在于生存，只在于写作。他愿为艺术创作牺牲多姿多彩的生活，甚至没有哪个修道院里的院士能像他这样虔诚，为上帝之爱牺牲俗世的享乐。他既是浪漫主义者，又是现实主义者。我在评价巴尔扎克时说过，浪漫主义的基础是对现实的痛恨和企图逃脱现实的欲望。就像其他浪漫主义者一样，福楼拜也试图从非凡和幻想中，比如遥远的东方和古代文明中寻求庇护；然而，在对现实的痛恨，对资本主义的刻薄、陈腐、愚蠢的鄙夷以外，他依然被这些深深吸引；他生来便会对自己最厌恶的东西着迷。人性的愚昧对他来说有种令人作呕的扭曲魅力，他以揭露人性丑恶为病态的乐趣。他为之痴迷，为之不安；就像身体有一处酸痛，想碰却又不敢碰。他骨子里的现实主义让他把人性当成一堆垃圾，并不期望从中找到什么价值，只为向所有生灵展示，人类——不管其外表如何——究竟有多么可耻。

II

1821年，居斯塔夫·福楼拜出生在法国鲁昂。他的父亲是位医生，管理着一家医院，和妻儿一起在那儿生活。这是一个幸福美满、受人尊敬、收入阔绰的家庭。福楼拜的童年和其他同一阶层的法国男孩一样：他去学校念书，和其他孩子交朋友，但深受内心孤独的折磨。对性格敏感的人来说，这种孤独感甚至会伴随终生。"我十岁时就去上学了，"他写道，"很快就对人类产生了厌恶。"这话不是在开玩笑，他是真的这样想。他从十几岁开始，就是个悲观主义者了。在当时，浪漫主义盛行，悲观主义因此成为一种风尚：福楼拜同校的一个男孩朝自己的脑袋开了一枪，另外一个则用自己的领带上吊了。只是我们不懂，为何像福楼拜这样出身优渥，有慈爱的父母和溺爱自己的姐姐，还有一众知心好友，竟然也会觉得生活无法忍受，身边的人都面目可憎。就在这样的矛盾中，他长成了一个人高马大、健康强壮的小伙子。

十五岁那年，福楼拜陷入爱河。他和家人去特鲁维尔消夏，当时那里还是一个只有一间旅馆的海边小镇；他们在那遇见了音乐出版商和投机商莫里斯·施莱辛格，以及他的夫人和孩子。福楼拜后来对意中人的描绘值得一提："她个子很高，美丽的黑头发披在肩上；鼻子直挺，眼睛明亮，两弯高高的眉毛浓密好看。皮肤闪闪发亮，似乎笼罩了一层金光；身材匀称，优雅迷人，紫褐色的脖颈上能看到弯曲的青色血管。细细的绒毛让上唇颜色发暗，给她的脸庞平添一种男性化的力量，让那些金发白肤的美女相形失色。她说话很慢，语调轻柔，悦耳动听。"我不知该不该把pourpré译成"紫"，因为听上去并不迷人，但这就是翻译的问题了，我只能推测福楼拜用这个词指代了某种鲜亮的色调。

二十六岁的埃莉萨·施莱辛格还在给孩子喂奶。要不是她的丈夫活泼热心，喜欢交朋友，天生胆小的福楼拜是不敢上前和她说话的。莫里斯·施莱辛格带他去骑马，三人还曾一起出过海。福楼拜和埃莉萨挨着坐，肩膀碰到一起，她的裙裾抵着他的手；她说话很慢，嗓音甜美，害他心里如小鹿乱撞，一个词儿都听不进去。夏天很快到了头，施莱辛格一家离开了，福楼拜一家返回鲁昂，居斯塔夫回了学校。他的生命里第一次迸发出真正的激情。两年后，他回到特鲁维尔，却被告知埃莉萨来过又走了。他那时十七岁。对他来说，之前内心太过慌乱，并没有真正爱上埃莉萨，而现在他的爱变了，带着男性的欲望，见不到她反而更想见她。回到家后，他开始重写过去一本搁下了的小说，叫《狂人的回忆》，讲的正是他爱上埃莉萨·施莱辛格的那个夏天。

十九岁时，为奖励他被大学录取，父亲送他和一位克罗凯医生去比利牛斯山和科西嘉岛旅行。此时的他已经发育成熟，肩膀很宽。同龄人都说他像个巨人，他也这样称呼自己，身高约一米八，那时的法国人身高普遍比现在矮一大截，因此他比同伴要高出许多。他的身形修长而优雅；黑色的睫毛覆盖在海绿色的大眼睛上，披肩长发茂密油亮。四十年后，一位见过年轻时的福楼拜的女士说，他英俊得像一位希腊天神。从科西嘉岛回来的路上，他们在马赛逗留了几日，一天早上，洗完澡回屋的福楼拜看到一个年轻的女人正坐在旅馆院子里。他和她说话，两人聊起天来。她名叫尤拉莉亚·傅科，在这儿等着船来接，好回到在法属圭亚那做军官的丈夫身边。那一夜，福楼拜和尤拉莉亚一起度过，据他描述，两人之间的激情，美好得宛如雪上日落。他离开马赛后再也没见过她。但这段经历给他留下了深刻的印象。

没过多久，福楼拜前往巴黎学习法律，他并不想当律师，只是不得已要有个职业。在巴黎的生活百无聊赖，法律课本和大学的生活让他心生厌烦；他鄙视身边同学的平庸、做作和资产阶级的品位。他在巴黎时写了一本中篇小说，名为《十一月》，讲的是他和尤拉莉亚·傅科的一段风流。但他给了女主角埃莉萨·施莱辛格那样挑高的弯眉毛，长着淡淡绒毛的上嘴唇和可爱的脖颈。他特意去音乐出版商的办公室拜访，再次和施莱辛格一家人取得联系，并应邀和他及他的妻子一起晚餐。埃莉萨还是那么美。福楼拜最后一次见她时，还是个毛头小子；而现在他成了一个男人，殷勤、热情、相貌堂堂。他很快便和这对夫妻亲密起来，他们常常一起用餐，还一起短途旅行。但他的胆子没比过去大多少，苦等很久仍然不敢向埃莉萨表白。最后，他终于鼓起了勇气，而埃莉萨没有像他担心的那样愤怒，反而把话说得明白：两人的关系，只局限在朋友的范围内。关于埃莉萨，也有一个离奇的故事。1836年，福楼拜最开始认识她的时候，和其他任何人一样，都以为她是莫里斯·施莱辛格的妻子，可她并不是。她嫁给了一个名叫埃米尔·朱迪亚的男人，可他因为欺诈惹上了大麻烦，施莱辛格正是此时出面，答应拿出足够的钱来，以他必须离开法国、扔下妻子为条件，保他免于被起诉。埃米尔答应了，于是施莱辛格和埃莉萨·朱迪亚住到了一起，因为法国当时不允许离婚，所以直到朱迪亚于1840年去世，两人才结成连理。据说，虽然埃米尔一直不在身边，后来又早早去世，但埃莉萨却一直爱着这个卑鄙的男人，也许正因如此，再加上她忠诚于这个给了她一个家，并让她的孩子有了父亲的男人，所以迟迟不肯接受福楼拜的求爱。然而福楼拜依然一腔热情，施莱辛格又公然对她不忠，她终于被福楼拜带着孩子气的爱感动了。某天，他说服她来自己公寓做客，他心急如焚地等待，却还是没把她等来。这是福楼拜的传记作家从他的《情感教育》中推测出的故事，似乎颇为可信，也许事实真相正是如此吧。有一点可以肯定，埃莉萨从来都不是他的情妇。

　　1844年，一件改变了福楼拜人生的事发生了，具体是什么我之后会细说，这件事影响了他的文学创作。一天深夜，他和哥哥拜访完母亲后，乘车返回鲁昂。他的哥哥比他年长九岁，继承了父亲的职业。忽然，在毫无预警的情况下，福楼拜"感觉身上一阵火烧火燎，像一块掉入陷阱的石头，重重摔在地上"。等他恢复意识后，发现自己满身都是血；哥哥把他抱到附近的人家，在那儿帮他放血[1]。他随后被送到鲁昂，父亲又给他放了一次血，开了些缬草和蓝草，并不准他再吸烟、喝酒、吃肉。之后一段时间，他又严重发病了几次。几天后，受损严重的神经已经处于极度崩溃的状态了。关于他的发病，有很多神秘的说法，医生也从不同角度纷纷会诊。有些人直说这可能是癫痫，他的朋友也是这么认为的；他的外甥女在回忆录中对此避而不提；雷内·杜梅尼尔先生本身是个医生，还是一本

1.当时认为放血可以治疗并减轻癫痫的症状。

关于福楼拜的重要作品的作者，他说这病不是癫痫，而是"癔病性羊癫疯"。但不管他得的到底是什么病，治疗手段都大同小异；福楼拜此后连续数年服用硫酸奎宁，并一直使用溴化钾直到去世。

这次发病对福楼拜的家人来说也许并不惊奇。据说他曾告诉莫泊桑，他十二岁时就曾有幻觉和幻听。十九岁时的外出旅行有一位医生做伴，他的父亲后来才承认让他换换环境也是治疗的一部分，这也许说明他当时已经有发病的迹象了。福楼拜一家的日子虽然阔绰，但土里土气、无聊乏味、朴素节俭：很难相信他们把孩子送去旅行，还配着一个医生，而原因仅仅是他通过了每个法国学生都要参加的考试。福楼拜从小就觉得自己和身边的人不太一样，也许正是这种神秘的疾病让他变得忧郁消极，甚至影响了他的神经系统。总之，他现在不得不面对事实，忍受疾病之苦，和无法预期的癫痫发作，他必须要改改自己的生活方式了。他决定放弃法律——也许他本身就乐意这样做，并终生不娶。

1845年，福楼拜的父亲过世；两三个月后，他最喜欢的唯一的姐姐——卡罗兰，因生女儿难产而死。福楼拜和姐姐从小就黏在一起，直到姐姐结婚，两人依然是最亲密的朋友。

福楼拜医生在去世前不久，买了一处位于塞纳河畔，名叫克罗瓦塞的房产。这幢房子由石头建成，距今已有二百年历史，房前有露台，还有一个临河而立的亭子。他的遗孀和儿子居斯塔夫，以及卡罗兰的女儿住在这里；大儿子阿希尔已经结婚，继承了父亲生前在鲁昂医院的职位。福楼拜在克罗瓦塞一直住到去世。他从年轻时就开始偶尔写点东西，如今受疾病所折磨，不能过上正常的生活，便下了决心全身投入文学事业。他在一楼有一间宽敞的工作间，窗子面向塞纳河和花园。他的生活井然有序。每天十点起床，读读来信和报纸，十一点时简单吃顿午餐，然后去露台闲逛或坐在亭子里读书读到一点钟。一点时，他开始工作，直到晚上七点吃晚餐，餐后在花园散步，再回去工作至深夜。除了个别朋友外，他再不接见任何人，只是偶尔请朋友来做客，讨论工作的问题。他的好友有三个：阿弗雷德·勒·普瓦凡，比福楼拜年长，是他的家族挚友；马克西姆·杜坎，在巴黎读法律时认识的朋友；和靠在鲁昂教拉丁语和法语勉强维生的路易·布耶。他们都对文学很感兴趣，布耶还是一名诗人。福楼拜是个情感细腻之人，对朋友忠心耿耿，但占有欲很强，对人过于严格。当得知他非常尊敬的勒·普瓦凡娶了莫泊桑的女儿时，他简直要气疯了。"这对于我，"他之后抱怨道，"就像一个主教的丑闻对其信徒的打击一样巨大。"我下面还要再讲讲关于马克西姆·杜坎和路易·布耶的故事。

卡罗兰去世时，福楼拜为她的脸和双手制了模型，数月后前往巴黎，找到当时大有名气的雕塑家普拉蒂耶，请他为她塑像。在普拉蒂耶的工作室里，他遇见一个叫路易丝·考雷的女诗人。这样的女人，在文坛并不罕见，她们以为靠着不断折腾就能弥补天赋的不足；而在其美貌的加持下，也多多少少在文学圈子里站住了脚跟。考雷举办的沙龙有很多名流光顾，人称"缪斯沙龙"。她的丈夫，西伯利特·考雷，是一名音乐教授；她的情人，维克多·库辛，是著名的哲学家和政治家，两人还生了一个孩子。路易丝·考雷把一头秀发编成小卷，修饰脸型；声音温柔而充满热情。她说自己三十岁，实际上还要大一些。福楼拜当时二十五岁。四十八小时后，经过几次因为他的兴奋和害羞引起的小小意外，他成了考雷的情人。他当然不会取代哲学家的位置，尽管据她所说，两人的感情已经进入了柏拉图阶段，但他仍然是她所认可的情人。三天后，福楼拜扔下哭哭啼啼的路易丝，返回克罗瓦塞。当天晚上，他给她写了一封信，这是后面一连串古怪至极的信里的第一封，也许是一个男人能写给情妇最离奇的情书。

过去很多年，他向埃德蒙·德·龚古尔倾诉，说他"发疯似的"爱着路易丝·考雷；但他一贯说话夸张，给考雷的信里也难以证明这个说法。我想，也许自己的情妇是个公众人物这件事让他很骄傲；但他和其他做白日梦的人一样，都生活在想象里，情人不在身边的时候反而比在一起时更爱她。不知怎的，他这样告诉了她。她催他搬来巴黎，但他说他离不开正忍受丧夫和丧女之痛的母亲；她请求他，至少常来巴黎探望，而他回应，除非有合理的借口，否则不好脱身。她愤怒道："难道家里人像看管小女孩一样管着你吗？"实际上，此话当真不假。每次癫痫发作都让他连续几天虚弱沮丧，做母亲的自然心急如焚，不准他去河里游泳（这是他最爱干的事），或在没人看护的情况下在塞纳河上划船。他每次摇铃叫佣人拿东西，母亲总会冲到楼上看看他是否安好。他告诉路易丝，要是他提议离开几日，母亲一定不会阻拦，但他不能害她提心吊胆。路易丝不可能看不出来，倘若他真的深陷爱河，一定没有什么能阻拦他来找她。即使在当时那种情况下，也不难找到非来巴黎不可的合理理由。他这么年轻，如果真的偶尔和情人见一面就能满足的话，那很可能是因为在强效镇静剂的作用下，他的性欲也被压制了。

"你的爱情根本就不是爱情，"路易丝写道，"至少它在你的生活里并不重要。"福楼拜回信道："你想知道我是否爱你，好吧，我是在尽自己最大的可能来爱你。这就是说，即使爱情不是我生活的首要，但也排在了第二位。"他以真诚为骄傲，殊不知真诚最为残酷。他的情商之低简直让人震惊。一次，他竟然请路易丝向住在卡宴的朋友打听尤拉莉亚·傅科（就是他在马赛的那场艳遇），甚至请她为自己捎信；当路易丝怒火大发时，他还被吓了一跳呢。他告诉路易丝自己和妓女的故事，他对这个妓女挺有好感，经常乐呵呵地提到她。让男人扯谎最多的莫过于床笫之事了，他很可能还拿自己根本就没有的性能力一阵吹嘘。他对待路易丝显然满不在乎。有那么一回，挨不住她的再三强求，他提议在芒特的旅馆约会，如果她早早从巴黎出发，而他从鲁昂赶来，两人就能在那儿相处一个下午，他还能在天黑之前赶回家。这个提议让路易丝勃然大怒，他又被这忽然而来的怒火吓了一跳。两人的恋情维持了两年，其间只见过六次面，最后自然是女方提出了分手。

这段时间里，福楼拜忙于写作《圣安东尼的诱惑》，这是一本构思已久的书；他已经想好，等此书一完稿，就和马克西姆·杜坎去近东[1]小游。福楼拜夫人同意他去，是因为儿子阿希尔和几年前陪福楼拜去科西嘉岛的克罗凯医生都说，在温暖的国家小住有利于他身体健康。完稿后，福楼拜把杜坎和布耶叫来克罗瓦塞，把书读给他们听。他读了整整四天，每天下午和晚上各读四个钟头。他们提前说好，在书全读完之前，先不发表任何意见。第四天的午夜，福楼拜读完了结局，一拳捶在桌子上，问："怎么样？"其中一个朋友回答："我们觉得你最好把它扔进火堆，再也别提起。"这种打击简直是毁灭性的。他们争论了好几个钟头，最终福楼拜还是被说服了。布耶又建议他把巴尔扎克当作目标，写些现实主义的小说。此时已经是早上八点钟，他们都回房休息去了。当天晚些时候，他们又开始讨论，据马克西姆·杜坎在《文学回忆录》中的记叙，布耶当时想到的一个故事后来成了《包法利夫人》的情节；然而，在不久之后和杜坎

---

1. 欧洲人将地中海东部的沿海地区称为近东（Near East）。

的旅行中，福楼拜在家信里提到很多当时正在构思的小说主题，其中并没有《包法利夫人》，几乎可以确定是杜坎记错了。两个好友去了埃及、巴勒斯坦、叙利亚和希腊。他们于1851年回到法国。福楼拜仍不确定自己要写什么，也许就在这时，布耶给他讲了尤金·德拉梅尔的故事。德拉梅尔是个实习医生，在鲁昂的一家医院担任住院部医生，同时也在附近的小镇行医。第一任妻子（一个比他大得多的寡妇）去世后，他娶了隔壁农夫家的小女儿。这个女孩自命不凡，花钱奢侈，很快就难以忍受丈夫的无趣乏味，在外面找了好些情人。她大手大脚地花钱买衣服，欠了一屁股的债。最后进了牢房，而德拉梅尔也以自杀告终。众所周知，这个小故事引起了福楼拜的密切关注。

他回到法国后不久，又去找路易丝·考雷。他不在的这段时间里，考雷的日子过得很不好。丈夫去世了，维克多·库辛也不再给她钱花，她写了一个剧本但没人愿意接受。她给福楼拜写信，说她从英国回来要路过鲁昂；两人见面后，重新开始了通信。过了一段时间，他去了巴黎，又成了她的情人。这到底是因为什么？她已经四十几岁，是个金发碧眼的女人，而这类人往往最显老，加上当时自命高贵的女人又总是不爱化妆。或许他是被她对他的感情打动了，毕竟她是唯一爱过他的女人；又或许他对自己的性能力没什么信心，有一个很久才能见上一面的情人让他感到更自在些。她写来的信都被销毁了，可他的还存着。从这些信里，我们能看出路易丝实在毫无长进，还是一如既往地盛气凌人、咄咄逼人、讨人厌烦。她的信似乎越写越尖酸刻薄。她一再逼着福楼拜速来巴黎，或者让她搬去克罗瓦塞；而他不断地找借口，既不去见她也不接她来住。他的信里谈的主要是文学话题，结尾处的几句谈情说爱也显得非常敷衍；信中的有趣之处便是他谈及创作《包法利夫人》时遇到的困难，他后来整个人都扑在了这本书上。路易丝不时给他寄来自己写的诗。他给出的评论极其苛刻。两人的关系不可避免地走到尽头。路易丝的行为太轻率了。她的情夫维克多·库辛似乎是为了女儿的缘故，向她求婚，而她故意让福楼拜知道，她是因为他才拒绝了这门求婚。事实上，她已经决定要嫁给福楼拜，却不慎把自己的打算告诉了朋友。这话传到了福楼拜的耳朵里，他惊呆了；经过一连串的大吵大闹，恐惧又羞辱的他终于把话说清楚：他再也不想见到她了。可她好像没受什么影响，跑来克罗瓦塞又准备大闹一场；他把她狠狠赶出家门，连他的母亲都吓了一跳。虽然女人总是相信她们选择相信的事，但这位"缪斯"也只好接受了和福楼拜就此决裂的现实。为了报复，她专门写了一本小说，把他描绘得恶毒不堪。据说这本书写得很烂。

Ⅲ

现在，让我们重回旧题。这对好友从东边旅行回来后，马克西姆·杜坎已在巴黎定居，买下一部分《巴黎半月刊》的股份。他来克罗瓦塞请福楼拜和布耶写东西。福楼拜去世后，杜坎出版了两本厚厚的回忆录，名为《文学回忆录》。所有写过福楼拜的人都从这套书里借鉴了很多，但他们似乎非常忘恩负义，对本书作者傲慢无礼。在这套书里，杜坎写道："作家分为两类：其中一类视文学为方法，另一类视文学为目的。我属于，且一直以来只属于前一类；除了热爱的权利以外，我从未对文学有过多要求；除了尽可能做到最好以外，我从未指望在文学上有过高造诣。"马克西姆·杜坎所属的那类作家，一直占据着绝大部分。他们是一群爱好文学的人，往往颇有天赋、品位、文化和技巧，却缺少创作的能力。年轻时，尚能写出不错的诗歌或平庸的小说，但不久后，就转而从事对他们来说更轻松的事业了：评论书籍，或成为文学杂志的编辑；给已逝作家的选集写序言，为显赫伟人作传记，或写些文学相关的文章等等；最后，就像杜坎一样，写一本自己的回忆录。他们在文学界的作用很大，因为文笔优雅，其作品通常顺畅好读。我们没有理由像福楼拜一样对杜坎嗤之以鼻。

据说杜坎特别嫉妒福楼拜，我认为这种说法有失公允。在回忆录里，他写道："我从未有过高看自己，甚至把自己和福楼拜相提并论的想法，也从未质疑过他优秀。"没有人能比杜坎更客观公正了。福楼拜还在读法律时，这两个住在拉丁区的小伙子就非常要好了；他们一起去便宜的馆子吃饭，在咖啡馆里没完没了地聊着文学。后来，两人去近东旅行，在地中海上晕船，在开罗喝得酩酊，甚至逮住机会一起下妓院。福楼拜不是个好相处的人，他无法容忍与其相悖的意见，性格易怒而傲慢。尽管如此，杜坎还是真的喜欢他，并认为他是个杰出的作家；但他太了解福楼拜了，不可能看不到他的缺点。福楼拜的崇拜者们尊重他的人性，而杜坎对这位青年时期好友的尊重却不在于此。因此，这个可怜的人受到了福楼拜崇拜者的残酷抨击。

杜坎认为他的老朋友伴在克罗瓦塞是个错误的选择；他在无数次前去探望时，劝说福楼拜搬来巴黎，这样能见到更多人，结交首都的文人、学者，和其他作家多多交流，拓宽自己的思想。表面上看，这个建议很有道理。小说家必须生活在他的素材里。他不能等着经历找上门，只有亲自去寻找它。福楼拜的生活圈子很窄。他对这个世界所知甚少。唯一和他来往密切的女人只有他的母亲、埃莉萨·施莱辛格和"缪斯"女士。但他鲁莽又傲慢，痛恨别人干涉自己的生活。然而，杜坎偏偏弄巧成拙，从巴黎写信来告诉他说，要是他再这样封闭地生活，大脑迟早会软化掉。这话激怒了福楼拜，让他从此怀恨在心。杜坎的话显然不太得当，因为福楼拜一直担心癫痫发作会让他的大脑出现类似的退化。而他给路易丝的一封信里也写过，再过上四年，他可能就变成傻子了。福楼拜给杜坎回了一封充满怒火的信，信中说现在的生活最适合自己，他看不起的只有那些在巴黎文学界滥竽充数的低等文人。友谊的裂隙就此而生，即使后来这对老友冰释前嫌，但再也回不到推心置腹的程度了。杜坎是个活跃且精力旺盛的人，他确实很想跻身当时的文学圈子；但这种愿望只招来了福楼拜的厌恶。"他再也不是我们中的一员了。"福楼拜如此写道。之后的三四年间，每每提及杜坎的名字，他都难掩轻蔑的态度。他觉得杜坎的作品下流卑鄙，风格让人反感，借鉴其他作家的行径尤其可耻。但他看到杜坎在杂志上刊登布耶写的关于罗马的三千行长诗时，心里又很高兴，等《包法利夫人》结稿后，还答应让杜坎在《巴黎半月刊》上连载发表。

路易·布耶仍然是他唯一的挚友。福楼拜认为他是伟大的诗人——虽然现在看来这绝对是个误会——信任他胜过任何人。他给了福楼拜很多帮助，要不是他，《包法利夫人》很可能永远也写不完，更别提成为这样一本伟大的作品了。正是他在无数次争论后，说服福楼拜为小说写了概要，由弗朗西斯·斯蒂格马勒先生在其杰出的传记《福楼拜和包法利夫人》中发表。布耶笃定这本书会成功，等到1851年，福楼拜马上就三十岁了，才开始动笔创作。除了《圣安东尼的诱惑》外，他早期作品中较为重要的几部，都非常私人化；实际上全是由个人的情感经历写成的小说。此次，他决定抛开偏好与偏见，只阐述事实，在不加以评论的情况下揭露人物的性格，不褒也不贬，即使对某一角色持同情的态度，也绝不显露出来；即使某人的愚蠢惹恼了他，某人的恶毒让他痛恨，他也绝不多说一个字。总体来看，他确实做到了这点，也许正因如此，很多读者从小说里读到了一种冷血的气质。这种蓄意而固执的冷漠是无法打动人心的。我们总期望作者能同样感受到他想让我们所体会的感情，尽管这也许是作为读者的一大缺陷吧。

然而，像其他所有小说家一样，福楼拜也没能实现绝对的客观，因为绝对客观是不可能实现的境界。作者能使角色自证其明，或保证其行为符合性格，已经算很好了；每当他试图把你的目光吸引到魅力四射的主人公，或无恶不作的反派角色身上时；每当他试图说教，或东拉西扯时；每当他不自觉地把自己代入到所讲的故事里时，都难免招来读者的嫌弃。但这只是写作方法的问题，虽然一些优秀的小说家也用过，但如果这种方法在当时已经不算流行，就不能说它是个坏法子。逃避此方法的作家只是让小说从表面看起来客观；不管情愿与否，他依然在主题的选择、人物的塑造和观点角度等问题上，体现了自己的个性。福楼拜一向用阴郁愤慨的眼光打量这个世界。他的心胸无比狭窄，不能容忍任何愚蠢的言行。那些资产阶级和市井小民让他怒从中来。他毫无怜悯之心，毫无慈善之意。他成年后的大部分时间里都有病在身，而疾病让他饱受屈辱，神经长期处于紧张焦虑的状态。如我所说，他曾一度集浪漫主义者和现实主义者于一身；他带着一腔怒火投入到埃玛·包法利的悲惨故事里，这是因生活不得志，在贫困潦倒中苦苦挣扎，渴望复仇的男人的怒火。我们在长达五百页的小说里认识了很多人，除了拉里维耶医生这个次要角色外，其他人均没有什么可取之处。他们卑鄙可耻、庸俗愚蠢。这样的人在书里有很多，但并非全部；一个小镇，不管有多小，居然连一个理智、善良、友好的人都找不到，实在令人难以置信。看来福楼拜并没能把自己的性格排除在小说之外。

福楼拜的创作思路，是选择一系列平凡无奇的人物，由他们的个性和境遇引出一连串事件；但他应该知道，无趣的角色一定不能引起读者的兴趣，而他们的故事也一定乏味至极。他是如何处理这个问题的，我后面再讲。在这之前，让我想想他都做成了什么。书中对人物的刻画可谓炉火纯青，让人深信不疑。每读到一个人物时，都仿佛他们真的存在，生活在我们所熟知的世界里。我们对他们无比熟悉，就像对水管工、杂货商或医生一样，几乎从没有意识到他们竟是小说里的人物。举个例子，文中的郝默是像米考伯先生一样幽默的人，他在法国人心里的地位，如米考伯对于我们无异；但我们却以为他比米考伯更真实可信，因为他和米考伯不同，他从始至终都没有变过。不过，再怎么看来，埃玛·包法利都绝不是个普通农家的女儿。在她身上的确能找到每个男人和每个女人都有的东西。我们都喜欢大胆而荒唐的幻想，幻想自己腰缠万贯、魅力四射、功成名就，幻想自己是浪漫历险的主人公；但大多数人都足够清醒、足够胆怯、足够现实，以保证行为并不会因白日梦而扰乱。埃玛·包法利则不然，她总活在幻想里；她是个出奇的美人。众所周知，这本小说出版后，作者和印刷商因此书有伤风化而被起诉。我读了当时公诉人和辩护人的发言。公诉人列举了一些他认为是色情描写的段落——现在看来只让人淡淡一笑罢了，和我们所熟悉的当代小说家的性爱描写相比，简直算是很保守了。但很难相信的是，在当时（1875年），公诉人竟然对这些片段感到吃惊。辩护人称这些片段均属必要，小说的道德观是好的，埃玛·包法利最终也因品行不端受到惩罚。法官听取了这一辩词，被告宣判无罪。然而，埃玛·包法利的下场确实悲惨，但原因并不在于当时的道德观不容忍她的通奸，而是因为她最后无钱还债，走投无路。如果她真有诺曼底农民那样的节俭天性，完全可以毫发无伤地在情人间游刃有余。

这本伟大的小说一经出版，立刻受到读者们的热情拥簇，成为畅销小说，但评论家对它要么强烈批评，要么漠不关心。奇怪的是，他们当时更关注一本同期出版的名叫《范妮》的小说，作者是欧内斯特·费多；而《包法利夫人》只是因为对公众及后来小说作者的影响过大，才勉强引起了评论家的重视。

《包法利夫人》讲了一个悲惨的故事，却不能称为悲剧。这两者的区别在于，悲惨故事的情节出于偶然，而悲剧则是人物性格导致的必然结果。埃玛如此美艳，充满魅力，却因为倒霉才会嫁给查尔斯·包法利这样的呆子。她怀了身孕，希望生个儿子来弥补自己即将破灭的婚姻，却因为倒霉生下了女儿。因为倒霉，她的第一任情人鲁道夫·波兰戈尔自私又残忍，让她大失所望。因为倒霉，她的第二任情人卑鄙可耻、胆小懦弱。因为倒霉，当她深陷绝望时，向村里的牧师请求帮助，但此人竟是个昏庸无情的傻子。因为倒霉，她债台高筑，被逼还钱时，低三下四地向鲁道夫借钱，他却无力帮助，即使我们知道鲁道夫一直愿意帮埃玛还钱，但他当时恰好手头紧张。因为倒霉，鲁道夫竟然没有想到，凭借他良好的信誉，律师一定会立刻拿出他需要的这笔钱。福楼拜讲的这个故事，必然要以埃玛的死为结局，但不得不承认，他引出结局的方式几乎耗尽了读者的耐心，让人差点对故事失去信任。

有些人认为本书的缺陷之一在于，尽管埃玛是中心人物，但小说却以包法利先生的青年时代和他的第一次婚姻为开端，以他的崩溃和死亡为结尾。我想，福楼拜是试图把埃玛·包法利的故事放在她丈夫的身上讲，就像把一幅画套在画框里那样。他也许想使小说圆满结束，赋予其艺术品一般的统一性。如果这真是他的意图，那小说的结尾不该这么仓促武断，方能更加令人信服。查尔斯·包法利自始至终都是一副性格软弱，容易受人摆布的形象。福楼拜告诉我们，埃玛去世后，他整个人都变了。这个描述过于笼统了。尽管他最后已彻底崩溃，但很难相信他会变成爱与别人争吵、刚愎自用之人。虽说这人很傻，但起码勤恳敬业，要说他对自己的病人不管不顾，那还真是令人不敢相信。他急需从他们身上挣钱。埃玛的债要他来还，女儿也要靠他养活。因此关于他性格的巨变，还需要福楼拜给出比原本多得多的原因来解释。最后，包法利先生去世了。而他死时仍在壮年，身体结实，其死亡的唯一原因，只能是因为福楼拜在55个月的辛勤写作后，终于准备收笔了。书中写得明明白白，包法利对埃玛的感情随着时间一点点暗淡了，回忆也不再鲜活如初，我们不禁自问，为何包法利的母亲不给儿子安排第三次婚姻呢，就像她当年操办第一次婚姻那样？如此一来，埃玛·包法利的故事就显得更无足轻重，刚好可与福楼拜残忍的反讽相符合。

小说，即一系列事件的集合，以此来展示人物的言行举止，吸引读者的兴趣。小说并不是生活的拷贝。正如小说里的对话不能照搬日常对话，必须精炼一番，只表达核心意义，使之更简洁而精准；小说中的事实也要被扭曲修改，以达到作者的目的，保持读者的注意。无关紧要的事一概删去，重复的情节必须避免——但唯有天知道，生活里充满了重复；在现实生活中先后发生的独立事件，通常要被连在一起写。没有小说是完全可信的，而对那些常见的荒诞情节，读者也早已司空见惯。小说家不能把生活原原本本地落到纸上，他需要为读者描绘一幅画面；如果他是现实主义者，会尽力使这画栩栩如生；只要人们相信他，那他就成功了。

总的来说，《包法利夫人》给人以强烈的现实感，我认为这不仅因为福楼拜笔下的人物都栩栩如生，还因为他能极其准确地刻画细节。埃玛婚后的头四年住在一个叫托斯特斯的小村；她在那儿过得百无聊赖，但为了整本书的平衡，这一部分不得不和其他部分维持同样的节奏，保证同样的细节描写。那么问题来了，在描写一段无聊日子的时候，很难不让读者感到乏味；但这长长的一段读起来竟然真的很有趣味。福楼拜描写了一系列鸡毛蒜皮的小事，你却几乎不觉得无聊，因为每时每刻都能读到新的东西；这些小事，不管是埃玛所为、所感或所见，都是如此庸俗，如此琐碎，仿佛让你感受到那种活生生的无聊。包法利离开托斯特斯后来到了永城，书中对这个小镇的描写略显刻板，但也只有这样一处；其余对乡村城镇的描写都优美迷人，和故事情节完美交织，别添趣味。福楼拜以行动引出人物，我们得以从连续的情节里了解他们的相貌、生活方式和背景，这就像在现实生活中了解一个人一样。

IV

我在前面提过，福楼拜很清楚，既然打算写一本关于普通人的书，就要冒着此书可能非常无聊的风险。他渴望创作一件艺术品，便只有通过文体的优美，来克服卑劣的题材和粗俗的人物带来的问题。我不确定是否有人天生就是文体学家；至少福楼拜并不是。他早期的作品在他在世时没有出版，据说篇幅冗长、语言浮夸。大家普遍认为，至少从他的信件里，难以看出他精于母语，或语言优雅。我并不这样想。首先，这些信大多写于深夜，经过一天的辛苦工作，不经修改就寄给了收信人。单词拼写不对，语法时有出错；信里用到很多俚语，有些甚至非常粗俗；但信中对景色的简短描写却非常真实，富有韵律，哪怕放在《包法利夫人》里也不会不得体。他在愤怒时写下的几段，如此犀利，如此直白，找不到任何可修改完善的地方。你似乎能从那些短小爽利的句子里听到他的声音。但这并不是福楼拜打算著书的方式。他对会话式的写作风格持有偏见，对其优势视而不见。他视拉布吕耶尔和孟德斯鸠为偶像。他想写的是逻辑清楚、严密准确、言简意赅、富有变化和节奏，像音乐一样悦耳，像诗歌一样优美，又不失散文之特点的文章。他深信这一观点，即想描述一件事物只有那么一种方式，文字必须契合思想，就像手套必须合手。"当我发现我的某个词组里有半押韵或重复，"他说道，"我就知道自己犯了错。"［所谓半押韵，牛津词典里给出的例子有人和帽子（man, hat）、国家和叛徒（nation, traitor）、忏悔和沉默（penitent, reticent）。］福楼拜认为，就算要花一周的时间推敲，也必须避免半押韵出现。他不允许一个词在同一页上出现两次。这似乎并不合理：如果一个词在两个位置都合适，那就都该用这个词，同义词或委婉语都不能恰当替换。他格外留心不让自己的节奏感困住自己，但每个作家都天生有这种节奏感（好比乔治·摩尔后期的作品就被节奏所支配），他只能费力纠正。他绞尽脑汁地遣词造句，调配音律，以实现一种或利索或懒散，或柔弱或强烈的效果；总而言之，他想呈现出自己想要表达的效果。

　　写作时，福楼拜会先打草稿，大概写出他想说的话，然后再来雕琢、充实、缩减、复写，直到达成满意为止。写完后，他会走到阳台，大声朗读写好的东西，他深信如果一段话听起来不对，那一定就是有问题。这种情况下，他会回到书房，重新再改，直到满意。泰奥菲尔·戈蒂耶认为福楼拜过于注重文字的音韵和谐，并试图借此丰富行文；对戈蒂耶来说，这些只在高声朗读时才能听得出来；而一个词组是要读给别人听的，不是向人家咆哮出来。戈蒂耶喜欢拿福楼拜的挑剔来嘲讽："你知道，"他说道，"这个可怜的小伙子因为一件事，终生都在懊悔。可你根本不知道有什么好懊悔的；他在《包法利夫人》里不得不连用两个所有格，一个用在另一个之上：une couronne de fleurs d'oranger（一个橙花的花环）。这简直要了他的命，然而不管他怎么改，还是不能避免。"我们很幸运，因为英语的所有格可以回避这个问题。我们可以说："Where is the bag of the doctor's wife？"（那个医生的妻子的包在哪里？）；但在法语里，只能说："Where is the bag of the wife of the doctor？"不得不承认，这样确实不够好。

　　路易·布耶礼拜天会来克罗瓦塞；福楼拜把这一周写好的东西读给他听，然后布耶再做点评。福楼拜大吼大叫，据理力争，而布耶则坚持立场，直到最后福楼拜听从他的意见，在他的坚持下删去多余的情节和无关的比喻，修改出错的注释。难怪这部小说的创作进度慢得像蜗牛。福楼拜在一封信里写道："我用了整个周一和周二来写两句话。"这并不代表他两天里只写了两句话；他也许写了很多，但到头来只有两句话能让他满意。福楼拜觉得，写作的压力让自己精疲力竭。阿尔丰斯·都德相信，这是由于他有病在身，长期服用溴化镇静剂的缘故。如果真是这样，那就不难想象他要花费怎样的力气，才能把脑子里的一堆想法，条理清楚地落实在纸上。我们知道，在《包法利夫人》中有一段发生在展览会上的精彩情节，福楼拜为此花费了大量的心血。书中，埃玛和鲁道夫坐在窗户旁。一名官员代表正在台上演讲。福楼拜在给路易丝·考雷的信里说明了此处的写作意图："我必须把五六个人（谈话者）集中在一段会话里，同时包括其他几个人（其中一个是听众）；还得描写对话发生的地点、场景的氛围，描写人和事物的外貌，在一大群人里表现一对男女（因为相同的爱好和品位）开始对对方萌生好感。"这似乎并不是什么难题，实际上，福楼拜也完成得非常出色，但尽管这一段有二十七页，他竟用了整整两个月才写完。要是巴尔扎克用自己的风格来写，一周不到就能完成了。伟大的小说家，如巴尔扎克、狄更斯和托尔斯泰等，都富有我们所谓的灵感。而在福楼拜的作品里，灵感只是偶尔闪现，其他部分似乎都只来自他辛苦的工作、布耶的提点和建议，以及他自己的一丝不苟和敏锐观察。这并非在贬低《包法利夫人》；只是很奇怪，如此一本伟大的作品竟然是这样写出来，不像《高老头》或《大卫·科波菲尔》似的流畅自然，天马行空，反倒是纯粹靠推理得出。

　　我们不禁自问，福楼拜下了这样一番苦功夫，究竟离实现目标中的完美文体还差多少？不管多么精通这门语言，一个外国人总是不能对文体妄下判断：非母语者很难兼顾一种语言的细节、音律、节奏和微妙的差异，并恰当地使用。外国人必须采纳本国人的意见。在福楼拜去世后，法国有一代人高度赞扬他的文体风格；而现在这种风格却少有人推崇了。如今的法国作者认为它缺少自发性。如我之前所说，福楼拜对"写作内容必须和日常说话一样的新准则"怀有恐惧之情。诚然，人宁可说的像写的，也不能写的像说的；但想让写作内容具备生命力和活力，只有让他以当下的说话风格为基础。福楼拜是外省人[1]，文章里经常出现方言土话，让主张语言纯正的人大为不满；但我认为对外国读者来说，除非有人给他指出来，否则他是不会发现的；他也注意不到福楼拜或其他所有作家偶尔犯下的那些语法错误。少有英国人——不论能多么轻松自在地阅读法语——能发现以下片段中的语法错误：Ni moi! reprit vivement M. Homais, quoiqu'il lui faudra suivre lea autres au risque de passer pour un Jésuite. 而知道如何改正的人，恐怕就更少了。

法语习惯修辞，英语强调意象（这两个国家的人也因此截然不同），福楼拜的文体基础便是修辞。他大量，甚至于过度使用三分句式，即一个句子分为三部分，按照惯例，每部分的重要性依次递增或递减。这是一种达到文体平衡的简单有效的方法，在演说中的应用尤其充分。下面是来自伯克的一个例子："他们的愿望应该被重视，他们的意见应该被尊重，他们的利益应该被持续地关注。"使用这类句子所带来的风险，有一项连福楼拜也没有避开，即当它出现过频时，语言将显得单一而缺乏变化。福楼拜在信中写道："我要被书里的明喻吞没了，就像是人被虱子搞得坐立难安。我一直在想办法去掉这些比喻，但文章里还是遍地都是。"评论家曾说，福楼拜书信里的明喻都是自发而生的，而《包法利夫人》中的明喻却太刻意，结构过于工整，不够自然。这里有一个很好的例子：查尔斯·包法利的母亲要来看望埃玛和她的儿子，"Elle observait le bonheur de son fils, avec un silence triste, comme quelqu'un de ruiné qui regarde, à travers les carreaux,

---

1.指居住在法国大巴黎地区以外的人。

des gens attablés dans son ancienne maison."[1]这句话写得很妙，但其中的明喻太显眼了，以至于会使读者的精力从故事氛围中分散出来；明喻的目的，本是为了语气的加强，而非削弱。

据我研究，如今最好的法国作者都会有意避免修辞。他们想要尽可能简单自然地表达想法，不用三分句式。他们逃避使用明喻，如福楼拜所说，就像在躲着害虫一样。我想，这也许就是为什么他们不赞同福楼拜的文体，至少是《包法利夫人》中使用的文体。福楼拜在写《布瓦尔和佩库歇》时，已经摒弃了修辞和装饰用语；所以，比起福楼拜伟大小说里的做作风格，他们更喜欢他书信中的自然随意、流畅生动。当然，这只是人们一时的喜好，并不能因此评判福楼拜的文体好坏。文体可以如斯威夫特一般质朴，如杰里米·泰勒一般花哨，如伯克一般华丽浮夸；每一种都是好的，只看个人的爱好选择罢了。

V

《包法利夫人》出版后，福楼拜又写了《萨朗波》，一部公认的败笔之作；随后，另一个版本的《情感教育》出版了，他在其中描述了对埃莉萨·施莱辛格的爱情。很多法国文学家将它视为福楼拜的代表作。这本书晦涩难读。主人公弗雷德里克·莫罗一部分是福楼拜看自己的样子，一部分是他眼中马克西姆·杜坎的样子；但这两个人性格迥异，结合而成的

---

1. 大意为：她心里苦闷，只能静静看着幸福的儿子，就像一个破产的人隔着玻璃窗，看别人在曾经属于自己的房子里大吃大喝。

人物并不怎么可信，性格也不够真实。他身上毫无趣味可言。然而，这本书的开头可圈可点，结尾处弗雷德里克（福楼拜）和阿诺克斯夫人（埃莉萨·施莱辛格）的分别场景凄美动人。随后，他第三次改写了《圣安东尼的诱惑》。尽管福楼拜声称自己的写作灵感到死都用不完，但这些灵感最后也只沦为模糊的创意。奇怪的是，除了《包法利夫人》是根据现成故事改编的之外，他仅有的几本小说都来自于年轻时的想法。他早早地就衰老了。三十岁的他已经秃顶，大腹便便。很可能如马克西姆·杜坎所说，因为他的神经混乱症，加上为治病服用的镇静剂让人意志消沉，他的想象力和创造力都被破坏了。

时光飞逝，福楼拜的外甥女女卡罗兰已经出嫁，只剩他和母亲相依为命。母亲后来也去世了。他在巴黎住了几年，但生活之孤单与在克罗瓦塞时没有区别。他朋友寥寥，每个月只有那么一两次和几个文人在马格尼聚餐。他是外省人，埃德蒙·德·龚古尔说，他在巴黎待得越久，就越像个外省人。去餐厅用餐时，他坚持要用单间，因为无法忍受噪音，且不愿让别人靠近；吃饭时一定得脱了外套和鞋子才成。1870年法国战败后，卡罗兰的丈夫遇到了经济问题；最后，为了让他免于破产，福楼拜拿出了他的全部财产。他什么也不剩，只留下了一间老宅。对现状的恐慌让多年未犯的癫痫再次发作，外出用餐时，居伊·德·莫泊桑还特意来家里接他，以保证他的安全。龚古尔说他这段时间容易发火，好讽刺人，动不动就脾气暴躁；但他在日记里又补充道："只要什么都听他的，哪怕自己着凉也不叫他关窗户，那他就还是个招人喜欢的伙伴。他有种冷冷的幽默感，笑起来像个孩子，特别有感染力；他平时非常体贴真诚，蛮有魅力的。"龚古尔的评价还算中肯。杜坎评价他说："这个鲁莽又傲慢的巨人，容不了一点和他相悖的意见；但他又是每个母亲最想要的那种儿子，可敬、温柔、体贴。"你只要读读他给外甥女写的那些信，就知道他能有多温柔了。

晚年的福楼拜形单影只，大部分时间都待在克罗瓦塞。他烟抽得很凶，暴饮暴食，从不运动。他的生活拮据，朋友们给他找了一份闲职，每年能赚三千法郎；尽管他感到耻辱，却不得不接受。可不久后他就去世了，并没从中挣到什么钱。

福楼拜的最后一部出版作品是由三个故事组成的一套书，其中一个故事《纯朴的心》尤为出色。他开始写一本名叫《布瓦尔和佩库歇》的小说，其中仍然以讽刺人性愚蠢为主题；出于一贯的认真态度，他为了获取必需的信息，阅读了一千五百页材料。这本书分为两卷，他差不多写到了第一卷的结尾。1880年5月8日早晨11点钟，女仆来到书房给他送餐。她发现他躺在沙发椅上，含糊说着一些让人听不懂的话。她跑去找来了医生，但医生也无能为力。不到一个钟头，居斯塔夫·福楼拜就去世了。

他这一生唯一真挚、投入、热烈爱过的女人只有埃莉萨·施莱辛格。一天晚上在马格尼吃饭时，泰奥菲尔·戈蒂耶、泰纳、埃德蒙·德·龚古尔等人都在场，福楼拜说了一番奇怪的话，他说他从未真正拥有过一个女人，他还是个处子，在一起的那些女人只不过是其他女人的"床垫"，只有一个女人是他梦寐以求的。莫里斯·施莱辛格的投机买卖最终搞砸了，他带着老婆孩子搬到了巴登。1871年，莫里斯去世。福楼拜在暗恋埃莉萨三十五年后，终于给她写了第一封情书。他没有在开头习惯性地用"亲爱的夫人"，而是写道："我的旧爱，我唯一的真爱。"埃莉萨来到克罗瓦塞。两个人距上次见面时都变化太多。福楼拜已臃肿肥胖，泛红的脸颊上长满黑斑；他蓄着大胡子，为掩盖秃顶戴了一顶黑帽。埃莉萨更瘦了，皮肤已经失去了那种好看的颜色，头发也变得花白。《情感教育》里，阿诺克斯夫人和弗雷德里克的最后一面，也许就是福楼拜和埃莉萨多年之后再见的写照。他们之后又见了一两次面，然后，据我们所知，就没有再见过了。

福楼拜死后一年，马克西姆·杜坎在巴登度夏。一天，他外出打猎时，偶然来到了伊尔默瑙精神病院附近。院门敞开着，女病人在看护的陪同下走出来散步。她们俩俩成行，其中有一个忽然向他鞠了一躬。这就是埃莉萨·施莱辛格，福楼拜苦恋一生却无果的女人。

Chapter 08 ｜ 赫尔曼·梅尔维尔与《白鲸》

I

自我开始研读小说以来，我发现所有小说即使各有所异，也大都是从过去的小说直接发展而来。"小说，"我从《大英百科全书》中读到，"一直是讽刺、教育、政治或宗教规劝、技术信息的载体；但这些仅是次要问题。小说最直接的目的，是借一系列从自然中采集描绘的情景和一连串的抒情叙事来取悦读者。"这样看来，小说的定义就很简单了。而日后又得知，小说从亚历山大时期开始受人欢迎，当时的生活非常单一，通过或现实或幻想的记叙，人们很容易从虚拟人物的冒险和情感中找到乐子；但第一部流传下来，可以被称为小说的作品是一个叫罗格斯的希腊人写的名为《达佛尼斯和克洛伊》的书。从此开始，历经数代起伏更迭，终于演化为我所思考和研究的小说形式，即《百科全书》定义的，借自然情景和抒情叙事取悦读者的文学。

然而，我现在要讲的一小部分小说对读者的影响有所不同，它们的创作动机别具一格，因此必须单独划为一类。这类小说就是《白鲸》《呼啸山庄》和《卡拉马佐夫兄弟》，以及詹姆斯·乔伊斯和卡夫卡的作品。

小说家本身是普普通通的主教、侍者、警察、政客等人的"突变";这种突变反复发生。但生物学家告诉我们,大部分突变都是有害的,有些足以致命。一个作家是怎样的人就能写出怎样的书,而他是怎样的人又部分取决于父母的染色体组合,部分由于后天的环境影响;我们需要注意的是,小说家往往很少生育,历史上只有托尔斯泰和狄更斯两人育有很多儿女。但这也无妨,因为虽然牡蛎产下的都是牡蛎,但小说家生的却大多是些傻瓜。据我所知,下面要讲的这位"突变者"就没有留下什么文学后代。

首先,我想先说说《白鲸》这本奇书的作者。我曾读过雷蒙德·韦弗的《赫尔曼·梅尔维尔:水手和神秘者》、李维斯·蒙福德的《赫尔曼·梅尔维尔》、查尔斯·罗伯茨·安德森的《南海的梅尔维尔》、威廉·埃勒里·塞奇威克的《赫尔曼·梅尔维尔:思想者的悲剧》和纽顿·阿尔温的《梅尔维尔》。我读得津津有味,从中获益匪浅,了解到不少事实;但我无法说服自己:读过这些书后,对梅尔维尔的了解比之前更多。

根据雷蒙德·韦弗记叙,"一位鲁莽的评论家在1919年梅尔维尔诞辰百周年之际"写道:"由于某些并未阐明过的奇怪的心理原因,他的写作风格和人生观发生了翻天覆地的变化。"我不清楚为何这位不具名的评论家要被形容为"鲁莽"。他所点明的问题,困扰了所有关注梅尔维尔的人。正是为找到解开这个谜题的蛛丝马迹,人们才仔细研究他生活中每个已知的细节,阅读他的信件和书,即使其中几本只有意志坚定的人才能读得下去。

但我们不妨先关注那些传记作者告诉我们的事实。从表面上来看,但也仅仅是从表面上看,这些事实都很简单。

赫尔曼·梅尔维尔出生于1819年。他的父亲，艾伦·梅尔维尔，和母亲玛丽亚·甘斯沃尔特，均出身名流。艾伦极有教养，见多识广；玛丽亚也是个优雅、体面、虔诚的女人。他们结婚的头五年住在奥尔巴尼，随后搬到纽约定居，艾伦的生意——他是个法国纺织品进口商——一度做得红红火火，赫尔曼就是在纽约出生的。他在家里八个孩子中排第三。1830年，艾伦·梅尔维尔运气不济，回到奥尔巴尼。两年后生意破产的他去世了，据说死前已经精神错乱。他没给家里留下一个子儿。赫尔曼在奥尔巴尼男子文学院念书，十五岁时不得不辍学去纽约州立银行当了一名小职员；1835年，他在哥哥甘斯沃尔特的皮草店干活，第二年又去了叔叔在匹兹菲尔德的农场。他曾在赛克斯区的公立学校当了一个学期的老师。十七岁时开始跟船出海。人们对此有很多解释，但我不懂还有什么比他自己给出的理由更合理："我对业已实现的人生规划感到失望透顶；想为自己做点事的欲望，和天生喜欢漂泊的性格，让我萌生了成为一名水手的想法。"他曾试水过各种行业，但都以失败告终；根据我们对他母亲的了解，她应该毫不犹豫地表达过对儿子的不悦。于是梅尔维尔去了海上，这和过去及将来很多男孩会做的一样，因为在家不快乐而选择了离开。他的确是个很古怪的人，但想从这种自然而然的行为里硬找一些古怪，就毫无必要了。

梅尔维尔到了纽约，浑身湿透，穿着打补丁的裤子和打猎外套，口袋里一分钱都没有，只有一把哥哥甘斯沃尔特让他拿去卖钱的鸟枪；他穿过城镇来到哥哥朋友的房子，在那儿过了一夜，第二天和这位朋友一起去了码头。找了一会儿后，两人发现一艘驶往利物浦的船，梅尔维尔受雇在船上打杂，每月挣三美元。十二年后，他在《雷德伯恩》中回忆了这段往返航行和在利物浦停留的日子。他视这本书为粗制滥造之作，但其实写得非常生动而有趣，语言简单直白，毫不造作。这是他最好读的作品之一。

随后三年他过得怎样，我们所知甚少。从那些有据可查的记录中来看，他曾在好几个地方"教书"，其中一处在纽约的格林布什，每学季[1]挣六美元，另包吃住。他给当地报纸写了大量文章，后人发现了其中一两篇，写得毫无趣味，但能看出他确实读了不少杂书，当时形成的行文风格直到后来也未能摆脱，比如总是莫名其妙、不带韵脚地列举神秘天神、历史及幻想人物或各类作家的典故。雷蒙德·韦弗说得很好："他把伯顿、莎士比亚、拜伦、弥尔顿、柯勒律治和切斯菲尔德，还有普罗米修斯和辛德瑞拉、穆罕默德和克利奥帕特拉、圣母玛利亚和天国美女、美第奇和穆斯林等等，随随便便用在自己的文章里。"

梅尔维尔颇具冒险精神，似乎终于无法忍受生活的单调乏味，即便这是环境强加于他的。他虽不喜欢海上的生活，却再一次出海了；1841年，他坐着"阿什库奈特号"捕鲸船，从新贝德福德驶往太平洋。水手舱里的人大多粗俗野蛮、没有教养，唯一的例外是个名叫里查德·托比亚斯·格林的十七岁小伙子。梅尔维尔是这样形容他的："托比生来一副好相貌。穿着蓝色工作服和帆布裤，比甲板上的其他水手都更时髦；他个子很矮，瘦瘦小小，四肢灵活。天生黑黝黝的皮肤暴露在热带阳光之下，颜色更深了些；几绺黑亮的头发盖住鬓角，往他黑色的人眼睛里投进一道阴影。"

经过十五个月的航行后，"阿什库奈特号"在马克赛斯群岛的努库希瓦靠岸了。两个小伙子受够了捕鲸船上的艰苦生活和船长的心狠手辣，决

定逃跑。他们往衣服口袋里塞满了烟草、船上的饼干和带给当地土著的白棉布，逃上了小岛。几天后，历经重重磨难的两人终于抵达泰比人聚居的山谷，受到了热情的款待。没过一阵子，托比就以梅尔维尔伤了腿，走路不便之由，出去请医生了。这实际上是他们准备密谋逃跑。泰比人是出了名的食人族，指望他们一直这样热心肠可不是什么明智的想法。托比再也没回来，后来人们发现，他刚到海滩就被绑架上了一艘捕鲸船。根据梅尔维尔自己的说法，他又在峡谷里待了整整四个月。泰比人待他很好。他和一个叫法亚薇的女孩交了朋友，一起相伴游泳划船，除了偶尔担心会被吃掉以外，日子还算过得快活。后来，一艘捕鲸船正好停在了努库希瓦，船上的很多船员都逃跑了，船长听说有个水手落到了泰比人手里，于是派出整整一船土著人去带走梅尔维尔。据梅尔维尔自己回忆，他说服土著人让他走到海滩，随后用船钩打死了一个人，才得以顺利逃跑。

在这艘新船"朱莉亚号"上的生活甚至比在"阿什库奈特号"上更艰难，连续几周都没有找到鲸鱼，船长只好在塔希提岛停泊了。船员们发起暴动但遭到镇压，在帕皮提审讯结束后，他们很快便被押送到当地监狱。招了一批新船员的"朱莉亚号"驶走了，关在监狱里的人也很快被放了出来。这批老船员里有个落魄潦倒的医生，梅尔维尔喊他"长鬼大夫"；他们一起坐船去了附近的莫里亚岛，在那儿给两个农场主锄起了土豆。当初在马萨诸塞的叔叔那儿时，梅尔维尔就不喜欢干农活，更别提在波利尼西亚的热带骄阳下种田了。他和长鬼大夫一起逃跑，靠当地人接济过活，最后他甩下了医生，跑去被他称作"利维坦号"的捕鲸船上当了水手。这艘船把他带到火奴鲁鲁。我们不知道他在这里做了什么，也许是受聘为小职员之类。随后，他成为美国护卫舰"美国号"上的普通船员，等船一到美国就辞职离开了。

我们就此来到1844年。梅尔维尔已经二十五岁了。他没有留下青年时期的肖像，但从他中年的样子推断，可以想象二十多岁的他应该是个个子高大、身材匀称、健壮有力的人；他眼睛很小，可鼻子笔挺，气色不错，长着一头浓密的鬈发。

他回到家里，发现母亲和妹妹定居在奥尔巴尼的郊区兰辛堡，哥哥甘斯沃尔特关了自己的皮草店，成了一名律师政客；二哥艾伦也是律师，在纽约生活；最小的弟弟还未成年，很快也会像他一样出海去了。赫尔曼发现因为他"曾和食人族住在一起"，而变成大家关注的焦点；大家迫不及待要听他讲故事，还催促他写成一本书。于是，他便真的动笔了。

他曾经尝试过写作，可惜收效甚微。但他需要钱，而写作对于他，以及过去和未来很多受到误导的作家来说，正是挣钱的简便法子。等记录他在努库希瓦生活的《泰比》完成后，已经作为美国大使秘书的甘斯沃尔特·梅尔维尔来到伦敦将它交给了约翰·莫雷[1]。书稿被接受了，过了一段时间由约翰－普特南公司在美国出版。这本书大受欢迎，受到鼓舞的梅尔维尔乘胜追击，写了《奥姆》一书记录他在南太平洋的历险故事。

《奥姆》于1847年出版，同年，他和大法官肖的独女伊丽莎白成婚，妻子的家族和梅尔维尔家相识已久。这对年轻夫妻搬到了纽约，住在第四大道103号艾伦·梅尔维尔（二哥）的房子里，和妹妹奥古斯塔、范妮、海伦同住。这三个年轻姑娘为何离开母亲，搬离兰辛堡，我们不得而知。赫尔曼开始埋头写作。1849年，此时正是他新婚两年，长子马尔科姆诞生数

---

1. 英国著名的出版商。

月，他再次穿越了大西洋，只是这次是以船客的身份去和出版商会面，安排关于他在"美国号"护卫舰上航行生活的新书《白外套》的出版事宜。他从伦敦到了巴黎，又去了布鲁塞尔，沿着莱茵河一路向北。他的妻子在其枯燥的备忘录里这样写道："1849年夏，我们还在纽约。他写了《雷德伯恩》和《白外套》。同年秋天，我们去往英国，出版以上两本书。出版情况不甚满意，而思乡心切，于是便匆匆赶回家。几位显要人士想阅读他的航海日记，纷纷发出邀请，其中包括拉特兰公爵，请我们去贝尔沃城堡待一周，但我们都拒绝了。我们去了匹兹菲尔德，1850年夏再次登船。秋天搬到'箭头农场'，这是1850年10月。"

"箭头农场"是梅尔维尔给匹兹菲尔德一处农场起的名字，他向大法官借钱买下这里，带着妻儿和妹妹在此定居。梅尔维尔夫人以其一贯实事求是的风格，在日记里写道："《白鲸》（或称《莫比·迪克》）的写作实在不如人意——他在桌子前一坐就是一天，什么也写不出来，直到下午四五点钟——天黑后骑着马去村子里——早上早早就起床，吃早饭前先去外面散步——有时劈柴作为锻炼。我们都很担心他的健康问题，这是1853年春。"

梅尔维尔住在箭头农场时，发现霍桑就住在附近。他对这位前辈作家的崇拜之情堪比情窦初开的少女，让内敛保守、不善言辞、以自我为中心的霍桑不知所措。他给霍桑写的信充满着激情："认识您以后，我在离开这世界时，也会比过去更知足。"他在另一封信里写道："与您相识给我带来的改变，比不朽的《圣经》还要重要。"一天晚上，他骑马到雷诺克斯的红房子和霍桑聊天——似乎后者并不情愿——大谈"上帝、未来和一切超越人类眼界的事情"。两位作家谈天说地的时候，霍桑夫人就在小桌旁缝补，她在给母亲的信里这样描述梅尔维尔："我不确定此人是否称得上伟大……他真实而善良，是个有灵魂有头脑的人，把生活看得很透；诚恳、真挚、恭恭敬敬；性格温和谦逊……他的眼光非常独到；最令我吃惊的是，此人的眼睛并不大，也不深邃。但他似乎一切都看得很准，我怎么也想不通，他的一双小眼睛是怎么做到这点的。这双眼睛并不犀利，怎么看也不算出众。他的鼻子倒是笔直好看，嘴巴富有情感和表现力。他个子很高，腰板挺直，一副无忧无虑、勇敢果断的气质。聊天时，他充满精力，不停比画，完全沉浸在自己的话题里，毫无气质和风度可言。有一次，他忽然一改平时的活泼，从那双我不太喜欢的眼睛里流露出沉静的深情，内敛而黯淡，让你感到他正在沉思眼前的问题。这种古怪慵懒的眼神独有一种特殊的力量，似乎并不能看穿你，却能把你代入其中。"

霍桑离开了雷诺克斯；这段友情——一面是梅尔维尔的迫切深情，一面是霍桑的冷淡疏离——也走到了尽头。梅尔维尔把《白鲸》一书献给了霍桑。他读完此书的回信已经找不到了，但从梅尔维尔的信里推断，他似乎猜到霍桑并不喜欢这本书。大众读者和评论家也是如此；随后出版的《皮埃尔》更是反响不济，遭到了轻蔑的抨击。梅尔维尔写书没赚到什么钱，但他既要养活妻子和两个儿子、两个女儿，可能还要负担三个妹妹的生活。从他的书信中能看出，在自己田里干农活，并不比在匹兹菲尔德的叔叔那儿种地，或在莫里亚岛上锄土豆更合他的胃口。事头上，他一直讨厌做体力活："看看我的手——手掌上的四个水泡，都是这几天被锄头和斧子磨出来的。今天早晨下着雨，我待在家里什么活也干不了。真是太快活了……"一个双手细皮嫩肉的农夫是不大可能靠种地填饱肚子的。

梅尔维尔的岳父似乎定期会在经济上资助这一家人；他虽然心地善

181

良，但也颇有头脑，也许正是他劝说梅尔维尔另谋一条生路。为了给他找工作，家里动用了不少关系，但都失败了；他只好继续写作。后来大病一场，大法官再次出手相救；1856年，梅尔维尔出海去了君士坦丁堡、巴勒斯坦、希腊和意大利，回程时靠给人上课挣了一点钱。1860年，他开始了最后一次航行。他驾驶着由最小的弟弟汤姆指挥的一艘与中国的贸易快船"流星号"，绕过合恩角，前往旧金山；以他喜欢冒险的性格来看，他很可能借此机会去远东游上一圈，但出于某种未知原因，也许是他受够了自己的弟弟，也许是弟弟忍耐不了他，总之他在旧金山下船回了家。有那么几年的时间里，梅尔维尔一直处在赤贫当中。1861年，大法官离世，留给女儿丰厚的遗产；他们决定离开箭头农场，从富裕的哥哥艾伦那儿买了一套纽约的房子，并把箭头农场交给他作为一部分房款。这栋房子位于东二十六街104号，梅尔维尔之后一直住在这里。

据雷蒙德·韦弗记录，此时的梅尔维尔如果一年靠版权能赚一百美元就很不错了。1866年，他设法找到一份海关检查员的工作，每天有四美元薪水。第二年，长子马尔科姆在自己房间中枪，不知是想自杀还是一场意外。次子斯坦威克斯离家出走，下落不明。梅尔维尔海关小职员的工作一干就是二十年；后来妻子从哥哥萨缪尔那儿继承了一笔遗产，他就退休了。1878年，梅尔维尔的舅舅甘斯沃尔特掏钱给他出版了一部名为《克拉瑞尔》的长诗，足有两万多行。在他去世前不久，还创作或重写了一部叫《比利·巴德》的中篇小说。1891年，梅尔维尔逝世，终年72岁，很快就被世人遗忘了。

II

　　简单来说，这就是传记作者告诉我们的梅尔维尔的生平故事，但显然还有很多是他们并未提及的。他们跳过了马尔科姆的死和斯坦威克斯的离家出走，好像这只是无关紧要的事。然而，长子的意外身亡无疑让他的父母悲痛不已；次子的失踪无疑让他们焦虑不安。年仅十八的儿子饮弹自尽后，梅尔维尔夫人一定和哥哥通过信；只是这些信并没有被发表出来。尽管1867年，梅尔维尔的声望开始衰落，但如此惨剧应该会引起媒体注意，报纸上肯定也有所报道才对。这可是大新闻，美国报纸绝对会毫不迟疑地深挖一番。关于这个男孩的死，有没有什么相关调查？如果他真的是自杀，那么原因是什么呢？为什么斯坦威克斯要离家出走？这个家里的环境到底是怎样的，才让他走到了这一步？为什么他从此下落不明？据我们所知，梅尔维尔夫人是个贤惠温柔的慈母，而离奇的是，我们竟然从未听说她尝试和儿子取得联系。只有她和两个女儿出席了梅尔维尔的葬礼，这是他仅有的还在世的直系亲属；因此我们推测，斯坦威克斯应该是死了。据记载，梅尔维尔在晚年时非常疼爱外孙，但他对自己孩子的感情却很模糊。李维斯·蒙福德是梅尔维尔传记的作者，其观点一向非常客观。他曾真实可信地描绘过梅尔维尔与孩子的冷漠关系。他似乎是个严厉而没有耐心的家长。"其中一个女儿想到父亲时，咬牙切齿，深恶痛绝……家里快连面包都吃不上了，他还能花十美元去买一件艺术品，一幅画或一尊雕塑，这种行为难怪会给孩子留下不好的回忆。""深恶痛绝"听起来有点严重，也许"失望"或"愤怒"更适合表达女儿对父亲不够关心自己的态度。她们对他的恨一定还有什么别的原因。似乎梅尔维尔喜欢开一些她们很不喜欢的玩笑，如果你能领会字里行间的意思，便不可避免地怀疑他曾经酩酊大醉地回到家里。我必须赶紧说明，这只是假设罢了。斯托尔教授在发表于《思想史杂志》的文章里暗示，梅尔维尔"绝对是滴酒不沾的人"。但我并不相信。他是个社交动物，在海上做水手的时候，极有可能和其他船员一起喝酒。我们知道他第一次以船客身份去欧洲时，曾一夜不眠，和一个叫阿德勒的青年学者豪饮威士忌，大谈玄学问题；后来在箭头农场，有城里的朋友前来拜访时，他们前往附近的名胜参观，一路"讨论香槟、金酒、雪茄之声不断"。再后来，梅尔维尔工作的部分职责是检查进港船只，除非当时的美国船长和现在的迥然不同，否则他上船没多久就肯定会被拉到甲板下喝上几杯。如果对生活感到失望的他试图从酒精中找到慰藉，这也是自然不过的事。此处必须补充一句，和海关的其他同事不同，他工作起来确实尽职尽责。

梅尔维尔是个特立独行的人，几乎没有确定的依据可以对他的性格进行评价；但从之前的两本书里很容易看出，他年轻时是个什么样子。就我而言，《奥姆》比《泰比》更好读。它是梅尔维尔在莫里亚岛上生活见闻的直白记叙，整体来看都非常真实；而《泰比》更像是事实和幻想的大杂烩。据查尔斯·罗伯茨·安德森所写，梅尔维尔只在努库希瓦岛生活了一个月，并非他所说的四个月；他的冒险经历和前往泰比人峡谷的旅程远没有他形容的那么吓人，从所谓食人成性的泰比人那儿逃出来，也并非多么危险。他所描述的逃跑经历实则很不可信："整个的逃亡故事离奇非凡，不能令人信服，这显然是为把自己塑造成英雄而匆匆编造的故事，并没有考虑到逻辑性和戏剧性是否达到了平衡。"但这并不是梅尔维尔的错，我们听说他曾经一遍一遍地给人讲故事，而众所周知的是，每讲一次故事，我们都很难抵挡诱惑，总想把它讲得更精彩、更刺激。待他提起笔来，要把那些渲染过无数次的故事，还原成真实却不够激动人心的事实，这显得有悖常理。事实上，《泰比》是梅尔维尔从当时游记小说里读过的故事汇编，加上一些被高度渲染过的自身经历。勤恳的安德森先生发现，他不仅重复了各类游记里出现的错误，甚至某些片段照搬了人家的措辞。我想，这也许可以解释为何读者认为他的作品有些粗糙。但不论《泰比》还是《奥姆》都是语言具有时代特色的佳作。梅尔维尔习惯用书面用词代替日常用语，比如他喜欢称一栋楼为"大厦"；一间茅屋并不在另一间的旁边或附近，而是在"近邻"；他并不像大多数人一样累，而是"疲惫"；从不表现某种感情，而是"显露"情感。

这两本书里描绘的作者形象倒是非常清晰，几乎不需要费力想象，就能看到一个强壮、勇敢、坚毅的年轻人，精力高涨，喜欢玩乐，虽然不愿意工作但又并不懒惰；快活、亲切、友好、无忧无虑。像所有同龄的小伙子一样，他醉心于波利尼西亚女孩的美貌，如果他拒绝了她们的青睐，那才不正常呢。非要说他身上有什么古怪的地方，恐怕是他尤其喜欢那些其他年轻人视而不见的美景，他对碧海、蓝天、青山的描写饱含深情。也许唯一能证明他和其他二十来岁的年轻水手不同的是，他有"热衷思考的天性"，并且自己对此也很清楚。"我喜欢沉思，"他在多年后写道，"出海航行的时候，我晚上经常爬到高处，一个人坐在帆桁，裹紧外套，让思绪自由翱翔。"

我们该如何解释这样一个普普通通的年轻人，竟变成了创作《皮埃尔》的那个暴怒的悲观主义者？是什么让写出平平无奇的《泰比》的人，成为充满了黑暗幻想，富有力量、灵感和表现力的《白鲸》的作者？有些人认为，也许这是他的一阵精神错乱。而他的狂热崇拜者坚决否决，似乎这是什么不光彩的事；但此病其实并不比生了黄疸丢脸到哪儿去。我在本文中无须讨论《皮埃尔》一书。这是一部荒谬至极的作品，尽管不乏意味深长的语句：梅尔维尔在痛苦和心碎中写了这本书，他的激情不时地贡献出几段有力而生动的描写；但故事情节非常荒诞，动机不能令人信服，人物对话也很不自然。《皮埃尔》给人一种印象，即这是一个神经高度衰弱的人写成的作品。但这并不是精神错乱。至少据我所知，还没有什么证据能证明梅尔维尔一度精神失常。有些论点曾暗示，他从兰辛堡搬到纽约时，曾受大量阅读的影响，整个儿像变了个人；而说他为托马斯·布朗爵士[1]发狂，就像说堂·吉诃德为浪漫的骑士精神发狂一样，太过天真，毫不可信。总之，不知怎的，这位平庸的作家竟变得有了几分才华。在那个对性高度敏感的时代，想要解释如此奇怪的问题，自然要从性的方面找找原因。

《泰比》和《奥姆》是梅尔维尔和伊丽莎白结婚前的作品。两人结合的第一年里，他完成了《玛迪》。本书的开头是海上历险故事的直接延续，而到了后面就开始异想天开了。我认为本书过于冗长乏味。对该书主题的评价，雷蒙德·韦弗比我更为透彻："《玛迪》试图完全沉浸于梅尔维尔在求爱期感受到的，那种神圣又神秘的喜悦；他曾在对母亲痛苦的深爱中体会到这种情感，也曾因此在对伊丽莎白·肖的爱情中不知所措……《玛迪》是对已经逝去的爱之魔力的朝圣……它所追随的是一个来自快乐之岛奥罗利亚的少女，伊勒。一场穿越文明世界的航行为她而来；他们（书中人物）一有机会就大谈国际政治和其他话题，伊勒却依然不见形迹。"

1.英国哲学家、联想主义心理学家、医师，代表作《人的心灵哲学演讲集》。

如果有人想就此推测下去，也许会把这个奇怪的故事当作梅尔维尔婚姻不顺的第一个迹象。我们必须从梅尔维尔夫人——伊丽莎白·肖寥寥尚存的书信里推断其为人。她不太会写信，且信中表现出的远远不是完整的她，但至少能看出她深爱自己的丈夫，是个通情达理、心地善良、踏实持家的女人，即使有些心胸狭隘，思想老套。她从不抱怨日子过得太穷。她显然看不懂丈夫的转变，也许对他抛下《泰比》和《奥姆》所带来的声名而遗憾不已，但她对他的信任和崇拜却未曾变过。她不是那种冰雪聪明的女人，但是个善良、包容、温柔的妻子。

　　梅尔维尔爱过她吗？他在恋爱期的通信没有保存下来，也许那股"神圣又神秘的喜悦"不过是人们的多情猜想罢了。他娶了她，但男人并不只是为了爱才会娶一个女人。可能是他过够了漂泊的生活，想要安定——这个古怪的男人让人摸不着头脑的行为之一，即他口口声声说自己"天生喜欢漂泊"，却在很早之前的利物浦之行和在南海度过的三年后，便冷却了对探险的渴望。后来的旅行都是以游览为目的。也许梅尔维尔之所以结婚，是因为家人朋友觉得他到了该结婚的年纪，又或者是想以婚姻来抵抗忧郁的倾向。谁知道呢？李维斯·蒙福德说："他在伊丽莎白身边时从来都不开心，但不在她身边时也开心不起来。"蒙福德还暗示，他对她不仅有感情，并且"一段时间不见，心里的感情越发热烈"，但见面后很快便腻味了。他并不是第一个妻子不在身边时反而更爱她的丈夫，他对性爱的憧憬比性爱本身更刺激。我想，梅尔维尔很可能受不了婚姻的束缚；也许妻子给不了他想要的东西，但他还是勉强维持着，和她生了四个孩子。据我所知，他对妻子一直很忠诚。

　　读过梅尔维尔的人一定不难发现他对男性之美的欣赏。他从巴勒斯坦和意大利回来后，曾在一次关于雕塑的演讲中专门提到一尊名为"贝尔维德尔的阿波罗"的希腊－罗马式雕像。这尊雕像的最大亮点，是塑造了一个非常英俊的年轻男人形象。我前面提过梅尔维尔对托比（和他一起逃出"阿库什奈特号"的男孩）的印象了；在《泰比》中，他详细描写了那些相识的年轻人的肉体之美。他们在书中的形象，比那些和梅尔维尔暧昧过的女孩还要生动。在此之前，十七岁的他曾坐船去往利物浦，和一个名叫哈利·伯顿的男孩成为朋友。他在《雷德伯恩》中这样形容他："他是一个身材矮小，但体形匀称的男孩；生着一头鬈发，流畅的肌肉线条就像是从蚕茧里生出来的。他的脸上蒙着一层暗色，像小女孩一样阴柔；双脚小巧，双手白皙；眼睛大而乌黑，很有女人味儿；他的嗓音别有诗意，光是听声音都像是竖琴发出来的。"曾经有人怀疑这两个男孩是否真的跑去伦敦短途旅行，甚至有人质疑哈利·伯顿此人的存在；但如果梅尔维尔编造出这样一个人来，只为增添一章有趣的内容，那像他这样的男子汉为何会编造一个明显是同性恋的人物，就太令人琢磨不透了。

在"美国号"护卫舰上，梅尔维尔最好的兄弟是英国水手，杰克·蔡斯。"他高大健壮，睁大的眼睛非常清澈，两道浓密的眉毛，一脸棕色的大胡子。""这个人非常聪明，有着招人喜欢的气质。"他在《白外套》里这样写道，"凡是不喜欢他的人，就相当于承认自己是个无赖。"还有，"不管这蓝色的巨浪将把你带去哪里，亲爱的杰克，请带走我最真诚的爱，愿上帝保佑你，无论你在哪里。"至此，一种在梅尔维尔身上罕见的温柔已经呼之欲出。这个水手对他的影响如此之深，以至于他专为他写了一本小说《比利·巴德》。此书完成于五十年后，即他去世前的三个月。整篇故事的重点在于主人公惊人的英俊外表。船上的人因此而喜欢他，但也间接造成其最后的悲惨结局。

似乎已经很明显了：梅尔维尔是个受到压抑的同性恋，这种人在当时的美国比现在更为普遍。作者的性倾向并不关读者什么事，除非已经影响到了他的作品，好比安德烈·纪德和马赛尔·普鲁斯特；但如果真的到了这种程度，并且事实就摆在眼前，那过去很多隐晦甚至不可思议的事就变得寻常不过了。如果我对梅尔维尔的取向解释过多，那是因为这也许是他婚姻失利的原因所在；又或许在性方面的失意引起了他的转变，让很多对他感兴趣的人觉得莫名其妙。他的羞耻之心极有可能占了上风；但谁又能说是怎样的本能——也许从未得到过承认，或即使得到过，却被生硬地压制下去，只能在幻想里实现满足——让他的性格发生翻天覆地的变化？

Ⅲ

梅尔维尔阅读随意，但涉猎广泛。他似乎对十七世纪的诗歌、散文作家格外着迷，人们推测也许他从这些人身上，找到了某些和自己的古怪性情相符合的东西。他们对梅尔维尔的影响究竟有害或有利，只是见仁见智的问题。他小时候没怎么受过教育，一般这种情况下，成年后也难以吸收接触到的文化。文化并不像一套现成的衣服，穿在身上就好；它是一种培育人格的养分，好比人在长身体时吃的食物一样；文化不是点缀辞藻的修饰，更不是拿来炫耀的资本，它是一种得来不易的、丰富灵魂的方式。

梅尔维尔当时正在进行一种危险实验。他为创作《白鲸》，使用了一种以十七世纪作家为参照的写作风格。一切顺利的话，这种风格会令人印象深刻，充满诗意的力量；但说到底还是一种对风格的模仿。这样说并非在贬低它。仿作也会有伟大的美感。公元前一世纪的雕塑《米罗的维纳斯》正是如此；同样还有后来的罗马雕像《挑刺的少年》。它们一开始都被认为出自公元五世纪中期雕塑家之手。伟大的西耶那画家杜乔，其风格是以十二世纪初期拜占庭绘画为参照，而非两个世纪后与他同时代的拜占庭绘画风格。然而，当一个作家试图模仿时，他便很难在实践中达到连贯。约翰逊博士的老校友爱德华先生认为，正如心情太过愉悦，则不好推究哲学；创作仿古作品，也经常会受现代用语的打扰。"想完成一部宏伟巨著，"梅尔维尔写道，"就必须选择一个宏大的主题。"显然，他认为还要给配上一个宏大的风格。罗伯特·路易斯·斯蒂文森曾宣称，梅尔维尔没有耳朵；我并不懂他是什么意思。梅尔维尔的文字很有旋律感，善于掌握句子的平衡，不管语句多长都能节奏恰当。他喜欢夸张华丽的辞藻，用到的庄重词汇也时常带有一种壮丽的美感。但有时，这种倾向容易让他走上"赘述"的歧途，当他说到"浓荫遮日"时，其实指的只是"阴影"；可你无法否认，前者的声韵的确更丰富。有时，我们忽然卡在诸如"仓促的匆忙"一类反复用词中，但却敬畏地发现，原来弥尔顿也曾这样写过："他们兴致颇高，急忙仓促赶去了。"偶尔，梅尔维尔会以一种意想不到的方式使用一个普通的词语，并往往能获得令人欣喜的新奇效果。即使你认为他的一些用法已经让人忍无可忍，也不该冒昧用"仓促的匆忙"来指责他，他就是有权这样来写。如果他形容"redundant hair"（多余的毛发），你也许联想到的是少女嘴唇上的绒毛，而不是年轻男士的头顶；但假如你查阅字典，就会发现"redundant"的第二个意思是"茂密"，弥尔顿就写过"redundant locks"（茂密的头发）。

梅尔维尔在《白鲸》中使用的写法，难度在于通篇都要保证一定的修辞水平。内容要符合风格。作者不得感情用事或刻意幽默。但梅尔维尔却经常两种都占，让人尴尬。

他的品味时好时坏，试图追求诗意，往往只沦作荒唐："亚哈船长像一尊铁制的雕像，照常站在船尾的缆索旁，并未受到牧神的感召。他一个鼻孔嗅着巴士群岛的甜蜜麝香（想必一定有一对对的恋人行走在岛上的甜蜜气息中），另一个深深呼吸带着盐味的海风……"两个鼻孔分别能同时嗅到两种气味，堪称特异功能了吧；但实际上这是根本不可能的。我并不赞同梅尔维尔偏好使用古体词和只在诗歌中可见的词语：以o'er代替over；nigh代替near；ere代替before；还有anon和eftsoons等。它们使原本朴素雄浑的语言变得陈旧媚俗。梅尔维尔词汇量极大，有时连他自己都控制不住。每次写下一个名词，总忍不住要在前面添上形容词"mystic"（神秘的），似乎这能表现出一切他在当时想表达的含义：古怪，玄妙，令人敬畏或恐惧。我在上文曾提到斯托尔教授的一篇文章，它和教授的其他作品一样具有杰出甚至惊人的判断力。这篇文章不无道理地指责梅尔维尔的风格为"伪诗歌"。斯托尔教授还谈到梅尔维尔一个让所有读者厌烦的特点，即他特别喜欢使用由分词构成的副词。也许正是因此，斯蒂文森才说他没有耳朵，因为这种构词的发音实在不算好听。我注意到的最难听的词是"whistlingly"，斯托尔教授还举了其他例子，比如burstingly和suckingly，相似的例子他大概还能找出一百多个。纽顿·阿尔温在创作《美国作家系列》时花了不少功夫，他提到了梅尔维尔的造词footmanism、omnitooled、uncatastrophied、domineerings等；阿尔温似乎认为这些词让文章的风格更突出了，但我以为这个观点有失偏颇。它们的确使文体更特别，但并未多添几分美感。如果梅尔维尔受过的教育再多些，品味不再这么飘忽不定，就不必靠刻意造词来达到写作的目的。

梅尔维尔书中的对话和日常对话截然不同，极有个性。因为"裴廓德号"上的主要人物是贵格会教徒，所以梅尔维尔自然会用第二人称单数叙事，但我想，另外的原因也许是他发现这样叙事更合心意。也许能使对话多些宗教的神圣意味，也许能给用词平添一份诗意。他并不擅长让不同的角色说不同的话：所有人都是一样谈吐，亚哈船长和他的伙计一样，伙计们又和木匠、铁匠一样，统统大量使用修辞和各种明喻、暗喻。魁克尔觉得自己就要死了，躺在亲手做的棺材里，而丧失了理智的黑人小男孩皮普却"钻到他身边，轻声呜咽着，一手握着魁克尔的手，一手摇着小鼓"；他对这个夏威夷土著说："可怜的流浪汉呀！你是不是厌倦了流浪的疲惫？你要去哪里呀？如果海浪把你送去了一个叫安第列斯的美丽岛屿，你能不能帮我个忙？帮我找一个叫皮普的人，他失踪很久了，他一定非常苦闷！他把小鼓给丢了，让我找到了。魁克尔，你走吧；我会给你摇一首死亡之曲。"斯达巴克大副"从舷窗向下看到了这一幕"，他喃喃道："听说人们在得了重伤寒后，往往毫无意识地以古人口吻说话；这种神秘的现象是因为，他们小时候，听到某些崇高的学者这样说过。所以，我可怜的皮普啊，他这阵可爱又古怪的发疯，准是给我们带来了天堂的消息。除了天堂，他还能在哪听过这样的话呢？"

显然，小说中的对话应该别具风格。原样复制生活会令人无法容忍。但这是一个度的问题。对话一定要足够逼真，不至于吓到读者。亚哈给二副斯塔布提起白鲸时，大叫道："我要绕着这无尽的地球整整十圈；上天入地，也要将它宰杀！"对这样夸夸其谈的狂妄言辞，我们只能一笑了之了。

然而除了这些有所保留的部分之外，梅尔维尔的语言还是非常出色的。我已经提过，他所运用的写作风格有时会导致修辞过剩，但一旦发挥好了，就显得格外雄浑有力、气势如虹，我自认没有哪个现代作家可以与之媲美。它不时让人想起托马斯·布朗爵士的精美用词，和弥尔顿那个文学兴盛的时代。请读者注意一下，梅尔维尔是如何巧妙地将水手日常工作时的航海用语，融合到书里的精美语言之中，就像是为《白鲸》这本伟大奇书——一支忧郁的海上交响曲——增添了一丝现实意味和海水的鲜咸气息。我们在评论每个作家时，都应该以其最出色的作品为标准。梅尔维尔的水平有多高，不妨一读《海峡奇情》一章。他对行动的描写无与伦比，充满力量；其正式的写作风格也极大地加强了震撼效果。

IV

凡是读过上文的读者，都不会希望我把《白鲸》——正是因为它，梅尔维尔才得以跻身伟大小说家之列——当作寓言故事。有这种想法的读者还是去别处找依据吧。我只能以一个略有几分经验的小说家的身份，从自己的角度来评价。小说的目的即带来审美趣味。它并没有什么实际的作用。小说家的任务不在于发展哲学理论，这是哲学家要做的事，并且也能做得更好。但鉴于一些富有才学的人把《白鲸》当作寓言，那么我最好还是谈谈这一点吧。他们把梅尔维尔的话当成了反讽："他唯恐自己的作品被视为恐怖的神话，甚至更为可憎的，阴险而不堪的寓言。"可是,把一位老练作家的一番话曲解为其本意之外的含义,难道不显得轻率吗?他的确在给霍桑夫人的一封信里写过,"我有一种模糊的感觉,觉得这本书受到了寓言故事的结构影响";但这并不足以证明,他真的打算写一则寓言。也许存在这样一种可能,即如果该解释成立的话,也只是事发偶然;从他给霍桑夫人的信里看出,他自己也全然没想到。我不知道评论家如何写小说,但小说家写小说的方式,我倒是略知一二。他们从不找定某个一般命题——诸如"诚实是最佳美德",或"不是只有金子才会发光"——然后说:"让我们就此来写个寓言故事吧!"故事里的一群人(其原型通常来源于他们相识的人)激发了小说家的想象;也许与此同时,也许经过了一段时间、一件或一系列事件,或道听途说,或凭空创造,在灵感一现中与已经构思过的主题相辅相成,和一连串的人物情节互相结合。梅尔维尔并不是个幻想家,甚至每次试图幻想时,总是以失败告终——《玛迪》就是个例子。丰富的想象需要以坚实的事实为基础。的确,一些评论家批判他缺乏创新,但我认为这毫无道理。诚然,不管是源于自己或是听自他人,有一定的经验根据能使故事更加可信;大多数小说家都是这样做的;当梅尔维尔拥有相关的经验时,他就能更自由、更有力地发挥想象。但当他没有这样的经验,就像在写《皮埃尔》时,便只能满嘴胡言。梅尔维尔"热衷思考"的天性不假,随着年岁增长,越来越沉迷于研究玄学。雷蒙德·韦弗将玄学称为"溶解于思考中的痛苦"。他的见解有些狭隘了,这毕竟关乎人的灵魂所能遇到的最大问题,总该适当地给予关注。梅尔维尔思考问题的方法理性不足,感性有余;他对行为的思考只来自于对行为的感受,但这并不妨碍他的许多想法值得被后人铭记。我想,如果真的有意写一则寓言，就要求作者具有思想上的超然态度，而梅尔维尔并不具备这点。

斯托尔教授已经证实，对《白鲸》的象征化解读有多么可笑和矛盾，而这种解读早已灌输到了并无恶意的大众的脑袋里。斯托尔言之凿凿，我不需多加赘言。但我想替评论家们说句话：小说家并不会复制生活，他只为实现写作目的来编排生活。他根据自己的独特个性，把交付给他的情节进行处理，描绘出一幅幅连贯的图案。但不同态度、兴趣和个性的读者，看到的图案都不尽相同。根据你的倾向和偏好，那白雪覆盖、直指苍天、宏伟壮丽的阿尔卑斯山，也许是人类渴望与上帝融合的象征；若你相信山脉的形成是地球深处剧烈碰撞而造成的，也许会把它视为人类最黑暗邪恶的欲望，埋伏在暗处，想要伺机毁灭他人；又或者，当你想要追赶思想的潮流时，可能会把它当作某种阴茎崇拜的符号。纽顿·阿尔温认为亚哈的象牙腿是"一物双关，既代表了他的不举，又象征恶意针对他的男性独立原则"，而白鲸是"父母的原型；既是父亲，也是母亲，只要她成为父亲角色的替代者"。埃勒里·塞奇威克宣称，正是由于象征主义，此书才堪称伟大，亚哈"通晓人情、善于思考、目的明确、虔诚信教，在造物主的神秘莫测前，依然坚持自我。他的敌人，莫比·迪克，是如此的神秘莫测。他并不是造物主，但他的公正却和宇宙中的法则或混沌并无二致，以赛亚虔诚地认为这公正是造物主的杰作。"李维斯·蒙福德把莫比·迪克作为邪恶的象征，亚哈与他的冲突正是善恶之争，而善最终被击败了。这样想颇有一定道理，也恰好符合了梅尔维尔喜怒无常的消极情绪。

寓言是不好驯服的一类野蛮动物；你可以抓着头，也可以抓着尾，而在我看来，似乎互相矛盾的解释也同样都有道理。为什么把莫比·迪克当成邪恶的象征呢？梅尔维尔的确通过叙述者伊什梅尔之口，讲述了亚哈为了向一头令他残疾了的蠢兽复仇，对它展开了疯狂的捕杀；但这只是他不得不采用的文学技巧。首先，已经有斯达巴克这样的人物来代表常理了；其次，在面对亚哈的固执决绝时，他需要某个人一起分担，甚至说与他感同身受，否则读者将很难相信这一事实。蒙福德教授所说的"虚无的恶意"就是莫比·迪克在遭遇攻击时的自我防卫。

Cet animal est très méchant,

Quand on l'attaque，il se défend.

（这畜生实在可恶，我们进攻他，他就自我防护。）

　　白鲸所代表的为何是恶而不是善？他美丽超群、体形庞大、力量惊人，能在海里自由畅游。而亚哈疯狂而倨傲，残忍无情，一心只为复仇；他才是恶。等到最后的相遇来临，亚哈和他那一船"乱七八糟的叛徒，遇难得救的流浪汉和自相残杀者"彻底毁灭了，实现了正义的白鲸内心没有一丝波澜，神秘地消失在海水里，善终于战胜了恶。这种解释在我看来和其他的一样合理；别忘了，《泰比》便是对没有被现代文明腐蚀的野蛮人的赞颂，梅尔维尔以自然的生物为善。

　　所幸阅读《白鲸》的过程颇有趣味，你不必思考它是否具有寓言或象征意义。我已经重复说过多次：阅读小说不是为了启发心智，只图一乐罢了，要是没有乐趣还不如干脆不读。我们必须承认的是，梅尔维尔为了折磨读者，简直无所不用其极。他创造了一个诡异、新鲜而惊悚的故事，但情节又非常直白。它充满幻想的开头让人称赞，你的兴趣因此被吸引。书中角色一一登场，形象清晰鲜明，非常真实。随后情节开始紧张，节奏逐渐加快，你也越来越兴奋了。故事的高潮很有戏剧性。不知为何梅尔维尔有意牺牲读者的兴趣，总不时穿插介绍一些有关鲸鱼体型、骨骼和情感的章节。这实在莫名其妙，简直像某个在饭桌上讲故事的人，偶尔停下介绍其措辞的词源意义一样。蒙哥马利·贝尔金曾为某版《白鲸》写过引言，他认为，这是一个关于追捕的故事，而追捕的结局必须一拖再拖，梅尔维尔写这些章节的目的正在于此。我并不认同这个观点。假如他当真以此为目的，那么在太平洋航行的三年里，他肯定见识过很多事，或者听了一些传说，这些大可以写进故事，效果也许更佳。我想，梅尔维尔写这几章原因很简单，他就像其他自学成才的人一样，对自己好不容易才学到的知识洋洋自得，忍不住要炫耀一番，好比在他的早期作品里，"把伯顿、莎士比亚、拜伦、弥尔顿、柯勒律治和切斯菲尔德，还有普罗米修斯和辛德瑞拉、穆罕默德和克利奥帕特拉、圣母玛利亚和天国美女、美第奇和穆斯林等等，随随便便使用在自己的文章里"。

在我看来，这些章节的大部分还是可以愉快地读下来，但也无法否认它们确实偏离了主题，影响了故事的张力。梅尔维尔缺乏法国人所谓的l'esprit de suite（流畅灵感），说他的小说结构严谨，恐怕是愚蠢的观点。但他自成一派的写法源于其心中所想。随便你接受与否。他清楚得很，《白鲸》不是讨人喜欢的故事。他是个偏脾气，也许世人的无视、评论家的抨击和身边的种种不理解反而让他更加笃定地写自己所想。你必须要为他的精彩故事、频频出彩的语言、生动而刺激的情节描写、对美的微妙捕捉和神秘冥想中的悲剧力量，而忍受他的异想天开、他的糟糕品位、他的尴尬玩笑、他的句法错误；也许他就是这样糊涂，缺乏突出的逻辑天赋，但也正因如此才能在情感上让人印象深刻。亚哈船长邪恶而庞大的形象贯穿始终，并赋予本书独一无二的力量。你读到的有关这个人物的一切，都令你充满强烈的宿命感，而要想找到与之类似的感觉，只能去阅读希腊戏剧；要想感受如此惊人的力量，唯有一读莎士比亚。正是因为赫尔曼·梅尔维尔塑造了他这样的角色，《白鲸》才能在人们有所保留的情况下，依然称得上一本伟大巨著。

我曾反复重申，想真正了解一本伟大的小说，必须先认识它的作者。但至于梅尔维尔，则刚好相反。当我们一读再读《白鲸》时，似乎才能更可信、更确定地了解作者其人，这比研究他的生平经历和环境更有用。他的天赋才华被内心邪恶所摧毁，就像盛开后立即凋零的龙舌兰。一个忧郁而苦闷的人，因自己避而远之的天性饱受折磨；一个深知美德已不复存在的人，在挫折和贫穷中苦苦挣扎；一个渴望友谊的人，却惊觉友谊不过虚无一场。这就是我眼中的赫尔曼·梅尔维尔，一个让人同情的人。

Chapter 09 ｜ 艾米莉·勃朗特与《呼啸山庄》

I

1776年，唐恩郡的农家小伙休·普朗蒂娶了埃莉诺·麦克格罗瑞；第二年的圣派特里克节，他们十个孩子中的老大出生，便以这位爱尔兰守护神之名命名。普朗蒂似乎是个文盲，既不识字也不会写字，连自己的名字都拼不对，在洗礼登记的时候把"普朗蒂"写成了"普朗提"。他耕种的那一亩三分田养不起一大家子人，只能去石灰窑干活儿，得闲时在附近大户人家的宅子里帮佣。不难想象，他的儿子派特里克也该在地里干农活，等再大些就去外面工作挣钱。后来，派特里克成了纺织工人。但他头脑灵活，又有野心；不知怎的，在十六岁那年就有足够的本事去老家附近一所乡村学校当老师了。两年后，他换到德拉姆巴里罗内的教区学校任教，一待就是八年。关于这段时间发生的事，有这么两种说法：一说他的能力让卫理公会的牧师印象深刻，他们希望他能自修神职，便捐助了几英镑，他拿着这些钱连同自己的积蓄，考上了剑桥；还有人说他从教区学校离职，去一个牧师家当了家庭教师，在牧师的帮助下进入圣约翰学院学习。他上大学那年已经二十五岁了，身材又高又壮，英俊潇洒，对自己的出众外表很是得意。靠着奖学金、两份助学金和辅导学生挣的钱读完了大学，二十九岁时拿到学士学位，随后加入英国国教。假如一开始真是卫理公会的牧师资助他上的剑桥，那他们一定觉得自己的钱打了水漂。

派特里克·勃兰缇（他的名字在登记册上是这么写的）在剑桥读书时，把姓改成了"勃朗缇"，后来加上重音符，变成"勃朗特"。他被指派到埃塞克斯的威兹菲尔德做副牧师，在那里爱上了玛丽·伯德小姐。玛丽芳龄十八，家境不算富裕，但衣食无忧。他们订了婚。后来因为一些不得而知的原因，勃朗特先生抛弃了这个未婚妻，大家都猜这是因为他自视甚高，觉得自己还能找到更好的女人。玛丽·伯德被伤透了心。而这位年轻英俊的副牧师的行为，可能在教区引起不少非议，所以他离开威兹菲尔德，去施洛普郡的惠灵顿当牧师了，没过几个月又去了约克郡的哈特谢德。他在哈特谢德认识了一个三十岁相貌平平的小个子女人，玛丽亚·布兰威尔。她每年有五十英镑收入，出身于受人尊敬的中产阶级家庭；派特里克·勃朗特已经三十五岁了，尽管长得一表人才，说话时还带着招人喜欢的爱尔兰口音，但他理想中的妻子也不过如此了。他向她求婚成功，1812年两人完婚。还在哈特谢德时，勃朗特夫人生了两个孩子，名叫玛丽亚和伊丽莎白。后来勃朗特先生调去布拉德福德附近做副牧师，他们在那又生了四个孩子：夏洛特、派特里克·布兰威尔、艾米莉和安妮。与玛丽结婚的前一年，勃朗特先生自费出了一册诗集，名为《村舍诗集》，一年后又出了一本《乡村诗人》。搬去布拉德福德附近后，他写了一本小说，叫《林中小屋》。读过他作品的人都说，这几本书简直一无是处。1820年，勃朗特先生成了约克郡霍沃斯村的"终身副牧师"，他在那儿一直住到去世，想必其心愿也终于实现了。他从未回爱尔兰探望留在那儿的父母和兄弟姐妹，但母亲在世时，他每年都往家寄二十英镑。

1821年，两人结婚已过去九年，玛丽亚·勃朗特因癌症去世。失去妻子的勃朗特说服小姨子伊丽莎白·布兰威尔从彭赞斯前来，帮忙照看六个孩子。他想再婚，于是等过了一阵子，时机合适了，就给十四年前辜负的那个女孩的母亲伯德夫人写信，询问她女儿是否一个人生活。几周后，他收到回复，又直接给玛丽写了封信。这封信写得傲慢自大、虚情假意、令人作呕。他竟厚着脸皮说自己旧情复燃，迫不及待想再见到她。他写信其实是为了求婚。玛丽的回信言辞激烈，但他视而不见，又态度生硬地回复道："随你怎么想，怎么写，但我*丝毫不会怀疑*，如果你现在嫁给我，肯定能过上比*现在*，或比*将来一个人*更幸福的生活。"（他在信中原文用了斜体）向玛丽·伯德求婚失败后，他又动了别的脑筋。似乎毫无意识，一个四十五岁、带着六个孩子的鳏夫已经没什么吸引力了。他向在布拉德福德附近做副牧师时认识的伊丽莎白·弗斯小姐求婚，再次遭到回绝；从此以后，他似乎终于放弃了这个怎么也实现不了的想法。这段时间里，多亏有伊丽莎白·布兰威尔帮着他打点家事，照顾孩子。

霍沃斯村的牧师住所由褐砂石建成，位于陡峭的山坡上，而村落则四散在山脚。房前有个长条形的小花园，房后两边各是墓地。研究勃朗特一家的传记作者认为这种居住环境相当阴郁。如果住在这儿的是医生，也许会这么想，但对于一名神职人员来说，反倒觉得此地有些教化和抚慰人心的作用。总之，牧师一大家子在这生活久了，对周围环境已经见怪不怪，好比卡普里岛的渔夫见到维苏威火山，或者伊斯基亚人看见日落。房子的一楼是会客厅、勃朗特先生的书房、厨房和储藏室；楼上有四间卧房和一个大厅。书房和客厅以外的房间没铺地毯，窗户上没挂窗帘，因为勃朗特

201

先生非常怕火。地板和楼梯都是石头做的，一到冬天就又冷又潮，布兰威尔小姐害怕感冒，就穿着木鞋在屋子里跑来跑去。一条逼仄的小路从房子通往旁边的沼泽。出于想把勃朗特一家写得贫困可怜之本能，传记作家习惯性地把霍沃斯写成一个萧索严寒的沉闷之地。但事实上即使在冬天，这里也能看到蓝天草地，沼泽和树林朦胧的色彩就像粉蜡画出来的那样。我去霍沃斯那天就是这样的天气。村庄笼罩在银灰色的薄雾里，远处边际模糊，分外神秘。掉光了叶子的树林别有一种雅致，仿佛日本水印画中的冬季胜景。道路两旁，山楂树篱上的白霜闪着莹白的亮光。然而，艾米莉的诗和她的《呼啸山庄》只告诉了我们草地上的春天有多么美不胜收，夏天的村庄有多么浓艳鲜活。

勃朗特先生经常在沼泽散步，一走就是很远。他老了之后还吹嘘自己曾经一天就能走四十英里。他不愿与人来往——这多多少少都是个转变，因为过去身为副牧师，他善于交际，喜欢参加聚会，和别人说说笑笑；现在除了邻村牧师偶尔下山做客，来家里喝喝茶外，交往的人就只剩教会委员和教区的居民了。如果这些人想见他，他欣然前往；如果他们请求帮助，他乐于帮忙；但他和家人"几乎不同外人往来"。他是爱尔兰一户贫穷农家的儿子，不愿让自己的孩子和村里小孩玩耍，于是孩子们只能待在家里冷冰冰的小客厅，这就是他们的书房，读书和说话都要轻声，以免打扰到心情烦躁时总是一言不发的父亲。他早上给他们上课，布兰威尔小姐则教他们针线和家务。

即使在妻子去世前，勃朗特先生都会把饭带进书房一个人吃，这个习惯持续了一辈子。他之所以这样，是因为自己消化不好。艾米莉在日记里写道："我们晚饭吃萝卜土豆炖牛肉，还有苹果布丁。"1846年，夏洛特·勃朗特在曼彻斯特时写信说："爸爸除了牛肉、羊肉、茶还有黄油面包外什么都不吃。"这种饮食对一个有慢性消化不良的人来说可不是很好。而我更倾向于认为勃朗特先生一个人吃饭的原因，在于不喜欢陪着孩子，他受到打扰时很容易动怒。他晚上八点做完家庭祷告，九点闩上家里的大门。经过一楼的客厅时，跟待在那里的孩子叮嘱一句不要太晚睡觉；爬到楼梯的一半，给钟表上好发条。

盖斯凯尔夫人认识勃朗特先生有些年头了，她说他为人自私、性格暴躁、蛮横跋扈；玛丽·泰勒是夏洛特最亲近的朋友之一，在给另一个朋友艾伦·纳西的信中写道："一想到夏洛特给那个自私的老头子做了那么多事，我就又心疼又生气。"近来有文章试图为勃朗特先生正名。但这些文章也掩饰不了他给玛丽·伯德的信中恶劣的态度。克莱蒙特·绍特在《勃朗特一家和他们的生活》中完整刊登了这些信件。同样无法被掩饰的是，他的助理牧师尼古拉斯先生向夏洛特求婚时，他的所作所为。我随后会再细讲。盖斯凯尔夫人写过："勃朗特夫人的女仆告诉我说，有天孩子们都去草地上了，忽然下起雨来，她担心他们会淋湿，所以找出几双朋友送的彩色靴子，在厨房火炉边上烘热。但是等孩子们回来后，靴子却找不见了，只闻到一股刺鼻的皮革烧焦了的味儿。原来是勃朗特先生进屋看见了，觉得这些靴子太好看、太奢侈，所以把它们都扔进了火炉。任何事情只要干扰到他那老一套的简朴作风，他统统不能忍受。很久以前，有人送给勃朗特夫人一件绸子长袍，不管是剪裁、颜色还是材质都不符合他一贯坚持的得体要求，所以勃朗特夫人一次也没穿过。但尽管如此，她还是当个宝贝一样放在抽屉里。一般情况下这个抽屉都上着锁，但有一天她在厨房，忽然想起钥匙还留在锁孔。这时她听见勃朗特先生在楼上，一种不好的预感涌上心头，等她急匆匆跑上楼，却发现袍子已经被剪成了破布。"这个故事的真实性还有待商榷，但我们也想不出女仆有什么理由会编造这样的故事。"一次别人给了他一块地毯，他把它塞进火炉，点上火，熏得整个屋子都是呛人的浓烟。可他一直待在那里，直到地毯烧光，再也用不了了。还有一次他把家里的椅子锯掉了靠背，椅子都变成了凳子。"为公平起见，我必须说明勃朗特先生曾宣称这些故事都是假的。但毫无疑问，他是个性情暴躁、严厉专横的人。我自问：是否勃朗特先生这些惹人生厌的特点都来源于他对生活的不满呢？很多出身卑微的人都想超越原本的阶级，接受教育，但过分高估自己的能力，他正是其中一个。我们知道他为自己英俊的外形而骄傲。他出过的几本书都没成功。也许长久以来与命运苦涩抗争的唯一奖励，只是在约克郡的荒郊野地里做一名终身副牧师，这样的现实让他痛苦抓狂也并不奇怪。

在牧师住所艰苦、孤独的日子被传记作家描写得有些夸大其词了。事实上，天赋异禀的勃朗特姐妹似乎对此还挺满意；只要她们不去想父亲的出身，就会觉得自己的生活没什么好抱怨的。她们的日子比起英格兰成千上万离群索居、生活拮据的牧师的女儿来说，不好也不坏。勃朗特一家也有邻居，比如住得不远的牧师、贵族人家、农场主和手工匠等，他们可以与这些人来往；就算他们真的离群索居，那也是自己的选择。他们不算富裕，也算不上贫穷。勃朗特先生的圣俸包括一座房子，和每年二百英镑的收入。他的妻子一年还有五十英镑，她去世后这笔钱可能由他续领；伊丽莎白·布兰威尔来霍沃斯的时候，也带来了每年五十英镑的收入。这家人每年的可支配收入至少有三百英镑，相当于现在至少一千二百英磅。就是放到今天，算上所得税，很多牧师还会视之为一笔不小的数目。而如今很多牧师的妻子也巴不得能有个女仆：勃朗特一家可是有两个，但家里事情太多的时候，还从村里请别的女孩来帮忙。

　　1824年，勃朗特先生把年纪最大的四个女儿送去科恩桥读书。这所学校刚建不久，专门负责给穷牧师家的女儿上课。校舍破破烂烂，吃得很糟，学校的管理更是不善。两个姐姐不幸相继去世，夏洛特和艾米莉的健康也受到影响。然而她们莫名其妙地又待了一个学期后，才从学校搬走。之后由姨妈负责给她们上课。比起三个女儿，勃朗特先生更重视自己的儿子，布兰威尔也的确是孩子里最聪明的那个。勃朗特先生没让他去上学，自己在家教他读书。这个男孩比同龄人聪明，言行很有礼貌。他的朋友F. H. 格朗迪这样形容他："个子特别矮——这是他这辈子最苦恼的事。浓密的红头发从额头高高地向上梳起来——我猜是为了能看上去高点儿——他那个凹凸不平、充满智慧的大脑门儿几乎占了脸的一半；雪貂似的小眼睛深陷下去，藏在他那副不肯摘下的眼镜后面；鼻子很大，但再往下看就都长得过分小气了。他总是一副颓废的样子，除了偶尔朝某个地方瞥一眼，剩下时间都面无表情。他个子瘦小，第一眼看去并不招人喜欢。"布兰威尔很有才华，姐姐们也都喜欢他，希望他将来能成大器。他说起话来妙语连珠，语速很快，想必这种擅长社交、能言善辩的天赋是遗传了某位远在爱尔兰的祖先，因为他的父亲反而是个沉默寡言的人。当有客人在黑牛旅馆过夜，似乎无事可做时，老板就会问他："您想找个人陪着一块喝酒吗，先生？如果想的话，我就把派特里克叫来。"布兰威尔很中意这门差事。可值得一提的是，等几年后夏洛特·勃朗特成名了，有人问黑牛旅馆的老板有没有这回事，他竟矢口否认。"布兰威尔，"他说道，"根本不用我去叫他。"如今在霍沃斯，你还能看到旅馆里那个放了几把温莎椅的房间，布兰威尔就是在这里和朋友们把酒言欢。

夏洛特快到十六岁时又一次回到学校读书，这次是在罗海德学校，日子过得很快乐。但一年后她就回家给两个小妹妹上课去了。尽管我已经提到勃朗特一家人并没有外人所说的那么贫穷，但作为家里的女孩，还是没什么好指望的。勃朗特先生的养老金在他死后就停了，布兰威尔小姐那点儿积蓄也准备留给她喜欢的外甥；女孩们因此决定，只有通过自学当上家庭教师或学校里的老师，才能养活自己。在当时，对那些自认为是淑女的女人来说，这就是唯一的职业了。此时布兰威尔十八岁，是时候决定找份怎样的工作了。他和姐姐们一样都会画画，迫切地想成为一名画家。于是家里人决定让他去伦敦的皇家学院进修。伦敦他倒是去了，只可惜学无所成。他四处游览，尽兴玩乐了一阵后，又回到了霍沃斯。后来试着写作，结果失败了；便说服父亲在布拉德福德给他租了个画室，靠给当地人画肖像维生，但这也失败了。勃朗特先生只好把他叫回了家。他随后去巴罗弗内斯镇给一位波斯尔斯威特先生当起了老师，这份工作似乎做得很好，但不知因为什么原因，六个月后勃朗特先生又叫他回了霍沃斯。很快，家里给他找了一份在利兹和曼彻斯特铁路索尔比桥车站上做管理员的工作，之后调去了拉德登福特车站。他既无聊又孤单，酗酒无度，最后因为玩忽职守被开除。与此同时，1835年，夏洛特回罗海德学校当了老师，把艾米莉招进来做了自己的学生。但艾米莉想家心切生了病，回家休养去了。性格更平静温和的安妮取代了她的位置。夏洛特做了三年老师，最后因为身体欠佳，也回家去了。

她当时二十二岁。布兰威尔不仅让全家人犯愁，花钱还像个无底洞；夏洛特身体一养好，就自觉要去当个家庭教师挣钱。但这不是她喜欢的工作。她和妹妹们都不喜欢孩子，这点倒是和她们的父亲差不离。"我真想不出怎么才能拒绝小孩们过分的亲近。"她给艾伦·纳西的信中这样写道。她痛恨寄人篱下的生活，总是提心吊胆，唯恐被人看不起。她不是一个性格随和、好相处的人，从其写的信里就能看出，一些主人吩咐她做的分内工作，她却觉得是人家欠了她的情。三个月后她就辞职回到牧师家，但过了两年，又在布拉德福德附近一户叫怀特的人家里做了家庭教师。夏洛特觉得这家人没什么教养。"简直不敢相信怀特夫人竟然是税官的女儿。但我确定怀特先生的出身一定很低级。"虽然她在这儿生活得倒是很愉快，但给好友的信中仍然抱怨："只有我知道当一个家庭教师对我来说有多惨——我的思想和性格都和这份工作格格不入。"她一直盘算着和两个妹妹开所学校，现在这个想法又被拾起来了；怀特一家人似乎非常善良、体面，鼓励她创业，但建议她要想成功得先具备相应的资历才行。虽然她认识法语，但却不会说，她也不懂德语，于是决定先去国外学习语言。布兰威尔小姐同意出钱供她学习，于是夏洛特和妹妹艾米莉在勃朗特先生的护送下动身去了布鲁塞尔。两个女孩一个二十六岁，一个二十二岁，成了黑格寄宿学校的学生。十个月后她们因为布兰威尔小姐病重，被叫回英格兰。布兰威尔小姐去世了，由于派特里克在她生前行为出格，她最终把自己那点钱都留给了外甥女。这些钱足够她们建一所学校，但父亲已经年老视弱，所以她们决定干脆把学校开在牧师住所里。夏洛特觉得自己还没有准备充分，便应黑格先生之约，回布鲁塞尔的学校当了一阵子英语老师。她在那教了一年，回到英国后，三个姐妹开始四处分发入学简介，夏洛特还写信托朋友多多推荐她们即将成立的学校。至于怎么在一所只有四间卧室的房子里办学校，安排所有学生住宿，她们从来没有解释过；而学校连一个学生都没招来，所以她们也用不着费心解释了。

II

勃朗特姐妹在还是孩子的时候就开始断断续续地写作，1846年，她们三人自费出版了一卷散文，用的是假名科勒、埃利斯和阿克顿·贝尔。这本书花了她们五十英镑，但只卖出去了两本。随后她们开始各自创作小说。夏洛特（科勒·贝尔）的名为《教授》，艾米莉（埃利斯·贝尔）的名为《呼啸山庄》，安妮（阿克顿·贝尔）的名为《阿格尼斯·格雷》。她们在一家又一家出版商那儿吃了闭门羹，好不容易把《教授》投给了史密斯·埃尔德出版公司，结果却被退回，并告知他们想要她写一部篇幅更长的小说。刚好她手下有一本正在收尾，一个月后就寄给了出版商。这本书被出版了，名字叫《简·爱》。艾米莉和安妮的小说也最终被一家叫纽比的出版社接受，"附带的条件几乎可以说是在剥削这两位作家了"。她们在夏洛特把《简·爱》投给史密斯·埃尔德之前就校对完稿子了。虽然《简·爱》受到的评论不佳，但深受读者欢迎，成为最畅销的小说。纽比先生试图让大家认为《呼啸山庄》和《阿格尼斯·格雷》（他把这两本书合并，出版为三卷）的作者就是写《简·爱》的那个人。但这两本书没引起什么水花，还被好多评论家认为是科勒·贝尔早期不成熟的作品。几经劝说下，勃朗特先生答应读一读《简·爱》。读过之后，他在喝茶的时候说："女儿们，你们知道夏洛特写了一本书吗？写得可太好了。"

布兰威尔小姐去世时，安妮正在索普格林给罗宾森夫人的孩子当家庭教师。安妮的个性恬静温柔，比严厉而易怒的夏洛特更会与人相处。她的工作也不顺心。从霍沃斯参加完姨妈葬礼回来工作时，安妮把在家无所事事的布兰威尔带在身边，让他辅导罗宾森夫人的儿子。埃德蒙·罗宾森先生是个富有的牧师，但年纪大了，面对小自己不少的妻子总是心有余而力不足。布兰威尔虽然比他的妻子小十七岁，但还是爱上了她。他们的关系扑朔迷离。可不管是什么关系，最后都被人发现了。罗宾森先生命令他卷铺盖走人，"再也不许和他孩子的母亲见面，再也不许踏进她的屋子，再也不许和她通信或说话。"布兰威尔"暴跳如雷，大喊大叫，说他离了她就过不了；强烈反对她留在丈夫身边。随后祈祷这个生了病的男人快点死，他们就能幸福地在一起了"。布兰威尔一向饮酒无度，现在心情郁闷，又开始抽上了鸦片。他似乎和罗宾森夫人联系上了，在几个月的消沉度日后，两人在哈罗盖特见了一面。"据说她计划要和他私奔，什么脸面都不要了。反倒是布兰威尔劝她再耐心等等。"因为这段经历出自布兰威尔本人之口，怎么看都不像是真的，我们不妨就把它当作一个愚蠢而自大的年轻人在痴心妄想吧。某天，他忽然收到来信通知罗宾森先生过世了；"他疯了似的在教堂院子里跳起舞来，看来是真喜欢那个女人"，有人如此告诉艾米莉的传记作家玛丽·罗宾森。

"第二天一早，布兰威尔精心打扮一番，准备踏上旅程；可还没从霍沃斯出发，就有两个男人急匆匆地骑马赶到了村子。他们是来接布兰威尔的。等他兴冲冲地到了地方，其中一人下马陪他走进黑牛旅馆。"他捎来罗宾森夫人的一封信，请求布兰威尔不要再靠近她，因为如果她再和他见面，就会失掉所有财产和孩子的监护权。这也是布兰威尔自己说的，没人见过那封信，也没人从罗宾森先生的遗嘱里看到这样的条款，所以我们不知道他是不是在撒谎。唯一确定的是罗宾森夫人不想再和他有任何瓜葛，也许正是顾及他的颜面，才编造了这样的借口吧。勃朗特一家确信她是布兰威尔的情妇，把他之后的种种行为都归罪于她的恶劣影响。也许她当真是他的情妇，但也极有可能他只是像其他男人一样，把从未发生过的私情拿来吹嘘。而且就算她曾醉心于他，也没有理由认为她有过想委身于他的想法。布兰威尔因为酗酒而死。一个曾经在病榻前照顾过他的人告诉盖斯凯尔夫人，当他知道自己撑不下去的时候，坚持要站起来，站着死去。他在床上只躺了一天。夏洛特因此太过悲伤，不得不被人搀走，而他的父亲和安妮、艾米莉则一直看着他挣扎着站了起来，二十分钟后，如他所愿，站着离世。

在眼看着他去世的那个礼拜天之后，艾米莉再也没出过家门。她染上了风寒，咳嗽不停。病情越来越重，夏洛特给艾伦·纳西写信说："我怕她胸腔疼痛，每次她走得快了些，就喘不上气来。她看上去非常非常瘦弱、苍白。她什么也不肯说，我快急死了。问也没用，她不肯回答。让她去看病她也不去，什么都不听。"一两周后，夏洛特给另一个朋友写信："我真希望艾米莉今晚能好受一点，但这可不好说。她病得那么重却一声也不吭，不寻求也不接受任何人的同情。问她问题或者向她提出帮助都只能惹她生气；她虽然生着病，但一直强忍，平时的爱好现在一个也没落下。你只能眼看着她去做那些现在不适合做的事，什么也不敢说……"一天早晨，艾米莉像往常一样起床，穿好衣服准备做针线活；她忽然喘不上气，眼前一阵眩晕，但手底下依旧不停。症状越来越严重，一直不肯看医生的她终于在那天中午请人去叫医生了。一切都太晚了，艾米莉于下午两点告别人世。

夏洛特当时正在写另一本小说《雪莉》，此时的安妮也染上了害艾米莉去世的一种叫作奔马痨的病，她不得不放下工作照顾安妮，直到这个可怜的女孩在艾米莉病死五个月后去世，她才完成这本书。1849年至1850

年，夏洛特去过两次伦敦，并在那受到厚待；她被引荐与萨克雷会面，乔治·里士满还给她画了一幅肖像。史密斯·埃尔德出版公司的一位詹姆斯·泰勒先生（夏洛特形容他是个不通人情、严厉苛刻的小矮个儿）向她求婚，却遭到了拒绝。在这之前，她还拒绝过两个牧师的求婚，她父亲的手下以及邻村教区的两三个助理牧师也曾向她示好。艾米莉没少给姐姐的追求者泼冷水（她姐姐叫她"长官"，因为她对付这些人很有一套），加上父亲也不同意，因此这些求婚都没什么结果。然而她到头来还是嫁给了父亲的一个助理牧师。这人是亚瑟·尼科尔牧师，1844年来到霍沃斯。夏洛特在这一年给艾伦·纳西的信中写道："我是看不出他身上有你说的那些闪光点；我对他最大的印象就是心胸狭隘。"几年后，她只把他当成一个普通的助理牧师，对他不屑一顾。"他们把我看成一个老姑娘，我倒觉得他们一个个都是无聊至极、心胸狭窄、毫无魅力的粗人。"尼科尔先生是爱尔兰人，等他假期回到爱尔兰后，夏洛特又照往常给纳西写信说："尼科尔先生还没回来。我真可怜他，教区有那么多人都盼着，希望他别再费事从海峡那边回来了。"

1852年，夏洛特给艾伦·纳西写了封长信。她随信附上尼科尔先生给她的便条，并写道："这让我感到深深的忧虑……""我不会问爸爸他看到了什么，或者在想些什么，但我能推测。尼科尔先生最近意志消沉，威胁说要跑到国外去，身体也垮了，他注意到这些，心里很是不快。但他丝毫没有同情，还直言讽刺。周一晚上尼科尔先生来家里喝茶。我虽没看见，但隐隐感觉到他不断投来的目光和焦灼背后别有深意。我之前就能凭感觉猜出一些东西。喝完茶，我像往常一样回到餐厅。尼科尔也像往常一样和爸爸在客厅从八点坐到九点。我听见他打开客厅的门好像是走了，但前门没有声响。他在走廊停住了，叩了叩门，我立刻像被闪电击中一样知道接下来会发生什么了。他进了屋，站在我面前。想必你能猜到他都说了些什么；但他当时的样子你肯定猜不到，我到现在还忘不了：从头到脚都瑟瑟发着抖，像死尸一样毫无血色，声音压低，勉强从牙缝里挤出几个字。我第一次知道，原来当男人不确定能否得到回应时，向一个女人表白竟要付出如此代价。"

"看到一个平时像雕塑一样的人发抖、激动、紧张，这给我一种莫名其妙的震惊感。他向我坦白这几个月忍受的痛苦，他已经忍无可忍，只想一走了之。我只能请他先离开，保证第二天再给答复。我问他是否跟爸爸说了这事。他说他不敢。我几乎是推着他离开了房间。等他走后，我立刻去找爸爸，告诉他发生了什么，随之而来的是一阵夸张的暴怒和咒骂。如果我爱尼科尔先生，那此时听到针对他的恶语会让我失去理智；事实确实如此，一种委屈的感觉让我血液沸腾。但爸爸什么也听不进去了，他太阳穴上青筋暴起，眼睛忽然充血变得鲜红。我赶快发誓第二天一定干脆地拒绝尼科尔先生。"

在另一封日期为三天后的信里，夏洛特写道："你问我爸爸在尼科尔先生面前如何失态，我只希望你当时也在现场，就知道他是个怎样的人了。他对尼科尔先生的态度冷酷到不可变通，轻蔑到无法缓和。他们两个并没有碰面，一切都通过书信沟通。我必须承认，爸爸在周三给尼科尔先生写的信实在太刻薄了。"她觉得父亲认为"他穷得叮当响；这种结合简直有失身份，我是在自甘堕落。他希望我如果有一天结婚，能嫁个完全不一样的人"。实际上，勃朗特先生的行为和很多年前对待玛丽·伯德一样过分。他和尼科尔先生之间的关系变得如此紧张，后者甚至辞去了助

212

理牧师的工作。但在他之后的继位者都不能让勃朗特先生满意，而夏洛特终于被父亲连天的抱怨逼急了，告诉他这事只能怪他自己。只有同意她嫁给尼科尔先生才能解决这些问题。她爸爸"非常，非常反对，并且极力阻拦"，但她依旧和尼科尔先生见面、通信。他们订了婚，并于1854年结婚，当时她已经三十八岁了，九个月后因为难产去世。

派特里克·勃朗特牧师在埋葬了自己的妻子、妻子的妹妹和六个孩子后，终于能如愿以偿，一个人孤零零地用餐了。他趁着身子还有劲儿，在草地上能走多远就走多远；读报，布道，上床休息前给钟上好发条。有一张他老年时的照片：穿着一身黑装的男人围着宽大的白领巾，白发剪得很短，眉毛浓密，鼻子直挺；嘴唇紧紧抿着，眼镜片后面可见一双含着愠怒的眼睛。他在霍沃斯去世，终年八十四岁。

III

我想写的是艾米莉·勃朗特的《呼啸山庄》，但提到她父亲、弟弟和姐姐夏洛特比提到她都要多，这其实是有一定用意的；因为在关于勃朗特一家的书里，我们看到最多的是关于他们几位的内容。艾米莉和安妮几乎不占笔墨。安妮是个温柔漂亮的小姑娘，但无关紧要，天赋寥寥。艾米莉则很不同。她脾气古怪而神秘，大家都不太了解她。没有人直接见过她的样子，至多不过在草地的水塘里看一眼她的倒影。你得从她唯一的小说、几篇诗歌和到处打听来的轶事及暗示中猜测她是个怎样的女人。她性格冷淡，情绪激烈，令人不舒服；当她偶尔随心所欲、兴高采烈的时候（她在草地散步时偶尔会这样），更会让人浑身不自在。夏洛特有朋友，安妮也有朋友，但艾米莉却没有。她的性格充满了矛盾。一方面，她尖锐、教条、任性、沉闷、易怒、褊狭；另一方面，又虔诚、负责、努力、任劳任怨，对她所爱的人温柔又有耐心。

玛丽·罗宾森这样形容十五岁时的她："个子高挑，手臂修长，发育得很好，走起路来步子很稳；一旦穿上她最好的裙子，那苗条的身材就显得特别标致，但在草地闲逛、遛狗或者从崎岖不平的土路长途跋涉时，就是一副懒散、充满男孩气的样子。她是一个又高又瘦又爱动的姑娘——长得不丑，但五官不够端正，脸上没有血色。黑色的头发倒是生得漂亮，后来用尖尾梳松松地在后脑勺扎起来，也挺好看的；1833年，她留了一头小卷，这就不太适合她了。她美丽的眼睛是淡褐色的。"跟父亲、弟弟和姐妹们一样，她也戴着眼镜。她长着一个鹰钩鼻，一张凸出而极有特点的大嘴。穿衣服不在乎当时的时髦，羊腿袖的上衣都过时很久了她还穿着；直筒长裙紧紧贴着她瘦长的身形。

她和夏洛特一起去了布鲁塞尔。但她痛恨那个地方。很多朋友出于对这两个女孩的照顾，纷纷邀请她们周末和假日去家里做客，但她们太害羞了，在别人家做客简直像是上刑。过了一阵子，这些人发现，不邀请她们反而才是更友好的表现。艾米莉对社交闲聊毫无耐心，因为聊的大多是鸡毛蒜皮的内容；这只是一种表示友好的常用方式，参与其中的人们不过出于礼貌罢了。害羞的艾米莉从不和人攀谈，又对那些敢于参与的人感到生气。她的羞怯糅合了冷漠和傲慢。如果她当真不善社交，那把自己打扮得如此显眼就很说不过去了。害羞之人通常并不喜欢出风头，即使有时她在很多人面前紧张得连话都说不利索，也要执意穿上滑稽的羊腿袖上衣，对这些"平庸之辈"表示蔑视。

在学校里，每到休息时间，两姐妹总会一起散步。艾米莉紧紧靠着姐姐，常常一声不吭。有人和她们说话时，只由夏洛特负责回应。艾米莉几乎不和任何人说话。她们俩比其他女孩都大几岁，因此不喜欢女孩子的吵闹、浮躁和这个年纪特有的愚蠢。院长发现艾米莉是个聪明但固执的女孩，一旦与她的意愿或信念相悖，什么道理她都听不进去。她自视甚高，严厉苛刻，在夏洛特面前更是说一不二。但他看出了她身上与众不同的地方。她的性格像个男人，他说："任何困难都打不倒坚韧不屈的艾米莉；她这一辈子从来没屈服过。"

艾米莉在布兰威尔小姐去世后回到霍沃斯，从此再没能离开。似乎只有在这儿，她才能活在自己的幻想里，而这幻想对她而言，既是慰藉又是折磨。

她早上起得比别人都早，在年老体弱的女佣泰比下楼前，先把一天最脏最累的活儿都干完。她负责熨烫衣服，家里的饭大多都是她做。她会烤面包，面包的味道相当不错。手底下揉着面团，不时看几眼支在面前的书。"和她一块在厨房干活的人，就是那些被叫来帮忙的女孩，还记得她手边放着一沓纸和一支铅笔，灵感一来就放下手头的活在纸上匆匆记上几笔，再重新开始干活。她对这些女孩一直很友好——她似乎很开心，快活得像个男孩子！温柔和善，带着点儿男人气概，"知情人士这样说道，"但在陌生人面前她显得非常害羞，如果肉铺的男孩或是面包店的男人走到厨房门口，她就像只小鸟一样躲进门厅，直到听见他们离开时鞋钉一路叮叮当当的声音。"村里人说她"更像个男孩子"，"她在草地上散步，朝着小狗吹口哨的时候，看上去懒洋洋的，像个男孩"。她不喜欢男人，甚至对父亲的助理牧师都爱搭不理，但有一个例外，这就是威廉·惠特曼牧师。人们说他年轻英俊，能言善道，机智诙谐；而他"长相、行为和品味都有点像个女孩"。勃朗特姐妹偷偷喊他西莉亚·阿米莉亚小姐。艾米莉和他关系很好。原因不难想象。梅·辛克莱在其名为《勃朗特三姐妹》的书中，每每提到艾米莉都会用"阳刚"来形容。罗摩·威尔森说起她时，曾质疑道："那个孤独的父亲在女儿身上看到自己的影子了吗？他是否意识到，艾米莉是除了他之外，家里唯——个男性角色？……她早就知道自己性格中藏着一个男孩，随后这个男孩长大成了男人。"夏洛特小说里的雪莉被认为是以艾米莉为原型；奇怪的是，雪莉的家庭女教师竟然因为雪莉总把自己说成个男人而责备她。女孩子很少会这样，我们只能猜测这是艾米莉本人的习惯吧。当时的人可能理解不了她的性格和行为，但放到现在就不难解释。毕竟在当时，同性恋不是一个像现在这样可以拿出来讨论的话题；人们谈之色变，但它确实存在，不分男女。很有可能艾米莉本人和她的家人、家人的朋友（我之前说过，她自己没什么朋友）都搞不懂她为什么这么奇怪。

　　盖斯凯尔夫人不喜欢她。有人告诉她"艾米莉不尊重任何人；她只喜欢动物"。她爱小动物爱到发狂。别人送给她一只叫"基珀"的斗牛犬，关于它，盖斯凯尔夫人讲过一个奇怪的故事：和朋友在一起时，基珀会展现其天性中忠诚的一面；但如果有人拿棍子或鞭子抽它，就会激起它残暴的兽性，朝那人的喉咙扑去，死死咬着，直到他奄奄一息。基珀在家里最大的缺点是，喜欢偷偷溜上楼，在收拾整齐、铺了白色床单的床上，惬意地伸伸它结实的褐色小腿。但牧师住所里打扫得一尘不染，基珀这个坏毛病很招人讨厌；艾米莉在女佣泰比的抱怨下，说好如果它再跑上床，不管别人怎么警告，也不管它性格多么残暴，一定亲自狠揍它一顿，让它不敢再犯。后来，秋天的一个傍晚，天渐渐擦黑，泰比一半得意、一半颤抖，怒气冲冲地跑来告诉艾米莉，基珀又躺在家里最好的那张床上，美滋滋的，快睡着了。夏洛特看见艾米莉脸色苍白，嘴唇紧绷，但她不敢开口打扰；每次艾米莉面无血色，眼睛像这样发亮，嘴唇像石头一样紧紧闭着时，谁都不敢上前和她说话。她走上楼，泰比和夏洛特留在楼下的走廊，天快黑透了，整个走廊满是暗影。过了一会儿，艾米莉下楼来，身后拽着一脸不情愿的基珀，它两条后腿拖着地板以示反抗，但被抓着脖子，一直恶狠狠地低声嘶吼。旁观的人想说点什么，又不敢，害怕打扰到艾米莉，以至她一不小心被这只暴怒的畜生攻击。她撒开手，让它待在楼梯底下一个黑暗的角落；她没时间去找棍子或鞭子，恐怕会被它逮着机会扑向自己的喉咙——她一拳打在它凶残的红眼睛上，还没等它跃起回击，就骂骂咧咧地连击几拳，直到它的眼睛都肿了起来。随后，艾米莉又亲自把这只被揍到半瞎、目瞪口呆的小兽领回狗窝，敷了敷它被打肿的脑袋，精心地照顾它。

　　夏洛特这样形容她："显然，她性格冷酷，精力旺盛；但假如能像我所期望的少一些任性，多听听别人的意见，那么即使她不完美，也绝对是个好人。"艾米莉情绪不定，姐妹们都挺怕她。从夏洛特的书信里，我们发现她经常被艾米莉搞得又糊涂又生气，而且她根本不知道《呼啸山庄》是怎么写出来的；她不知道她的妹妹创作了一部具有惊人原创性的作品，和这部作品相比，她自己的小说都只能算稀松平常。夏洛特对此深感后悔。等这本书再次出版时，由她负责编辑，"我逼着自己从头读到尾，这是妹妹去世后我第一次翻开它，"她写道，"这本书的力量让我对它刮目相看；但我又很痛苦：作为读者，从书里得不到一丝一毫纯粹的快乐，每一缕阳光都是从阴云的间隙倾泻而下；每一页都充斥着强烈的紧张情绪。作者似乎对此并无意识。""如果朗读她的小说时，听众被其中堕落而迷失的灵魂、无情而残酷的人性吓得瑟瑟发抖；如果有人抱怨，听了这些栩栩如生的恐怖情节，晚上无法入睡，白天魂不守舍，那么埃利斯·贝尔一定不能理解这些读者，还会觉得他们是在故弄玄虚。如果她还活着，她的思想会自行长成一棵大树——高耸、笔直、茂密——绽放灿烂美丽的花朵，结出红润饱满的果实；但她只借以时间和经验的帮助，不肯接受其他任何人的建议。"大家普遍认为，夏洛特根本不了解自己的妹妹。

IV

《呼啸山庄》是本绝无仅有的杰作。通常情况下，小说能暴露时代的特点，不仅写法上能体现当时的潮流，还有它与社会思潮的契同、作者的道德观念和其同意或反对的偏见等。年轻的大卫·科波菲尔很有可能写出《简·爱》这样的作品（尽管缺少些才华），而亚瑟·潘登尼斯[1]也许能写出一部类似于《维莱特》的小说，尽管由于劳拉的影响，他势必会删去一些赤裸裸的性爱描写，可正是这些描写让夏洛特·勃朗特的书别有辛辣滋味。《呼啸山庄》和其他作品都不同。它和那些具有时代特征的小说毫无关系。它是一本糟糕的小说，它是一本优秀的小说。它丑陋不堪，它

1.英国小说家威廉·梅克比斯·萨克雷创作的小说《潘登尼斯》中的主人公，在书的结尾部分，他成为了一名作家。下文中提到的劳拉是小说的女主人公，拥有坚贞不屈的性格。

美不胜收。它是一本可怕而痛苦，充满力量和激情的书。有人怀疑，一个休业在家、生活单调，对人和世界所知甚少的牧师女儿肯定写不出这样的小说。我觉得这种想法堪称荒唐。《呼啸山庄》浪漫绝顶。如今，浪漫主义回避对现实的细致观察，专注于想象的自由释放；或带有由衷的喜爱，或带有阴沉的忧郁，沉迷于恐怖、神秘、热情和暴力之中。鉴于我们所了解的艾米莉·勃朗特的性格，和她激烈而压抑的情感，《呼啸山庄》正是她能写出的一类小说。但表面上，它更像是艾米莉那个饭桶哥哥布兰威尔的作品。认为这本书全部，或至少有一部分是由他完成的人不算少数，而弗兰西斯·格朗蒂便是其之一，他写道："《呼啸山庄》这部伟大的小说有一部分是派特里克·勃朗特写的，他是这么跟我说的，他妹妹也证实了这个说法……我们在拉德登福特散步时，他给我讲过一个病态天才的邪恶故事。而这个故事又再次出现在了小说中，我因此相信其情节是他而非他妹妹想到的。"有一次，布兰威尔的两个朋友，迪尔登和莱兰约他在通往基思利路旁的旅馆见面，互相朗诵自己的诗作；迪尔登在二十多年后给《卫报》的哈利法克斯写信如下："我朗读了《恶魔女王》的第一幕，然后布兰威尔把手伸进帽子里——他一般把随手写的东西都放在里面——想找自己的诗稿，却发现不小心和一些'练笔'用的小说稿子搞错了。他很懊恼，准备把小说扔回帽子，可两个朋友倒是很想听一听，不知他能写出什么样的小说。片刻犹豫后，他同意了，于是我们聚精会神地整整听了一个小时。他读完每页纸，就把它放进帽子。故事在某句话的中间忽然中断了，他向我们口头讲述了之后发生的情节和故事人物的现实原型，由于有些人还在世，我就不公开他们是谁了。布兰威尔说他还没想好给小说起什么名，担心没有出版商愿意冒险将此书面世。而他朗读的这些片段，以及其中出场的人物——尽管形象还不完整——都和《呼啸山庄》里的一模一样，但夏洛特却坚称这是她妹妹艾米莉的作品。"

这也许是一派胡言，也许是事实真相。夏洛特看不起她的弟弟，甚至在基督教的容忍程度之内痛恨他；但我们知道，基督教的慈悲教义一向允许人们坦承恨意，所以夏洛特的一面之词并不值得信任。也许像其他人一样，她试图说服自己相信自己愿意相信的东西。而布兰威尔的友人所讲的故事如此详细，如果有人莫名其妙地编出这样一个故事，那可真是太奇怪了。为什么？没有原因。据说布兰威尔写了前四章，后来染上酒瘾和鸦片，搁下了笔，由艾米莉续写。有人说前几个章节的笔法相较后面更生硬些，但我认为这种说法并不成立；如果前面几章写得过于浮夸，想必也是因为艾米莉为了描绘洛克伍德愚蠢自负的丑陋形象而为。我丝毫不怀疑《呼啸山庄》是艾米莉一个人的杰作。

必须承认的是，此书写得极糟。勃朗特姐妹之前是家庭教师，文笔都不太好。有人甚至生造了一个词语"litératise"来戏称她们这种辞藻华丽、迂腐学究的文风。《呼啸山庄》的主要故事由书中的迪恩夫人娓娓道来，她是约克郡一名全职女仆，身份类似于勃朗特家的仆人泰比；尽管以会话的形式讲故事更为合适，可艾米莉却让她用一种奇怪的方式表达自己。并没有人会这么说话。此处是一个典型的例子："我屡屡强调那场背信——假若可以如此命名——将是最后一次，以此来试图肃清所有关于此事的焦虑。"艾米莉·勃朗特似乎也意识到，不能拿这些迪恩夫人压根就不认识的词硬塞到她口中；为做解释，她让迪恩夫人在书中坦白，自己在工作的时候找机会读了些书，然而即便如此，她的语言仍然做作到令人发指：她从不看信，而是"念诵函札"；她从不寄信，而是"递送函件"；她从不离开一间房，而是"离身退下"；她管白天干的活儿叫"日间工作"；她"启动"而不"开始"。人们不会"大喊大叫"而是"声嘶力竭"；不会"倾听"而是"侧耳"。这位牧师的女儿拼了命想模仿一位大家闺秀写作，只可惜沦为矫揉造作，实在可悲。谁也不想让《呼啸山庄》写得太过优雅：文笔出众不见得是件好事。就像一幅早期的佛兰德斯油画，画面中的人物在埋葬耶稣，他们憔悴枯槁的形态流露出万分痛苦，似乎更添一分彻骨的恐怖和真实的残忍；同一情景，相比于提香优美的描绘，显得越发可悲可叹；同理，粗糙的文风别有滋味，反而莫名增强了故事中的紧张情绪。

《呼啸山庄》结构草草。这并不奇怪，因为艾米莉·勃朗特之前从未写过小说，她想讲一个复杂的、跨越两代人的故事。可这并不简单，考虑到作者需要将两代人和他们的故事统一起来，不能有所偏袒，使一方的风头盖过另一方。艾米莉做得并不算成功。凯瑟琳·欧肖去世后，整个故事的张力有所损失，直到后面几页充满想象力的情节开始出现。年轻时的凯瑟琳写得不太好，但艾米莉·勃朗特似乎不知道该把她塑造成怎样的形象；显然，她没有赋予她老年凯瑟琳所具有的热情和独立，以及遗传自父亲的愚蠢和软弱。年轻的凯瑟琳像个被宠坏了的愚昧、任性、无礼的人，让人无法同情她的遭遇。她是如何爱上小哈里顿的，书中并未详细说明。哈里顿更是个模糊的形象，我们只知道他性格阴郁，相貌英俊。我现在想，故事的作者不得不把数十年的时间压缩，好让读者大概了解个全貌，就像一眼看遍一幅巨幅壁画那样。艾米莉·勃朗特把统一的印象写成分散的故事并非刻意为之，但她一定琢磨过如何让故事连贯起来；她也许想到，最好的法子就是让一个人跟另一个人去解释这一长串的故事。这样做确实方便，但并不是她独创的写法。其缺点是当叙述者需要说的太多，便无法保持一种会话式风格，比如形容某处景物，正常人是不会在对话中这样说的。当然，有了说的人（迪恩夫人）就一定要有听的人（洛克伍德）。经验丰富的作家也许能找到更好的写作《呼啸山庄》的方式。但我相信既然艾米莉选择了以对话的方式展开情节，一定也有着自己的考虑。

除此之外，想到她极端的性格、害羞到病态、沉默寡言的特点，采用这样的写法也是自然不过。不然还能有什么别的可能呢？有些人写小说，采用的是全知视角，好比《米德尔马契》或《包法利夫人》就是这样写成的。而如果换作艾米莉，她那不容妥协的道德观一定不允许自己把这种荒诞出格的故事，当成亲身经历来讲；假如她真的这样做了，怕是也回避不开希斯科里夫在呼啸山庄之外的经历——关于如何求学及挣钱。这段经历她写不出，因为她不知道怎么写。读者被迫接受的真相并不可信。另一种可能的写法是，迪恩夫人把故事告诉艾米莉，再由艾米莉本人以第一人称转述；但我想这种写法会过于暴露她敏感的内心。小说的故事一开始由洛克伍德叙述，之后再由迪恩夫人转述给洛克伍德，艾米莉在故事里藏得很深，就像戴了个双层的面具。勃朗特先生曾告诉盖斯凯尔夫人一件事，现在看来也许有一提的必要。勃朗特家的孩子小时候都很胆小，不敢在父亲面前表现出真实的自己，而他想看清这些孩子的天性，于是让他们一个个轮流戴上旧面具遮住自己的脸，这样就能放心大胆地回答他的问题了。当他问到夏洛特世界上最好的一本书是什么时，她回答："《圣经》。"当他问艾米莉，他该怎么管教她捣蛋的弟弟布兰威尔时，艾米莉则回答："和他讲道理，要是他不听，就拿鞭子抽他。"

艾米莉为何在这样一部充满能量、激情四射、惊骇恐怖的作品中隐藏自己呢？或许是因为她在其中暴露了自己最隐秘的本能。她向心中那口孤独的深井望下去，深藏其中的秘密无法言说；可身为作家的冲动又让她想一吐为快。据说父亲曾给她讲过他小时候在爱尔兰的故事，她的想象力由此燃起；在比利时念书时，她开始阅读霍夫曼写的故事，回到牧师住所后，也常常坐在火炉边的地毯上，一只手抱着基珀读得入迷。我相信她从德国浪漫主义作家的故事里读到一分神秘、残暴和恐怖，这吸引着她性格中激烈的一面；但希斯科里夫和凯瑟琳·欧肖，则是她于内心深处发掘到的灵魂。也许她本人便是希斯科里夫，同时也是凯瑟琳·欧肖。把自己一人同时写进两个主角身上难道还不够奇怪吗？一点也不。每个人都不止一面；人人体内有多个角色共存，彼此追随，神秘共生；小说作者的独特之处即他可以把自己的多种性格和角色具象化，可悲剧在于，如果一个人物的性格在作者本人身上并不存在的话，即使再不可或缺也无法栩栩如生。这就是为什么《呼啸山庄》中年轻的凯瑟琳写得不好了。

我想艾米莉把自己全情投入到希斯科里夫这个人物中了。她给予他狂暴的怒火，冲动而无果的性欲，渴望却不得的爱情，还包括她的嫉妒和仇恨、残忍和虐害，以及对全人类的轻蔑。你们应该记得这样一幕；为了一点小事，她一拳打在基珀脸上，而她爱这只狗甚至多过爱其他所有人。艾伦·纳西还提起过另一件奇怪的事。"她喜欢带夏洛特去一些她不敢去的地方。夏洛特非常害怕陌生的动物，而艾米莉的乐趣就是领她走到跟前，告诉她自己刚才对某只小动物做了什么，并以夏洛特的恐惧为乐。"我想艾米莉是以一种希斯科里夫一般的男人气概、一种动物性的感情爱着凯瑟琳·欧肖；我想当她把自己当作希斯科里夫，对欧肖先生又踢又踹，抓起他的脑袋撞到铺路石上时，她笑了；当她以希斯科里夫的身份给了年轻的

223

凯瑟琳一巴掌，狠狠羞辱她时，她笑了，就像嘲笑夏洛特的胆小那样。她在欺辱、痛骂、恐吓笔下人物时，有种解脱的快感，因为现实生活中她才是那个受欺负的人。而凯瑟琳则有两重面孔，即便她在希斯科里夫掌心苦苦挣扎，清楚他是只毫无人性的野兽，却从身体到灵魂彻底地爱着他，为他痴迷而疯狂；施虐的行为中隐藏着受虐的心理，她为他的残忍暴戾神魂颠倒。她觉得他们是同一类人，事实确实如此，我想他们都是艾米莉·勃朗特本人。"奈丽，我就是希斯科里夫，"凯瑟琳大吼道，"他一直在我脑子里：他不能让我幸福，甚至不能像我独自一人时那样幸福，可他就是我本人。"

《呼啸山庄》是一个爱情故事，也许是有史以来最古怪的故事，其中的诡异之处在于，故事里所有的恋人都保持着贞洁。凯瑟琳和希斯科里夫彼此深爱。埃德加·林顿在凯瑟琳眼中，只是个能宽容对待，有时也会被其激怒的人。有人好奇即使这两个人都很穷，但明明深陷爱河之中，为什么不选择私奔？有人好奇为什么他们直到最后都没有把自己交给彼此？也许艾米莉的成长环境让她把通奸看作不可饶恕的罪行，也许男女之间的交媾让她充满了厌恶。我觉得勃朗特姐妹都是迷人的女人。夏洛特虽长相平平，脸色苍白，还有个大鼻子，但她成名之前，还身无分文时就有人上门求婚，要知道当时的男人可是希望妻子能有一笔丰厚陪嫁的啊。美丽并不是女人唯一的魅力，事实上，真正的大美人往往令人敬而远之：你爱慕她，却不会被她打动。年轻的男人若是爱上像夏洛特这样难缠又挑剔的女人，恐怕唯一原因就是他被她的性魅力吸引住了，他们觉得她非常性感。夏洛特和尼科尔先生结婚时并不爱他；他在她眼中狭隘、教条、沉闷，远称不上聪明。从她的信里能清楚看出，直到婚后她才对丈夫有了改观，大概是因为两人都变得轻佻活泼了些。她爱上了他，他的缺点似乎就不那么显眼了。而对这种变化最合理的解释莫过于，她的性欲终于得到了满足。想必艾米莉的性魅力比起夏洛特来也不会逊色。

V

一部小说从何写起是个颇为有趣的话题。小说家的处女作，尤其像艾米莉这样，处女作也是独作，往往带有实现愿望的目的或半自传性质，但《呼啸山庄》则完全是想象力的产物。谁知道艾米莉在她漫漫无眠的长夜里，或夏日整整一天躺在杜鹃花丛中，有过怎样的春梦和幻想？大家一定发现夏洛特的罗切斯特和艾米莉的希斯科里夫非常相似。希斯科里夫就像个私生子，仿佛罗切斯特家族的小儿子和爱尔兰女仆在利物浦生下的孩子。他们都皮肤黝黑，凶残暴戾，面孔冷漠，富有激情而神秘莫测。唯一的不同，是塑造他们的两个女人性格迥异，尽管目的都是为了满足自己迫切而得不到满足的性欲。对有着一般天性，渴望男人能驾驭自己的女人，罗切斯特堪称理想情人；而艾米莉则把自己身上的阳刚之气和残忍暴躁的脾气给了希斯科里夫。据我猜想，两姐妹塑造出的这两位专横跋扈的男人，其原型应该是她们的父亲派特里克·勃朗特牧师。

尽管我认为《呼啸山庄》完全来源于艾米莉的想象这种说法是可信的，我却并不相信它。一个作家像捕捉一颗流星或一闪霹雳那样有了灵感，并由此写出一部小说，这实属难得一遇；大部分情况下，作者通常从自身的情感经历或从他人那里听来的动人故事中获取灵感，随后经过一番深思苦想，一个个角色和情节相继诞生，直到最后大功告成。然而，少有人知道足以激发作者创造灵感的线索是多么微小，故事是多么琐碎。当你欣赏一枝仙客来时，心形的叶子拥簇繁花，花瓣凌乱而骄傲，似乎它们的盛开只是个偶然；人们似乎不敢相信：这种迷人的美丽、浓郁的色彩竟是从一粒不及图钉大小的种子生长而来。也许一粒这样的"种子"也能成长为不朽的杰作吧。

在我看来，要想了解艾米莉·勃朗特是如何从写作《呼啸山庄》的痛苦中恢复，唯一的途径便是阅读她写的诗，猜测其中的情感历程。她著有大量诗歌，有些流于平庸，有些感人至深，有些精巧可爱。她似乎最擅长赞美诗的韵脚，过去在霍沃斯的教堂礼拜天常常唱诵；她诗歌里平庸的韵脚也掩盖不住字里行间的强烈情绪。多部诗作收录在《贡达尔纪事》中，这是她和安妮小时候编造的一个虚拟小岛的历史故事，艾米莉成年之后仍在继续编写。她可能将其视为一种抒发内心痛苦之情的便捷途径，敏感如她，再也没有其他方式能抒发内心了。其他诗作大多是直抒胸臆的作品。1845年，在她去世前三年，她写了一篇名为《狱囚》的诗。据我们所知，艾米莉从未读过任何神秘主义的作品，但这些诗节里表现出的神秘感却让我们不敢相信这并非她本人的体验。在描述与上帝分开的痛苦时，她选用的词汇几乎和神秘主义者会用到的一模一样。

啊，可怖的压抑——剧烈的痛苦——

当耳朵开始听到，当眼睛可以看到；

脉搏开始跳动，大脑开始思考；

灵魂感知到肉体，肉体感知到桎梏。

这几行诗无疑表现出一种深刻的感受及经历。为什么有人说艾米莉·勃朗特的情诗仅仅是文学练笔呢？我觉得它们非常清晰地指向一个事实，即她坠入爱河，可爱情无疾而终，让她伤心欲绝。这些诗是她在哈利法克斯附近的洛希尔女子学校念书时写下的。她当时十九岁。因为在那里没什么机会能见到男人（我们知道她看见男人就逃），而且根据我们对她个性的推测，她很可能爱上了某个女教师或女学生。这是她人生中爱过的唯一一次。也许感情的失意在她敏感而悲痛的心灵沃土里埋下了一粒种子，因此萌芽出那个我们熟知的古怪的故事。我想不出还有哪部小说能有这样强烈的痛苦、狂喜和放肆之爱。《呼啸山庄》确有严重的缺陷，但瑕不掩瑜；这些缺陷不过是掉落的树枝、散落的石块和飞舞的雪花，仅仅阻碍但远不能阻止高山上的洪流一路澎湃，倾泻而下。你不能将《呼啸山庄》比作其他任何作品。只有埃尔·格列柯的一幅伟大画作可以一比，画中风景阴沉荒芜，乌云压城，电闪雷鸣；瘦长而憔悴的人形姿态扭曲，被某种神秘的情绪镇吓，屏住呼吸。一道闪电劈开了深灰色的天空，画中之景因此而多了些神秘气息。

Chapter 10 ｜ 陀思妥耶夫斯基与《卡拉马佐夫兄弟》

I

　　费奥多·陀思妥耶夫斯基生于1821年。他的父亲出身贵族，在莫斯科圣玛丽医院做外科医生。陀思妥耶夫斯基似乎对家族地位非常看重，所以在其头衔被剥夺时，显得格外郁闷；一经获释，他就立刻向有权有势的朋友施压，请他们帮自己复位。然而，俄国的贵族头衔和其他欧洲国家不同；举例来说，当你在公务部门达到一定级别，自然就有贵族地位了，但你和农民、小商小贩没有什么不同，也不能因此视自己为绅士。事实上，陀思妥耶夫斯基的家庭不过是有一技之长的穷人中的白领阶层而已。他的父亲为人严厉，为了让七个孩子都得到良好的教育，不仅生活不近奢侈，甚至连舒适都算不上；孩子们从小就被教育要适应困境和不幸，以承担日后生活的责任和义务。他们挤在医院分配的两三间小屋子里，这原本是医生的宿舍。他们不能独自外出，没有零花钱，也没什么朋友。做医生的父亲除了在医院的薪水外，还私自行医赚钱，一来二去，买下了离莫斯科几百公里远的一处房产，从此之后，母亲就带着孩子在那儿消夏。这是他们第一次尝到自由的滋味。

陀思妥耶夫斯基十六岁时，母亲去世，父亲把两个年纪最大的儿子迈克尔和费奥多，送到圣彼得堡的军事工程学院学习。长子迈克尔因为身体条件太差未能入学，费奥多不得已和自己唯一喜欢的人分开两地，感到孤独而苦闷。父亲自然不会，也不能给他寄钱，他买不起上学必需的课本和靴子，甚至连正常的学费都交不上。医生把两个大儿子安顿好后，又把其他三个孩子送去莫斯科的姑姑那儿照顾，自己辞了工作，带着两个最小的女儿回乡下生活。他开始酗酒，对孩子苛刻严厉，对仆人铁石心肠，直到后来有一天被家里的仆人杀死了。

那时费奥多刚满十八岁，尽管热情不高，但他成绩很好，在学院念完书后，被指派到战争工程部就职。父亲给他留下的遗产加上薪水，一年足有五千卢比。换算成当时的英国货币，大概是三百英镑多一点儿。他租了一间公寓，开始沉迷于打桌球，到处挥霍浪费；一年过后，辞掉了在工程部的职务，因为"这和土豆一样没滋没味"。此时，他已深陷债务之中，直到晚年依然负债累累。他是个无可救药的败家子，即使因此而走投无路，也从未试图收敛自己的行为。他的一位传记作家曾暗示，这种挥霍很大程度上应归咎于自信的缺失，花钱能带给他瞬间的权力感，满足过度的虚荣心。很快我们就能看到，这一不幸的缺陷让他陷入了怎样痛苦的境地。

还在学院念书时，陀思妥耶夫斯基就在写一本小说，后来决心靠写作维生后，他终于完成了这部作品。这本书名叫《穷人》。他在文学界没有熟人，但认识一个叫格里高洛维奇的人，此人和涅克拉索夫很熟，得知后者正准备开办一本评论刊物后，格里高洛维奇专程把小说拿去给他一看。有一天晚上，陀思妥耶夫斯基通宵给朋友朗读他写的小说，并一起讨论，直到凌晨四点才步行回家。他没睡觉，而是打开窗户坐在旁边，忽然被门铃吓了一跳。格里高洛维奇和涅克拉索夫激动地冲进屋子，两眼含泪，把他抱了又抱。两人刚才在看他的小说，轮流大声朗读，等读完后，虽然已经很晚了，但还是决定来找陀思妥耶夫斯基。"别管他是不是已经睡了，"他们对彼此说，"把他叫醒吧。这事可比睡觉重要多了。"第二天，涅克拉索夫把书稿交给当时最重要的评论家别林斯基，结果他和这两个人一样激动。小说出版了，陀思妥耶夫斯基一夜成名。

他并不太适应成功。有位帕纳耶夫·戈洛瓦乔夫夫人这样形容初次见面时他留给自己的印象："第一眼看去，就知道这个新来的是个非常害羞、生性敏感的年轻人。他又矮又瘦，一头金发，脸色也不太好，灰色的小眼睛不自在地到处乱瞟，苍白的嘴唇因为紧张而止不住地发抖。他几乎认识在场的所有人，可还是觉得不自在；而其他人为了不让他觉得被疏远，便一个接一个地找他聊天，只是他都不敢开口。幸好经过了这天晚上，他常来和我们见面，渐渐也就不那么拘谨了；他甚至……开始和我们争辩，还起了非常激烈的冲突，以至于不得不扯谎来抵赖。事实上，年轻气盛、性格敏感的陀思妥耶夫斯基喜欢过度炫耀作为一名作家的身份，他无法控制自己的傲慢和自负。也就是说，忽然荣升为作家让他有些手足无措，文学圈里知名大家的赞赏让他应接不暇。就像很多易受影响的人一样，在初涉文坛、反响平平的年轻作家面前，总有一种藏不住的胜利感。从他吹毛求疵的样子和咄咄逼人的语气中不难看出，他自认为比同伴高出不知多少倍来……陀思妥耶夫斯基尤其质疑一切蔑视其才华的企图：他能从每个诚恳的字眼里看出想要贬低其作品、对他人身攻击的意思。过去，他每每来我们家里做客，都带着这种莫名的苦大仇深，盘算着怎么挑起战争，好把郁积胸中的一腔怒火，发泄在那些假想出来的诽谤者身上。"

借着胜利的东风，陀思妥耶夫斯基签了一部小说和一些短篇故事的合同。拿到预付款后，他继续游手好闲，寻欢作乐；几个朋友出于为他着想的目的，责备了他。他和他们大吵一架，其中包括帮过他许多忙的别林斯基，因为他不敢确定"别林斯基的崇拜是否单纯"；他已经相信自己才是俄国作家里最伟大的那个。陀思妥耶夫斯基欠的债越来越多，不得不急忙赶工。他一直以来深受神经错乱的折磨，如今生了病后，更担心自己会发疯，或者染上结核。这种情况下写出的故事皆是败笔，小说也不堪卒读。过去对他不吝赞美之词的人，现在开始猛烈抨击，大家一致认为他已经江郎才尽了。

Ⅱ

1849年4月29日的早晨，陀思妥耶夫斯基被拘捕，押送至彼得堡要塞。他之前加入了一个青年组织，深受当时西欧的社会主义观念影响，决心进行社会改革，尤其要解放农奴和废除书刊审查制度。他们每周碰面一次，互相交流想法。为了秘密传播组织成员的文章，还专门弄了一台打印机。警方监视他们已久，在同一天把这群人一网打尽。入狱几个月后，审判开始了，包括陀思妥耶夫斯基在内的十五人被判死刑。在一个冬天的早上，他们被押送到刑场，但正当士兵准备行刑时，一名信使赶来说处罚改判为流放西伯利亚。陀思妥耶夫斯基后来在鄂木斯克坐了四年牢，随后服役成为一名普通士兵。他被押回彼得堡要塞时，给哥哥迈克尔写了下面这样一封信：

"今天是12月22日，我们被带到塞姆诺夫斯基广场，在这宣读死刑审判。我们亲吻了十字架，匕首在我们头顶上折断，丧服（白衬衫）也已准备好了。行刑前，我们被带到木桩前站好。我在队伍里排第六，每次叫三个人上去，所以我在第二组，已经没有多久好活了。我想起了你，我的哥哥，想念你的一切；我生命的最后一刻，脑子里只有你。我第一次发现自己有多么爱你，亲爱的哥哥啊！我还有时间拥抱站在身旁的普莱斯切夫和杜罗夫，向他们道别。终于，执行撤退信号响起，那些走上木桩的刑犯又回来了。有人向我们宣读了沙皇的赦免令，和改判后的最终决定……"

陀思妥耶夫斯基在《死屋手记》里描绘了狱中生活的惨状。其中有一点值得注意。他写道，不出两个钟头，一个新来的犯人就能和其他狱友和睦共处。"但一个高尚的人，一位绅士，情况可就不同了。不管他有多么低调谦虚、友善聪明，到头来都会遭到大家的一致痛恨和蔑视，没有人会理解他，更没有人信任他。大家不会把他当朋友或同伙，也许几年后，他终于不再是大家的出气筒了，可他依然无依无靠，饱受被孤立之感的折磨。"

陀思妥耶夫斯基绝非这样一位绅士；他的出身和他的生活一样普通，除了那片刻的荣光之外，不过是个穷光蛋罢了。他的朋友兼狱友杜罗夫在监狱里混得很好。而陀思妥耶夫斯基所面对的孤独和随之而来的痛苦，至少有一部分来源于自身的性格缺陷，他的傲慢、自大、多疑、易怒。然而，这种置身于两百个同伴之间却依然存在的孤独感，反而给了他独自思考的机会。"在精神的孤立无援中，"他写道，"我得以回溯人生，细细剖解每个细节，探究过去的自己，严厉而冷酷地做出判断。"《新约》是他当时唯一能读到的书，他读了一遍又一遍。这对他影响深重。从这时起，他开始为人谦卑，压抑作为一个普通人所具有的基本欲望。"在万物面前为人谦虚，"他写道，"想想过去经历了什么，想想未来可能发生什么，再想想你的灵魂深处有多少刻薄、卑鄙、恶毒的念头伺机而动。"至少在那段时间里，牢狱生活遏止了他的狂妄自大和目中无人。他出狱时已放弃革命，转而坚决地拥护王权和既定的秩序。同时，还患上了癫痫的毛病。

刑期将满，他被送去西伯利亚的一个驻防小镇当列兵。这段日子极其艰苦，但他却把痛苦作为自己犯了错后应得的惩罚，他已经深信过去参与的改革运动是一场罪行；他给哥哥写信道："我没有怨言；这是我应有的下场。"1856年，一名老校友为陀思妥耶夫斯基求情，他因此获得晋升，日子过得稍微舒适了些。他交下几个朋友，还陷入了爱河。恋爱对象叫作玛丽亚·德米特里耶芙娜·伊沙耶娃，她的丈夫是一个因酗酒和肺病行将就木的政治流放犯，儿子年纪还小。据说她不高不矮，金发碧眼，长得非常漂亮，身材极瘦，充满热情。关于她的事情我们所知甚少，只知道她天性多疑，爱吃醋，像陀思妥耶夫斯基一样喜欢自我折磨。他成了她的情人。但不久之后，伊沙耶娃的丈夫被带离陀思妥耶夫斯基驻扎的城镇，迁到另一个据此六百多公里远的边防站，后来死在了那里。陀思妥耶夫斯基给玛丽亚写信，向她求婚。她犹豫不决，一部分是因为他们两人都太穷了，一部分是因为她迷上了一个叫维古诺夫的"心底高尚，富有同情心"的年轻老师，成了他的情妇。深陷爱河的陀思妥耶夫斯基明明嫉妒到发狂，但出于自虐之心，也许还因为把自己当成了小说里的主角，他的反应可谓非常典型。他说维古诺夫比自己的亲哥哥还亲，甚至恳求一位朋友给他送钱，这样玛丽亚就能嫁给她的情夫了。

然而，他自导自演的这出大戏——一个心碎的男人宁愿牺牲自己，也要成全所爱的女人——并没有造成什么严重的后果，因为寡妇一心想嫁个好对象，维古诺夫"心底高尚，富有同情心"，却身无分文；而陀思妥耶夫斯基虽然现在是个军官，不过想必不久便会获释，很有可能再写出几部成功的小说。于是，他们两人在1857年成婚了。陀思妥耶夫斯基把身边能借的钱都借来了。他重回文坛，但作为有犯罪前科的人，想出版作品必须拿到许可，这可不是件简单的差事。同样不简单的，还有他婚后的生活。事实上，他的婚姻很不美满，他将其归咎于妻子的多疑和喜欢胡思乱想的天性。他完全没有意识到自己也是个没有耐心、脾气暴躁、神经兮兮的人，就像第一次初获成功时那样，对自己毫无信心。他开始创作各种各样的小说片段，写一会儿就放到一边，再写其他的；最后没完成多少作品，完成的那些也无足轻重。

　　1859年，鉴于其本人的上诉和朋友的帮助，陀思妥耶夫斯基获准回到彼得堡。哥伦比亚大学的欧内斯特·西蒙斯教授后来写了一本关于他的书，内容有趣，观点独到；其中认为他重获自由的方式非常可鄙。"他写爱国诗歌，其中有一首庆祝亚历山德拉皇后诞辰，另一首庆祝亚历山大二世加冕，还有一首是为尼古拉斯一世写的挽歌。他写信恳求那些位高权重的人，甚至恳求新上任的沙皇。在信中表示自己热爱年轻的沙皇，将之比作普照众生的太阳；他说愿为沙皇牺牲一切。他对过去犯下的罪行供认不讳，但坚称自己一直在忏悔，曾经的言论也让他倍感痛苦。"

　　他和妻子、继子在首都定居。这是十年前他以犯人身份被押送走后，第一次回到这里。靠着哥哥迈克尔的帮助，他创办了一家文学刊物，名为《时间》。他为这本刊物写了《死屋手记》和《被侮辱与被损害的》两部小说。刊物大获成功，他的日子好过了些。1862年，他把杂志托给迈克尔负责，一个人去了西欧。他不喜欢那里。巴黎是"最无聊的城市"，巴黎人眼里只有钱，气量小得很。伦敦穷苦人民的悲惨和富有阶级的虚伪做作让他震惊。他到了意大利，可兴趣不在于艺术，在佛罗伦萨的一周连乌菲齐美术馆¹都没去过一次，反而在那儿读完了维克多·雨果的四卷《悲惨世界》。他没去罗马和威尼斯，而是直接返回了俄国。此时，他已不再爱的妻子感染了肺结核，成了药罐子。

出国前的几个月，已经四十岁的陀思妥耶夫斯基认识了一个年轻女人，她带着自己写的短篇小说来给杂志投稿。女人名叫宝琳娜·萨斯洛娃，时年二十岁，是个容貌俏丽的处女，为显得老练稳重，剪了卷发，还戴着黑色墨镜。陀思妥耶夫斯基非常迷恋她，回到彼得堡后勾引她上了床。后来，由于某位投稿人的文章言论欠妥，陀思妥耶夫斯基的杂志被封，他只好决定再出国避避风头。他给出的原因是要去治疗癫痫症，因为前一阵子发病又严重了，但这只是借口而已；实际上，他想去威斯巴登赌博，已经想好了一套把庄家的钱都赢光的办法，还和宝琳娜·萨斯洛娃说好了在巴黎见面。他把病恹恹的妻子安顿在离莫斯科有段距离的弗拉基米尔，从贫困作家基金会那儿借了些钱，然后便动身出发了。

他的钱在威斯巴登输掉大半，而之所以恋恋不舍地离开赌桌，只是因为对宝琳娜·萨斯洛娃的激情比对轮盘赌更甚。他们说好一起去罗马；但这个水性杨花的女人在等他的时候，竟爱上了一个西班牙学医的学生；这段私情没能维系很久，学生抛弃了她，而这是令女人无法泰然处之的事，

1.始建于 1559 年，它是世界最著名的美术馆之一，收藏了文艺复兴时期各个代表人物的作品及众多古希腊、古罗马雕塑。

她因此也向陀思妥耶夫斯基提出分手。陀思妥耶夫斯基同意了，另外提议他们可以以"哥哥和妹妹"的身份去意大利游玩；她正无事可做，便答应一起前往。可他们都没什么钱，不得不时而卖掉一些身上的小物件，因此旅行并不算愉快；经过几周的"裂隙"，他们终于分手了。陀思妥耶夫斯基回到俄国。他发现妻子已奄奄一息。六个月后，她去世了。他写信给朋友，内容如下：

"我的妻子，这个一直爱我，我也无比深爱的人，于莫斯科离世。她在因肺病去世一年前搬到这里。我一直陪在她身边，整个冬天都没有离开……我的朋友，她是如此爱我，而我对她的爱也无法形容；但我们在一起的生活却并不幸福。将来某天，等我见到您，再把整个故事讲给您听吧。但现在请允许我这样说：虽然我们的生活不够美满，但我们不该失去对彼此的爱，反而应互相依靠，生活越辛苦，相依越紧密。您可能很难理解吧，但这就是事实。她是我见过最优秀、最高尚的女人……"

陀思妥耶夫斯基多多少少夸大了他对妻子的爱。那个冬天，他明明为打理和哥哥新办的杂志的事，去了两次彼得堡。这本杂志的内容已不再像《时间》那样自由开明，所以反响不佳。迈克尔染上疾病，很快也去世了，留下了一屁股债，陀思妥耶夫斯基不光要替他抚养遗孀和孩子，还要负责他情妇和私生子的开销。他向一个有钱的姑母借了一万卢布，但1865年还是宣告破产。此时他手上有总价一万六千卢布的借条，还有五千是口头债务。被债主搞得焦头烂额的他，又从贫困作家基金会借了笔钱，签了一份到期交稿的小说合同，拿到预付款。有了钱后，他又跑到威斯巴登，想在赌桌上试试运气，结果在那儿再次遇见宝琳娜。他向她求婚，她拒绝了。显然，就算宝琳娜曾经真的爱过他，现在也不再爱了。也许，她是看在他是个知名作家的份上才委身相许，又或者他作为一家杂志的编辑，可能对她有些好处。但现在，这本杂志已经黄了。他一向其貌不扬，如今已年近半百，秃顶，还有癫痫的毛病。我想，最让一个女人恼火的，莫过于一个让她从生理上反感的男人却对她有性欲；说白些，要是他再不识相，她很可能就此恨他入骨了。也许这就是宝琳娜当时的想法。陀思妥耶夫斯基把她的变心归因于一个让自己脸上有光的解释，我随后再说明这件事对他产生的影响。总之，他俩把所有钱都输光了，陀思妥耶夫斯基写信跟屠格涅夫借钱，可他明明刚和屠格涅夫吵完架，还打心里瞧不起人家。屠格涅夫寄给他五十泰勒，宝琳娜拿着这笔钱回了巴黎。陀思妥耶夫斯基又在威斯巴登待了一个月。他有病在身，孤苦伶仃，只能静静坐在房里，生怕忽然有了食欲，但又没钱买东西吃。他走投无路，写信给宝琳娜要钱。而她似乎又开始了另一段恋情，没有回信。他不得已开始写另一本书，时间非常紧迫。这本书便是《罪与罚》。最后，他给一位在西伯利亚认识的朋友写了求助信，收到了足够离开威斯巴登的钱，并借着这位好友的帮助，设法返回了彼得堡。

在写《罪与罚》时，他想起自己还签过一份按期交稿的合同。这份有失公正的合同规定，如果作者违约，出版商便有权出版他之后九年的所有作品，且不用付一分钱稿酬。最后期限马上就到了，陀思妥耶夫斯基仍束手无措。这时，一位高人建议他雇个速记员；他照着做了，并在二十六天的时间里完成了一本小说，名叫《赌徒》。他找来的速记员叫安娜·格里高利耶夫，是个二十岁的丑姑娘，但非常能干，极有耐心，忠心耿耿。1867年年初，两人结婚了。陀思妥耶夫斯基的继子，和他哥哥的遗孀及孩子，都料到他婚后不会再像以前那样抚养他们了，于是对这个可怜的女孩充满敌意，处处找茬，让她苦不堪言。她说服陀思妥耶夫斯基再次离开俄国。他又一次欠下了许多债务。

这一次，他在国外待了四年。起初，安娜·格里高利耶夫觉得和知名作家一起生活非常艰苦。他的癫痫越发严重，性格喜怒无常、轻率自私、贪慕虚荣。他仍与宝琳娜·萨斯洛娃通信来往，这让安娜心神不安，但作为一个通情达理的年轻女孩，只把对丈夫的不满藏在了心里。他们去了巴登－巴登，陀思妥耶夫斯基又拾起了赌瘾。像过去一样，他把钱输得精光；像过去一样，他写信给朋友，借的钱越来越多；每次一收到钱，转眼就输到了赌桌上。他们把所有值钱的东西都当了，住的地方也越来越差，有时手头的钱甚至无法果腹。安娜·格里高利耶夫怀孕了。下面是陀思妥耶夫斯基一封信的节选，此时，他刚刚赢回四千法郎：

"安娜·格里高利耶夫求我就此收手，拿着四千法郎赶快离开这里。但我有机会轻轻松松地赢回一切啊。还要我举例子吗？除了每人每天赢的钱外，我们还能看到那些一天赢到两三万法郎的人（倒是看不见那些输钱的）。这世上何来圣人？钱对于我，比对他们更重要。我下的赌注比我输的钱还多。最后一点钱也要花没了，已经把我逼到极限。我又输了。所有衣服都当掉了，安娜·格里高利耶夫把她所有东西，甚至连最后几件饰品都卖了。（她真是个天使！）在这该死的巴登，在我们藏身的铁匠铺上的两间小破屋里，她给了我多少安慰啊，她是多么辛苦啊！最后，所有东西都输光了。（那些恶毒的德国人！无一例外都是放高利贷的骗子、恶棍、流氓！房东知道我们筹不到钱就走不了，还把房租抬高了。）我们最后不得不从巴登逃走。"

陀思妥耶夫斯基的孩子在日内瓦诞生。他还在继续赌博。当他把养活妻儿必需的那笔钱输掉时，一度非常悔恨，可只要口袋里有了几个法郎，就又立刻冲回赌场开赌。三个月后，孩子不幸夭折，他痛苦难抑。后来安娜·格里高利耶夫又怀孕了。他们实在拮据，陀思妥耶夫斯基不得已再找偶然结识的朋友借上五块、十块法郎，好给自己和妻子糊口。《罪与罚》成功了，他开始写另一本书，书名为《白痴》。出版商答应每个月给他二百卢布，但他那不幸的赌瘾让他生活狼狈，只好追要更多预付款。《白痴》未能使出版商满意，他动笔创作另一部新作《永远的丈夫》，以及一本长篇小说，英文名为《群魔》（*The Possessed*）。与此同时，在当时的情况下——我的意思是，他们已经透支了全部的信用——陀思妥耶夫斯基和妻子到处流离，居无定所。但他们思家心切。他从未能够克服对欧洲的厌恶。巴黎的显赫地位和多彩文化、德国的安逸环境和悦耳音乐、阿尔卑斯山的宏伟壮丽、瑞士湖泊的神秘明艳、托斯卡纳的优雅别致和佛罗伦萨的艺术宝藏，统统没能打动他的心弦。欧洲文明在他眼里是贪图物质、颓废腐败的，已经将要走到终点了。"我在这儿变得愚蠢又狭隘，"他从米兰给朋友写信道，"渐渐没有俄国人的气质了。我需要俄国的空气，俄国的人民。"他觉得除非回到俄国，否则绝对写不完《群魔》。安娜也迫不及待想回家。但他们手头没钱，陀思妥耶夫斯基的出版商已经把连载版权的预付款全付给他了。绝望之中，他只好再向出版商求助。小说前两期已经随杂志出版，出版商唯恐拿不到后面的部分，只好寄钱给他们买了车票。陀思妥耶夫斯基一家因此回到了彼得堡。

这是1871年。他已经五十岁了，离他去世还剩最后的十年。

《群魔》大受欢迎，抨击了当时的青年激进分子，让它的作者结交了不少保守派的朋友。他们认为陀思妥耶夫斯基在政府反对改革的进程中颇有用处，便在政府出资的《公民报》报社给他找了一份薪水不错的编辑工作。他干了一年，随后因与出版商的分歧而辞职。安娜说服了丈夫，让她自行出版《群魔》一书；这个尝试非常成功，此后，她出版了各个版本的其他作品，获利丰厚，使他直到去世前都衣食无忧。他的晚年生活我只需简短带过。他以《作家日记》为名，零零散散写了若干文章，均反响热烈。他开始自命为导师和预言家，而这种角色，并没有几个作家甘愿认领。他成了狂热的亲斯拉夫派，认为拯救俄国，乃至整个世界的唯一希望，正存在于充满兄弟情义（他认为这是俄国人民的特殊精神），愿为全人类奉献的俄国大众身上。后续事件表明，他有些过分乐观了。他写了一本名为《少年》的小说，以及最后一部作品《卡拉马佐夫兄弟》，因此名声大涨，在1881年忽然离世之际，他已经被很多人视为那个时代最伟大的作家了。据说，他的葬礼曾是"俄国首都史上最受人关注的公众集会之一"。

Ⅲ

我试着不加评论地讲述陀思妥耶夫斯基的主要生平。而他给人留下的印象，恐怕还是一个不近情理的人。虚荣是艺术家的通病，无论作家、画家、音乐家或演员；但陀思妥耶夫斯基则虚荣得有些过分了。他似乎从没想过，别人已经听够了他对自己和自己作品的大谈特谈。这种表现，结合自信的缺失，就是如今所谓的自卑情结。也许正因如此，他才会公开蔑视其他同辈作家。任何一个心理强大的人，都不会在坐了几年牢后就变得如此谄媚；他承认判决结果是反抗当局之罪应有的惩罚，但并不妨碍他想尽一切办法争取赦免。这似乎不合逻辑。我在前面说过他向权势求助时，是怎样的卑躬屈膝。他全然不能自控。特别在激情的控制下，什么谨慎小心、得体礼节都不放在心上。因此，当第一任妻子病重将死时，他还是抛下她，跟着宝琳娜·萨斯洛娃去了巴黎，直到这个轻浮的年轻女人把他甩了，才又回到妻子身边。但最能体现他性格软弱的，还要属他的赌瘾。这让他一次又一次陷入穷困潦倒之中。

读者应该记得，陀思妥耶夫斯基曾为履行合约，写过一本短篇小说《赌徒》。这本书写得很一般。其中的主要亮点，是他描写了他所熟悉的，令可怜的赌徒欲罢不能的感觉。读完此书就会明白，为何尽管赌博给他带来屈辱，让他和他爱的人痛不欲生，不得不面对可耻的诉讼（他从贫困作家基金会借的钱是用来帮助写作，而不是供他赌博的），向已经不耐烦了的朋友频频伸手借钱，但他依然无法拒绝赌博的诱惑。他喜欢出风头，凡是有创作才能的人，不管从事哪种艺术行业，或多或少都有这个毛病；他曾在书里提到，每次在赌场走运时，他就能大出风头。围观者站成一群，盯着这个幸运的赌徒，仿佛他比其他人技高一筹。他们眼馋又崇拜。而他是众人关注的焦点。这对一个极度自卑、害羞的可怜人儿是多大的慰藉啊！他赢钱的时候，享受着一种让人沉迷的权力感；似乎自己是命运的主宰；自己的机智和直觉如此可靠，甚至可以掌控运气。

"展现意志力的机会只有这么一次，一个钟头之内，我的命运将发生改变，"这是陀思妥耶夫斯基的赌博宣言，"意志力是最伟大的。记得七个月前在罗滕堡发生的事吧。这足以说明决心有多么重要！我当时输光了所有的钱，一分不剩。我走出赌场，发现马甲口袋里还有一个金基尔德。我心里想：还得吃东西呢。但走出去一百步，念头一转，又跑回去了。我押上这个基尔德……当时就有了一种奇怪的感觉。——孤零零一人在这片陌生的土地上，远离家人朋友，担心今天还能不能吃上饭——就这样，我押上了全部赌注。我赢了，二十分钟后离开赌场时，口袋里装着一百七十基尔德。这就是事实。这就是能用最后一点钱做到的事。如果当时我失去信心了呢？如果我不敢冒这险呢？"

陀思妥耶夫斯基的官方传记由他的老朋友斯塔拉霍夫撰写；为了这本书的事，他给陀思妥耶夫斯基写过一封信，阿尔默·毛德曾在陀思妥耶夫斯基传记里将其印出，我把他的翻译略作删减，节选如下：

"整个写作过程中，我不得不和一种厌恶的感情抗争，竭力压制自己的反感……不能说陀思妥耶夫斯基是个好人，或者一个幸福的人。他道德败坏、生活堕落，心中充满嫉妒。他的一生都受激情摆布，而这并不明智，甚至不那么邪恶，只是滑稽又可悲。我在撰写传记时，这种感受尤为突出。当年在瑞士，我目睹了他对侍者的恶劣态度，人家受不了了，对他说：'我也是个人啊！'我犹记得这句话对我的震撼，它反映了当时瑞士盛行的人权观念，尤其是这话针对的对象，还是一个整天向别人宣扬人道情怀的伪君子。这种事情一再发生；他无法控制自己的脾气……最糟糕的是，他对自己的肮脏言行不以为耻，反以为荣。他着迷于罪恶，认为这是光荣的行径。威斯科瓦托夫（一位教授）告诉我，陀思妥耶夫斯基曾吹嘘在澡堂强奸了一个小女孩，还是他家庭教师领来的小女孩……他一边作恶多端，一边还令人作呕地抒情感慨，追求夸张的人道主义梦想；正是因为这些梦想，因为他的文学作品和倾向，他才成了我们眼中可爱可亲的那个人。总而言之，他所有的小说都在替他开脱洗白，从这些作品里，我们能看到即使最高尚的情操之旁，也能共存根深蒂固的罪恶。"

诚然，陀思妥耶夫斯基的抒情感慨令人作呕，慈善博爱徒劳无功。与知识分子相比，他对"人民"不甚了解，却指望他们复兴俄国；他对人民的辛酸苦难毫无同情，甚至猛烈抨击那些想要改善民情的激进分子。他提出解决穷苦人民悲惨处境的方法是，"把磨难理想化，将磨难当作一种生活方式。提倡以宗教和玄学为安抚，而不采取切实的改革行动"。

玷污小女孩的丑闻让崇拜陀思妥耶夫斯基的人心有不安，他们怀疑此事的真实性。安娜说他从没跟自己提过这件事。斯塔拉霍夫明显是道听途说，但他为证明此事的真实性，声称当时自责不已的陀思妥耶夫斯基把这事告诉了一个老朋友，朋友建议他向自己在这个世界上最痛恨的人坦白此事，作为忏悔。而这个人就是屠格涅夫。他在陀思妥耶夫斯基初进文坛时曾热心赞赏，在经济方面也接济过他，但陀思妥耶夫斯基却恨他，说他是"西方人"，腰缠万贯，功成名就，一副贵族做派。他向屠格涅夫说起这件事，后者一言不发地静静听完。他愣住了。也许像安德烈·纪德想的那样，他以为屠格涅夫一定会像自己笔下的某个角色，一把拥住他，满脸热泪地亲吻他的脸颊，然后两人重归于好。但这只是他的假想罢了。

"屠格涅夫先生，我必须告诉您，"陀思妥耶夫斯基说道，"我必须告诉您。我非常鄙视自己。"他还在等屠格涅夫开口，但空气却一直沉默。随后，屠格涅夫忽然失去控制，大骂道："但我更鄙视你！这就是我想说的！"随后冲出房间，一把甩上门。可惜啊，陀思妥耶夫斯基因此失去了一段极佳的写作素材。

奇怪的是，他在书中曾两次用到这段令人震惊的情节。《罪与罚》里的斯维德里加依洛夫向别人坦白了同样的丑恶行径；《群魔》的某个章节中，斯塔夫罗金也做了一样的事，但这本书却被陀思妥耶夫斯基的出版商拒绝印刷。也许因为他以屠格涅夫为原型，创作了书里的一个邪恶人物。这种做法既愚蠢又无聊，只能让不像样的作品更不像样，好像只是为了让他出口恶气而写。像这样恩将仇报的作家绝不止他一个。和安娜·格里高利耶夫结婚前，他曾大大咧咧地把这件事告诉了一个正在追求的女孩，只把它当作一个听来的故事。可我想，事实应该就是这样了。他和笔下的角色如出一辙，喜欢自轻自贱；也许他是故意把这件丑事当成自己的经历，讲给别人听。这样看来，我并不相信他真的犯下了那件让人作呕的罪行。我冒昧地认为，这只是一直以来蛊惑着他，让他万分恐惧的白日梦。他笔下的人物时常白日做梦，很可能他也有同样的毛病。毕竟，我们都是如此。小说家，由于其自身天赋的影响，其梦境也许比常人更准确详尽。有时他们会把梦的内容写进小说，有时转眼就忘了。这很有可能就是陀思妥耶夫斯基的情况。他两次把那个可耻的故事写进小说，随后便抛到了脑后。也许这就是他没有告诉安娜·格里高利耶夫的原因吧。

陀思妥耶夫斯基爱慕虚荣，嫉妒心重，喜欢争吵，生性多疑、谄媚、自私、自负、虚伪、轻率、褊狭。一言以蔽之，此人可憎又可恶。但故事还没有讲完。倘若他真无可取之处，即便能写出阿廖沙·卡拉马佐夫，这个堪称所有小说里最有魅力的人物，也绝不可能创造出圣人一般的佐西马神父。陀思妥耶夫斯基是最不挑剔之人。在监狱里，他一方面深知人可能会犯下各种可怕的罪行：谋杀、强奸或抢劫；另一方面，又充满勇气、慷慨大度，对朋友善良友爱。他是个慈善的人，从未拒绝给乞丐或朋友以施舍。即使穷困潦倒，也会想方设法挤出一点儿钱给妻子的妹妹和他哥哥的情妇，给他那个毫无用处的继子，和酗酒成瘾的废物弟弟安德鲁。他们都靠他的救济过活，而他则靠着其他人；他并不因此怨恨，反倒沮丧于自己为他们做得还不够多。他爱慕、崇拜、尊重着安娜·格里高利耶夫；认为她处处强过自己，甚至在离开俄国的那四年里，恐怕她在他身边会感到厌烦——这种担心竟让人有所动容。他始终不敢相信，终于找到了一个即便知道自己满身缺点，仍愿意坦诚相待，全心全意爱着他的女人。

我想不出还有谁能像陀思妥耶夫斯基这样，作为一个男人和一名作家，有着如此巨大的差异。也许这种差异存在于所有富有创造力的艺术家，但尤其要以作家为甚，因为他们的媒介是文字，因此行为与语言之间的差别更令人震惊。创造力是小孩或少年的正常属性，而一旦超出这个年龄范围，就只能以牺牲身为人的正常特征为代价，促使其旺盛发育；就像粪肥里的西瓜反而更甜，孕育在邪恶土壤里的创造才能更加精彩。陀思妥耶夫斯基惊人创造力的来源是他的恶，而非善，他因此成为世界上最卓越的小说家之一。

IV

巴尔扎克和狄更斯创作过无数角色。人性之多样让他们着迷，从形形色色的人身上看到的差异，和让这些人与众不同的个性点燃了他们的想象。无论善恶，无论愚钝或聪明，人只是其本身，是值得利用的绝佳素材。我猜能让陀思妥耶夫斯基感兴趣的，只有他自己，和那些密切影响他的人。从某种意义上说，他就像那种拥有之后才懂得珍惜的人。他认为把少有的几个角色写好已经足够，所以在之后的小说里一遍又一遍让这些人轮番出场。《卡拉马佐夫兄弟》里的阿廖沙和《白痴》里的米希金公爵就是一个人，只是少了癫痫的毛病；《群魔》里的斯塔夫罗金，是对《罪与罚》里斯维德里加依洛夫的进一步细化。这本书的主人公拉斯科尔尼科夫，是《卡拉马佐夫兄弟》里伊万的温和版本。他们都是陀思妥耶夫斯基扭曲、病态情感的产物。他笔下的女性角色甚至更为单一。《赌徒》里的宝琳娜·亚历山德罗芙娜、《群魔》里的丽莎维塔、《白痴》里的纳斯塔西娅、《卡拉马佐夫兄弟》里的卡特琳娜和格鲁辛卡，其实都是一个女人；她们的直接原型是宝琳娜·萨斯洛娃。她给陀思妥耶夫斯基带来的痛苦和耻辱，正是他为满足受虐之心所需要的刺激。他知道她恨他；他也确定她爱他；所以以她为原型的女性总希望控制和折磨她们的爱人，同时又向他屈服，甘愿被他一手掌控。她们歇斯底里、心狠手辣，因为宝琳娜就是如此。两人分手几年后，陀思妥耶夫斯基曾在彼得堡和她见面，又向她求婚，被再次拒绝。他就是不肯相信她是真的不爱自己，于是只好想出一个抚慰自己受了伤的虚荣心的解释：女人都把贞节看得很重，所以她们痛恨那个夺走了她们的贞节，却没有娶她们的男人。

"你无法原谅我，"他告诉宝琳娜，"因为你把自己给了我，你想报复我。"

陀思妥耶夫斯基对这个想法深信不疑，以致在作品里反复提及。在《卡拉马佐夫兄弟》主线故事展开前，格鲁辛卡被一个波兰人诱奸了，虽然随后有富商包养，但她还是觉得只有嫁给那个诱奸她的人，才能得到救赎。《白痴》里的纳斯塔西娅无法原谅托洛茨基，因为他诱奸了她。我想，这只是因为陀思妥耶夫斯基的心理出了毛病。贞节的特殊价值完全由男人一手捏造，部分因为迷信，部分因为男性的虚荣，还有一部分来源于给别人的孩子当爹的厌恶之情。我要说的是，如果一个女人认为贞节可贵，主要是考虑到男人把它看得太重，再加上害怕失身可能带来的后果。男人满足性欲，自然得就像饿了要吃饭，他的性交对象可以是毫不对胃口的女人；而女人的性则不掺杂本能的欲望，如果不是出于爱，甚至不是出于感情，那性对女人来说不过是一项无趣的使命，迫于责任而为，或仅仅渴望承欢。我不能说服自己，当女人把处子之身"奉献"给一个她不感兴趣，乃至讨厌的男人时，她所感受到的除了不悦和痛苦，还能有什么别的情绪。但要说这种郁闷长年积压心中，甚至整个地改变了这个女人，就有些不太可信了。

陀思妥耶夫斯基深刻认识到自身的两面性，他书中所有冥顽不化的人物都有这个特点。其中温顺的几位，譬如米希金公爵和阿廖沙，尽管性格可爱可怜，但都窝囊无用。然而，"两面性"这个词代表了对人性的简单概括，本来就和现实不符。人是不完美的动物。其行为的主要动机来源于自身利益，试图否认这一点是愚蠢的表现；而同样不能否认的，是人可以拥有高尚的无私精神。我们都知道，在危急关头，人类可以挺身而出，表现出一种甚至连他自己都不知道的高尚品格。斯宾诺莎曾说，"各物只要它是自在的，都努力保持自己的存在"；我们也知道，为朋友献出生命的人绝不在少数。人类混合了善与恶、好与坏、自私与无私、畏首畏尾与无所畏惧，和诸多引诱他们左右摇摆的癖好与性情。人类的构成如此矛盾，而这些矛盾竟能共存共生，甚至彼此妥协实现和谐，真是让人不可思议。再没有人能比陀思妥耶夫斯基笔下的角色更复杂了。构成他们的，是对支配和被支配的渴望；是坚硬冰冷的爱和满怀恶意的恨。他们缺少的，是人类的正常天性；他们拥有的，只是冲动。既没有自尊，也难以自控。其邪恶的本能，并未被受到的教育、人生的经历，或使人维持脸面的尊严感所减弱。这就是为何以常理来看，他们的行为似乎极其荒谬，动机也不合逻辑。

西欧人惊讶于他们的行为无法解释，却又承认——如果这也算一种承认的话——这是俄国人的个性所为。但今天的俄国人真是这样吗？或者在陀思妥耶夫斯基那个年代，俄国人是这样的吗？屠格涅夫和陀思妥耶夫斯基同辈。前者笔下的人物就很像现实生活里的普通人。我们都认识几个像托尔斯泰笔下尼古拉斯·罗斯托夫那样的英国青年，个性欢快、无忧无虑、铺张浪费、勇敢无畏、温柔多情；至少也知道几个像他妹妹娜塔莎一样漂亮动人、天真善良的姑娘；想在自己国家找到一个如彼得·别祖霍夫一样肥胖愚蠢却慷慨热心的人也不是什么难事。陀思妥耶夫斯基称，自己笔下的古怪角色比真实更真实。我不明白他这样说是什么意思。一只蚂蚁和一位主教同样真实。如果他指的是这些人的道德观高于寻常之辈，那他就错了。倘若艺术、音乐或文学的价值，在于修正人类性格的反常，安抚内心焦虑，以及将灵魂从人性枷锁中部分释放的话，他们也对此一无所知。他们没有修养，举止残暴，以伤害、羞辱他人为乐。《白痴》中的瓦尔瓦拉因为哥哥跟一个她不喜欢的女人求婚，一口啐在哥哥脸上；《卡拉马佐夫兄弟》里，德米特里也因霍赫洛娃夫人不愿借他一大笔钱（本来就不该借），朝她房间的地板上啐了口痰。这些人性格暴躁，但却异常有趣。拉斯科尔尼科夫、斯塔夫罗金、伊万·卡拉马佐夫则和艾米莉·勃朗特笔下的希斯克利夫、梅尔维尔笔下的亚哈船长如出一辙，他们的生命鲜活而有力。

V

陀思妥耶夫斯基构思《卡拉马佐夫兄弟》已久。自第一本小说面世后，他的经济情况根本不允许他在一本书上耗费这么大的心血了。总的说来，这是他最缜密完整的作品。从和别人的信里能看出，他深信被我们称之为灵感的神秘事物，并借其描写脑海中的朦胧想象。其实灵感是不确定的，更容易闪现在独立的段落中。构思一部小说，需要"esprit de suite"（行文的灵感），通过这种逻辑感，使素材有序排列，各个部分依次连接，情节真实可信，整个故事非常完整，不会留下尚未完成的部分。陀思妥耶夫斯基对此欠缺天赋。这也是为何他最擅长的是情景描写。他在制造悬念和使情节戏剧化方面尤其出众。我所知道的，小说中最骇人的一幕，莫过于拉斯科尔尼科夫谋杀当铺老板；而几乎没有比《卡拉马佐夫兄弟》里，伊万看到自己不安的良知以魔鬼的形象出现更让人震惊的情节了。陀思妥耶夫斯基改不了语言啰嗦的毛病，他书中的人物对话篇幅极长；但即使这些人废话连篇，却几乎还是一如既往地引人入胜。我顺便提一下他经常用来使读者胆战心惊的伎俩。他笔下角色的实际情绪，往往比其语言表达的情绪更激烈。他们激动得浑身发抖，大喊大骂，泪流不止，满脸通红，面色铁青或毫无血色。无法用语言表达的最为激烈的情感，却被几句话轻描淡写地带过，而很快，这些过激的行为和歇斯底里的发作就让读者提心吊胆，以为有什么真正的打击就要到来。

阿廖沙是《卡拉马佐夫兄弟》里的核心人物，全文第一句话就已经说明："阿列克谢（阿廖沙的全称，译者注）·费奥多罗维奇·卡拉马佐夫是我县地主费奥多尔·巴甫洛维奇·卡拉马佐夫的第三个儿子。他父亲十三年前就过世了，这出悲剧来得蹊跷，一度闹得满城风雨。关于这件事，我等时候合适再给大家说吧。"陀思妥耶夫斯基是个经验老到的作家，若不是出于有意，不可能在全文第一句就点明阿廖沙的地位。但正如我们所见，和哥哥德米特里、伊万相比，阿廖沙在小说里只能算是个配角。他在故事里时隐时现，似乎对那些更重要的角色没什么影响。他的行为活动主要和一群学生有关，除了凸显他的魅力和善良之外，这些男孩也和主线发展没有关系了。

关于这个问题的解释，大概是这样：加内特夫人838页的英译版《卡拉马佐夫兄弟》，只是陀思妥耶夫斯基最初构思情节的一部分而已。陀思妥耶夫斯基还想再写几卷继续讲述阿廖沙的成长，让他经历起起伏伏，犯下难以饶恕的罪过，在一番折磨后终于实现救赎。但他的设想却因为忽然去世而无法完成，《卡拉马佐夫兄弟》因此成为一个未完的片段。然而，它仍然是历史上最伟大的小说之一，在一小部分出色的小说中首屈一指。这一类小说以其强烈的张力和能量在其他小说里脱颖而出，其长处不一而足，其中两部典型的代表便是《呼啸山庄》和《白鲸》。

费奥多尔·巴甫洛维奇·卡拉马佐夫是个愚笨的丑角，他有四个儿子，德米特里、伊万、阿廖沙和我之前提过的私生子——在他们家做厨子和仆人的斯梅迪亚克。两个大儿子厌恶自己丢脸的父亲；阿廖沙是书中唯一招人喜欢的角色，他不讨厌任何人。E.J.西蒙斯教授认为德米特里才是本书的主人公。他是那种被宽容之人当作眼中钉的角色，而这样的人一般都很受女人欢迎。"天真和深沉是他天性中的主导，"西蒙斯教授如是说道，"他的举止言行反映了存在于灵魂中的诗意。他的一生如史诗一般，偶尔迸发出的热情抑制了内心的冲动。"的确，他大肆宣扬自己的道德抱负，但并没有以此改善自己的行为，所以人们自然对他的抱负不以为意。他偶尔非常慷慨，但也常吝啬抠门。他嗜酒如命，自吹自擂，恃强凌弱，挥霍无度，虚伪可耻。他和父亲都疯狂地爱上了镇上的情妇格鲁辛卡，他因此和父亲争风吃醋。

在我看来，伊万是个更有趣的角色。他非常聪明、谨慎，下定决心要实现一番作为。二十四岁那年，给评论杂志写的颇有才气的文章，已经让他小有名气了。陀思妥耶夫斯基说他能干能学，比那些穷苦大众和整天在报社里混日子的学生聪明得多。他一样恨自己的父亲。这个老色鬼藏了三千卢布，希望以此引诱格鲁辛卡和他上床，而斯梅迪亚克为了这笔钱把他杀了；一直威胁要弄死父亲的德米特里成了嫌疑犯，被抓起来判了刑。陀思妥耶夫斯基原本就打算这样写，但为了达到目的，特意让书中很多相关角色做出荒唐的反应。审判前的一夜，斯梅迪亚克找到伊万，坦白他才是杀人凶手，并把抢来的钱还了回去。他直言，他是在伊万的怂恿和默许下才动了手。伊万瞬间崩溃了，就像那个杀了当铺老板的拉斯科尔尼科夫一样。但拉斯科尔尼科夫精神错乱、饥肠辘辘、一文不名，伊万却不是。他的第一反应是去找检察官，坦白实情，但后来决定要等到审判时再说。这是为什么呢？据我看来，只可能是陀思妥耶夫斯基认为这样写更有激动人心的效果。随后到来的便是这古怪的一幕，我在前文已经说过，伊万出现了幻觉，他的灵魂成了一位衣衫褴褛的落魄绅士，超脱身外，与他卑鄙恶劣的肉身四目相对。此时一阵猛烈的敲门声响起。是阿廖沙来了。他告诉伊万，斯梅迪亚克已经自缢。在这千钧一发之际，德米特里的命运垂于一线。伊万确实心烦意乱，但还没到疯的地步。就我们对他的理解来说，他也许会在某一刻重新振作，厘清头绪。这两个人应该先去看看斯梅迪亚克，随后去找辩护人，告诉他斯梅迪亚克的供词，再把抢来的三千卢布上交——这才是故事的正常走向啊。有了这些材料，辩护律师（据说是个非常有能力的人）一定能让陪审团起疑心，考虑是否应该给出有罪的判决。而实际上，阿廖沙所做的，只是把一块冷帕子敷在伊万头上，给他掖好了被子。我之前说过，这个心地善良的人儿一点用都没有。他在这件事里表现得尤为窝囊。

关于斯梅迪亚克的死，再没有更多解释了。他是卡拉马佐夫四个儿子里最工于心计、冷酷无情、傲慢自负的那个。他已提前算计好了，等时机一到，便方寸不乱地杀了那个老头子。他一向以诚实为人所知，没有人怀疑是他偷了那笔钱。一切证据都指向了德米特里。我认为，斯梅迪亚克没理由要自杀，除非是因为陀思妥耶夫斯基想以戏剧化的收尾结束这一章。陀思妥耶夫斯基是个非常优秀的作家，却不是一个现实主义作家；所以他坚持使用后者一定会回避的方式，认为这样写并无不妥。

德米特里被判有罪后，宣称自己是无辜的，他说："我接受指控的折磨和公开的差辱。我希望忍受这种痛苦，以此来净化自己。"陀思妥耶夫斯基对苦难的精神价值有一种根深蒂固的信念，他相信主动迎接苦难能实现救赎，达成幸福。按照这种惊人的推论，罪孽引发苦难，苦难带来幸福，因此罪孽反而是必需而合理的存在了。但苦难真的可以洗涤人性吗？《死屋手记》里并没有证据证明它可以影响身边的狱友，显然，它对陀思妥耶夫斯基也没什么作用：如我所说，他出狱和入狱都是一个德行。就身体之疼痛而言，我认为长久而痛苦的疾病能使人好斗、自负、褊狭、嫉妒。这不仅没让人更好，反而变得更糟。当然我知道有些人（我本人就认识一两个）久病不愈，无药可救，却表现出勇敢无畏、无私奉献、忍耐顺从的一面，但这是因为他们原本就具有以上品质，只在特定情况下才会显露。同样，还有精神上的痛苦。所有长期混迹于文坛的人，都能认识几个先大获成功，又出于某种原因颓废潦倒的人。他们因此闷闷不乐、满腹苦水、怀恨嫉妒。能够勇敢坦然地直面不幸，并忍受随之而来的羞辱的人，我仅仅能想到那么一个。毫无疑问，我所说的这个人曾经拥有过这些品质，但如今却被掩盖在了他轻率的面具之下。苦难是人类命运的一部分，但它并不会因此减轻几分罪恶。

尽管人们一直诟病陀思妥耶夫斯基行文冗长，他也清楚自己的这个毛病，却改不了，也不会改；尽管人们希望他能回避那些分散读者注意力的不合理之处——不合理的角色、不合理的情节等等；尽管人们认为他的观点不正，但《卡拉马佐夫兄弟》依然不失为一本惊世巨作。它的主题具有深远的意义。很多评论家认为这是对神的求索；我却觉得这是恶的问题[1]。在被陀思妥耶夫斯基视作小说高潮的《争论的问题》一节中，这个问题得到了讨论。《争论的问题》里包括了伊万的长篇独白，他跟可爱的阿廖沙说，在人类的理解里，上帝是全能而完美的，似乎与邪恶的存在水火不容。人类要为自己的罪行受苦，这是合情合理的；而无辜的孩子也要遭受苦难，这于情于理就都说不通了。伊万给阿廖沙讲了一个恐怖的故事。一个做奴隶的小男孩，刚刚八岁，随手扔了一块石头，竟然意外打瘸了主人最爱的狗。那腰缠万贯的主人把小男孩脱得精光，让他跑出去，放了一群猎犬追他，当着男孩母亲的面让猎犬把他撕得粉碎。伊万信仰上帝的存

1.由古希腊哲学家伊壁鸠鲁提出，是一个经典的对上帝存在论的反驳。这个问题可简单概括为：①上帝是否全能？②上帝是否全知？③如果上帝全知，势必知道恶的存在；如果上帝全能，势必阻止恶的发生；而这时间仍然存在恶，就证明上帝并非全能或（和）全知。

在，但他无法接受上帝创作的世界竟是如此残忍。他坚持不该让无辜之人为恶人顶罪；如果他们真的因此受苦，那只能说明上帝是邪恶的，或者根本就不存在。陀思妥耶夫斯基在这段描写里表现出了前所未有的力量，甚至在落笔成文后，也对自己的文字心惊胆战。他的观点令人无法反驳，但结论却与其心中的信仰背道而驰——他相信在所有的邪恶之外，世界仍然美丽如旧，因为它是上帝的创造。他忙不迭地反驳这一观点，但没有人比他自己更清楚：他失败了。这一部分写得毫无趣味，对论点的反驳也不能让人信服。

恶的问题仍待解决，伊万·卡拉马佐夫的控诉尚未等来答案。

Chapter 11 | 托尔斯泰与《战争与和平》

I

前面三章介绍的小说从某种程度上来说可谓自成一派，称不上是典型。而现在我要说的这部，尽管庞大复杂，但仍凭借其形式和内容在主流小说中占据一席之地，我之前提过，所谓主流小说是以达佛尼斯和克洛伊[1]的田园传奇为开端的作品。《战争与和平》绝对是所有小说里最伟大的一部。只有智商超群、奇思丰富，对世界有广阔见解，对人性有深入洞察的人才能完成这样的杰作。此前从没小说可以涉猎如此之广，涵盖诸多重要的历史时期和大量的人物角色；我想之后可能也不会有了。伟大的小说或许还会出现，但绝没有一部能像《战争与和平》这样。生活千篇一律，国家的势力越来越凌驾于人的生存之上，教育逐渐走向趋同；随着阶级差异的消失和个人财富的减少，随着众生机会的平等（如果未来世界真的是这样），人却依然生而不同。有些人生来自带成为小说家的天赋，但他们所认识的世界，人情风俗皆有不同，因此有的人成了写出《傲慢与偏见》

1.古希腊作家、诗人朗高斯（Longus）小说《达佛尼斯和克洛伊》中的主人公。

的简·奥斯汀，有的人则成了创作《战争与和平》的托尔斯泰。这本书是当之无愧的史诗。我再也想不出有别的小说配得上这一称号。托尔斯泰的朋友，一位有见地的评论家斯特拉霍夫曾以短短几句有力的话表明自己的观点："一幅人类生活的全景描绘。一幅当时俄国社会的全景描绘。一幅人类历史与挣扎的全景描绘。一幅人生幸福与伟大、痛苦与屈辱的全景描绘。这就是《战争与和平》。"

Ⅱ

托尔斯泰出身于一个不常诞生伟大作家的阶级。他是尼古拉斯·托尔斯泰伯爵和女继承人玛雅·沃尔康斯卡公主的儿子；他出生在母亲家族的祖传庄园亚斯纳亚·保里亚纳，是五个孩子里的老么。他小的时候，父母就相继去世了。他最早跟着私人教师学习，后来去了喀山大学，又转学彼得堡。他学习不好，在两所大学没拿到一个学位，但贵族出身让他顺利走进了喀山、彼得堡和莫斯科的社交圈子，流连在上流社会的活动中。他个子不高，其貌不扬。"我知道自己长得不好看，"他这样写道，"我曾经万分沮丧，想象一个长着这样大鼻子、厚嘴唇和一双灰色小眼睛的人是永远也找不到幸福的。我向上帝乞求一个奇迹，让自己变得英俊，并愿以现在和未来所拥有的一切来换取一张英俊的脸庞。"托尔斯泰不知道的是，他寒碜的外表反而凸显了那异常迷人的精神力量，谦和的眼神也让他显得神采奕奕。托尔斯泰很会穿衣服（像司汤达一样，希望靠穿着时髦来弥补相貌的丑陋），但穿衣打扮并不符合自己的阶级。喀山大学的一个同学这样形容他道："我离那位伯爵远远的，第一次见面时，他面孔冷峻，一头毛刺，眼睛半开半闭，表情犀利，让人不好接近。我从来没见过如此怪异的年轻人，觉得他那种自以为是、自我满足的派头简直不可理喻……他几乎没搭理我的问好，好像在暗示我和他并不是平等的……"

1851年，托尔斯泰二十三岁。他在莫斯科待了几个月。他的哥哥尼古拉是个炮兵，从高加索放假回来，等假期结束准备回军营时，托尔斯泰决定跟他一起回去。几个月后，他被劝服入伍，以候补军官的身份参加了俄国军队几次进攻山区反动部落的行动。他批判兄弟军官时丝毫不留情面："一开始，这里的很多事都让我震惊不已，但我渐渐习惯了这些人，虽然和他们并没有什么来往。我找到了一种完美的平衡，对他们既不傲慢也不亲近。"好一个目空一切的年轻人！托尔斯泰身子健壮，徒步走一整天，或在马鞍上待十二个钟头都不觉得疲惫。他嗜酒如命，疯狂赌博，手气却很不好；有次为了还赌债，不得不把亚斯纳亚·保里亚纳庄园的房子卖了，那是家里给他分的遗产。他的性欲异常旺盛，还感染了梅毒。除了这一灾难外，他在军队的生活和其他来自各个国家、出身优渥的年轻人别无二致。花天酒地似乎是他们充沛精力的自然发泄，而他们也情愿沉溺其中，因为他们觉得（似乎有点道理）这可以让自己在同伴中更有面子。根据托尔斯泰的日记，某次彻夜玩乐后——可能是打了一夜纸牌或沉迷女色，也可能是和吉普赛人喝酒寻欢（从小说里能发现，这是一种或曾经是一种俄国人放纵行乐的常见方式）——他感到万分懊悔；然而只要一有机会，他还是会旧病重犯。

1854年，克里米亚战争爆发，在围攻塞瓦斯托波尔的战场上，托尔斯泰负责统领一个炮连。他在车纳雅河战役中，因为"杰出的勇气和胆量"

被提拔为副官。1856年，和平条约签署，他辞去了军职。托尔斯泰在从役期间写了很多随笔和故事，还以带有浪漫色彩的笔调追忆了自己的童年和青年时代；这些作品刊登在一本杂志上，引起人们高度赞赏，等他回到彼得堡时，受到了热烈的欢迎。他不喜欢在那儿遇见的人，人家也不喜欢他。尽管他深信自己是真诚的，却总不相信别人也是，还不假思索地把自己的怀疑告诉给人家。他对那些公认的观点很不耐烦，脾气极差，喜欢争辩，傲慢自大，不把任何人的感情放在眼里。屠格涅夫曾说，他从没见过比托尔斯泰咄咄逼人的样子更招人讨厌的东西，那副嘴脸再加上几句刻薄的话，能把人气得七窍生烟。他听不了别人的批评，偶尔读到一封信里有些和自己相关的言论，就立刻要向人家宣战，直到朋友好言相劝，才避免了一场愚蠢的战斗。

当时俄国正盛行一股自由主义的浪潮。解放农奴是当时最严峻的问题，托尔斯泰在首都住了几个月后，返回亚斯纳亚·保里亚纳，给家里的农奴提供了一份获得自由的方案；但他们都觉得其中有诈，纷纷回绝。过了一阵子他出国了，回来的时候又给农奴的孩子办了一所学校。孩子们有权利选择不去上学，即使在学校里也有权利选择不听老师上课。学校里毫无章法可循，从未有学生受到惩罚。托尔斯泰负责讲课，一天到头和他们混在一起，晚上一起游戏，给他们讲故事，唱歌，直到深夜。

这段日子里，他和其中一个农奴的妻子有了外遇，还生下一个儿子。两人的私情并非一时兴起，他在日记里写道："我从没有这样爱过。"若干年后，他的私生子蒂莫西成了他小儿子的车夫。传记学家感到不解，因为托尔斯泰父亲的私生子也给他的某个家庭成员当了车夫。我想，这也是道德观愚钝的某种表现吧。鉴于托尔斯泰忧心忡忡的良知，和他想要帮助奴隶摆脱低贱的命运，教育他们成为干净、体面、自尊之人的急切愿望，人们想当然地认为他会给那个男孩做点什么。屠格涅夫也有一个私生子，是个女孩，他把她照顾得很好，请了家庭女教师来教她读书，非常关心她的日子过得怎么样。难道托尔斯泰看见亲生儿子当了车夫，生活在自己家的马棚里，真的不觉得尴尬吗？

托尔斯泰的性格特点之一，即他总是满怀热忱地开始一项新的事业，可或早或晚便觉得无聊了。不知为何，他缺少一份持之以恒的美德。于是，学校建成两年后，他发现结果并不如人意，干脆关门大吉。他又疲惫又沮丧，身体也垮了。日后在书中写道，倘若生活中没有尚未探索、有望得到幸福的一面，他真的会陷入绝望。而这一面就是婚姻。

他决定试一试。他考察了很多符合条件的年轻姑娘，因为这样或那样的原因刷掉了一个又一个候选者，最后把比尔斯大夫十八岁的次女索尼娅娶进了家门。比尔斯大夫是莫斯科的著名医师，也是托尔斯泰家的老朋友。托尔斯泰那年三十四岁。夫妻两人定居亚斯纳亚·保里亚纳。结婚后的头十一年，这位伯爵夫人生了八个孩子，之后的十五年里又添了五个。托尔斯泰喜欢骑马，热衷射箭。他的财产增长，买下了伏尔加河东边的地产，最后名下一共有一万六千英亩土地。这样的生活轨迹在当时并不罕见。很多出身贵族的俄国人年轻时都酗酒、赌博、通奸，然后结了婚生下一大堆孩子，在自己的土地上定居，守着财产，骑马射箭。像托尔斯泰一样信仰自由主义的人也不在少数，他们为农民的愚昧无知感到痛心，试图改善这些人的命运。而这段时间里，唯一能使托尔斯泰有别于他人的，就是他创作了世界上最伟大的两部小说，《战争与和平》和《安娜·卡列尼娜》。

III

索尼娅·托尔斯泰似乎是个挺有魅力的年轻姑娘。体形优雅，眼睛漂亮，鼻子肉乎乎的，头发乌黑油亮。她看上去很有精神，兴致勃勃，说话的声音很是好听。托尔斯泰一直以来有写日记的习惯，其中不仅包括他的想法和期望、祷告和忏悔，还有在性及其他方面犯下的罪过。他们订婚的时候，托尔斯泰出于向未来妻子坦白一切的愿望，把日记交给了她。她读后深感震惊，一夜无眠，以泪洗面，第二天把日记还给托尔斯泰，并原谅了他。她是原谅了，但她没有忘记。他俩都是情感强烈的人，有所谓丰富的个性，这通常也代表了一些不招人喜欢的特点。伯爵夫人性格别扭，占有欲强，嫉妒心重；而托尔斯泰不近人情，行事教条，心胸狭隘。他坚持要她看养孩子，这倒是她乐意做的事；但有一次刚生完孩子，她的乳房酸痛难忍，不得不把孩子托给奶妈喂养，他就莫名其妙地朝她发怒了。他们不时争吵，却总能和好。总的来说，他们深爱对方，婚姻在前些年里算得上幸福。托尔斯泰工作努力，笔耕不辍。他的笔迹往往难以辨认，但负责转抄手稿的伯爵夫人慢慢掌握了辨字的技巧，甚至能猜出一些草草写下的随笔和未完成的句子。据说，她整整抄了七次《战争与和平》。

我在写这篇文章时，从阿尔默·毛德的《托尔斯泰的生活》中引用了很多，并借鉴了他翻译的《忏悔录》。毛德和托尔斯泰及其家庭有所来往，借此优势，他的叙述很具阅读价值。可惜，他在书中对自己和自身感受的描写过多，而他本人竟然还不以为意。我深深得益于E.J.西蒙斯教授有关托尔斯泰完整、详尽、令人信服的传记。他提供了很多阿尔默·毛德略去的有趣事实，也许后者也是自有判断吧。这本书必将长期被视为英文传记中的杰出作品。

西蒙斯教授这样形容托尔斯泰的一天："一家人聚在一起吃早饭，主人妙语连珠，玩笑不断，整个谈话生动而有趣。最后，他起身撂下一句'该工作了'，便消失在书房，手里常常还端着一杯浓茶。没有人敢打扰他。等他刚过中午再次露面，就是准备散步或骑马运动一下的时候了。下午五点钟，他回来吃晚饭，狼吞虎咽一通，填饱了肚子后便生动地谈起散步时的见闻，逗得在座各位哈哈大笑。晚餐后他回书房读书，八点在客厅和家人或客人一起用茶。往往会有音乐声、响亮的读书声或孩子做游戏的声音。"

这是忙碌充实、令人满足的生活，索尼娅负责生育孩子，打点家事，辅助丈夫工作；托尔斯泰骑马射箭，管理庄园土地和写书，这样的生活似乎在未来很多年里没有理由不该幸福地重复下去。托尔斯泰快到了知天命的年纪。对男人来说，这是段危险时期。韶华已逝，回首过去，他们不禁自问生命的意义是什么；向前展望，垂暮之年将要到来，前景令人不寒而栗。还有一种恐惧纠缠了托尔斯泰的一生——对死亡的恐惧。人固有一死，大部分还算合情合理，个别因意外或重病者可以暂且不论。在《忏悔录》里，他是这样形容当时的心态的："五年前，一些非常奇怪的事开始发生了。最初我经历了某些困惑时刻，感受到生命的禁锢，似乎我不晓得如何活着或该做些什么；我怅然若失，垂头丧气。但等这一阵子过去后，我便又像以前那样生活了。然而，困惑的时刻总是以同样的形式，来得越来越频繁。它们一直以这样的问题出现：这是为了什么？又将去往何处？我感到自己曾经的立足点早已分崩离析，脚下没有了可以站立的地方。过去赖以为生的一切不复存在，再也没了依靠。生活陷入僵局。我可以呼吸、吃饭、喝水、睡觉，我也不得不这样做，但这并不是生活，因为已经没有了可以合理实现的梦想。

"这一切降临的时候，正逢我所拥有的一切被外人视作十足的幸运。我还不到五十岁；有一个贤惠的妻子，彼此相爱；孩子都很优秀，家里有大片土地，不需费心经营就能不断升值……人们都欣赏我，就算我说自己名声很大也不算大言不惭……我思维敏捷，身体健康，在同类人中非常少见：论及体力，赶得上收割庄稼的农民；论及脑力，能一口气工作八到十个钟头，一点儿也不觉得难受。

"现在的精神状态是这样的：我的生命就像一个不知道谁跟我开的愚蠢而恶毒的玩笑。"

年轻时的饮酒过量导致他有严重的头疼后遗症。还是个男孩的时候，他就不相信上帝了，信仰的缺失导致他郁郁寡欢，难以满足，因为早已失去了可以解开生命之谜的理论。他自问："我为什么活着？我该怎样活着？"可找不到答案。如今他又开始信仰上帝，但奇怪的是，作为一个情感如此丰富的人，他的信仰竟来自于推理。"如果我存在，"他写道，"一定是有存在的原因，及原因的原因。最初的原因就是那个我们称为上帝的男人。"托尔斯泰一度信仰俄国东正教，但他非常厌恶该教派下学者的所作所为及不守原则，且无法相信教派要求信徒相信的所有事情。他只准备接受简单而直观的事物。他开始接触贫穷、朴素、目不识丁的教徒；对这些人的生活观察得越多，就越深信即使他们盲目迷信，但却拥有不可缺少的真正的信仰，单单这一信仰便使他们的生活有了意义，因此能够继续活下去。

托尔斯泰用了几年的时间才得到最终的观点，这几年是在痛苦、冥思和学习中度过的。很难把他的见解简短概之，我也是经过了再三犹豫才决定这么做。

他渐渐相信只有在耶稣的话语里，才能发现真理。但他不相信那些明显荒唐的、有辱人类智慧的、来自于基督教教义的信条。他不相信基督的神性、童贞女生子和耶稣复活。他不相信圣礼，因为它们只是为了模糊真相，完全不以基督教义为基础。他有一段时间不相信来生，后来想到自我是无限中的一部分，才相信躯体的死亡并不会中止自我的存在。最后，在临近去世时，他宣布自己所信仰的并非那个创造世界的上帝，而是存在于人们良知中的上帝。我们也许认为，这样的神灵和半人半马或独角兽一样，只不过是想象的幻觉罢了。托尔斯泰认为基督教义的精华在于"不与恶人作对"的训诫。他相信"什么誓都不可起"的戒律不仅是一句常见的咒骂，还适用于一切誓言，包括证人席或军队中的起誓；"爱你的敌人，祝福那些咒骂你的人"则阻止了人们与国家的敌人作战，或在受到攻击时自我防卫。托尔斯泰认为，接受观点等同于付诸行动，如果他确定基督教的内涵就是仁爱、谦卑、克己和以德报怨，那么放弃生活的享乐，卑躬屈膝、受苦受难、慈悲为怀地生活就是义不容辞的事了。

索尼娅·托尔斯泰，一名虔诚的东正教徒，坚持让孩子接受宗教教育，按照自己的方式事事尽责。她不是一个精神高尚的女人；但生育了这么多孩子，一个人把他们拉扯大，确保他们有良好的教育，还要处理一大家子的事，也确实顾不上培养灵性了。她对丈夫变化了的观点既不理解，也无同感，却能足够宽容地予以接纳。但当这些内心的变化影响到他的行为时，她便感到不满，并毫不犹豫地表现出来。托尔斯泰觉得他有责任尽可能少地让别人为自己工作，所以开始自己烧炉子、接水、洗衣服。他想自食其力，于是请了个鞋匠教他做鞋，在亚斯纳亚·保里亚纳庄园和农民一起耕地、砍柴、运稻草；伯爵夫人不同意这种做法，因为她觉得，丈夫从早到晚干的都是些没用的活，即使是农民，也只有小伙子才会干这些活。

"你肯定会说，"她给丈夫写信道，"这样生活才符合你的信仰，并乐在其中。而这是另一码事了，我只能说：'你开心就好！'我也很苦恼，因为你拥有伟大的思想，却把精力浪费在劈柴、烧水、做靴子上——这些事作为消遣或调剂是极好的，但绝对不能当成专职啊。"她说得很有道理。是托尔斯泰犯了傻，才会认为体力劳动比脑力劳动更伟大。前者甚至不比后者更辛苦一些。每个作家都知道连续写作几个钟头后，身体会非常疲劳。工作本身并不值得赞扬。我们之所以工作，是为了享受片刻休闲。只有傻子才会因为不知道休息时该做什么而不停地工作。但即使托尔斯泰认为不该给无所事事之人写书消遣，他也应该找个比打样做鞋更有头脑的活儿做（他鞋子做得很烂，送给别人人家也不穿）。他开始像农民似的打扮，变得又脏又邋遢。据说有一次他卸了一天粪肥，晚上参加宴会时，带着满身的臭气，不得不把窗户都打开。他放弃了自己一直以来热爱的打猎，因为不该为了享乐而杀害动物，他成了素食主义者。过去很多年里，他习惯了适度饮酒，而现在滴酒不沾，甚至经过一番挣扎后，把烟也给戒了。

托尔斯泰的孩子们已经长大，为接受教育，以及让长女汤尼娅进入社交圈，伯爵夫人坚持全家冬天一起搬去莫斯科。托尔斯泰不喜欢城市生活，但还是向夫人妥协了。在莫斯科，他目睹了惊人的贫富差距。"我感到恐惧，并且一刻不能停止，"他写道，"想到我有富足的食物而有些人不能果腹，我有多余的衣服而有些人衣不蔽体，就觉得自己在犯罪。"人们不断告诉他，世上总有且终有贫富之分，但这仍于事无补；他觉得这不公平；某次拜访完一所贫民夜间收容所，目睹其惨状后，一想到回家有两名穿着礼服、打着领结、戴着白手套的侍者服侍，晚餐足足有五道菜肴，他就感到非常羞耻。他试着向前来求助的穷人慷慨解囊，但却发现从他手里骗走的钱竟是作恶远大于行善。"金钱是魔鬼，"他说道，"予人钱财者便是作恶。"他通过此事很快得出结论，即财产是邪恶的，拥有财产即罪孽深重。

对于托尔斯泰这样的人来说，下一步的打算显而易见：他决定放弃所拥有的一切；但在这件事情上和妻子产生了剧烈的矛盾，后者并不想沦为乞丐或让孩子身无分文。她威胁说要去起诉，逼着托尔斯泰承认没有管理自己财务的能力。不知经过了多少次剧烈争吵后，他最终同意把财产移交给她。而她拒绝接受，最后他把财产平分给了她和孩子。这些年里，不止一次的争吵让他夺门而出，和农民住在一起，可每次还没走多远，想到自己让妻子如此痛苦，就心有不忍又回家去了。他继续住在亚斯纳亚·保里亚纳庄园，尽管对奢侈的生活——其实只是适当奢侈罢了——感到羞耻，却仍然受益其中。婚姻的裂隙还存在着。托尔斯泰不赞同伯爵夫人给孩子的通识教育，并无法原谅她限制自己随意支配财产。

在这段对托尔斯泰生活的概述里，我被迫删去很多颇有意思的内容；恐怕关于他信仰转变后的三十年经历，我必须更简洁一些才行。他成了公众人物，被奉为俄国最伟大的作家和享誉世界的小说家、教育家、道德家。决定按照他的思想生活的信众组成了各个群体。他们试图把他的原则付诸实践，却一再碰壁，这些信众的不幸经历既发人深省又滑稽可笑。由于托尔斯泰本性多疑、争强好斗、心胸狭隘，加上毫不掩饰地认为那些与他意见相悖的人都心怀不轨，所以没交下几个朋友。但随着名气越来越大，学生和朝圣者纷纷前来，参观他曾在俄国写作、生活的圣地；记者、游客、崇拜者、信徒，不论穷富，不分贵贱，都涌到亚斯纳亚·保里亚纳庄园来。

索尼娅·托尔斯泰，正如我先前说的，嫉妒心强，占有欲极盛；她一直希望能独占自己的丈夫，厌恶陌生人到自己家里来。她的耐心要被磨没了："在跟大家分享那些美好情感的同时，他的生活还是老样子，喜欢甜食、自行车、骑马、享乐。"她在日记里这样写道："我忍不住地抱怨，因为他为了人类幸福做的那些事，让我们的生活越来越复杂，我快受不了了……他那些关于爱和善的教育，反而让他对自己的家庭冷漠起来，把各式各样乱哄哄的人群引入我们的生活。"

第一批认同托尔斯泰观点的人里，有一位青年名叫契尔克托夫。此人非常富裕，曾是禁卫队首领，但出于对"不抵抗"原则的信仰，辞去了军职。他忠厚诚实，是个理想主义者和狂热分子，因为其专横的性格，尤其擅长将个人意志强加于人；阿尔默·毛德说，凡是他接触到的人，不是成为他的工具，就是和他争吵不休，或者逃之夭夭。但他和托尔斯泰之间萌生了情谊，两人的交往一直持续到后者逝世。他对托尔斯泰产生的影响让伯爵夫人恨之入骨。

即使对托尔斯泰寥寥朋友中的大部分而言，他的观点已经过于极端，但契尔克托夫却一直在旁煽风点火，促使他把这些观点落实为行动。托尔斯泰忙于提高自己的思想境界，无暇打理财产，所以尽管他的财产价值六万英镑，每年的收入却还不到五百英镑。这显然不够养活一大家子人，更别说还要供一群孩子上学。索尼娅说服丈夫把1881年前所有作品的出版权交给她，她借了一笔钱，开始做起自己的生意。一切进展顺利，她承担起家里的各项开销。但保留其作品的版权显然不符合托尔斯泰所信仰的金钱是罪恶的观点，于是在契尔克托夫的怂恿之下，他将1881年之后所有作品的版权向公众开放，任谁都能自行出版。此事足以激怒伯爵夫人，但托尔斯泰更加得寸进尺：他要求她交出更早期作品的版权，包括那些大受欢迎的小说，对此她坚决回绝。她和家人的生活都指望着这些书呢。激烈尖锐的冲突随之而来，无休无止。索尼娅和契尔克托夫让托尔斯泰不得安生。他被拉扯在两方矛盾之间，自认无法否决任何一方的要求。

IV

1896年，托尔斯泰六十八岁。此时已结婚三十四年，孩子大多已经成年，次女也准备嫁人了；他的妻子时年五十二岁，和一个比自己年轻很多的男人陷入了可耻的不伦之恋，这个男人叫塔纳耶夫，是个作曲家。托尔斯泰大为震惊，又羞又恼。他给她写了封信："你和塔纳耶夫的亲密让我反胃，我无法平静地接受这个事实。与其这样和你生活下去，还不如让我夭寿，中毒身亡。这一年我活得不像样子。你知道的。我朝你大发雷霆，又向你苦苦乞求。最近，我开始沉默不语。我用尽一切手段，但一切都是徒劳。这种暧昧还在继续，它会一直走下去。我不愿再忍受了。显而易见，你和他断不了了，那只有一种解决方式——分居。我心意已决。但我必须想好怎么做才合适，最好的法子就是先逃出国。我们应该想想怎么做最好。我只确定一件事——不能再这样下去了。"

然而，他们并没有分居，而是继续互相折磨着彼此。不再年轻的伯爵夫人深陷爱河，疯狂地追求着作曲家，尽管最开始对方可能受宠若惊，但很快就受够了她热烈的单恋，更何况这也让自己显得非常可笑。最后，她终于意识到作曲家的逃避，他甚至终于在众人面前侮辱了她。伯爵夫人深感羞耻，很快得出结论，即塔纳耶夫"不管在身体还是精神上，都厚颜无耻，令人作呕"。这桩尴尬的情事便到此为止了。

丈夫和妻子间的不合已经众人皆知，令索尼娅伤心的是，托尔斯泰的信众——现在这些人是他仅剩的朋友了——都站在他那一边；因为她不准托尔斯泰如信众希望的那样生活，所以他们都对她怀有敌意。托尔斯泰的信仰转变没给他带来多少幸福，不仅众叛亲离，而且和妻子争吵不断。追随者们因为他还保持着一种安逸的生活而斥责他，的确，他自己也觉得这是活该。他在日记里写道："所以，我，一个即将进入古稀之年的人，全心全意地渴望安宁和平静，即使那样的生活并非完美和谐，也比如今生活与信仰和良知之间的巨大矛盾要好。"

他的身体每况愈下。接下来的十年里，生了几场病，其中一场非常严重，差点因此而丧命。高尔基在这段时间里与他结识，形容他为瘦弱矮小、满头白发，只有一双眼睛比往常更犀利，眼神直入人心。他皱纹很深，白色的胡须又长又乱。他已经是个老头子了。时年八十岁。一年过去，又是一年。他八十二岁了。身体很快衰弱，已然没有几个月的活头了。为数不多的时日也因为争吵而痛苦不已。契尔克托夫——此人显然并不赞同托尔斯泰认为财富是罪恶的这一观点——在亚斯纳亚·保里亚纳附近，花大价钱给自己建了所大房子，尽管托尔斯泰谴责这笔开支，但两个人住得近了，来往就更方便。契尔克托夫怂恿他完成夙愿，等死后把所有作品都开放公版。伯爵夫人为此暴怒，因为如此一来，托尔斯泰在二十五年前转交给她的小说版权就被夺走了。她和契尔克托夫长久以来的反目终于爆发了。托尔斯泰的孩子们，除了完全服从于契尔克托夫掌控的最小的女儿亚历山德拉之外，全都站在母亲这边；他们不想像父亲所希望的那样生活，尽管已经分到了财产，还是觉得不该放弃其作品能够带来的大笔收入。据我所知，这些孩子里没有一个被教育过要自力更生。尽管承受着家庭的重压，托尔斯泰仍然写下遗嘱，把自己的作品版权全部公开，并将现存所有手稿交给契尔克托夫，以保证所有想出版这些作品的人都能免费拿到稿子。这份遗嘱显然不合法律，契尔克托夫让他再写一份。公证人被悄悄领进屋子，以防伯爵夫人知道他们在做些什么，托尔斯泰在锁着门的书房里亲手抄了一份遗嘱。这份遗嘱把作品版权交给了亚历山德拉，契尔克托夫曾轻描淡写地解释过为何指定她做继承人："我想托尔斯泰的妻子和孩子一定不愿看见由外人担任遗产受赠人。"鉴于他们最主要的生计来源就此被剥夺了，这种猜测的确很有道理。但契尔克托夫还是没有满足，他自己又撰写了一封遗嘱，托尔斯泰坐在他家树林里的树桩上抄了一遍。就此，书稿的出版大权完完整整整落在了契尔克托夫手里。

这些作品里最为重要的，是托尔斯泰晚年的日记。夫妻二人都有写日记的习惯，他们能看到对方的日记，这也不难理解。不幸的是，当他们读到日记里对彼此的抱怨后，就开始反唇相讥。托尔斯泰早年的日记都在索尼娅那儿，但去世前十年的日记则由契尔克托夫保管。索尼娅铁了心要拿到这些日记，一部分是因为出版日记能带来收益，但主要还是因为托尔斯泰会把二人的争执一五一十地记录下来，她可不想让这些内容公之于众。

她通知契尔克托夫把日记送回，却遭到拒绝。她再以死相逼，说如果拿不到日记就饮鸩或自溺身亡。托尔斯泰被这场闹剧搞得焦头烂额，从契尔克托夫那拿回了日记，但没有转交给索尼娅，而是存进了银行保险柜。契尔克托夫写信给他，他在日记里这样评价道："我收到了契尔克托夫的信，字里行间满是谴责和控诉。他们两个人彻底摧毁了我。有时候，我真想离他们远远的。"

从年轻时起，托尔斯泰便不时想脱离世界的动乱纷争，回归到可以身心平静、自我完善的地方去；如很多其他作家一样，他将自己的心愿寄予在小说的两个人物身上：《战争与和平》里的皮埃尔及《安娜·卡列尼娜》中的列文。他对这两个人别有偏爱。当时的生活环境让他的心愿几乎变成一种偏执。妻子和孩子都在折磨他。朋友的责难让他饱受痛苦，因为他们认为他最终应该将原则完全付诸现实。很多朋友都介怀他的言行不一。每一天，他都能收到满是抱怨的来信，指责他虚有其表。其中一位狂热的信徒写信请求他把所有的财产都分给亲属和穷人，连一个小铜板都不能留，只能挨个镇子讨饭吃。托尔斯泰回信道："你的来信深深打动了我。你所建议的，正是我最神圣的梦想，但目前我还无法实现。原因有很多……最主要的是，我的这种行为绝不能影响其他人。"众所周知，人们往往把自己行为的真实原因归咎到潜意识的背景下，这样看来，我认为托尔斯泰之所以不遵循良知，不按信徒所说的去做，只是因为他并不想这样做。作家这类人的心理都有一个特点，我从未见过有人提起，但想必对任何研究过作家生活的人来说，都是显而易见的。每个作家的创作，至少在某种程度上，都是其本能、欲望、幻想——随便你怎么称呼——的升华，出于某些原因它们一直受到压抑，但只要以文字的形式抒发出来，就能免于因强迫而用行动来释放。然而这并不能带来完全的满足。他总觉得缺了点什么。这正是为何文学家总是赞扬行动家，且对他们怀有羡慕的崇拜之情。如果托尔斯泰没有因写作著书磨平了自己的毅力，那么凭借其真诚，他很有可能真的能意识到自己有能力实现心中的信仰。

托尔斯泰是天生的作家，以最为有效且有趣的方式叙事是他自有的本能。我想在他那些说教性的作品中，他为强调观点，挥笔成文，自由发挥；而倘若他停住笔，思考其理论将会带来的后果，那他的论点反而不会如此坚定。他曾承认即使妥协在理论中不可接受，但在实践中却无法避免。这种认同代表着他放弃了自己的全部立场；因为如果妥协在实践中不可避免，那就代表实践也是不可能的，所以一定是理论出了问题。托尔斯泰很不走运，那些怀着崇拜之情来到亚斯纳亚·保里亚纳的朋友和信徒，都无法接受他们的偶像会屈尊妥协这一事实。他们迫使一位长者自我牺牲，只为满足其过分的道德苛求，这的确有些残忍。他成了自己思想的囚徒。他的作品和作品对众人的影响（很多影响都是灾难性的，因为有人被流放，有人进了监狱）、他宣扬的奉献与爱、对生命所持的崇敬，所有这些都把他逼上了绝境。面前只有一条生路，但他无法说服自己。

那时，托尔斯泰已经离家出走，开始了那段以死亡收尾、悲惨又闻名的旅程；走出这一步的原因，并非因为他最终决定按照内心良知和信众愿望而生活，只是为了摆脱他的妻了。做出这一决定很偶然。某天，他已经上床躺下了，过了一会儿，听见索尼娅在书房翻找文件的声音，他立刻想到自己背着她签下的遗嘱。也许担心是索尼娅从哪里听到了风声，正在找那份遗嘱，等索尼娅离开书房，他从床上爬起来，拿了一些书稿，打包了几件衣服，把这一阵子一直住在家里的医生叫起来，告诉他自己要走了。亚历山德拉也醒了，车夫也被人叫了起来，套上马具，在医生的陪同下骑马赶到车站。此时是凌晨五点钟。火车上人群熙攘，他不得不淋着冰冷的雨，在最后一节车厢的站台上等。他先来到了沙物登，他的妹妹在这里的修道院做修女，亚历山德拉和他在这儿会合。她带来消息：伯爵夫人发现托尔斯泰离开后，试图自杀。她之前自杀过不止一次，但每次都闹得满城风雨，以闹剧而非悲剧的方式收场。亚历山德拉劝他继续往前走，以防母亲发现他的藏身之处，跟着追过来。他们出发去了罗斯托夫。托尔斯泰感染风寒，病重难愈；他在火车上越来越虚弱，医生决定必须在下一站下车。他们到了一个叫阿斯塔波沃的地方。车站长听说了病危之人的身份后，把他请到了自己的房子里休养。

第二天，托尔斯泰给契尔克托夫发电报，亚历山德拉则通知大哥，请他从莫斯科带个医生过来。但托尔斯泰名气太大，一举一动很难保密，不到二十四个小时里，就有记者向伯爵夫人透露他躲在哪里了。她把孩子留在家里，独自赶往阿斯塔波沃，但当时托尔斯泰已经病入膏肓，大家觉得还是不要告诉他她来了的消息。她被堵在房子外面不准进入。托尔斯泰病重的新闻引起全世界的关注。最后那一周里，阿斯塔波沃车站挤满了政府代表、警察、铁路官员、新闻记者、摄像师等等。他们就住在专门为提供住宿而腾出来的车厢里，当地电报局的工作多到几乎无法处理。在万众瞩目下，托尔斯泰已奄奄一息。更多的大夫被请了过来，最后有五个人同时照顾他。他不时陷入昏迷，但清醒的时候总担心索尼娅会找来，他还以为她待在家里，不知道自己下落何方。他明白时间已经不多了。他曾恐惧死亡；但现在已经不再害怕。"这就结束了，"他说，"没关系。"病情越发严重，他昏迷时仍在大喊："快逃！快逃！"最后，索尼娅被放进屋子。托尔斯泰此时已经没了意识。她跪倒在地，吻着他的手；他沉沉叹息，似乎并不知道她来了。1910年11月7日，一个礼拜天的清晨六点，刚过几分钟，托尔斯泰辞别人世。

V

托尔斯泰三十六岁时开始写《战争与和平》。这是开始创作巨著很好的年纪。此时的作家已经充分掌握了这门手艺的技巧知识，拥有丰富的人生阅历，又仍处在脑力和创作力之巅峰。托尔斯泰选择以拿破仑战争作为背景，高潮则是拿破仑侵俄战役、莫斯科焚毁和拿破仑军队战败撤军。最初动笔时，构思的是一个上流家族的故事，历史事件仅作为背景。故事主人公将经历一系列重大的精神变故，历尽千番磨难后，终于幸福地生活下去。然而一直到写作时，托尔斯泰才越来越把重点转移到战争双方的激烈战火，并构思出被后人奉为历史哲学的伟大观点。不久之前，一位以赛亚·柏林先生出版了一本有趣而富有指导意义的小书，名为《刺猬与狐狸》，其中提到托尔斯泰的观点受到了著名外交官约瑟夫·德·迈斯特《圣彼得堡之夜》的启发。这不是对托尔斯泰的污蔑。小说家的任务不在于提出观点，而在于创造角色。观点就摆在那儿，好比人类和其生活的环境、遇到的事情一样，一切与之相关的事都可以为了艺术创作而拿来使用。读过柏林先生的书后，我觉得必须一读《圣彼得堡之夜》。托尔斯泰在《战争与和平》后记第二部分里详细阐述的观点，在德·迈斯特的书里曾用三页篇幅详述，主旨可以概括为一句话：*C'est l'opinion qui perd les batailles, et c'est l'opinion qui les gagne.*（是观点让他们失败，也是观点让他们胜利。）托尔斯泰见证过高加索和塞瓦斯托波尔的战争，他的亲身经历让他得以栩栩如生地描绘书中各个人物经历的战争场面。他的观察和德·迈斯特的观点非常契合。但他的描写过于冗长复杂，我想也许从故事情节和安德烈公爵的反思中，读者能更好地理解他的观点。顺便提一句，我认为这才是小说家传达其观点最合适的方式。

托尔斯泰的观点即，由于各种偶然情况、未知阻力、失误判断及不可预见的事故等，根本不存在所谓精准的战术，因此也就没有军事天才一说。并非如常言道，伟大的人物影响了历史进程，而是存在一种神秘的力量贯穿全国，驱使他们在不知不觉中走向胜利或失败。卓越的统帅就像一匹套在马车上，全速冲往山下的马匹——在某个特定的时刻，他也不知道是自己在拉着车，还是被车拽着跑。拿破仑胜利的原因并不在于其战术高超、军队浩大，因为他的命令无人遵从，要么情况有变，要么没有及时传达；他之所以能战胜，是因为敌人深信败局无法扭转，放弃了战场。战争的结果取决于一千个不可估算的可能，而任何一个都会在某个瞬间成为决定性因素。"就其自由意志而论，拿破仑或亚历山大在种种成就里的贡献，并不比某个应征入伍，被迫上场打仗的新兵更大。""被当作伟人的那些人物，其实是历史的标签，他们将历史事件冠以自己的名号，但常常这种关系并不如标签上说的那么紧密。"对托尔斯泰来说，他们不过是大势之下被推着走的傀儡，既无法抗拒又无力控制。一定有人对此感到困惑。我并不明白他是如何把事件发生的"命定和必然"与"机缘巧合的偶然"相协调的；因为当命运叩响大门时，机会就夺窗而逃了。

人们很容易有这样一种印象，即托尔斯泰历史哲学的起源，至少有一部分来自他对拿破仑的蔑视。拿破仑其人在《战争与和平》中极少出现，偶尔亮相，也是一副微不足道、容易受骗、愚蠢可笑的形象。托尔斯泰称他为"历史最渺小的工具，即使在被流放的时候，也从来没有显示出任何男性尊严"。俄国人把他奉为伟人，这让托尔斯泰震怒不已。他甚至连骑马都不会。我想说到这里，是时候打断一下了。法国大革命涌现出了一批野心勃勃、聪明睿智、意志坚定又任性不羁的年轻人，正如柯西嘉律师之子一样。我们不禁自问，这个年轻人，其貌不扬，操着一口外国口音，既没钱又没势，到底是如何凭借一场接一场的胜利长驱直入，成为法兰西的独裁，让半个欧洲俯首称臣？一个赢了国际比赛的桥牌选手也许是因为走运或遇上了好队友；但不管队友是谁，如果他能在比赛中数年常胜，不妨认可此人的确适合这项比赛，且拥有出众的才华；而不是一味把他的胜利归因于之前偶然事件带来的巨大的不可抗的压力。我认为一名伟大将军所需要的品质、才华、资历、果敢，审时度势的睿智和预判敌方心理的直觉，都和伟大的桥牌选手无异。当然拿破仑是借了东风之力，但要否认他有巧用天时的才华，就未免过于偏颇了。

然而这些并不妨碍《战争与和平》力量和趣味兼备。故事娓娓道来，如日内瓦罗讷河的激流一般急冲直下，汇入波澜不惊的莱芒湖，令人心神荡漾。据说书中大约有五百个角色，个个形象分明。这是伟大的成就，且并不像大多数小说一样，只在二三人或某一群人身上可见趣味，而是将重点分散到四大贵族家族——罗斯托夫、鲍尔康斯、库拉金和别祖霍夫。小说文如其名，讲述了战争与和平的故事，在其鲜明的对比下，交织着主人公的命运发展。当小说主题需要小说家涉及多样迥异的事件和一个以上的群体时，作者需要思考，如何从某一事件和群体之间过渡，好让故事足够真实，读者能坦然接受。如果他做到了这点，读者就会发现，自己已经了解了所有需要了解的环境和人物，并准备好了解更多新的情节。总的来说，托尔斯泰对这一难题的处理非常巧妙，让人仿佛在阅读一个单线索的故事。

和其他小说作家无异，托尔斯泰以熟识或相识之人为原型塑造角色，但他似乎不仅以他们为基础发挥想象，更如实描绘了他们的肖像。挥霍浪费的罗斯托夫伯爵正是托尔斯泰祖父的形象，尼古拉斯·罗斯托夫是他的父亲，可怜又可爱，相貌丑陋的玛丽公主则是他的母亲。大家时而认为，托尔斯泰在创作皮埃尔·别祖霍夫和安德烈·鲍尔康斯公爵这两人时，心里想的是他自己；倘若这是真的，那这一猜想也就不是天方夜谭了：托尔斯泰意识到自己内心的矛盾，因此创造了两个对立的角色，以理解和辨明自己的性格。

皮埃尔和安德烈公爵都深爱罗斯托夫伯爵的小女儿娜塔莎，她是托尔斯泰在小说里塑造的最可爱的女孩。再没有什么比描绘一个迷人而有趣的姑娘更难了。小说里的年轻女孩通常都色彩暗淡（如《名利场》里的阿米莉亚）、目中无人（如《曼斯菲尔德庄园》里的范妮）、自作聪明（如《自负者》里的康斯坦莎·达拉谟）或有点儿愚蠢（《大卫·科波菲尔》里的朵拉），要么浅薄而风骚，要么单纯得不可思议。年轻女孩在小说家笔下的尴尬处境也不难理解，因为在这个年纪，她们的性格还没有开始成型。同样地，一个画家想画出一张有趣的脸庞，也要先等思想、爱意、苦难和世事变迁赋予它以性格。描绘女孩的肖像时，我们能做的不过是呈现芳华的迷人和美丽。但娜塔莎的形象却如此自然。她甜美而敏感，富有同情心，既像个孩子又初备女人的风韵；喜欢幻想，性子很急，善良固执，反复无常；她怎么看都那么让人着迷。托尔斯泰写过很多女人，个个活灵活现，但论读者的喜爱程度，再没有一个能和娜塔莎媲美了。她的原型是托尔斯泰妻子的妹妹塔尼娅·比尔斯，托尔斯泰为之着迷，就像查尔斯·狄更斯被玛丽·霍加斯深深吸引一样。真是有趣的巧合！

　　在两个深爱娜塔莎的人——安德烈公爵和皮埃尔——身上，托尔斯泰投入了探索生命意义的万分热情。尤其是安德烈公爵，他是那个时代下俄国环境的产物。一个富有的男人，家财万贯，奴仆无数，他剥削他们的劳力，只要一有不悦，就扒光他们衣服用鞭子抽一顿，或者把他们从妻儿身边夺走，送去军营服役。不管他看上了哪个黄花闺女或有夫之妇，都能派人把她们带来，以供自己玩乐。安德烈公爵相貌英俊，五官突出，眼神慵懒疲倦，一副没精打采的样子。其实他就是言情小说里阴郁美男（beau ténébreux）的角色。风流多情，骄傲于自己的出身和地位，情操高尚，但傲慢而专横，不近人情，不可理喻。他对同样身份的人冷酷高傲，但对不如自己的人慈悲善良。他很聪明，想要出人头地。托尔斯泰对他的描写非常巧妙："安德烈公爵只要一有机会能帮着年轻人得到世间富乐，就感到激动不已。他太傲慢了，不肯接受别人的帮助，因此打着帮助别人的幌子，去接触那些颇有成就又能吸引他的圈子。"

　　皮埃尔是个更为复杂的角色。他又高又胖，浑身肥肉，样貌丑陋，眼睛近视，必须得戴眼镜才能看清东西。他饭量大，酒量也大；喜欢玩弄女人；笨手笨脚，冒冒失失。但他脾气很好，为人真诚善良，体贴无私；只要认识他，就不可能不喜欢他。身边那群溜须拍马的人，不管有多不中用，都能从他眼皮底下揩点油水。他是个赌徒，曾被自己所属的莫斯科贵族俱乐部成员狠狠坑过一笔。他早早走进了婚姻的陷阱，妻子是个美丽的女人，为了钱嫁给他，并肆无忌惮地给他戴绿帽子。在和她的情人莫名其妙地决斗过后，他离开她，搬去了彼得堡。半路上，偶然遇见一位神秘老者，原来竟是互济会会员。在交谈中，他坦言自己不相信上帝。"可如果上帝不存在，我们此刻就不能谈论他"，互济会会员说道，接着向皮埃尔阐述了以本体论论点证明上帝存在的最基本的认识。这最初由坎特伯雷大主教安塞姆提出，大致内容为：视上帝为思维的最伟大客体，而既为思维之客体就一定存在，否则一定存在着另外的更加伟大的客体。据此可以推断，上帝是存在的。这一论断曾被托马斯·阿奎纳质疑，被康德推翻，却说服了皮埃尔。抵达彼得堡后不久，他就加入了互济会。当然，既然是小说的情节，就一定会被压缩，否则就没完没了了：一场长期的战斗可能被凝缩成一两页，所有作者视为必要之外的事都要删节；内心的转变也是如此。在这件事情上，我想托尔斯泰大概有点过头了：皮埃尔的转变如此突然，显得过于草率：他忽然决定一改往日的浪荡闲散，回到家里还奴隶以自由，并真心关照起他们的生活来。但他又被家里的管家骗了，就像当初被赌友欺骗一样。他发现自己好心好意却处处碰壁。因为缺少毅力，他的慈善行动大多无疾而终，只好又开始了过去游手好闲的生活。他对互济会的热情日渐衰微，因为他发现会里的大多数同盟除了形式和仪式之外，什么都不懂，还有很多人入会只为"和权贵结交，从中获取利益"。他满心厌恶，身心俱疲，最后重回赌场，酗酒风流。

皮埃尔深知自己的缺陷，对此无比痛恨，但他并没有改正缺陷的坚韧意志。他是个谦虚、善良、温和的人，却莫名地不通情理。他在波罗蒂诺战役里的表现怎一个"蠢"字了得。作为一个平民，竟敢驾着马车上战场，碍了所有人的事，招来一身嫌弃后又为保小命，落荒而逃。莫斯科大疏散时，他执意留下，被当成纵火犯拘捕，判了死刑。后来死刑得到赦免，关进了大牢。等法国开始撤军后，他在和其他犯人一起的押解途中被游击队救下。

想把这个人物看得透彻并非易事。他善良而谦虚，性格温和体贴，但软弱得不像样子。我确信这个人物是真实的。他应该是《战争与和平》的男主人公，在小说最后把魅力迷人的娜塔莎娶回了家。我想托尔斯泰是很爱他的，创造这个角色时充满了温柔和同情；但我不懂是否有必要把他写得如此愚蠢。

在《战争与和平》这样一部耗时数年完成的鸿篇巨制中，作者偶尔才竭智疲是难以避免的事。托尔斯泰以莫斯科撤军和拿破仑军队覆亡作为小说结尾。但这一番实属必需的长篇大论却有所不足，因为它只是重复告诉读者（除了某些对历史一窍不通的人）那些他们已经知道了的事实。因此结尾部分惊喜不足，那种使人迫不及待想翻页，知道后事如何的悬念感缺少了些；另外，即使托尔斯泰笔下的故事悲壮曲折，令人动容，但读者却难免失去耐心。他用最后几章把尚未完结的零星内容串联起来，几个早就淡出故事的角色再一次登场了；但我认为他重写这些人物的主要目的是引出一个新角色，此人对皮埃尔的精神升华有着重要影响。

他是皮埃尔的狱友，名叫柏拉图·卡拉塔耶夫，是个因为盗窃木头被判入军营的奴隶。在那个时代，他属于能吸引俄国知识分子注意的那类人。生活在极端专制之下，见识过贵族生活的空虚轻浮，和商人阶级的无知狭隘，他们已经开始相信要拯救俄国，只能依靠被践踏、被剥削的农民。托尔斯泰在《忏悔录》中告诉我们，对自身阶级已经绝望的他，是如何向旧礼仪派教徒求助，找寻赋予生命意义的真与善。但是，有好地主，也有坏地主；有良商也有奸商；有好农民也有坏农民。认为农民身上只有美德，只是这群人的幻想罢了。

托尔斯泰对这个普通士兵的描绘堪称《战争与和平》众生相中最为成功的之一。难怪皮埃尔会被这样的人吸引。柏拉图·卡拉塔耶夫心系众生，为人无私，能以乐观之心度过艰难险境。他的品性高尚而亲切，本来就容易被感染的皮埃尔看到了他的善良，便开始相信善良真的存在："世界一度分崩离析，如今又重新在他的灵魂深处激荡，带着一种全新的美，立足于一个不可撼动的基础之上。"皮埃尔从柏拉图·卡拉塔耶夫身上学到了"人的幸福只能从内心找寻，来自于人类基本需求的满足；不幸并非源于贫困，而是富足；生命中没有什么是不能面对的"。最后，他终于实现了长久以来求之不得的思想的平和与宁静。

对一些读者来说，托尔斯泰对大撤退的叙述略乏趣味，而这一遗憾将在后记的第一部分得到弥补。这一部分写得格外出色，异常新颖。

过去的小说家习惯在讲完要讲的故事后，又说起主人公身上发生了什么。读者因此得知男女主角幸福地生活在了一起，日子过得很好，生了几个孩子，而反派人物（如果在故事结束前还没被干掉）则穷困潦倒，娶了个爱唠叨的老婆，罪有应得。这部分通常写得很敷衍，篇幅不过一两页，读者总觉得是作者的草草应付。托尔斯泰一直坚持要把后记作为极其重要的一部分。七年过去了，我们来到尼古拉斯·罗斯托夫的家，他娶了富有的妻子，生了孩子。安德烈公爵在波罗蒂诺战役中身负重伤。尼古拉斯娶的正是他的妹妹。皮埃尔的妻子在军队入侵时去世了，他正好可以把深爱的娜塔莎娶进门。他们也生儿育女，彼此深爱，变得多么普通，多么庸俗！在经历了千难万险，度过痛苦和伤痛后，人到中年的他们对眼下的境况满意又自足。娜塔莎曾经多么甜美、任性、快活，现在也成了一个喜欢大惊小怪的难以取悦的泼妇。风流倜傥、精力充沛的尼古拉斯·罗斯托夫现在是个倔脾气的乡绅；皮埃尔比过去更肥，依然性格温和，还是一如既往的蠢。这个美满的结局却是最深的悲剧。我想，托尔斯泰这样写并非出于恶意，只是他知道故事一定会如此发展，因此道出了一个真实的结局。

Chapter 12 | 结语

I

你举办了一场晚宴，来宾皆是声名显赫之人；送走最后一位客人，你回到客厅，自然而然地和妻子，或同居的朋友（如果你没有妻子的话）睡前喝上一杯，谈论今晚到场的宾客。A似乎状态不错。B喜欢在别人讲到兴头上时，忽然打断人家，说些不着调的事儿，毁了整个对话；有时候，看着A滔滔不绝，完全不理会B的插嘴，就当他从未开过口，也是挺有趣的一件事。C和D有些让人失望。他们心不在焉，似乎从来不知道但凡参加了宴会，就有义务尽力保证宴会顺利进行。你也许会为其中某人辩解，说他生性害羞，又帮另一个人解释，说这是他的处事原则；他只说有营养的话，否则绝不开口。你的朋友反驳道，如果所有人都这么严肃，那大家不就无话可聊了？你大笑几声，接着说起了E。这位先生还是一如既往地刻薄，话不饶人；但他整晚郁郁寡欢，也许是因为自己的长处没有得到充分的认可；春风得意时，他的性子会柔软一些，但对他而言，少几分尖刻，也许就少几分趣味。你们好奇F先生最近的恋情进展如何，也试着回忆那些曾让人捧腹的连珠妙语。总的来说，这是一次很棒的宴会；你们喝光杯中的酒，熄了灯，各自回房去了。

至于我，和书中提到的诸位小说家一起度过了几个月，在即将分别的前夕，想把他们留给我的各种印象做个总结，就好比他们正是我的客人一样。这真是一场混乱的宴会，但好在人人乐在其中，尽兴而归。一开始的谈话很普通。托尔斯泰打扮得像个农民，脏兮兮的胡子长满一脸，灰色的小眼睛挨个儿盯着人瞧，津津有味地谈论上帝，粗俗不堪地谈性说爱。他得意地提起年少时的花天酒地，但为了证明自己本质上是个农民，所以故意挑了些更恶俗的字眼来说。陀思妥耶夫斯基发现没有人真正欣赏他的才华，于是怒从中起，越发闷闷不乐；他忽然开始长篇大论地发牢骚，要不是其他人正谈得起兴，没有注意到他的话，可能就免不了一顿争吵了。宴会上的人分成一小撮一小撮。陀思妥耶夫斯基一个人坐在角落里。当看到托尔斯泰身上的罩衫是用至少七卢布一码的料子做成时，他那饱经风霜的脸上挤出了一丝讽刺的讥笑。他无法原谅托尔斯泰。当时莫斯科的一位杂志编辑拒绝连载他的小说，因为买下《安娜·卡列尼娜》已经花了他们很多钱。更让他生气的是，托尔斯泰谈论上帝的时候，竟好像这是他的特权一样：他难道没读过《卡拉马佐夫兄弟》吗？陀思妥耶夫斯基眼神冷漠地四处打量，带着些愠怒和厌恶，把房间里的人挨个儿看了一遍，直到这双眼睛停留在一个独坐的年轻女人身上。女人长得一般，但那苍白的脸上却显露出对身边所有人的轻视不屑，这让他痛苦的灵魂为之一动。她的神色里有一种吸引着他的灵性。听说她就是艾米莉·勃朗特小姐。他起身，走向她，拉过一把椅子，坐在旁边。她羞得满脸通红。他看出她非常害羞、紧张，便亲切地拍了拍她的膝盖，把她吓得赶紧收回了腿。为了让她自在些，他讲了自己最喜欢的故事：在莫斯科的澡堂里，他把家庭女教师带来的小姑娘强奸了。陀思妥耶夫斯基语速极快、结结巴巴地用法语讲着，而面前这个年轻的女人一个字也听不懂。他心里的罪恶、悔恨，所遭受的痛苦磨难还没有讲到一半，她就忽然起身离开了。

客人分散到房间的各个角落，奥斯汀小姐选择了一个稍微远一点儿的座位。尽管司汤达从未克服过在女人面前的紧张羞涩，此刻却觉得有义务朝她献献殷勤。可她冷冷的幽默感让他招架不住，正好瞥见亨利·菲尔丁正和赫尔曼·梅尔维尔聊天，便赶紧加入巴尔扎克、查尔斯·狄更斯和福楼拜，七嘴八舌地聊了起来。奥斯汀小姐很乐意一个人坐着，可以不受打扰地观察其他客人。她看见勃朗特小姐撇下身边那个又丑又矮的男人，走到沙发一角坐下了。可怜的小姑娘，穿得邋里邋遢，袖子还是过时的羊腿袖；那双眼睛倒挺好看，头发也漂亮，但怎么梳成那么不相称的发型？她的模样打扮和家庭女教师无异，虽然是牧师的女儿，但显然出身卑微。奥斯汀小姐觉得她看上去茫然而孤独，心想应该上前和她聊上几句。她站起身来，走到沙发旁，和她坐在一起。艾米莉惊慌失措地看了她一眼，支支吾吾地用单音节的词应付着她的问题。奥斯汀小姐并无意外地发现，勃朗特家里的姐姐没有被邀请来宴会。这倒无妨，反正夏洛特本来就瞧不上《傲慢与偏见》，认为此书毫无诗意，感情冷淡；但奥斯汀小姐作为一个有教养的女性，还是礼貌地问了问她近来如何。艾米莉"嗯嗯啊啊"地回答，奥斯汀小姐发现，对这个可怜的小姑娘来说，和陌生人对话简直是一种折磨，所以还是干脆让她一个人待着好了。她回到先前的座位上，继续研究房间里的其他客人，好等回家后给卡珊德拉写信。当然，一封信可能写不下，还要等她们在查顿见面后细细道来。她要把这些稀奇古怪的人挨个讲一遍，亲爱的卡珊德拉准会听得哈哈大笑，想到这里，她的脸上露出一丝微笑。

　　狄更斯先生的身高比奥斯汀小姐所中意的略矮，可穿得却花哨得多；他的脸上喜气洋洋，眼睛炯炯有神，从这股精气神来判断，她觉得他一定颇有几分幽默。可惜，他实在太粗俗了。那边有两个俄国人，一个名字太长，叫不出来，看上去五官平平、不好接触；另一个是托尔斯泰，似乎有些绅士派头，但毕竟是外国佬，并不能确定到底是个什么样的人。奥斯汀小姐不懂他为何穿着件奇怪的罩衫，像是某个艺术家的袍子，脚下是两只笨重的皮靴。他们说他是个伯爵，但英国以外的贵族头衔只是笑话罢了。至于其他人——贝尔先生，也被称作司汤达，面目丑陋，一身肥肉；作为一个附庸风雅的人来说，福楼拜先生的笑声未免过大；巴尔扎克先生的态度则简直让人无法接受。到场男士里，唯一像个绅士的只有菲尔丁先生一人，奥斯汀小姐怀疑他是否真的喜欢和他交谈的那个美国佬——梅尔维尔先生。此人仪表堂堂，身材挺拔，蓄着胡子，看起来像是某艘商船的船长。他正在给菲尔丁讲故事，看菲尔丁那捧腹的样子，这故事显然很好笑。菲尔丁先生喜欢喝酒，奥斯汀并不感到惊讶，因为尽管她不喜欢，却不得不承认这是男人的通病。菲尔丁有点像个花花公子，但颇有风度，教养良好。他也许将来要在高德玛煞和奥斯汀家的兄弟奈特先生一起举办宴会。毕竟他是玛丽·沃特利-蒙塔古的表亲，属于哈布斯堡王室后裔中的登比伯爵家族。他发现奥斯汀在打量他，于是抛下那个奇怪的美国人，走了过来。他鞠了一躬，问是否能坐在她身边。奥斯汀小姐摆出一副大家闺秀的优雅样子，微笑以示同意。他兴高采烈地说起话来，没一会儿，她鼓起勇气，说自己小时候就读过《汤姆·琼斯》。

　　"我想这对你没什么害处吧，小姐。"他说。

"完全没有，"她回答说，"我想，它对任何有原则、有头脑的女人都不会有害处。"

菲尔丁先生殷勤地笑了笑，问奥斯汀道，为何像她这样魅力十足、机智聪明、美丽优雅的女人，却一直没有结婚？

"我怎么能结婚呢，菲尔丁先生？"她笑着说，"我想嫁的人只有达西先生，但他已经娶了亲爱的伊丽莎白。"

查尔斯·狄更斯加入了其他三位杰出作家的闲聊中，他们是司汤达、巴尔扎克和福楼拜。但狄更斯感到很不自在。尽管这三人都足够热情，但他还是能感觉出来，他们只当他是个有礼貌的野蛮人。他们的想法非常直白，即法国以外是不会诞生重要的文学作品的。英国人写小说就像是一出滑稽表演，好比马戏团里受过训练的狗上蹿下跳，没有丝毫的艺术价值。司汤达承认英国曾诞生了莎士比亚，他时不时就要来一句"生存还是毁灭"；而福楼拜比平时还要吵闹，怪里怪气地看了狄更斯一眼，嘟囔着："剩下的只有沉默。"[1]狄更斯通常是一场宴会的生命和灵魂，他极力想融入几位伟大作家的谈话中，但只能尴尬地挤出一点笑容。他震惊于他们厚颜无耻地大谈性爱经历，而性绝不是他想从别人嘴里听到的东西。他们问他，英国女人是否当真性冷淡，他瞠目结舌，不知怎样回答；听到巴尔扎克和吉尔多伯尼伯爵夫人（这是英国最高层的贵族了）的风流情史时，他眉头紧皱，默不作声。他们拿英国人身上的那种一本正经来逗趣，说英国人最常用的词就是"无礼"（improper），这也无礼，那也无礼；司汤达还宣称，英国的钢琴腿儿上都得套着裤子，免得小女孩学钢琴时，被那几条

1.莎士比亚戏剧《哈姆雷特》中，王子哈姆雷特死前的最后一句台词。

"光腿"搅得春心萌动。狄更斯以惯有的好脾气忍受着这些人的攻击；但他心里暗笑，这些人可不知道他和威尔基·柯林斯去巴黎时，在那儿有多么放肆快活！他们最后一次出行时，眼看多佛港的白色峭壁渐渐离远了，威尔基转过身来，以罕见的严肃语气说道："查尔斯，谢天谢地，英国人之所以显得体面，全是因为法国太伤风败俗了。"有那么一会儿，狄更斯一言不发，随后他明白了这话背后的含义，眼睛里饱含爱国主义的热泪。"天佑女王。"他声音沙哑，喃喃自语道。一向颇有风度的威尔基庄严地举起了高帽。啊，这是一个多么值得纪念的时刻！

II

显然，这些小说家都是个性鲜明、独一无二的人。他们有强烈的创作本能，尤其热爱写作事业。要说真的给他们下个定义，也许最保险的观点是，他们是一群不太讨厌写作的作家。这并不代表写作是件容易的事。想写得好确实非常困难。但写作仍然是其热情所在，不仅是他们谋生的途径，还像饥饿或口渴一样，是一种本能的冲动。也许人人都有几分创作本能。小孩拿着彩色铅笔涂涂画画，用水彩画幅小画；学习读写的时候，写几首小诗、小故事等等，这都是再自然不过的事了。我想，这种创作的本能在我们二十来岁时达到了巅峰，随后，也许因为这只是青春期的产物，也许迫于事务之烦琐或谋生之压力，疏于练习，最终渐渐衰退消亡。在很多人身上，即我们所知的绝大多数人身上，创作的本能成为一种负担和魔咒。而这些人却凭着心中的一股劲，最终成为了作家。不幸的是，创作的本能往往有余，创作的能力却总是不足。

一个作家想写出有价值的作品，除了创作本能以外，还需要什么？我想，独特的个性也许不可或缺。不管其个性宜人与否，都无关紧要。真正要紧的是，通过性格中的特点，作家得以按照自己的方式观察世界。就算他看到的东西不被普遍大众所承认或赞同也无所谓。你或许不喜欢他眼中的世界，比如司汤达、陀思妥耶夫斯基或托尔斯泰看到的世界，可能不合你的胃口；但这个世界呈现出的力量，却无法不让你为之震撼；又或许，你喜欢他眼中的世界，比如菲尔丁和简·奥斯汀，那么你就会开始关注、喜欢这个作者。一切都由你的性情来决定，和作品的好坏无关。

我曾好奇，想知道——如果能知道的话——究竟是什么，让这些小说家写出了被大家公认为伟大的小说。关于菲尔丁、简·奥斯汀和艾米莉·勃朗特三人，我们知道的还太少，而至于其他人，想找到这个问题的答案，要研究的东西可谓浩如烟海。司汤达和托尔斯泰写过数卷关于他们自己的书；福楼拜在无数通信里都曾坦露真情；其他作家的亲戚朋友也都写过不计其数的回忆录、传记详细记载了他们的生平经历（奇怪的是，这些亲戚朋友似乎都不怎么有文化）。福楼拜和托尔斯泰曾博览群书，但阅读的目的只是为写作积累素材；其他人读书并不比同等阶级的一般人多许多。除了写作之外，他们似乎对其他艺术兴趣寡然。简·奥斯汀曾说不喜欢听音乐会。托尔斯泰倒是不讨厌音乐，还会弹钢琴。司汤达偏爱歌剧，而这是专门给不喜欢音乐的人准备的音乐节目。他在米兰的时候每晚都要去斯卡拉歌剧院，和朋友闲聊、吃饭、打纸牌；他们只有在台上某位著名歌星唱起耳熟能详的独唱曲时，才会往舞台看上一眼。他还喜欢莫扎特、奇马罗萨、罗西尼。除了上述几位，我并未发现其他作家对音乐有什么兴趣。造型艺术也是同样。从他们书中对绘画和雕塑的注释就能看出，他们对这种艺术的品味和常人无异。众所周知，托尔斯泰认为，除非绘画的主题具有道德教育意义，否则毫无价值可言。司汤达不满达·芬奇的作品里鲜见圭多·雷尼的风格和示范；认为卡诺瓦比米开朗基罗更伟大，因为他有三十件代表作，而后者只有那么一件而已。

显然，写出好的小说需要才智，却并不要求智力有多么高超，反而需要某些莫名其妙的才能；这些小说家都很聪明，但绝不是聪明绝顶之人。他们在处理一般性观点时表现出的天真朴实，足以令人震惊。他们接受那个时代对哲学的老生常谈，而往往运用在小说中，却很少能收到满意的效果。事实上，他们并不擅长提出观点，对观点的议论——如果他们真的在乎的话——大多是感情用事。他们毫无概念性思维，只对范例感兴趣，而非命题；有形的事物才是他们的兴趣所在。才智不是其强项，只好以其他更实用的天赋来弥补不足。他们的感受强烈，甚至剧烈；他们充满了想象、敏锐的观察和把自己代入为笔下人物的奇妙能力，乐其所乐，痛其所痛；最后，还要以具体而鲜明的形式把所见、所感、所想呈现出来。

拥有以上卓越天赋的作家可谓非常幸运，但除此之外，他们还需要别的品质。加尔瓦尼说巴尔扎克在所有事情上都是ignare（愚昧无知的人）。我们本能地想把ignare翻译为"ignorant"（无知），但这个词其实也来自法语，且ignare的含义可不止如此。它指的是像白痴一样的愚钝蠢笨。当巴尔扎克提笔写作时，加尔瓦尼补充道，他就有了一种直觉，似乎所有事都已了然于胸。我想，此处所谓的"直觉"，是指某人基于合理，或自以为合理的依据而做出的无意识判断。显然，巴尔扎克并不是这样。他所展现的博学多才根本就没有什么依据。我想，加尔瓦尼在这用错了词，与其说这是一种"直觉"，不如说它是一种"灵感"。灵感正是作家需要的"别的品质"。但究竟什么是灵感呢？我读过很多有关心理学的书，想从中找到答案，可惜一无所获。唯一一篇试图解释这个问题的文章，是埃德芒·雅罗的《论诗意的灵感和枯竭》。埃德芒·雅罗是法国人，书中写的也是自己国家的人。也许他们对精神境界的思考，比清醒的盎格鲁－撒克逊人更强烈。雅罗这样形容灵感闪现下的法国诗人：整个人都变了形。表情平静，同时容光焕发；五官非常放松，眼睛里闪着异常明亮的光，似乎渴望触碰某种并不真实的东西。这是一副非常具体的形象。而灵感，据埃德芒·雅罗补充，不是永恒存在的。灵感之后便是枯竭，持续片刻或数年之久的枯竭。此时，作者浑浑噩噩、半死半生、暴躁易怒、饱受折磨，不仅意志消沉，还变得极有攻击性、恶毒、颓废，嫉妒其他作家的作品，和那种自己已经失去了的创作能量。我感到好奇，甚至惊讶：这种情况和神秘主义者是何等相像，在启发阶段，他们融身于无限之中；在灵魂的暗夜时刻，倍感枯竭、空虚，仿佛被上帝抛弃了。

从埃德芒·雅罗的文章来看，似乎只有诗人才有灵感；也许灵感对诗人，比对散文家更重要些吧。诗人出于灵感而写的诗歌，和出于义务而写的，差异一目了然；但散文作家、小说家也有他们的灵感。认为《呼啸山庄》《白鲸》和《安娜·卡列尼娜》的精彩段落不如济慈或雪莱的诗歌灵感充沛，这纯粹是一种偏见。小说家似乎有意依赖于这种神秘的存在。在陀思妥耶夫斯基给出版商的信里，经常提起他脑子里想到的情景，还说如果在写作时有灵感相助，一定能写成一本好书。灵感在少年时期频现，在年老后却鲜有收获。灵感求之不得，一些作者发现，行动常常可激发灵感。席勒在书房写作时，习惯嗅嗅抽屉里的烂苹果。狄更斯的书桌上摆着几样特定小物，没有这些东西，他一行字都写不出来。出于某种原因，他的灵感正是由这些物品所激发的。但以行动激发灵感很不可靠。一个作家可能拥有济慈创作其最伟大颂诗时的灵感，但他写出的东西可能一文不值。不妨再用神秘主义者做个对比：圣特蕾莎认为，她手下修女的入迷和幻视毫无意义，除非能将其付诸工作。我很清楚，到目前为止，我还是没能说出到底什么是灵感。可我多希望自己能告诉你们答案啊。然而，我真的不知道。这是一种神秘的能力，能让作者写出他不曾了解的事实，甚至在回顾作品时，也会扪心自问："我究竟是从哪知道这些东西的？"夏洛特·勃朗特一直搞不懂，据她所知，妹妹艾米莉并没接触过那些人和事，但却能写得栩栩如生。一旦灵感来了，观点、形象、对比甚至客观事实都纷纷涌入脑海，作家此时仿佛是一件工具、一台打字机，只把看到、听到的东西写下来便是。关于这个晦涩的问题，我已经解释得足够多了。之所以提起它，只想说明一个作家不管有怎样的天赋，但凡缺少这种神秘事物的影响和能量，恐怕也只会一事无成。

III

三十岁以上的人还能拥有创作本能是很不正常的事，从某些方面来看，这些作家都不正常，只有简·奥斯汀是个例外，她似乎有着一个女人能有的一切美德，同时又不以完人自居。陀思妥耶夫斯基患有癫痫，福楼拜也是，大家普遍认为长期服药影响了他的小说创作。我记得有这样一种说法，即某种身体缺陷，或童年时的不幸遭遇，可能是影响创作本能的一股决定性力量。这样说来，如果不是患有畸形足，拜伦永远也不会成为诗人；如果不是在涂料厂待了几个礼拜，狄更斯绝对不会变成小说家。在我看来，这种说法简直荒谬透顶。无数人生来就跛腿，无数孩子被送去做他们以为可耻的工作，但也没见他们写出来几行诗或者散文。创作本能人人皆有，只是在一些天赋异禀的人身上，则更加旺盛持久；如果没有天性中的欲望冲动，跛足的拜伦、患有癫痫的陀思妥耶夫斯基和在亨格福德做童工的狄更斯，都不会成为一名作家。身心健康的亨利·菲尔丁、简·奥斯汀和托尔斯泰也有和他们同样的冲动。我毫不质疑，作家的身心缺陷会影响其笔下的角色。在某种程度上，这使他区别于其他作家，使他拥有自我意识和个人成见，因而能从一个不胜枯燥却不同寻常的角度打量世界、生活和其他人类，以及为随创作本能与生俱来的外向性增添几分内向。我相信如果没有癫痫症，陀思妥耶夫斯基是写不出这样一本奇书的；而我同样相信，就算没有癫痫，他还会是那个伟大而多产的作家。

总的来看，除艾米莉·勃朗特和陀思妥耶夫斯基外，这些作家应该都很好相处。他们活力四射，为人友好，幽默健谈；其魅力让每个相识之人都印象深刻。他们有着惊人的快乐能量，热爱生命中的美好事物。艺术家并不喜欢蜗居在小阁楼。天性中的丰富活泼让他们喜欢炫耀，渴望奢华。别忘了菲尔丁和他那大手大脚的习惯；司汤达的锦衣玉食、带篷马车和男仆车夫；巴尔扎克无意识地卖弄显摆；狄更斯的华丽晚宴和豪宅马车。从他们身上，完全看不到禁欲之气质。他们想要钱，不是为了积攒，而是为了挥霍，挣钱的手段有时也颇为无耻。他们的性格浮躁，自然难免挥霍浪费，如果这也算是一种错，那大多数人应该都难以避免。可同样地，要和这些人生活在一起并不容易（其中只有个别例外）。他们的某些特质，即使连最宽容的人也难以接受。他们以自我为中心，除工作之外其他都不重要，愿意为了工作毫不犹豫地牺牲身边所有人的利益。他们虚荣、自私、倔强，缺乏自我控制，即便可能给别人带来麻烦，也要满足自己的一时兴起。似乎他们不是会结婚的那一类，就算结婚了，因为易怒的个性和不忠的品行，妻子也没有几天好日子过。我想，这些人之所以结婚，只是为摆脱不安内心的浮躁喧嚣；婚姻带来平静和安宁，是躲避外面世界狂风暴雨的理想港湾。婚姻是一场知觉的妥协，怎能奢望一个生来自我的人学会妥协？他们都有过爱情，但感情的双方都不能满意。原因不难理解：真爱是屈服，真爱是无私，真爱是温柔；而无论屈服、无私抑或温柔，都不是他们这种人能具备的能力。除了与常人无异的菲尔丁和好色成瘾的托尔斯泰外，其他作家似乎都不太有性欲。也许他们的风流韵事并非因为受到什么难以抵抗的诱惑，只是为了满足虚荣心，或证明自己雄风不减。我大胆一猜：等他们达成目的，松了口气，便能继续回去工作了。

当然，这只是一般情况，人家都知道一般情况并不具有绝对性。我在谈论这些作家前，先研究了他们的生平经历，但关于他们的言论也极有可能过于夸张了。我忽略了这些作家所处的环境和当时的"舆论倾向"（这个说法已经过时了，只是用在此处确实方便），即使这对他们的影响显然不可小觑。除《汤姆·琼斯》以外，书中提到的其他小说都创作于十九世纪。这是一个革命的时代——社会革命、工业革命、政治革命频发；人们摒弃了过去代代相传、一成不变的生活方式和思考方式。正是在这个时代，曾经的信仰不再被无条件接受，空气中发酵着狂热，生活成为崭新而刺激的冒险，独特作品中的独特人物应时而生。如果你同意"十九世纪"直到1914年才结束的话，那么在这个世纪生产出的小说比过去，甚至未来任何时期的小说都更加伟大。

我认为，小说可大致分为两类，现实派和奇情派。这种划分非常模糊，因为很多现实主义的小说时有引入离奇的情节，而反过来，奇情小说家也常会借助现实细节让故事更可信。奇情小说的口碑不佳，但鉴于巴尔扎克、狄更斯和陀思妥耶夫斯基都这样写过，你也不好对此嗤之以鼻。只是一种不同的体裁罢了。侦探小说的广为流行证明了它对读者的吸引力之大。读者喜欢刺激、恐怖、离奇的情节。而奇情小说家便通过激烈而夸张的故事，极力吸引你的注意，让你眼花缭乱，目瞪口呆。这样做的风险是，读者并不相信作者讲的故事。但如巴尔扎克所说，阅读小说最重要的就是信任作者。想做到这点，书中的人物需要与众不同，其行为反而才更加可信。奇情小说中的角色要比现实生活中的夸张一些，这就是陀思妥耶夫斯基所言"比现实更真实"；他们有不可控制的激情，难以估量的感情，鲁莽放肆，毫无原则。闹剧是他们的特权，因此对其不满（常有发生），就像批判立体主义画作不够具象一样不讲道理。

现实主义者希望描绘生活的本来面目。他们拒绝描写激烈的情节，因为他们接触到的普通人的生活中并不会发生这些。他们选择的情节不仅有可能性，最好要有必然性，目的并不在使你受到惊吓，或心跳加速。他追求的是一种被认同的快感。你仿佛认识他笔下的那些人，熟悉他们的生活方式，甚至能进入他们的思维和情绪，因为这些角色和你本人非常相像。发生在他们身上的事，也极有可能发生在你身上。总的来说，生活是一成不变的，一种恐惧感困扰着现实主义作家，他们唯恐自己会遭人厌烦，并因此难耐诱惑，写起了离奇的故事。风格被迫改变，读者的幻想也随之破灭。在《红与黑》中，司汤达的风格一直是现实主义，直到于连去了巴黎，在那儿认识了玛蒂尔德；随后故事开始变得离奇，即使你感到困惑，但也只好和作者一同跟随着这莫名其妙的走向。福楼拜刚开始创作《包法利夫人》时，就深谙故事无趣之风险，因此决定借以优美的文体来回避。简·奥斯汀靠的则是她经久不衰的幽默感。但像福楼拜和奥斯汀这样，能自始至终保持现实主义风格的作者并不多。这需要练达而精湛的技巧。

我曾在什么地方引用过契诃夫的一句话，这句话更好切题，所以此处再冒险引用一次："人们不会跑到南极，再从冰山上掉下来；他们只会去上班，和老婆吵吵架，喝点卷心菜汤。"这样评价现实主义小说有些过于狭隘了。人们当然可以跑去南极，如果没从冰山上掉下来，也会经历一样可怕的险境。他们去非洲、亚洲、南太平洋，在那些地方发生的，和在布鲁姆斯伯里圈子[1]里或南海岸度假区发生的，一定不是同样的故事。这也许非常离奇，但假如同时有些寻常的事情发生，现实主义作家大可以毫不犹豫地描写一番。普通人的确会上班、和老婆吵架、喝卷心菜汤，但现实主义作家的工作就是描写普通人身上的不普通。喝卷心菜汤也许是和坠落冰山一样的伟大时刻。

即使是现实主义者也并非简单地拷贝生活。他需要依照自己的目的进行安排。尽最大的努力避免不可能发生的情节，但如果其中有些非常必要而普遍，读者也能无异议地接受。比如，一本小说里的主人公急需见到某人，一刻都不得迟疑，那他就会在熙熙攘攘的皮卡迪利街上撞见这个人。

1.成立于二十世纪的英国著名知识分子集会圈，成员包括弗吉尼亚·沃尔夫、凡妮莎·贝尔等。

"嗨，"他说道，"看见你可太好了。我正想找你呢！"这种偶然就像打桥牌的人摸到十三张黑桃一样稀罕，但读者也就这么信了。事情的可信度会随着读者的经验老到而变化：过去不被人注意的巧合，到了今天可能就会使读者产生怀疑。我认为当年阅读《曼斯菲尔德庄园》的人，看到托马斯·伯特伦爵士从西印度群岛回来的那天，正好赶上家里有戏剧演出时，并不觉得奇怪。而今天的小说家则必须让这个情节更合理才行。我提到这点只为说明，现实主义小说虽更为巧妙、含蓄，但实际上并不比奇情小说更贴近生活。

IV

我在本书中谈到的小说各不相同；唯一的共同点是，它们都讲了一个好故事，而作者讲故事的方法也非常直接。这些小说在叙述情节和探查动机时，并没使用那些令人厌烦的文学伎俩，比如让现代读者感到乏味的意识流、倒叙等。它们只把想让读者知道的事告诉读者，而不是像当下潮流一样，让读者自己去猜测角色及其职业和背景；事实上，它们早就已经打好铺垫了。这些书的作者似乎不追求以巧妙打动读者，或以新颖震惊读者。作为人，他们复杂至极；而作为作家，他们却单纯得令人惊讶。但从另一方面说，他们又是巧妙而新颖的，就像茹尔丹先生[1]出口成章般自然。他们试着说出真相，但看待真相的角度又不可避免地被自身脾性所扭曲。

1.法国作家莫里哀在《贵人迷》中塑造的文学形象，他喜欢处处向"上等人"看齐，模仿贵族的谈吐举止、穿着打扮。

出于可靠的直觉，他们特意回避开时效短暂的话题，选择了人类长期关注的主题：上帝、爱恨、死亡、金钱、野心、嫉妒、骄傲和善恶；简单来说，这些是从最开始就被全人类所关注的激情和本能，正因如此，一代又一代的人才能从这些作品中汲取各自所需的养分。他们以与众不同的眼光观察、评价、描绘生活，因此，其作品风格独特，个性鲜明，对我们有着持续不断的吸引力。归根到底，作家呈现给我们的，还是他们自己。而这几位作家别具才能，匠心独运，他们的小说以其不同一般的特点、气质和崭新的思维，历久而弥新。

　　这些人有一点很怪，即尽管他们不断写作、重写，且其中的大多数还会没完没了地修改，但他们却不是伟大的文体学家。似乎只有福楼拜钻研过文体这件事。但他费尽心思创作的《包法利夫人》，却正因为文体原因，被法国知识分子认为还不如那些无心写成的书信。多年前，克鲁泡特金公爵跟我谈起托尔斯泰和陀思妥耶夫斯基，他说托尔斯泰的文笔像个绅士，陀思妥耶夫斯基则像欧仁·苏[1]。如果他的意思是，托尔斯泰的文体风格来自于一个出身优渥、修养良好的人，我想小说家能有这样的风格倒是极好的。奥斯汀小姐的文笔很像当时那个年代淑女的说话方式，这种风格和她的小说非常相称。小说不是科研论文。每本小说都需要特有的风格，福楼拜深谙此道，因此他的《包法利夫人》和《萨朗波》不同，《萨朗波》又和《布瓦尔和佩库歇》迥然不同。据我所知，没有人认为巴尔扎克、狄更斯或艾米莉·勃朗特的文风与众不同。福楼拜说自己读不了司汤达的小说，因为他的文笔太差了。而陀思妥耶夫斯

---

1. 又译为"尤金·苏"，法国小说家，尤其擅长描写法国的底层社会。

基的作品，即使从译本中也能看出文笔之糟。似乎这位小说家的主要才能不在文笔优美，而在于充沛的活力、想象力、创造力、观察力，以及对人类的了解、兴趣、同情，包括作品的多产与高超的智慧。然而，精致的文体总比随便写写要好。

这些杰出作家的文笔并没有好到哪里去，让人不禁纳闷他们是怎么当上作家的。他们的才能显然不是来自遗传。有些人的家庭颇有地位，有些则非常普通，既不算智慧超群也并非书香门第。他们从小并未接触过文人骚客，也不认识什么作家朋友，本身又不是极其好学。他们和同龄、同出身的男孩女孩一样工作玩乐，没有展现出不同寻常的才能。除托尔斯泰一人出身贵族之外，其他人皆来自中等阶层。这种环境下长大的孩子一般都成了医生、律师、政府职员或商人，但他们提笔写作，就像羽翼丰满的鸟儿振翅飞起。最奇怪的是，其中两个家庭差不多大的孩子——卡珊德拉和简·奥斯汀、费奥多和迈克尔·陀思妥耶夫斯基——一起长大，生活在相同的环境下，彼此共享喜怒哀乐，却都只有一个独享了超群的天赋。我已经说过，伟大的小说家需要具备诸多品质，不仅包括创造力，还有敏锐的观察、专注的眼光和能从经验中获益的能力，最重要的是要对人类天性保持兴趣，这些全部加起来，才能幸运地造就一位伟大的小说家。可凭什么有些人具备这些品质，有些人却没有？凭什么抛开所有的可能性，一个农民的女儿、一个默默无闻的医生的儿子、一个窝囊律师或狡猾职员的儿子能集这些珍贵的品质于一身？这是个谜，一个解不开的谜。没有人知道小说家们是如何得到这些罕见天赋的。它们也许来自其独特的人格，而这些人格则大多是由不可预估的品质和万分邪恶的缺陷构成。

艺术家的天赋、才能，或如你所愿，谓之为天才的品质，就像休眠中的兰花种子，偶然落到了热带雨林里的大树上，在那儿开始萌发，却只从空气而非树干中汲取养分，最终盛开诡异又美丽的花朵。大树被砍倒取为木材，或顺沿小河一路漂到伐木场，从此以后，这棵盛开美丽花朵的树，和原始森林里成千上万的树，便再没有什么不同了。

[全书完]

译后记：十部小说和十一位作家

我在翻译上一部毛姆作品时，写译后记，第一句话是：毛姆是个太有趣的人。

这个想法到目前依然成立。

作为故事圣手的毛姆自嘲为"杰出的二流作家"。他的几部经典《月亮和六便士》《人性的枷锁》《面纱》，分别被后代无数读者视为理想、生活和爱情的指南。他的故事显然是引人入胜的，情节设计精巧，角色设置丰满，收获了一批忠实的读者，也让他享受到了绝对的"一流作家"待遇。然而即便如此，毛姆的作品在当时的评论家中却并未见好评。

伍迪·艾伦在他的回忆录《回忆：地方与人》中，曾经虚构过一段他和毛姆见面的经历。其中，他向毛姆抱怨，自己的第一篇小说遭到了《泰晤士报》的恶意调侃。而他想象中的"毛姆"则这样回应：千万别把什么评论当回事。我的第一个短篇被评论家说得一无是处。一开始我很生气，也做了反击，但后来有一天我重读了那个短篇，竟然发现他的批评都是对的。不过这件事我可一直没忘。过去了几年，德国空军轰炸伦敦时，我还故意往那个评论家的房子上打了束光。

伍迪·艾伦能把毛姆的语气模仿到如此栩栩如生，甚至误导了很多后人，让人以为这段话当真出自毛姆之口，由此可见，毛姆有多善于讥诮之言，以及他和评论家之间有多么深刻的爱恨情仇。

根据《毛姆传》的作家赛琳娜·黑斯廷斯调查，被后人誉为"二十世纪最伟大作家"之一的毛姆，在当时的评论界竟然鲜有人提及。甚至于权威的《牛津引语词典》（*The Oxford Dictionary of Quotations*）都直到1953年才第一次收录了毛姆的词条。我大胆猜测，毛姆自卑而自负的性格，和功成名就后的高调作风都是最受文学工作者鄙视的特质。当时英国文学评论流派里最重要的一支——布鲁姆斯伯里团体，从不把他放在眼里。即使是唯一一个对他表示过肯定的评论家，其褒奖之辞也来得颇为别扭："状态最佳的时候，他（毛姆）能把故事讲得像任何活着或死了的作家一样好。"

毛姆似乎从不得评论家欢心，而我们今天要说的，恰恰就是他本人作为评论家的第二个身份。

十部小说

《红书》杂志曾向毛姆约稿，让他给读者列个书单，谈谈他心目中的世界十佳小说。

读书一事，本来就非常私人。如果说一千人眼里有一千个哈姆雷特，那想必一千个文学爱好者总计能列出两三千本"世界十佳"作品。毛姆评论文学的角度既刁钻又不乏客观。他首先再三强调了小说这一体裁的作用："读书是一种乐趣，是人生中最大的乐趣之一。如果我在下面谈到的那些书不能使你感动，或不能使你感兴趣，那你就完全没有必要去读它们。"把小说定义为一种目的为娱乐的艺术形式，首先为他的文学评论奠定了较为轻松的风格。这份书单是写给天下千万读者的，而不是供文学界研究参考。任何读者都是自己的评论家，甚至可以将书单视作一份兴趣索引，浅浅阅读后，若对某部作品有特别的兴趣，再找来一读或重读不迟。

从专业角度出发，毛姆式的文学评论也大有可圈可点之处。他针对每一部小说的评论都结合了作者背景生平和小说技巧分析两部分。想读懂一个人的小说，就要先了解这个人，反之亦然。比如，无数人都惊讶于一个如艾米莉·勃朗特般平凡的乡村女孩竟然能写出《呼啸山庄》这样的奇书，而毛姆则从她的成长环境、家庭背景等各方面入手，分析了《呼啸山庄》的情节展开和作者本人精神、心理发展的关系。这种恰到好处的解谜，也能帮助读者在不用费心研究的情况下，更好地领会这十部经典著作的精髓。

毛姆深谙作为一名小说家，评论其他小说的风险在于：他喜欢的小说很可能是和自己作品相近的类型，即他会根据与自己作品的相似程度来评论一部小说。在我看来，担心有些多余了。毛姆显然很好地完成了这次评论的工作。书中提到的十部小说，有贴近现实生活，主题轻松世俗的《傲慢与偏见》《包法利夫人》和《汤姆·琼斯》；有被誉为史诗，篇幅漫长而故事曲折的《战争与和平》《卡拉马佐夫兄弟》和《高老头》；有充满寓言色彩，风格难以被定义的奇书《白鲸》和《呼啸山庄》等等。

这十部小说或多或少都有不完美之处，但如毛姆所说，鉴于小说这种体裁的限制和当时时代的社会压力，我们不该奇怪为何世界上最伟大的十部小说也是不完美的，相反，令人惊奇的是，它们的不完美之处竟然不多。

十一位作家

在本书终章，在毛姆的想象里，我们的十位作家聚于一堂。这场突破国籍地界，甚至穿越了时间的聚会，实在令人酣畅淋漓。如果毛姆也出席了这场宴会，他会扮演一个怎样的角色？

宴会厅的一角走来一个小个子男人，他最晚进场，但以最快的速度走到宴会中心——一身讲究的厚毛呢料竖纹套装，丝质的口袋巾和浅褐色的衬衣搭配，领带紧紧束到脖口。他的左手小指上戴着硕大的镶祖母绿宝石的戒指，食指和中指间夹着香烟。头发一丝不苟地向后梳齐，想保持这种发型，少不了出门前要多抹些发油。他的眼睛不大，但炯炯有神，嘴角稍稍下坠，呈现出一种最成熟老练又略带失望和消极的表情。小个子男人来到巴尔扎克身边，语气稍显激动："巴尔萨先生，终于见到您了！您是我心里最伟大的作家。"后者也许早已习惯了同行的艳羡崇拜，他把毛姆从头到脚打量了一番，淡淡说："我看过你的剧本。呃……你手上的戒指不错。"偶像的冷淡态度让毛姆觉得有些愤怒和羞耻，他转身加入陀思妥耶夫斯基、托尔斯泰和狄更斯的闲聊，这三人的气氛有点尴尬，陀思妥耶夫斯基坚持认为世界上只有两种小说：他的作品，和其他人的作品。托尔斯泰则不以为然："任何没有教化意义的小说，怎么能称为伟大？"狄更斯全程乐呵呵的，大有坐山观虎斗的架势，他说："卖得好的小说，就是伟大的小说。"毛姆不便直接点头认同，毕竟在一群文人中谈钱，很容易就沦为众矢之的。他假作沉思，然后说："我坚决主张为娱乐而读书。"陀思妥耶夫斯基和托尔斯泰对视一眼，几乎同时嗤鼻一笑：英国佬啊！

奥斯汀小姐和勃朗特小姐坐在长沙发的两侧，互相不说话。奥斯汀的眼睛轮番盯着在场的每位男士，恐怕是为了回家跟姐姐吐槽一番。勃朗特小姐唯一的兴趣似乎在场上的女服务生身上，她定定地看着她，不知是在研究她的穿衣打扮还是心里另有想法。毛姆认为美丽应是一个女人的社会责任，所以他打量这两位女作家的眼光难免过于严格。勃朗特小姐在他心里除小说家外，还是个伟大的诗人。但她那副愤世嫉俗的假小子神态实在令毛姆不敢恭维。犹豫片刻，他选择坐在了奥斯汀小姐身边。"您的《傲慢与偏见》我非常爱读。""您的《面纱》也不错。"冷冷地打过招呼后，两人开始了对彼此的打量：她在他眼中是头脑魅力远大于外形魅力的可怜的女人，他在她眼里是其貌不扬、财富有限的二流单身汉。

毛姆很快便如坐针毡，起身走了。他觉得自己有义务把赫尔曼·梅尔维尔从亨利·菲尔丁和福楼拜身边"解救"出来。至少他觉得，他们并不是一种人。菲尔丁和福楼拜都过于精明，这种精明也可以称作入世。他们知道自己在做什么，并出于可谓功利的目的，尽力把事做到最好。精明的人总是少了点趣味，而梅尔维尔，则更像毛姆心里的斯特里克兰德。

"先生，您出过海吗？"梅尔维尔问。

"还没有这样的机会，很遗憾。"毛姆作答。

"那可真是太可惜了，"奇怪的是，梅尔维尔的声音里并不听不出遗憾，他反而激动地抬了抬眉毛，"我十七岁就跟船出海了，太平洋上的海水气味比我家里的味道还要熟悉！我好几次在食人岛上险而逃生，后来发生的事，连霍桑听了都惊讶不已……"

毛姆没有听下去，快步走开了。他对人性的了解，犀利得像一把手术刀。任何的炫耀，即使打着文学的幌子，也能被他一眼识出。他那么聪明，可又是自卑的。这种自卑也许又来源于聪明，或者说一种透彻的大智慧，当入世和清高同时出现在一个可怜的人身上，那无异于一种最狠毒的折磨。毛姆穿过宴会厅，穿过熙攘的人声，穿过奥斯汀小姐犀利的眼神，穿过嬉皮笑脸的司汤达的俯视，快步走到了阳台。他是在场第十一位作家，也是唯一一位评论家。但他又算哪门子的评论家呢，毕竟满地都是六便士，可他只想看见月亮。

译者 张乐

2018年10月10日

扫一扫，

分享你的读书心得，看看同爱这本书的人都在聊什么。

关注"果麦麦的好书博物馆"，每天推荐一本好书，

90秒体验阅读快感，看编辑大大各显神通，

为你定制专属书单。

十部小说及其作者

产品经理｜陆如丰　　　　书籍设计｜谈　天

技术编辑｜顾逸飞　　　　责任印制｜刘　淼

监　　制｜何　娜　　　　出品人｜吴　畏

图书在版编目（CIP）数据

十部小说及其作者／（英）威廉·萨默塞特·毛姆著；
张乐译. -- 南昌：江西人民出版社，2019.7
ISBN 978-7-210-11362-1

Ⅰ.①十… Ⅱ.①威… ②张… Ⅲ.①小说评论- 世
界②小说家- 作家评论- 世界 Ⅳ.①I106.4

中国版本图书馆CIP数据核字(2019)第112702号

十部小说及其作者
（英）威廉·萨默塞特·毛姆 /著　张乐 /译
责任编辑/ 冯雪松
出版发行/ 江西人民出版社
印刷/ 天津丰富彩艺印刷有限公司
版次/ 2019年7月第1版第1次印刷
开本/ 880毫米×1230毫米　1/32　印张/ 9.75
印数/ 1－9,000　字数/ 229千字
书号/ ISBN　978-7-210-11362-1
定价/ 39.80元

赣版权登字—01—2019—216